绚烂与宁静

西部各民族文化文学研究
及黄河中上游各民族民间艺术考察

红柯　著

北京出版集团公司
北京十月文艺出版社

目 录

绪论

西北之北

1986年夏天，我离开故乡关中西上天山，具体的日期应该是1986年7月28日从宝鸡上车，三天两夜后到乌鲁木齐，两天后从乌鲁木齐碾子沟长途汽车站乘车去遥远的伊犁。途中夜宿呼图壁，两天后到达伊犁。在伊犁州劳动人事局报到后，确定到伊犁州技工学校工作，直管单位是在美丽的伊犁河谷有花园城市之称的伊宁市，就职的单位在几百公里外的戈壁小城奎屯。开学还有半个月，我们就住在伊宁市绿洲饭店，逛遍了伊宁市的大街小巷。在阿合买提江大街的书摊上我花5毛钱买到了中华书局1955年版的《蒙古秘史》，黄铜色封面，没有图案，只有"蒙古秘史"4个黑字，古朴冷峻大气，犹如古代草原武士的黄铜头盔。开篇第一句话就把我打晕了："成吉思汗的祖先是承受天命而生的勃儿帖赤那，他和他的妻子豁埃马兰勒一同渡过腾吉思海子来到斡难河源头的不儿罕山前住下，生子名巴塔赤罕。"旁边的注释这样写道："勃儿帖赤那旧译为苍色的狼，豁埃马兰勒旧译为惨白色的鹿。"后来我拥有4种版本的《蒙古秘史》，大都如此开头："当初元朝人的祖先是天生一个苍色的狼，与一个惨白色的鹿相配了，同渡过腾吉思名字的水，来到位于斡难名字的河源头，不儿罕名字的山前住着，产了一个人，名字唤作巴塔赤罕。"这就是大漠草原给我的最初印象，读完这句话，我就取钱买下，我无法读第二句，就已经进入迷醉状态，从阿合买提江大街走到斯大林大街走到汉人街，走到有名的清真寺陕西大寺，西天山的夏天，阳光瀑布般喷射。好多年后我在长篇《生命树》中把西天山伊犁河谷的阳光形容为太阳雨，西北以及中亚对暴雨的称呼为白雨，阳光赤热到极端状态就是这种电光闪烁的浩瀚无垠的炽白。好多年后回到陕西我写下了短篇《美丽奴羊》《过冬》《奔马》《鹰影》《靴子》。《人民文学》《山花》《作家》重点推出时，李敬泽写的评论《飞翔的红柯》并如此结尾：红柯的语言让读者有一种挨揍后的痛快。追根溯源，这种被打晕的感觉始于1986年8月初的伊犁河谷，那本古老的《蒙古秘史》。成吉思汗的二儿子察合台当年修筑了西天山通往伊犁河谷的果子沟通道，察合台汗国的都城就在伊犁霍城阿力麻里，即苹果城的意思，后来我专门写了小说《阿力麻里》。苍狼与鹿相交生下草原英雄，这种野性思维远远超过布留列尔的《原始思维》和施特劳斯的《野性的思维》，最初启动我西上天山的斯文·赫定的《亚洲腹地旅行记》也不能与之相比。9月初开学，我落脚小城奎屯。技工学校的图书馆大多都是实用性很强的技术书，文学书不多，但有不少内地大学图书馆也无法看到的少数民族图书，我看到了《福乐智慧》，这是打开我眼界的第二本西域名著。这两本巨著完全改变了我的视野，我开始有意识地收集购买草原游牧民族的神话史诗传说，民间故事歌谣《玛纳斯》《江格尔》《格萨尔王传》，包括周边国家的典籍，包括欧洲的民族史诗《伊戈尔远征记》《罗兰之歌》《尼伯龙根之歌》《熙德之歌》《贝奥武夫》《埃达》《尼亚尔的传说》，印度的《罗摩衍那》《摩诃婆罗多》《五十奥义书》，伊朗的《王书》，格鲁吉亚的《虎皮武士》等。我执教的伊犁州技工学校不以课堂教学为主，大多时间都在野外实习，我就有时间漫游天山，跑遍天山南北，等于变相的田野考察，10年之久，收获很大。

1995年底举家迁回陕西老家，执教于母校宝鸡文理学院，1998年陕西省教育厅批准我的"草原文化研究"课题，教学科研创作互动互补收效极大。100多万字的有关西域大漠草原的小说学术随笔在全国各大重要期刊发表，收入各种权威选刊选本，《光明日报》称之为"一场冲天而起的沙暴"。2000年我又有机会参加中国青年出版社组织的"走黄河"活动，我专门负责考察黄河中上游各民族民间文化，从青藏高原到黄土高原到内蒙古大草原。我的祖父曾是一位抗战老兵，在内蒙古跟随傅作义将军抗战8年，我的父亲曾是二野一名老兵，在青藏高原五六年，我终于有机会去考察祖父的内蒙古草原和父亲的青藏高原，加上我本人生活了10年的天山大漠，中国西部草原游牧民族全部进入我的生活，成为我生命的一部分。2004年底，我迁居西安，执教于陕西师大，到了丝绸之路的起点。"天山系列"延伸到"天山——关中丝路系列"800多万字的文学世界。从2005年开始我招收"中国少数民族文学"硕士研究生，开三门课，专业必修课"中国少数民族文学史"，专业选修课"中国少数民族经典导读"与"中国少数民族文化与哲学"。教学科研创作良性互动，收效最大的是创作，但创作一直处于业余，我是职业教师，教龄近30年。

欧洲学者把来自于大兴安岭阿尔泰山至高加索山的游牧民族称为上帝之鞭，来拷打人类，同时也称他们为滞留在晨曦与黎明中的民族，无法度过中午，更不可能堕入黄昏或者黑夜。从匈奴王阿提拉到成吉思汗及其子孙，给欧亚留下的是一张张"火红的面孔"，如同天神一般具有无限的勇气与生命力。德国民族史诗《尼伯龙根之歌》中的匈奴王艾柴尔就是中国史书上的阿提拉，曾经把罗马帝国打得落花流水的日耳曼勇士面对匈奴大军噤若寒蝉，历史上的阿提拉兵临罗马城下，罗马人送一美丽女子，阿提拉与罗马新娘共度良宵突然死去。《尼伯龙根之歌》中的日耳曼人也是以美人相邀诱艾柴尔上套。日耳曼译成汉语就是勇敢的战士之意，日耳曼人骁勇善战世人皆知，罗马人更是武功盖世，但也上演了一幕幕中国历史上反复出现的公主出塞。中西方世界的文明中心面对北方蛮族都是这样以美女和亲来化解战争。一个关中子弟西上天山，所见所闻所观所志所思可是太深刻了。1998年我的第一本小说集《美丽奴羊》出版时，崔道怡老师以"奔驰的黑马"为序，内容提要有一句："这是一个陕西人眼中的西域。"关中自古就是周秦汉唐的故地，大西北伸向中原的桥头堡，丝绸之路的起点，北方游牧民族与中原农耕民族的交汇点，胡汉交融的大熔炉。陕西师大历史系孙达人教授最早提出"历史跳跃式发展论"，孙教授认为人类历史运动的基本步伐从纵向看绝不是按部就班、循序渐进的，从横向看也绝不是平衡发展的，而总是以先进变落后、落后转先进的形式，跳跃式前进。关中历史上的三次崛起就是如此，最初周人受夷狄压迫，几经转战最后在岐山脚下周原落脚，相对于殷商的高度繁华，西戎之地是相当落后的，所谓西伯侯就是掌管西北诸多小方国，周人苦心经营以落后变先进，所谓殷人敬鬼神，周人尚德敬天保民，人摆脱了巫神，最终克商。笔者作为周人之后，在天山脚下把《诗经》中的周人史诗《大明》《绵》《生民》《公刘》《皇矣》与《江格尔》《玛纳斯》《格萨尔王传》放在一起重新阅读时，对岑仲勉先生的观点深信不疑，岑仲勉先生认为：周人来自于塔里木盆地。笔者在大漠绿洲见识了原始农业是怎么一回事，"周"就是"田"中长出的庄稼，就是"井田"，凿井取水方可生存，西域坎儿井就是这么来的，离开故土叫背井离乡，张骞通西域叫"凿空"，只有干旱缺水的大西北，人们对打井的记忆特别深刻，打井太容易了，高原以及大漠都是凿。关中的第二次崛起就是秦汉，秦人从渭河上游秦安崛起，最初山东六国就把秦人当西戎，不是一般的落后。周秦基本一致，农耕游牧混杂诞生一种罕见的新生力量，沿渭河东下席卷天下。关中第三次崛起就更了不起了，五胡乱华魏晋南北朝几百年的前期准备，最终是鲜卑北魏全方位汉化，隋唐杨氏李氏皇族基本上是汉人与鲜卑混血形成的强大无比的关陇政治军事集团，中国封建社会走向黄金时代——盛唐，长安成为国际性大都市，人口百万，波斯人阿拉伯人定居长安的有几十万，儒道释并举，谁也不独尊，伊斯兰教、基督教也纷纷入长安，化觉寺大学习巷清真寺，景教碑保持至今。中国台湾学者蒋勋先生把唐朝称为中国历史上的一次野游，农业文明中罕见的那么浓烈的游牧气息。被称为独篇压全唐诗的《春江花月夜》核心就是对青春的赞美，晨曦，曙光，朝霞，少年，青春，骏马，生命，爱情以及巨大的想象力贯穿整个唐代文明。胡汉，农耕与游牧完美结合。宋元明清，中国历史从东西走向转为南北走向，整个民族步入老年，青春不再。大清王朝灭亡之际梁启超大声疾呼"少年中国"，梁启超甚至感叹：中国自古儿女情长多，风云男儿少。一身英雄气的关中五陵少年已成为过眼云烟。尼采对马丁·路德的宗教改革持有异议，尼采认为在当时的德国，宗教还没有彻底腐烂，宗教改革反而让德国保留了全欧洲最完整的宗教体系，不像意大利英国法国宗教集团彻底腐烂掉，堕入地狱，新的生命新的社会力量才有可能崛起。中世纪最后一位诗人，新世纪第一位诗人但丁在写《神曲》之前就写过《新生》，充满对青春对新生命的无限渴望，少年时代暗恋的威尼斯少女贝雅德丽采成为诗人上天入地的引路人，后来的歌德普希金托尔斯泰都是如此，塑造出一大批充满青春与生命气息的少女少妇形象。

　　农耕与游牧与工商业的最大区别是，农耕是静态的，庄稼从播种生长到收获固定于一地，对节气的掌握很重要，一年四季二十四节气经验很重要，中老年几乎都是农业专家，大地真正的主人，农耕生活方式中对老年的崇尚敬仰天经地义，形成的主体文化儒家就是最有代表性的尊老情怀。游牧生活逐水草而居，一年几次转场，包括驯马，青壮年才能胜任。遇到天灾，就要转场几百公里上千公里，甚至几千公里，游牧民族没有国境意识，哪里有草奔向哪里，为争草场不惜动刀枪发生决战，否则牲畜倒毙，整个民族就灭亡了，战争与流动需要强力者需要勇士，最好的食物装备必须给战士，强力即权威而不是老朽。工商业亦如此，我们就会明白那达慕大会三项比赛射箭摔跤赛马，全是青壮年，没有老年人的份，而赛马连大人都不行，全是十二三岁的孩子。笔者1987年7月在赛里木湖畔观看蒙古族哈萨克族那达慕大会，赛马冠军是一个十二三岁的初中生，夺冠下来爷爷爸爸老师把他当作神一样抬起来，孩子昂首阔步骄傲自豪得跟公鸡一样，大家都把他当英雄。要在内地，大人们会告诫他不要骄傲，越有成绩越要夹紧尾巴做人。你就会明白我们的古典文学中为何没有童话、神话、科幻、儿童文学，这几种文学都是给孩子的，核心词就是想象力，想象力是一种伟大的创造力。这种童心未泯充满朝气与生命力的元素也是唐诗的关键。唐诗充满想象力，而宋词长于抒情，核心是情。笔者专门给本科生开一门选修课"文学与人生"，其中一章专讲童话、神话、科幻与儿童文学，孩童所特有的好奇心、猎奇心、求奇求新正是人类追求、探寻宇宙天地万物以及生命奥秘的关键，许多天才的艺术家科学家直到晚年还保持着巨大的创造力，就因为他们童心未泯，一旦他们身上这种童心好奇心消失了，麻木了，守旧了，保守了，他们的创造力也就消失了。五四新文化运动有三大发现：发现了人，发现了妇女，发现了儿童。鲁迅借狂人之口救救孩子，我们可以理解为对新生命的召唤，古老民族的新生，我们吸收欧美文化的同时，也应该把目光投向西部，投向高原大漠草原瀚海，草原文化有一种不亚于欧美文化的健康的元素，从大兴安岭到阿尔泰山，天山到青藏高原正是人类学民族学所称道的中国北方游牧民族史诗带，即《江格尔》《玛纳斯》《格萨尔王传》的诞生之地，完全不同于荷马史诗，不同于英法德西班牙与印度史诗的活史诗，那些史诗一经产生就固定下来不再发展变化，而中国的三大史诗，有开始没结尾，与民族共存亡，这是中国少数民族给中华民族的伟大贡献，从诞生到现在充满无限的朝气与活力。回到1986年8月初的西天山伊犁河谷，在中亚腹地瀑布般的阳光下，我翻到《蒙古秘史》的第一页，读到第一句时我就晕了，那强烈的生命气息让人类回到了童年，回到了太初有为的黄金时代。蒙古的原始含义就是火焰，就是从柔弱到强大。成吉思汗大军的军歌就是："我们的军队是群羊，翻山过海万里长。敌人好像是草场，我们一定会把他们吃得精光。"1997年《人民文学》4期发表我的小说《美丽奴羊》，一个细节就是羊在戈壁滩的石头缝里跟渔民钓鱼一样钓出一棵棵青草。草原的底色是羊不是狼，"狼图腾"是内地汉人对草原的变态想象，征服了世界的蒙古人更不是内地人推测的凶悍无比，而是那么纯朴谦逊和善温情，看到草原人的善良才真正了解了草原大漠。

散论

西部各民族文化
与文学研究

喀什：尘世与神灵的结合体

喀什全称应该是"喀什噶尔"，维吾尔语"玉石集中之地"，也是新疆唯一的中国历史文化名城，与内地的西安、洛阳、南京、北京、杭州并列。秦末汉初为西域36国的疏勒国。唐时为安西四镇之一。也是玄奘西天取经所经之地。明代为西域四大回城之一。清朝设喀什噶尔道。民国设喀什行政区。1952年由疏附县析置喀什市。三面环山，一面敞开，北有天山南脉横卧，西有帕米尔高原耸立，南部是喀喇昆仑山，东部为一望无际的塔克拉玛干大沙漠。喀什市就位于叶尔羌河、喀什噶尔河冲积平原的中部，克孜河从城边流过，以泉水为主的吐曼河横贯市区。在司马迁的《史记》中，源于帕米尔高原的叶尔羌河流入塔里木河，入大漠从青海积石山复出为黄河。这就是古代中国人的"河源说"。叶尔羌河、塔里木河为黄河的上源，这已经有神话色彩了。新疆远古时就是海洋，海洋是沿着山脉回缩的。在司马迁的意识里，母亲河黄河的源头应该与山势相应。

唐以前的喀什还处于一种神奇力量的潜伏期，它在等待一个伟大民族的到来。维吾尔族最早游牧于蒙古高原的三河之地，即鄂尔浑河、土拉河、色楞格河，9世纪朝两个方向迁徙，一小部往南迁入山西大同，另一部分西迁，分三支，一支迁河西走廊，即今天的裕固族，一支迁吐鲁番，一支迁中亚草原，建立喀喇汗王朝，自称桃花石喀喇汗王朝，意即中国人的王朝，在中亚消灭萨曼尼王朝，攻占其国都布哈拉。喀喇汗王朝的国都起先在巴拉沙衮（哈萨克斯坦的托克马克，李白出生于此），后迁喀什噶尔。西迁具有划时代的意义。维吾尔族从游牧民族变为定居于绿洲的农业、园艺业、手工业民族，游牧时代的维吾尔族给我们留下了史诗《乌古斯汗的传说》，相当于古希腊的《伊利亚特》，西迁后，尤其是以喀什噶尔为其中心以后，维吾尔族11世纪诞生了两个文化巨人，穆罕默德·喀什噶里和玉素甫哈斯·哈吉甫。喀什噶里是土生土长的喀什人，他走遍突厥人的城镇和村庄，在大食王朝的中心巴格达写下了不朽的著作《突厥语大辞典》，把突厥语提高到与阿拉伯语并列的地位，书中包括300多首民歌，可以说是古代维吾尔族的百科全书。哈斯·哈吉甫出生在巴拉沙衮，在喀什噶尔的喀喇汗王朝宫廷任职，《福乐智慧》译成汉语就是《赐给幸福的知识》。这是我读到的第一本中国少数民族文化经典，它让我见识了汉文化以外另一种伟大的文化。后来我读到了好几种版本的《福乐智慧》，都不如最初那本装帧朴素的书，封面淡淡的一圈维吾尔民族图案，庄重典雅。我在写中篇小说《金色的阿尔泰》时，忍不住用哈斯·哈吉甫的诗句结尾："我说了话，写了书，我抓住了两个世界。"好多年以后我读到《突厥语大辞典》，我在陕西的大学里教书，总是从中抽出一些章节讲给学生，让他们感受一下古代圣哲的气息。在喀喇汗王朝以后，维吾尔族给成吉思汗的蒙古王朝创造了文字，在后来的察合台汗国时期，维吾尔族诞生了伟大的诗人纳瓦依，这是一个吟唱爱情的诗人，其作品一点也不亚于莎士比亚。再后来的叶尔羌汗国时期，维吾尔族女音乐家阿曼尼莎汗收集整理了"十二木卡姆"，这是维吾尔族一种大型传统民间古典歌舞音乐。1835年，维吾尔诗人纳扎里根据发生在喀什城郊农村的一个殉情的故事写下了叙事诗《热比亚——赛丁》。这是一个跟汉族梁山伯与祝英台相同的爱情故事，这对少男少女的坟墓分别长出两棵巨大的红柳，枝杈相交，同时开花，一棵开红花另一棵开白花。

喀什更大的特点是民间的生活方式。喀什是维吾尔族上千年劳动的结晶，定居下来的维吾尔族发展了农业，在此基础上产生了园艺业、手工业、矿冶业、商业，把沙漠荒滩建成了人间花园——"真境花园"。再穷的维吾尔族人家，院中也有花开。手工业全集中在市区，看看街巷的地名，艾维热西木喀巷（丝绸业），夏米其巷（制蜡烛者），艾格来克其巷（箩筛匠），喀赞其亚贝希巷（制铁锅者），再格米巷（金银匠），孜里其巷（织毯者），亚其巷（弓匠），且克曼巷（织土布者），京其巷（制秤者），亚尕其巷（木匠），古古特其巷（火柴匠）。这些地名与我居住的西安、古长安那么相近，向达先生著有《唐代长安与西域文明》，唐与回纥（维吾尔族）的关系可是太密切了。陈寅恪先生所言，李唐王朝皇室有突厥血统，民间传说中的大力士李元霸与维吾尔族的民间故事《艾力库尔班》何其相似，我的长篇小说《大河》就是以《艾力库尔班》的传说来结构的。维吾尔族的商业才能就不用多讲了，巴扎就是集市的意思，从艾提尕广场往西到南门一条街有几十个巴扎，那里10万人的大集市，热烈地渲染着世俗生活的伟大，古老幽静的高台居民与耸入云天的艾提尕清真寺紧密相连，这就是维吾尔族的生活方式。木卡姆的音乐总是在痛苦中低吟呐喊，在喜悦中结束。对喀什的另一种解释：喀什是各种颜色，噶尔是用砖砌成的房子，连起来就是各种颜色的砖房。世俗与神灵完美地结合在一起。

乌鲁木齐：上天的神来之笔

乌鲁木齐蒙古语意为"优美的牧场"。记得我最初到新疆的时候，被吐鲁番哈密一带的大戈壁给镇住了。过兰州过河西走廊还有大片的绿色，玉门关嘉峪关至吐鲁番，大概是中国最荒凉的地方。乌鲁木齐让人心中一亮。这是一座东南西三面环山的大城，被天山环绕，北面向准噶尔盆地敞开。在新疆生活好多年以后，知道最好的牧场在天山腹地，比如巴音布鲁克草原、那拉提草原，都是天堂一般的地方，是牧人们吟唱的"夏牧场"，我一直怀疑卫拉特蒙古人的伟大史诗《江格尔》中反复吟唱的"宝木巴"圣地就是天山阿尔泰山中的"夏牧场"。天山被誉为西域瀚海中的"湿岛"，孕育了中亚无数的牧场绿洲，匈奴人、蒙古人用他们最崇尚的神灵腾格里"天"来称呼这座山"天山"。乌鲁木齐应该是天之骄子。天山中最大的牧场成为一座城，就比较晚了，清朝乾隆二十八年

（1763）筑城，定名为迪化，清光绪十年（1884）新疆建省，迪化为新疆省会。1934年设市。1954年改称乌鲁木齐。

这是一座年轻的充满活力的城市。成为省会不久，天津、山西、陕西的商会，俄罗斯、英国、美国、德国的领事馆、洋行纷纷设立，20世纪三四十年代，茅盾、赵丹、萨空了来新疆学院讲学演实验话剧，那时候的乌鲁木齐应该是中国西北最开放最有现代气息的城市。20世纪50年代以后建有八一钢铁厂、七一棉纺厂、十月拖拉机厂、无线电厂、石化总厂、天山毛纺厂这些现代化的大工厂。解放路与中山路交会处的"大十字"则是商业繁华区，被誉为乌鲁木齐的"上海南京路"，有大十字百货大厦、新疆百货大厦、天山百货大楼、伊斯兰大饭店、百花村饭店、华侨大厦等，夜市则有各民族风味小吃。大十字商业区最早始于左宗棠收复新疆后，随军做生意的数百名"赶大营"的天津杨柳青货郎在大十字摆地摊，后来盖起大小商店，形成"津门老八大家""津门新八大家"。当时也吸引了晋陕湘豫的商贾来新疆投资经商，包括上海的亨得利钟表眼镜店。另一个繁华区是"小十字"，位于解放北路和民主路交会处。原来这里有博达书院（清代高等学堂），老君庙，西北大戏院，鸿春园饭店，群众剧院，艺术剧院，形成繁华的文化娱乐区和商业区。二道桥是维吾尔族居民比较集中的地方，有名的大巴扎就在这里，颇有南疆喀什巴扎的风貌，白天红火，夜市热闹。

乌鲁木齐的标志是红山与妖魔山，红山位于城区正北，海拔

934米，山上有13级古塔，与城西妖魔山南北相望，妖魔山上也有一座古塔。妖魔山即蒙古语雅玛里克山，意即山羊之家，乌鲁木齐本来就是牧场嘛。汉族人把雅玛里克念成了妖魔就成了妖魔山。妖魔山海拔1400米，又是一座气象山，民间流传"妖魔山戴帽（云罩山顶）必有雨到，妖魔山没戴帽，太阳当头照"的说法。乌鲁木齐再怎么发展，"优美的牧场"的特点永远也摆脱不了，这也是乌鲁木齐让人着迷的地方。在红山与妖魔山之外，乌鲁木齐河穿城而过，从城区到城郊，中亚群山森林草原湖泊的气息永远地弥漫着。西大桥连接河的两岸，西公园即人民公园，是乌鲁木齐历史最悠久的公园，清朝初年，这里的原始森林"绵亘数十里"，20世纪二三十年代，西公园的林莽铺盖到妖魔山下，往南沿乌鲁木齐河蔓延至燕儿窝一带。燕儿窝位于乌鲁木齐南郊，北临红雁池水库，南接乌拉泊水库，依山傍水，古木参天，保持了乌鲁木齐最初的森林状态。再往南70余公里就是有名的南山牧场，那里是真正的天山草原，也是乌鲁木齐人消夏的地方，湿岛天山东面绵延5000里，山间盆地就是森林草原湖泊，距乌鲁木齐仅70多公里。即使在夏天，在繁华的市区，晚上也要盖着毛毯，空调用处不大。凉爽清洁晴朗，900多米高的红山，到1400米的雅玛里克山（妖魔山），到东郊5445米的博格达峰，一座真正的山城。乌鲁木齐河就发源于博格达峰的一号冰川，博格达蒙古语是神灵的意思，乌鲁木齐是上天的神来之笔。各个民族居住在这里，世俗的生活之外，给灵魂和信仰留下广阔的空间。红山与雅玛里克山是修建佛寺与道观的地方，塔塔尔寺与陕西大寺则是穆斯林进行宗教活动的场所，第七中学旁边有可容纳500多人的天主教堂，还有文庙城隍庙老君庙。乌鲁木齐最初由当年驻防九家湾古城的清军修建，守边将士在军营修关帝庙，关帝爷是财神也是军神，关帝庙也称老红庙子，指的就是乌鲁木齐，每年农历七月初七举办庙会。

清代学者纪晓岚流放新疆，在《乌鲁木齐杂诗》中这样描写乌鲁木齐："半城高阜半城低，城内清泉尽向西。"从乌鲁木齐的老地名就可以看出这座城市的特点，由沟梁湾坡山构成。仓房沟、碾子沟、小西沟、水磨沟、碱泉子沟。南梁、北梁、东梁、八户梁。大湾、二道湾、三道湾、四道湾、五道湾、六道湾、七道湾、八道湾、九道湾、卡子湾。南梁坡、向阳坡。红山、雅玛里克山、鲤鱼山、黑山头。

我曾在黑山头捡到过鱼化石，在黑山头的岩石上看到海浪的波纹，那一刻我意识到新疆曾经是大海，后来成为陆地，一块新大陆。我曾在一篇文章中写道：最幸运者莫过于一次再生的机会，女人比男人幸运，她们至少有两次，一次是成为新娘，一次是成为母亲，男人的再生全凭机缘。我踏上新疆的土地就在黑山头上触摸到了大海的气息。这也是乌鲁木齐永恒的气息，尽管这是中国离海洋最远的城市。

石河子：军垦第一犁，将军和一座城

　　新疆许多地方争军垦第一犁，严格地讲这个荣誉应该归于石河子。石河子是军垦战士建立起来的一座边塞新城。与石河子类似的还有王家渠、北屯、阿拉尔、图木舒克，当然也包括我生活过的奎屯、伊犁河谷的可可达拉等等。20世纪50年代初20万军人铸剑为犁，不与民争地，在荒漠戈壁开地，从地窝子到土坯房到砖房，再到楼房，一代人献出去了，一座座城镇在戈壁沙漠上诞生了。1986年我去新疆的时候，在奎屯郊区农七师131团的田野上还能看到地窝子。土坯房就更多了。我见到了更多的军垦老兵。大漠的风和烈日在他们的脸上留下深深的刻纹，黝黑甚至有太阳晒出来的肉瘤子，手掌变形。我的学生有伊犁州各地区的，也有农七师各团场的，我叔叔婶子在农五师托托团场，作为农民的后代，从小干惯了农活，与军垦人很容易沟通。我有许多作品写这些老兵，《过冬》

《雪鸟》《金色的阿尔泰》《复活的玛拉斯》，长篇《大河》《乌尔禾》。《乌尔禾》中海力布这样的老兵，在垦区就好几千，终身未婚，全融入大地。石河子市有一座军垦博物馆，收集了许多老兵们垦荒的工具及生活用品。1990年秋末，我带学生到石河子实习，整个城市全是密林，所有建筑隐在树林深处，每座建筑相隔一二百米，大街宽得不可思议。大街从北一路、北二路、北三路、北四路、北五路到乌伊公路，然后以市中心子午路为界向东向西，东环路、东一路、东二路、东三路；西环路、西一路、西二路、西三路。市区是从交通便利的乌伊公路开始的，那地方叫老街，从准噶尔盆地边缘向天山北麓铺展，最南的那条大街就叫天山路，天山路已经离火车站不远了。

历史上石河子仅仅是公路干线上的一个食宿站，二十几户人家，属沙湾县。1950年建石河子城，1975年设市。石河子市委大楼——原兵团办公大楼前的开拓者广场上有一座巨型塑像，一群老兵奋力拉一张铁犁，迈向荒原。这就是有名的军垦第一犁。从1950年春天到1952年秋天，第一批商店、学校、医院、工厂建起来了，最引人注目的是兵团办公大楼、兵团小礼堂、兵团医院、兵团招待所。

后来便是大批的内地支边青年，上海人居多。诗人艾青被打成右派，王震请大诗人到石河子，石河子就有了《绿风》诗刊，有了杨牧等一批边塞诗人，石河子人后来专门给艾青建了纪念馆。

这里的书刊发行量居全国前列，这里的中学在全国以及国际大赛屡屡获奖，高考升学率在自治区名列前茅，由原来的医学院、农学院、教育学院组成的石河子大学与北京大学联合办学，北大的教师经常来这里讲学。新华书店的开架书柜前全是学生，把书店当图书馆，服务员赶都赶不走。

这座城市的设计师、兵团政委张仲翰是个儒将，河北的一家大地主的公子，抗战参加革命，终身未婚，被军垦人亲切地称为兵团之父，这位富有诗人气质的将军，专门研究过城市建设。从整体的规划，到每个细节，反复推敲，一个工厂一个学校地计算，画过无数的草图，每个建筑周围留下空地，以备将来建设，将军在20世纪50年代就预测了城市50年、100年后的建设。什么叫城市功能？我们浪费了多少人类资源？今天的城市建设设计师们应该去石河子膜拜张仲翰将军，去细心体会一下什么叫远见卓识。一座有诗意的城市，一座有品位有精神气质的城市，本身就是艺术。本人去年有幸去了欧洲，在伦敦在爱丁堡，在奥斯陆在斯德哥尔摩，我想到了石河子，想到了不朽的张仲翰将军。1990年冬天，我在石河子医学院的招待所里一口气写了三个中篇一个长篇，那也是地震频繁的一个冬天。1991年春天，我几次想到石河子有名的紫泥泉种羊场去，中国第一代细毛羊美利奴羊就诞生在紫泥泉种羊场。一个叫刘守仁的南京农学院毕业生，从江南来到天山脚下，用27年时间培育出军垦型美利奴羊。那时我就萌动了写《美丽奴羊》的念头，直到1996

年，我回到陕西先以《奔马》打头，接着是《美丽奴羊》由《人民文学》隆重推出，总算了却了一桩心愿。

石河子有周总理纪念馆，有东公园西公园，城市绿化达41%。有新疆最大的毛纺厂八一毛纺厂，有西北最大的糖厂八一糖厂。据说要把大泉水库建成苏杭式的石河子北湖公园。

我曾经生活过的城市奎屯与石河子相隔沙湾县，奎屯的历史与石河子相似，天山以北，乌鲁木齐、昌吉、阜康、米泉、呼图壁、玛纳斯、沙湾、乌苏、精河、博乐、伊犁，都是有历史的，都是西域的名城。石河子、奎屯都是小驿站，都是荒漠，是军垦汉子从地窝子开始，从原始穴居时代一下子进入现代文明。我的创作开始于1983年，大学三年级，这一年我发表了处女作，开始参加当地的一些文学活动，我坐在角落里无限敬仰地看着才华横溢的作家们的激情表演，那时的大学校园里常常见到高呼打倒莎士比亚、打倒托尔斯泰的文学狂人，狂人们谁也没打倒，仅仅打倒一批女生。我庆幸上大学之前读到了俄罗斯作家巴乌斯托夫斯基的《金蔷薇》，在大学的图书馆里我读到了波斯诗人萨迪的《蔷薇园》和哈菲兹的诗集，抄了满满几大本。大学毕业，我就像巴乌斯托夫斯基笔下的普里什文一样，背着行囊，到"飞鸟不惊的地方"——遥远的天山去了。陕西人从汉唐那个大时代就有寄身西域的传统。我只是步其后尘罢了。西域有大美，美是无言的。偶尔一次机会，参加奎屯当地的文化聚会，听文化界人士谈内地的见闻与感想，无非就是内地多么发达开放，新疆多么偏僻落后，我可是太了解内地了，我抑制住要发言的冲动离开会场，步行回家，大街两旁高大的杨树、沙枣树被砍掉一大半，要栽上跟内地城市一样的树种。现代化的进程势不可挡。老兵们栽下的大树总是要凋零，要消失。在麦克阿瑟的传记中我读到过这样的句子，老兵不死，但他们会慢慢凋零。这些军垦老兵不少人在朝鲜跟麦克阿瑟打过仗，但兵总有互相欣赏的地方。我的祖父是一个抗战老兵，在内蒙古大草原度过他的青春时代，我的父亲也是一个老兵，他服役的地方在青藏高原，命中注定我要役于天山。这年秋天，我带一帮学生来到了石河子。这也是我定居新疆的第五个年头了，该写些东西了，孩子都两岁了。

（以上三篇选自《北京晚报》2008年6月25日至7月8日）

岐山臊子面

陕西地界，吃面必吃臊子面，省城西安以及各县镇到处都是岐山面馆，原产地岐山就有了民俗村，大多都在周公庙附近。那个伟大的周王朝肯定与吃喝有点关系，周武王挥师东进、逐鹿中原，除政治口号以外，臊子面、锅盔、面皮具有极大的号召力。

关西大汉到秦始皇时代，就成了让山东六国瑟瑟发抖的虎狼之师。已经是2004年了，岐山地界臊子面的最高纪录还保持在六七十碗；一个人一顿吃六七十碗，不是南方人吃米饭用的酒盅碗，是大老碗。你可以想象周秦汉唐那个英雄时代陕西人的饭量有多大！周武王和秦始皇的士兵肯定用的不是碗，是脸盆大的头盔，牛筋一样青橄榄的耐嚼耐咽的长面条，又辣又酸又烫，跟化开的铁水一样的汤浇到面上。汤是不喝的，回到锅里不停地轮回往返，绝对在六七十这个数字以上，血就热起来，眼睛跟脸红得喷火，心跳咚咚如鼓，只等一声号令，人的原始血性刹那间就爆发出来了，这就叫气壮山河。陕西人的黑老碗绝对是古典武士头盔的变形，周人秦人从岐山出来挥师东进，汉人唐人延续这个伟大的传统，东出潼关后，又开凿西域。他们高贵的祖先本来就是西北的游牧民族，西起周原东至潼关的八百里秦川把他们从牧人变成了农民，牧草到庄稼这种奇妙的转折并没有减弱他们驰骋大地的勇气和想象力。依然是巨大的青铜和铁的头盔，穿越河西走廊，穿越中亚细亚，汗血马、苜蓿、葡萄跟麦子、谷子长在一起，秦腔花儿跟"十二木卡姆"连在一起。张骞、玄奘这些孤胆英雄就没有那么多讲究了，死面饼子和羊肉往铜钵铁盔里一放，倒上水，架上火煮烂煮透，一碗下去，肚子就圆了，拍一拍跟鼓一样嘭嘭嘭，可以撑到天黑。羊肉泡馍绝对是戈壁沙漠的产物，一天只吃一顿，人成了骆驼，至少是骆驼影响了人的肠胃。

周人是比较讲究的，即使征战也不能急吼吼，也一定要从容大方。臊子面汤宽，让人觉得奢侈，头盔那么大一碗汤，碗底就一筷头面条，可这一筷头面条又长又筋又烫，一沾嘴唇，急速吞咽，就发出哨子一样的嘘嘘声，一碗接一碗快得不得了，要用盘上，大木盘里十几碗，一个女子端着，吃一碗递一碗，跟转盘机枪一样。我小时候亲眼见过十几个小伙子吃筵席，主人穷于应付，大铁锅不停煮面煮汤，一大群女子穿梭般端面，还是跟不上，小伙子们出主人洋相，跟不上就用筷子敲碗。红事白事，总要提防村子里虎狼般的壮汉。连十几岁的半大小子也在提防对象之列。这种饮食启蒙对一个乡村少年非常重要。臊子面的汤是用臊子肉做的。五花猪肉切碎,慢火烂一小时,跟炖东坡肘子差不多,不是炒也不是煮,也不是炖,加上辣子醋,慢慢地让猪肉烂成糨糊状,有一股浓烈的酸辣香,汤也是酸辣味,一层辣子油,一口吹不透。四川湖南的辣,山西的醋,在岐山面跟前是小巫见大巫。我七八岁的时候吃猪肉伤了脾胃,再也不吃猪肉了,吃臊子面只吃一两碗,几乎是婴儿的饭量,你可以想象在岐山那地方有多狼狈,一个人吃不成饭,谁都瞧不起你。

我的外婆是一个乡下老太太,外孙吃不动饭她着急呀,心里急,脸上看不出来。慢条斯理地讲她辉煌的过去,农村妇女所有的辉煌就是厨房,有米没米必须让烟囱冒烟,而且要冒得笔直雄壮义薄云天。在她的讲述里臊子面的面条应该是青色的,案板上,面擀开,又揉到一起,再擀开,再揉再擀,面粉的筋丝全被拉开了,营养全都出来了,煮熟后就是青的,筷子挑起可以看见对面的人影,跟玻璃一样,客人们吃到二三十碗的时候,总要站起来松松腰带,放开肚子再吃十几碗……我还记得60多岁的外婆眼冒神光的样子,我的口水咕咕叫着咽到肚子里,我都闻到了又浓又尖的酸辣味道,跟梦幻一样。在梦幻的后边,外婆真的到厨房去操作了,仿佛在童话世界里,我听到和面的声音,我听到揉面的声音,我看见面被擀开了,跟被单一样一次次展开,白面变成青面,沿着擀面杖切成细丝，酸辣汤弥漫了屋子弥漫了古老的周原大地，那年我12岁，我一口气吃了35碗。外婆用鸡肉做的臊子。我还清楚地记得我吞吃面条的嘘嘘声。

（《人民日报·海外版》2005年4月25日）

清姜河畔话炎帝

秦岭与黄土高原结了一个疙瘩就是宝鸡，宝鸡也是渭河从高原进入平原的开始。渭河北岸的千河、姬水跟周秦那两个伟大的王朝连在一起。渭河南岸跟千河遥遥相望的是源自秦岭山脉的清姜河。

我在宝鸡生活了10多年，我是个喜欢户外活动的人，这10多年里基本上把北源南山走遍了。秦岭在当地人眼里是南山。秦岭延伸到古长安即终南山，巨龙般的群山在这里停下来了。我曾在新疆生活了10年，知道新疆的喀喇昆仑山，昆仑山即南山，喀喇是黑色的意思，黑色的南山向东方挺进至甘肃青海间为祁连山。祁连山给人的印象是仿佛窑里烧出来的砖，红艳艳的，其中有一段匈奴人叫作胭脂山，远古时代盛产化妆品的地方，到了陕西就是青幽幽的秦岭山脉终南山了，那是《诗经》《史记》和唐诗的后花园。清姜河则更具神话色彩。2000年我考察黄河沿岸各民族民间艺术时，行至甘南夏河，与当地藏族学者交谈，这个叫朵藏桑吉的学者知道我生活在宝鸡时，就郑重其事地告诉我，宝鸡南边有一条姜水，那个地方出产生姜，汉族是从姜开始的。他在纸上写出"姜"，我一下子明白了他的意思，汉藏都源于羌，炎帝就出于古羌族部落。农业源于牧业，那个壮美的"羊"太伟大了，"儿"原是原创性的，一生二，二生三，以至无限，从"儿"到"女"，这就是创世纪，跟《旧约》里的亚当夏娃类似。在远方，拉开距离遥望家乡，一山一水就有了异样的感觉。

清姜河边还真有一片数百亩大的生姜地，也是关中西部唯一出产生姜的地方。北源朔风凛冽，南岸以及秦岭山脉山清水秀，清姜河在山口冲积出这么一块宝地，把南方的风土延伸到这里，就像一条温软的舌头。炎帝在这里开始了原始农业。

地理学上把秦岭视为南北分界线，也是黄河长江水系的分界线，更是一个植物王国。所谓太初有为，农业神炎帝据说有几千种大发现，即神农尝百草，何止百种。据说茶叶也是炎帝发现的，最初不叫茶，叫"查"，陕西关中方言"茶""查"不分，这个农业神肠胃功能绝对超过常人，即所谓"异人"，但还是会中毒的，"查"就是解药，随身带，即使剧毒下肚，"查"也能救炎帝于水火。我们可以想象这个农业神有多么辛苦，绝对是个瘦巴巴的山里汉子，猿猴般攀于悬崖陡壁。秦岭大概是地球上最凶险的山脉了，我走遍了北方，见识过祁连山、贺兰山、大青山、天山、阿尔泰山，这些山脉都有平缓的过渡，秦岭却是峭拔出世，坡度接近80度，李白的《蜀道难》绝非一味地夸张想象，诗人再有想象力，还是有现实做底子的。华山不就是秦岭一小段嘛，不就是以险取胜嘛。这些地方也是奇花异草的乐园，也是王安石所谓非常之观，常在险远。那些让神农炎帝发现的首批进化到农业的植物，绝对是植物王国的佼佼者，是天地的精华，也就是我们今天说的优良品种。那个甘南夏河县的藏族学者给我如此解释"格萨尔王"，格萨尔与格桑花相连，是天地的精华，是人间的精英，甘川藏交界的安多藏区有许多格萨尔的遗迹，可见传说中的神是有现实基础的。神农炎帝所有发现中最有意义的应该是姜，不仅仅因为姜、姬这些古姓与我们的民族起源有关，从字的结构可以看出母系社会的影子。姜首先是一种植物，是牧业结束的地方，也是农业开始的地方，姜这种中原农业民族的最重要的作料，意味着我们进入真正的文明状态，先民们有了烹饪这门手艺，以及相关的器具，青海甘肃地区的陶器到关中就变成了青铜器，不但烹饪，而且有了祭祀仪式，姜是关键，把食物加工成美食。中国最有名的青铜器几乎都出于宝鸡，比如毛公鼎、何尊等。跟格萨尔王留在甘南青海的马蹄印一样，出身于古羌族部落的炎帝大概也难以忘怀昔日的游牧生活，姜水东岸秦岭伸向渭河平原的台地，差不多是一座浅山，状如河滩草地啃草的羊，就叫作常羊山，那真是一只永恒的羊，也是兽中最尊者。关中人把珍贵的东西不叫精华或精英，叫白菜心心，这里就是渭河谷地的白菜心心，是陇海铁路、宝成铁路以至成昆铁路的白菜心心；当地人说到白菜心心时就会指给你看常羊山，还有清姜河边的生姜地。

兰州有皋兰山，藏语为黄羊走过的地方，那羊走到清姜河畔秦岭山下不走了，就成了常羊山，常羊山有神农镇、神农祠、神农庙，香火不断。

（《人民日报·海外版》2006年9月13日）

山河形胜白鹿原

"陕军东征"的6部长篇，我看过其中两部，《废都》和《白鹿原》。《废都》中的西京，外地人也能看出那是古长安今西安，《白鹿原》中的白鹿原我一直以为是作者虚构的一个地名，就像福克纳再现美国南方人故事时创造出的并不存在的"邮票大的小镇"。我先居小城奎屯，后居小城宝鸡，当年上大学也是在宝鸡，大学毕业一年后西上天山，重归故里，与陈忠实老师相识，也一直把白鹿原当成一个文学地理名称。2004年底迁居西安，2005年秋天应邀去思源学院讲课，才知道大地上真有一个白鹿原，位于西安东南15公里处，高300多米，原面平坦开阔，南北宽10公里，东西长30公里，浐河由西侧流过，灞河由东北绕过原脚，南靠秦岭终南山，地势雄伟险要。

作为一个关中子弟，我生长求学于关中西府，偶尔去省城西安也是来去匆匆，总有一个根深蒂固的观念，深沟大壑，险峻土原都在关中西府。每次去西安，回宝鸡，武功杨陵是个分界线，武功杨陵以东全是大平原，杨陵以西开始出现西北黄土高原特有的一种地貌：貌似高原，但原顶又是十几公里到几十公里宽、上百公里长的台地平原，这就是原。我的故乡关中西府渭河北岸从武功杨陵向西到扶风岐山凤翔都是山岳一般险峻的台原，原下是渭河，原上是古老的周原，周秦王朝的龙兴之地。关中西部渭河北岸辽阔险峻气势逼人，南岸狭窄，最高的就算五丈原，诸葛亮当年屯兵北伐，司马懿雄踞渭北周原，坚守不出，活活累死了诸葛孔明，五丈原成为孔明鞠躬尽瘁的地方。周秦王朝在关中西部渭北原上积蓄力量，然后东进翦商扫六合。过了武功杨陵，渭北的台原消失了，关中平原一下子展开了，成为真正的大平原。周人先在岐山建岐邑即中国最早的京邑，武王伐纣时周人先后迁都沣镐，过了渭河，在河南岸建新都，已经接近汉唐的长安了。秦人从西府周原的雍迁都咸阳，咸阳山南水北，阳气太足，大秦王朝一直欠缺阴气滋养，阴阳失调，"咸阳"只有阳没有阴，关中东部，渭河南岸辽阔、肥沃、富饶，可以与关中西部渭河北原古老的周原相媲美。八水绕长安，长安南靠秦岭，秦岭与京都之间的台原有神禾原、少陵原、白鹿原、阳郭原、高塘原、孟原等。渭河在关中平原形成一个优美玄奥的太极图式，西府的周原，东府西安以南的诸多台原，西安即古长安正处在太极图式阴阳转换的交点上，渭河最宽阔的地域，关中的白菜心心，人体的腰部肚脐眼部位，从西北高原崛起的任何一支力量只有

手去掏。然后鸿门宴，然后回灞上，先汉中后明修栈道重返关中。项羽火烧阿房宫，定都江东彭城，对关中的放弃就已经自断龙气，灭亡是迟早的事情。更早王翦率60万大军南下灭楚，秦王嬴政送至灞上的白鹿原，就是有名的老将军反复向秦王要房子要地以消除秦王的猜疑，估计是秦岭突出到关中平原的雄伟的台原白鹿原给秦王吃了定心丸，也给了老将王翦以勇气，穿越秦岭灭了六国中面积最大人口最多的楚国。比秦更早，周幽王与褒姒在白鹿原相邻的骊山烽火戏诸侯，西周灭亡，周平王东迁，史书记载，有白鹿出灞上，这应该是白鹿原正式名称的开始，白鹿游于原上，西周结束，东周开始，历史翻开新的一页。白鹿原大放异彩应该是汉唐这个大时代。汉文帝和他的母亲妻子的陵墓就在白鹿原上，就是有名的"顶妻背母汉文帝"。汉文帝的陵墓灞陵位于白鹿原北侧，陵墓依坡而成，如凤凰展翅，当地人叫凤凰嘴。文帝时与民休息，轻徭薄赋，社会安宁，秦末战乱所造成的破败荒凉萧条的局面得到恢复，与后来的景帝合称"文景之治"。汉文帝生活简朴，陵墓借白鹿原地势而建，陪葬品都是泥土烧制的陶器，没有金银珠宝陪葬，连普通的青铜器都没有，送葬仪式也很简单，民间有"天葬汉文帝"之说。汉文帝平生孝敬父母，临终前叮嘱妻子窦皇后要厚待母亲薄太后，愿死后"顶妻背母"报其恩德。后来汉文帝陵与他的母亲薄太后南陵窦皇后陵按"顶妻背母"方位安置。汉初行黄老之说，关中本是老子讲经著书的地方，文帝景帝的风格更接近原始儒家。那个独尊儒术的汉武大帝虽雄才大略，但铺张浪费、大兴土木，与秦始皇并列，史称秦皇汉武。西楚霸王项羽，世代为楚将，其行事风格真是楚国贵族的真传。倒是刘邦这个楚国平民很适合关中这块土地。我总以为陕西以至大西北的底色是周人风格不是秦人风格。记得初到新疆，第一次见到草原上的蒙古人让我大吃一惊，我印象中的成吉思汗子孙们横扫欧亚大陆征服世界，是何等的强悍与凶猛。书本也告诉我游牧民族以狼为图腾，并以狼主自称。我眼前的蒙古牧民纯朴善良还有点腼腆羞涩。在新疆生活久了以后，才明白狼不是草原人的底色，草原人的底色是羊。成吉思汗军歌的第一句是"我们的军队是群羊"。大西北有过短暂的虎狼之称的大秦王朝，但其底色是周文明。青海诗人昌耀在《慈航》中写道："爱的繁衍与生殖，比死亡的戕害更古老，更勇武百倍。"周文明周文化尤其周公一直是儒家的理想圣贤。我的故乡岐山为周宗庙所在，那些举世瞩目的青铜器大多都是"文革"后期平整土地修水利时农民挖出来的，大都献给了国家，近几年还不停地给国家捐献文物。周人都是薄葬，根本没有王陵，秦的王陵贵族陵又高又大专供后人挖的，周人不是，史书记载："周公，武王弟也，葬兄甚微。"周人奉行的原则是："德弥厚者，葬弥薄，知愈深者，葬愈微，无德寡知，其葬愈厚。"刘邦入关中算是接上原始儒家的地气了，汉武帝那种篡改过的儒术，还真是把儒变成了术，借儒的外壳行法家之术，武帝与秦始皇接轨，给西汉的崩溃打下伏笔。汉初几代帝王好不容易恢复了周的文明礼仪，改掉了秦的"免而无耻"。到北宋张载关学兴起，陕西以至西北，上上下下的文化心理模式基本稳定下来了：敦厚诚实不招摇不虚夸一直是西北人的基本特征。小说《白鹿原》的内涵也在于此。我喜欢小说初版时的封面，活脱脱从黄土高原某一个台原的横断面雕刻出来的一个关中老汉黄土雕像。我觉得小说中最成功的是一系列男人形象，感情深沉丰厚。写白嘉轩时总是强调：眼睛突出，下巴突出，这是典型的周人特征。我一直生活在关中西部，西上天山10年迁居西安，才发现西安人的头形脸形比较混杂，连出租车司机也能一眼看出我是西府人。碰到在西安生活工作的西府乡党，大家都认为西安人一半是眼睛突出，下巴突出，这是从岐邑进沣镐的周人后裔，另一些西安人眼窝深，凹下去，脸部及头颅窄长有点斜。中亚胡人之后，关中是个大熔炉，南北朝五胡乱华，五代十国，关中尤其是长安是北方胡人的目标，唐代阿拉伯人、波斯人更多。小说对这种生理特征的强调应对了卷首语：一个民族的秘史。安史之乱至宋以后长安及关中都不再是中心了，政治经济的中心位置丧失了，但文化及民族心理深处的关键性元素并未消失，按法国年鉴派史学大师布罗代尔的说法，思想文化传统属于"长时段"的结构性因素，与"结构"相比，"时局"与"事件"都是一些容易消失的历史表象。美是一种心灵的内在需要，需要挖一口深井。渭河两岸的旱原打几十米的深井才有水，那都是甘美清凉沁人心脾的水。西域大漠几十米几百米几千米沙层的荒漠甘泉简直是上天的福音。古长安作为丝绸之路的起点也是沙漠之舟骆驼在中原的终点。唐代白鹿原作为京城东边的天然屏障由神策军驻守以驼队运水到大明宫。民国时冯玉祥的西北军在甘肃征数千峰骆驼，到西安还好好的，到洛阳骆驼全死掉了。丝绸之路与亚欧大陆的龙骨大梁秦岭、祁连山、天山相依相伴，很难想象没有西域的长安是什么样子？长安从西周的沣镐开始就有天下意识国际意识，周人不但留下了《诗经》和原始儒家的"礼乐"文化，还留下了周穆王西巡昆仑会西母王的《穆天子传》，可以说是张骞通西域的先声，周人的世界目光为汉唐打下了基础。白居易在白鹿原上留下了诗句，唐的王公贵族在此狩猎游乐。唐末黄巢大军攻入长安，又退守白鹿原，在此屯兵养马。黄巢有霸气十足的豪言壮语，却无刘邦的胸怀与雄才大略，专事掳掠，杀人如麻，他的大军在岐山龙尾沟惨败，部将朱温背叛黄巢降唐又叛唐，朱温活脱脱一个猪瘟，残暴比安禄山有过之而无不及，为营建后梁国都洛阳，朱温把长安拆得片瓦不留，砖瓦木梁顺渭河漂流而下，长安彻底毁掉了，再也没恢复元气。1924年鲁迅先生来西安讲学，其破败颓废，败了鲁迅写《杨贵妃》的兴致，倒是碑林以及西安周边汉唐王陵前的石雕让先生感到汉唐大时代的中国人的生命气象。宋朝大将狄青在白鹿原练兵，白鹿原又叫狄寨原，就是今天的狄寨镇。

今天白鹿原最引人注目的是万亩樱桃园和思源学院白鹿书院。白鹿原东边有3万亩樱桃园。土樱桃有近百年的历史，面积缩小，卖不出好价钱，但土樱桃开花早，3月开花，生长期长，皮薄味醇厚深长，洋樱桃个大，价钱好，4月花开，5月果红，每年5月20日的白鹿原都有樱桃节。西安人3月上原赏土樱桃花，4月就是花的海洋了，3万亩洋樱桃花齐开放跟放焰火一样。5月樱桃红，就是品尝果实的时候了。与樱桃沟相连的鲸鱼沟全是竹林与水库，是游玩的好地方。相传共公怒触不周山，天崩地裂，两条大鲸鱼驮了70个百姓，逃到白鹿原，有点诺亚方舟的味道。鲸鱼游回东海时在白鹿原东西两侧留下鱼鳞状的深沟和河流，雄鲸鱼从蓝田入灞河，雌鲸鱼入浐河，在渭河相会回归东海。陈忠实"文革"后期担任灞桥公社革委会副主任，领一帮民工修建灞河堤坝，这种水利工程的社会活动是否造就了以后创作长篇小说的结构能力？有意思的是中国文坛两位大师级的作家都与水利工程有关系。贾平凹早年曾在陕西商洛修过水库，给工地写标语，练就了后来的书法功底与自然山水的道家风骨。位于白鹿原西北半坡上的思源学院，近千亩大，校园绿化面积90%，典型的园林式学校。思源学院前身是西安交大机械工程系培训中心，经过公办民助，民办公管，民办民营，形成占地近千亩，有18个院系4万多学生的民办大学，跻身全国民办大学前10名。建有"陈忠实文学纪念馆""白鹿书院"，许多专家学者作家评论家编辑家来讲学交流。

（《北京晚报》2012年9月11日）

天赋神境——天山

在许多文章中我总是情不自禁地写道：西域有大美，绝域产生大美。据说老子西行化胡而不归，老子最早说过大美无言。我等没有老子的智慧，故善言，无他，只想道出所见所闻所感。作为一个关中子弟，1986年秋天来新疆前我对大地、苍穹、地平线仅仅是一些书本知识，大学毕业走出校门，我很幸运来到天山脚下，对大地、苍穹、地平线包括日月星辰有了亲身的体验，从那以后发表作品时的个人简历总要写上"大学毕业后曾漫游天山10年"，数百万字的作品也喜欢写上"天山系列"。记得1986年秋天初到新疆我就被哈密、吐鲁番一带一泻千里的黑戈壁所震撼，古书里讲的瀚海太传神了，更神奇的是我发现瀚海里的神山——天山跟甘肃的祁连山、陕西的秦岭一脉相承，空间一下子就打开了，这不就是亚欧大陆中心地带的一条气贯长虹的巨龙嘛！从神州大地第二台阶黄土高原陕西的大秦岭入甘肃就是划开青藏高原与河西走廊的祁连山，秦汉时匈奴人所谓的祁连山就是天山，大地在乌鞘岭突然升高到第一台阶就有升天羽化成仙的感觉。所有西行的人过乌鞘岭都有这种感觉。从河西走廊的尽头玉门关嘉峪关开始进入真正的西域瀚海，祁连山与天山相交的哈密吐鲁番一下凹到海拔几百米以下，瀚海里的天山却耸入云天，天地的界限消失了，进入天赋神境，欧亚大陆的一根大梁，也是地球中心岛的主干龙骨。

一、湿岛

地理学家则把天山称为一座戈壁瀚海里永不沉没的"湿岛"，地球上离海洋最远的群山，处在大沙漠包围中的最干旱的地带。新疆人更愿意把天山当作母亲。地球人都把河流称为母亲，把山当作父亲，山脉更多的时候不是挡风遮雨而是阻挡外敌侵略，大月氏人当年就离开祁连山的河西走廊远迁伊犁又南下万里到达兴都库什山才避开匈奴的追杀找到生存之地。天山东西奔腾5000里，在中国新疆境内3500多里，约占整个天山的2/3。山上的雪水孕育了群山两侧大大小小的绿洲，形成跟内地截然相反的气候特征。天气越热，山上融化的雪水越多，绿洲上的庄稼长势就越好。烈日与雪水，火与水的奇妙组合给棉花与瓜果提供最佳的生长环境。西域的大小城镇就一字排列于天山脚下，再往下就是无边无际的戈壁沙漠了。这些大大小小的绿洲和绿洲上的城镇就像一群嗷嗷待哺的孩子，紧紧地依偎着天山母亲。被吞噬的都是远离天山母亲身处沙漠腹地那些孤儿一样的绿洲与城市，比如楼兰、精绝、尼雅。天山以北很少有被沙漠吞噬的古城。新疆呈三角形，塔里木盆地几乎比准噶尔盆地大一倍，盆地南缘的喀喇昆仑山几乎寸草不生，给盆地提供不了多少雪水，而北疆准噶尔盆地北边的阿尔泰山，完全是森林草原与湖泊的世界，北疆的自然条件比南疆好得多。

东天山靠近甘肃，水量最少，山体与祁连山相近，跟月球差不多，哈密在北疆、吐鲁番在南疆，火焰山就是其标志，气温高达70多摄氏度，沙子里可以煮鸡蛋，也可以沙疗治病，葡萄沟里一条河浇出一片绿荫，沟上边全是黑戈壁，天堂与地狱近在咫尺。坎儿井是东疆一大奇观。火焰般的戈壁沙漠下边是水，喝过坎儿井的水，任何矿泉水都索然无味。这里有历史上的高昌王国，交河古城，吐峪沟麻扎，阿斯塔那古墓出土的织有伏羲女娲神话传说的绢画。东天山受不到任何海洋气流的渗润，大西洋的湿气沐浴了西天山，太平洋的气流染绿了整个大秦岭，祁连山接近东天山时也彻底干透了，敦煌玉门嘉峪关与吐鲁番如此相近。祁连山西端的裕固族与维吾尔族同源，最早从塔里木盆地迁来，信奉佛教。维吾尔族历史上信奉过佛教，信奉伊斯兰教是后来的事情。火焰山很能代表维吾尔族人火一样的生命激情，也是东天山的一个标志。东天山北麓还有两个有名的地方，奇台即历史上的古城子，汉族人居多，另一个是巴里坤哈萨克自治县，有湖泊草原骏马。我在《库兰》与《西去的骑手》中让主人公经受东疆黑戈壁的锤炼。库兰是哈萨克人对野马的称呼，而不是像那个俄国探险家普尔热瓦尔斯基用他的名字来命名这种高贵的神马，贺兰山状似骏马，匈奴人就这么称呼骏马一样的山脉。东天山给山下绿洲的河流很少，雪水从地下潜伏而出，天山母亲在这里呈现出一种深沉的大爱。

从乌鲁木齐开始天山为之一变，山间盆地有森林和草原了。我当年被东疆那种月球上的环形山吓坏了，本打算到乌鲁木齐就打道回府，乌鲁木齐却给了我希望，不是自治区首府的高楼大厦，是市区林带里的水与和平渠。乌鲁木齐河流过市区，20世纪50年代被王震改造成一条大渠。乌鲁木齐蒙古语为"优美的牧场"。定居新疆后，来乌鲁木齐开会，不止一次去附近的南山牧场和白杨沟风景区。与乌鲁木齐相邻的米泉县产大米，阜康市拥有著名的天池，西王母与周穆王相会的地方。西王母很讲究，高山湖泊三湖相连，一处洗脸，一处洗手，一处洗脚。《穆天子传》跟《山海经》属于中国古代罕见的神话故事，主流文化认为其内容荒诞不经，在天山顶上读这些奇书却再正常不过。历史学家考证周人来自西域，周穆王西上天山完全是寻根认祖衣锦还乡。

从乌鲁木齐开始是中天山了，天山北麓的城市从东往西开始出现米泉、阜康、五家渠、昌吉、呼图壁、玛纳斯、石河子、石河沿渭河东进到达这个位置，就等于强壮的胳膊把女人的腰搂住了，周秦汉唐除秦外，都是三四百年的兴旺发达。丹纳《艺术哲学》中阐述希腊艺术时提出种族环境时代的观点是有道理的，神州大地还有什么地方比关中平原更接近希腊罗马的辉煌与文明？希腊罗马是在两块土地上诞生的文明，如果说周是中国的希腊的话，秦就是以战功盖世的罗马，周秦竟然崛起于同一块土地，群山与高原之间的渭河谷地。我很早就有看地图的习惯，中学时就收集各种地图册，纸上的地理与实地的地理还是差异很大。秦岭、祁连山、天山在地图上是三个地理概念，西域10年归来，又从宝鸡到西安，这三座山就是一座山，我才明白秦岭到西安南为何叫终南山，从中亚腹地奔向中原的巨龙般的神山在这里显灵了，长而安，我觉得长安借的不仅仅是八水环绕，更重要的是亚欧大陆这根最长最大的龙骨大梁：天山—祁连山—秦岭，这就是势这就是地气。风水的科学叫法应该是环境地理学，丹纳的三元素中地理环境更有说服力。

2005年秋天，我登上西安东南的天然屏障白鹿原时，第一个强烈的感觉就是这是一个军事要塞，我首先回望原下的西安，几乎脱口而出，掌控白鹿原就等于掌控了整个西安，即古长安。中学课本《鸿门宴》里沛公还军灞上，这个灞上就是这个宽10公里长30公里的白鹿原。秦失其鹿，群雄并起，先入关中者王，刘邦捷足先登先王关中，项羽后到，刘邦退出咸阳，但刘邦雄心未灭，驻军灞上，关中平原最宽阔最肥沃的白菜心心还在掌控中，随时可以伸子往西就是西天山。呼图壁县境内天山深处苏鲁萨依康家门子的岩画举世闻名，我曾写过一部失败之作《苏鲁萨依》，西域有大美，足以让任何艺术家的创作相形见绌，但那却是我受到的最感人的艺术洗礼。我不懂音乐不懂舞蹈，康家门子的原始生殖岩画至少让我明白了人类舞蹈起源于如痴如醉的性交，男女交欢后还手之舞之，从中体验到生命的美好，人类就走出了愚昧和野蛮。大地是有生命的，我在散文《龙脉》中把河西走廊比喻为中原伸向西域的丰润无比的阴道，当中原穿过河西走廊进入西域，大地的经脉就通了，血气就流畅了，阴阳就平和了。中原拥有西域，秦岭—祁连山—天山一脉相连，我们的民族就健康刚强就周秦汉唐，失去西域，断了祁连山天山，血气堵塞，就是宋明这两个精神失常的王朝。元和清，兄弟民族登上历史舞台重整河山，成吉思汗及子孙们打通整个亚欧中心岛，取《易经》首句"大哉乾元"的"元"为王朝的称号。大清王朝衰落不堪的时候，左宗棠还抬棺西征，湖湘子弟满天山。石河子有一个紫泥泉种羊场，为新中国培育了第一代细毛羊美利奴羊，我写小说时改为《美丽奴羊》。

中天山流向北疆的河流不如南疆多，北疆最有名的是乌鲁木齐河、头屯河，《西去的骑手》开头就写头屯河大战。玛纳斯河流入沙漠形成玛纳斯湖。中天山流向南疆的是开都河与孔雀河，流经山中巴音布鲁克草原，出山就是库尔勒市和富饶的和静县、和硕县、焉耆回族自治县、博湖县，两条大河流入仅次于青海湖的博斯腾湖。孔雀河深入塔克拉玛干沙漠注入罗布泊。罗布泊已经干涸，斯文·赫定倾其一生寻找这个"移动的湖"。我的最新长篇《喀拉布风暴》写了赫定。从库尔勒往西，天山南麓的城市有轮台、库车、拜城、阿克苏。库车即古龟兹，龟兹大曲让人想起盛唐之音。库车另一大壮举就是克孜尔千佛洞。20世纪30年代施蛰存著名的小说《鸠摩罗什》就写了古龟兹。从库车北入天山，可达独山子与我生活过的奎屯，即独库公路，另一路可达伊犁。我在小说《军酒》中让主人公从库车翻天山达坂到伊犁新源巩乃斯大草原去酿制伊犁特酒。

天山北麓过石河子即西天山，山麓有沙湾、独山子、奎屯、乌苏、精河，过赛里木湖果子沟进入西天山最富饶的伊犁河谷，所谓伊犁九城，算是天山母亲奶水最足的地方，所谓我们新疆好地方应该是伊犁。西天山流向北疆的河流有奎屯河、四棵树河、古尔图河、精河，西天山与南天山流向南疆的有库车河、阿克苏河、木尔特河。有关乌苏我写过《四棵树》《古尔图荒原》《生命树》，给精河写过《玫瑰绿洲》《野啤酒花》《喀拉布风暴》。西天山从伊犁向南形成南天山的拐角就是整个天山最壮美的汗腾格里峰与托木尔峰，我写了《高耸入云的地方》。

二、天上草原

我曾经是伊犁州技工学校的一名教师。初到新疆我很想到大学执教过书斋生活，我去奎屯时带两份手续，一所大学，一所技校。奎屯街头农七师一位中年军垦战士告诉我兵团不如地方，地方这两个单位，大学不如技校，技校待遇好，我就去了技校，我就有条件带实习学生跑遍天山南北。野外实习补助多，我在新疆那10年，边疆相对内地还有工资上的优势，我就能挤出钱供老家的弟妹们读书到毕业参加工作，这是我一直感恩新疆的地方。漫游天山绝不是一句虚言。记得第一次从独库公路过天山达坂，每到拐弯处眼前全是万丈悬崖，还能看见大峡谷里摔烂的汽车，恐惧到极点睾丸会收缩，几年后就习惯了，也有胆子纵穿天山腹地。小说《鹰影》就写那些葬身天山大峡谷的司机。伊犁河谷最好的草原应该是喀拉山草原、库尔德宁草原、唐布拉草原和那拉提草原，都有天上草原的美称。伊犁河有三条支流，喀什河、巩乃斯河和特克斯河，至雅马渡汇成伊犁河。小说《帐篷》写唐布拉草原三支流的上游全是美丽的大草原，中下游则是肥沃的农田。喀什河上游是唐布拉草原，从伊犁的公路过唐布拉草原过乔儿马翻天山达坂到独山子和奎屯，乔儿马有烈士墓，埋葬当年修路牺牲的解放军战士，乔儿马也是奎屯河的源头，每年都有农七师的军垦战士来破冰，常常有人丧身悬崖，山中水文站常年有人看守，小说《雪鸟》《乔儿马》就写这些事。

从新源县的巩乃斯河边穿过那拉提草原进入巴音郭楞蒙古自治州和静县境内的大小尤都鲁斯盆地，就是有名的巴音布鲁克草原和天鹅湖。开都河从这里流过，每年都有1万只天鹅和10万只水禽到这里度夏。清乾隆年间土尔扈特蒙古人在渥巴锡汗带领下从伏尔加河流域返回祖国，从伊犁河谷入境纵穿天山腹地一个又一个优美的草原，天鹅跟神一样迎接远方游子。每次到库尔勒见到卫拉特蒙古人总把他们看作天鹅之子。地球上的湿地森林草原都在退化，天山腹地还保留着大地最后的青草地。我还记得当年第一次到草原，空气太新鲜，我不停地咳嗽，喉咙发痒，这是一次难受而又美妙的洗肺过程。我写下的那些文字如果有一点点意思，也都是天山给我的恩赐。草原上的人们见到天鹅和雪莲花都会顶礼膜拜，当作吉祥如意的先兆。一般很少有人走从和静县境内的巴音布鲁克草原到伊犁州新源县的那拉提草原那条山道，也很少有人走从伊犁到乔儿马翻天山达坂过八音沟到独山子和奎屯的山道。古代北方游牧民族进行大突袭时拼命一搏走过这些险道。20世纪70年代经过十几年艰苦努力修筑了横穿南北的独库公路和东西纵向的库尔勒到伊犁、奎屯独山子到伊犁的山间公路。所谓无限风光在险峰，沿天山北麓过无数绿洲与繁华的城镇过赛里木湖过果子沟到伊犁的乌伊公路是一年四季最繁忙的交通线。我曾经生活的小城奎屯东邻沙湾西邻乌苏，南与独山子炼油厂相接，距天山仅几十里，那时我们住五楼，阳台上就能看见天山，黎明就能听见山中马群的嘶叫。

三、文明的曙光交相辉映

岩画应该是人类在大地上最早留下的生命之光，用石器打猎采集，生存之余，有闲情逸致在岩石上刻下捕杀过追逐过的野兽，其中的佼佼者就被永久地刻在石头上了，人还刻自己，留下自己最美妙的瞬间。阴山岩画，贺兰山岩画，阿尔泰山岩画一直到天山岩画，从伊犁河谷到康家门子的生殖崇拜，石器从工具变成艺术；到甘肃青海就是陶器，到陕西就是青铜器。夏商周就开始了，就是《山海经》《穆天子传》那个时代，西域就跟中原连在一起，张骞通西域是有先秦那个大时代做背景，中国人的视野打开了，想象力是需要空间的。丝绸之路不仅仅是商业的军事的政治的，也是一种文化的交流。天山脚下最繁华的莫过于吐鲁番与龟兹（库车）了。龟兹成为佛教传入中原的枢纽，许多印度高僧从龟兹入东土，更多中原高僧从这里去西天取经，玄奘最有代表性。也是隋唐那个大时代，维吾尔族的祖先从蒙古高原分三路西迁，进入塔里木盆地，结束了草原游牧生活，定居绿洲开始了农业手工业园艺业。游牧时代的史诗是《乌古斯传》，定居西域大漠后，维吾尔族创造了辉煌的

《突厥语大辞典》《福乐智慧》和"十二木卡姆"。今天那个喜马拉雅山中小国不丹提出的幸福指数就是12世纪时哈斯·哈吉甫的观点，福乐智慧就是追求幸福的智慧。"十二木卡姆"又分喀什木卡姆、库车木卡姆、吐鲁番木卡姆、哈密木卡姆、伊犁木卡姆。木卡姆中有秦腔的曲调，所谓盛唐之音不仅仅指唐诗还有乐曲，其中西域大曲就是唐乐舞之一。边塞诗构成唐诗最激动人心的一部分。盛唐之音中的最强音李白就出生在西天山脚下楚河附近的碎叶城。李白在西天山度过了金色童年，太白通胡语，醉酒写蛮书，其作品中反复咏唱的月亮美酒与女人也是古代中亚各民族诗人们的永恒主题。"明月出天山，苍茫云海间"，也只有天纵之才的李白才能写出这么美妙的诗篇。亚历山大大帝东征带来的希腊文明，帕米尔高原南边的印度文明，基督教文明，伊斯兰文明，秦汉进入西域的中原文明相汇于西域瀚海，天山成为大地最有诗意的地方即天赋神境。中国少数民族三大史诗中的《江格尔》《玛纳斯》都诞于天山。柯尔克孜人几经周折定居天山，与吉尔吉斯斯坦相邻。吉尔吉斯人即中国的柯尔克孜人，据说是汉朝将军李陵的后代，《山国女王库尔曼江和她的时代》有介绍。柯尔克孜族民间艺人玛玛依能演唱20万首史诗被誉为当代荷马。《玛纳斯》高亢悲壮，父子几代血染沙场，近于中原戏文中的杨家将，也只有秦腔接近这种曲调。传唱《江格尔》的卫拉特蒙古人分布在巴音郭楞蒙古自治州与北疆的博尔塔拉蒙古自治州及乌苏县。从大兴安岭到阿尔泰山到天山被学者们称为中国北方草原民族英雄史诗带，而中国这几部英雄史诗的一个共同特点就是有开始没结尾，在不断地与时俱进与民族共存亡。民歌也是一脉相承，从陕北的信天游到甘青宁的花儿到天山草原民歌，我们还能体验到《诗经》的神韵，闻一多说的我们民族歌唱的年代并没有消失。伊犁最早属古乌孙国地，细君公主解忧公主的远嫁之地，察合台修通了果子沟通道，伊犁的阿力麻里成为汗国的国都；我曾写过《阿力麻里》。丘处机过果子沟去给成吉思汗讲道，天之上还有更高的天道。然后是林则徐洪亮吉的伊犁之行。那时的伊犁繁花似锦，有小北京之称。大清帝国衰落前伊犁将军统领天山南北以至巴尔喀什湖一带，包括天山的全部与整个帕米尔高原，一个叫徐松的官员被贬伊犁，鸦片战争前徐松跑遍整个西域，写下了不朽的巨著《西域水道记》，赶在神州陆沉之前，赶在西方列强包括日本的一大批探险家到西域探宝之前，详尽地记录了西域的山山水水。我在大学时读那些让人钦佩又让人愤愤不平的探险家们的著作，便萌发了西上天山的念头。大学毕业留校，一个农家子弟相当好的结局，我还是放弃了，一年后我带着求学时购买的上千册书（其中包括《亚洲腹地旅行记》和《古兰经》），悄然离开故乡关中踏上了西去的列车。

（《北京晚报》2013年6月29日）

文学的杂交优势

新疆这个名称是清末左宗棠征西后出现的，宁夏青海更晚，民国十八年即1929年前后设省，元明清整个西北就是陕甘行省，西汉开始嘉峪关以西叫西域。最早通西域的都是山西、陕西人，从官方到民间，直到今天，天山南北的土著族大都是陕甘籍，整个大西北都叫秦，秦腔是西北剧种，通行陕甘方言，风俗习惯差不多。最早出现在西域的汉族人，普通百姓就不用说了，有名有姓的如张骞、班超父子、苏武、玄奘都是陕西人。秦腔也是新疆少数民族唯一接受的汉族剧种，常有维吾尔族人扮演角色。"十二木卡姆"里就有秦腔的旋律。我对秦腔的喜爱不是在家乡关中，我是农家子弟，刻苦读书的实用目的就是跳出农门，进入城市，中学时这个愿望强烈得不得了，全中国农村学生跟我差不多，那时我听到秦腔就头大。父亲当了先进，奖了一台小收音机，归我所有，每天晚上做完作业我一个人躲在厨房里听世界名曲，以抗土得掉渣的秦腔，这个小收音机一直用到大学毕业。我根本没想到大学毕业后我能西行8000里，我更没想到我在伊犁街头听到木卡姆时，会被其中古老的秦腔旋律所击中。在天山脚下用1000年的目光遥望我的故乡陕西关中渭河北岸那个叫岐山的小城，那也是历史上周王朝的龙兴之地，所谓凤鸣岐山，岑仲勉先生考证周人来自塔里木盆地，周人的原始农业与塔里木盆地的绿洲农业有这种遥远的"血缘"。这大概就是文学的根。就更不要说丝绸之路了，从长安到西域一直到罗马。向达先生著有《唐代长安与西域文明》。8世纪至9世纪从北亚蒙古高原分三支西迁天山南部的维吾尔族的祖先回鹘人跟周人一样也是在这块热土上从马背民族成为定居的农业民族，天山所孕育的绿洲农业对人类功莫大焉，以至人类学家把塔里木盆地称为人类文明的摇篮。11世纪维吾尔族诞生两个文化巨人：喀什噶里与哈斯·哈吉甫。喀什噶里的《突厥语大辞典》里把中原称上秦，大西北至西域为中秦，西亚至罗马为下秦。哈斯·哈吉甫的《福乐智慧》近于孔子，更近于同时代的北宋大儒关学创始人张载，他们思考一个共同的问题，知识造福于人类，造福于每一个人，也就是今天所说的幸福指数。所以一个陕西人在天山，那种亲和力跟一个山东人河南人上海人是不一样的。

费阿本德《征服丰富性》的一个主要观点：大自然本来是丰富多样的，理论则相反，旨在简化自然的丰富多样性。韩少功《爸爸爸》中的丙崽心中只有爸妈，张飞、李逵心中只有大哥。德勒兹在

《差异与重复》中提出"他者理论"，即他者是一种可能的世界。小说就是写他者进入他者的世界，小说是城市文明，是资本主义精神，是工商业，而不是农业；是开放性、公共性、交往性的，而不是封闭的——唯我独尊一山不容二虎；相比之下，关公更有近代工商业精神，关公的"义"包括了"异类"，在大哥之外有曹操，汉贼不两立，关公破了戒，容忍差异，尊敬他者，要高于存在主义的"他人即地狱"。《文心雕龙》里那颗"文心"，显然不是张飞们、李逵们那颗封闭狭隘的心，不是丙崽那颗简化到干骨头的僵化的心，"心"之为心，应该是开放的、丰富多样的，方可"雕龙"，雕的是龙不是井底之蛙不是地头蛇。吉尔兹为此专门著有《地方性知识》，地方性知识完全可以跟普通性知识平起平坐，知识形态从一元化走向多元化。这种知识观的改变意味着必须学会容忍他者与差异，要有一种"在别的文化中间发现我们自己"的通达的心态。在弗莱眼里，人类学家弗雷泽的《金枝》可以做文学批评著作来读，《金枝》体现的是文化的整体观，文学也是一种整体关系，不要把疆界绝对化，这些疆界有无数的缝隙，可以接受来自世界上任何地方的影响。这种相互间的参与和影响是文学发展的动力。"愈是生动有力的文学，就愈要依靠杂交授粉使自己繁茂地成长"。植物学、人种学上的杂交优势已成为一种常识，文化与文学上的封闭与偏执依然盛行。而越是同一化越带有地方性的社会里，我们从中学习"杂交优势"对应所得到的，就越只能是一些在朋友那里不断被重复，然后又接收到媒体一再支持的偏见。

"杂交优势"对应的就是"近亲繁殖",强烈地排斥他人,从感情到血缘只有我爸妈我大哥,整个家族只有一个精神到肉体的"种父"。在此,我们才能意识到司马迁《史记》的伟大,司马迁没有中心主义,"齐物论"众生平等,成者败者,皆有尊严。《红楼梦》更明显,大观园即刘再复所说的"大观"眼光,是禅眼,慧眼,天眼,不是猪眼。王国维《红楼梦评论》里所说的"宇宙意识",用林黛玉的说法就是"无立足境,是方干净"。故乡在哪里?故乡就是茫茫宇宙,一个赤条条来去无牵挂的生命,到地球撒欢走一回,还找什么"立足境"?这就是《红楼梦》的宇宙境界,弗莱的加拿大多伦多大学校友传播学家麦克卢汉干脆把地球称作地球村,庄子跟曹雪芹一个意思。

(《小说评论》2009年6月)

汉长安与骆驼神话

2004年底迁居西安，快10年了，西安南郊大小雁塔、曲江全是唐长安的遗址。老家岐山处于关中西部宝鸡地区即古老的周原，回老家去西郊长途汽车站赶班车，必过西郊大庆路丝路群雕，因为在天山10年的缘故，每见到丝路群雕中雄壮的石骆驼就会想到丝绸之路。每周日早晨古董贩子书贩子云集于西安东门外的八仙庵，隔三岔五去淘旧书算是一大乐事。若有朋自远方来，就相邀去城墙内广济街回民巷品尝清真小吃，再拐向大皮院化觉巷观看中国最古老的清真大寺，1000多年前唐代的清真寺。陕西回民沿丝绸之路向中亚腹地迁徙时，在乌鲁木齐、伊犁、哈萨克斯坦、吉尔吉斯斯坦以及李白出生的托克马克修建的清真寺一律叫陕西大寺。很少去北郊，最远就是火车站附近北门外的大明宫遗址。北郊未央区对我来说都是史书上所记载的秦阿房宫、汉未央宫。2014年9月初有机会去北郊看汉长安遗址，坐地铁到钟楼进入市中心，再到西华门坐238路公交车跑整整两个小时到汉长安遗址。下车时问司机公共汽车多长时间来一趟？司机告诉我大概一小时一趟。

汉长安遗址临近渭河，属于肥沃的河滩地带，陕西人把这片沃土叫关中的白菜心心。大秦王朝当年从咸阳东扩，已经把新城区从渭河北岸延伸到辽阔的河南。秦太短暂，只在河南修了离宫，项羽焚毁的是河北的主城区。楚汉决战，韩信在前线猛攻，萧何经营关中，发关中兵及粮草，刘邦屡败屡战，死缠硬磨耗尽了项王的元气。萧何另一壮举就是在秦的河南离宫所在地王气十足的龙首原上修建未央宫，让刘邦感受到了做皇帝的尊贵和威仪。汉武帝时，张骞就是从未央宫前向西凿通西域。西安西郊大庆路上的丝路群雕只是一个标志，丝绸之路确切的出发点应该在汉长安未央宫。汉长安未央宫如今只剩下几截黄土夯筑的城墙根，2300年的风霜雨雪，留下的残余部分依然散发着远古的雄风。展厅里有瓦当有陶俑有大气磅礴的空心砖。我对骆驼更感兴趣。

1984年秋天大四第一学期，我在宝鸡购得上海书店刚刚出版的繁体字竖行排印的斯文·赫定的《亚洲腹地旅行记》。最先吸引我的是这本书的封面，黑白相间中有一匹挂着铃铛的骆驼，驼峰上的赫定状如骆驼，可谓形神兼备，封面的文字为深红色，古朴大气犹如汉代石刻画与画像石。1985年大学毕业留校任教，1986年秋天我携带大学时购买的1000册书，包括斯文·赫定的《亚洲腹地旅行记》，马坚先生翻译的《古兰经》，范长江的《塞上行》《中国西北角》以及波斯诗人萨迪的《蔷薇园》《果园》，哈菲兹的诗选，沿丝绸之路西上天山。萨迪说过："一个诗人应该30年漫游天下，后30年写作。"中国古代，尤其是唐代诗人都有壮游天下的传统，所谓"读万卷书行万里路"，跟波斯诗人所见略同。

古长安曾经云集了多少波斯阿拉伯的商人学者，今天的西安依然保留着波斯阿拉伯文化的痕迹。关中与西域血脉相通。先秦甚至更早的周穆王曾漫游昆仑，与西王母相会，周人就来自塔里木盆地，《穆天子传》算是周人的怀乡之书。周公筑洛阳，"兹宅中国"，周人东迁彻底告别大西北彻底中原化了。去年上海文艺出版的长篇《百鸟朝凤》就是写故乡岐山，核心就是青铜器。周人逃离家园时把青铜礼器全埋在地下。汉朝重振旧山河，不再是天子巡游，而是张骞这样的孤胆英雄，100多人的外交使团，几经周折13年后回到长安时只剩下甘父相随，甘父本是降汉的匈奴人。张骞两次出使西域前后30年，匈奴女人与他生有一子。《史记》记载："张骞为人强力，宽大信人，蛮夷爱之。"草原民族有英雄意识，有英雄气的血性汉子不分民族人人敬仰。那是个大时代、英雄时代，凿空西域的张骞，牧羊北海19年的苏武，血战数月斩杀数万匈奴将士，绝境中投降匈奴的李陵及余部娶匈奴女人后来形成北方草原新兴民族的黠戛斯，唐时灭了回鹘汗国称雄漠北，黠戛斯即后来的柯尔克孜族，与中亚吉尔吉斯为同一民族，创造了史诗《玛纳斯》，诞生了艾特玛托夫，我曾在《收获》发表中篇《复活的玛纳斯》，柯尔克孜即40个少女，典型的胡汉混血民族，《山国女王库尔曼江和她的时代》一书中把李陵称为他们的祖先，被汉军俘获的匈奴王子金日磾，成为汉武帝的托孤大臣。汉匈交战攻伐的同时，也是另一种文化的交融与吸收。国民党元老邹鲁《回顾录》中记录他游历欧洲时在匈牙利与匈牙利学者交谈，匈牙利学者说："夏商周，匈人与汉人共中国，秦筑长城，始判为二。"长城仅仅是中国农业与牧业的分界线，完整的中国其另一半在长城外在瀚海，张骞走出了长城走出了阳关。笔者西域10年，深切地体验到大漠草原民族的率真豪气，陌生人相逢，几杯酒下去顿成知己。关中地处大西北相当于伸向中原的桥头堡，也是游牧民族与农耕民族的交汇处，历史上的民族大融合，重点在关中，关中简直就是一座大熔炉，五胡乱华，最终是鲜卑北魏的彻底汉化，形成强大的关陇集团，诞生了伟大的隋唐王朝，李世民家族就有一半鲜卑血统。究其源头，应该是张骞凿通西域的功劳。关中文化基因就是一种开放姿态，容纳各种文明，从五胡到延伸万里的丝绸之路，波斯文明、印度文明、阿拉伯文明，包括罗马的基督教文明。直到近代，这种开放性包容性的古风依然充满生机。陕西文学第一代领军人物柳青，是陕北吴堡人，大多数吴堡人都是明代江南吴地移民，柳青身上有江南血脉，江南的细腻与北方高原的粗犷造就了一代文宗。另一位短篇小说大师，有中国契诃夫之称的王汶石是山西人，秦晋隔河相望，皆属黄土高原，扎根关中太容易了。其他艺术门类的大师就更多了，长安画派的领军人物石鲁是四川人，赵望云是河北人，何海霞，满族、北京人，他们落脚关中，一手伸向生活，一手伸向传统，创立崭新的长安画派。秦腔大师魏长生是四川人，大西北各族民众喜爱的秦腔艺术让这个四川人推向顶峰。秦始皇和汉武帝聚天下豪强于咸阳于茂陵，汉唐时的五陵少年应该是天下豪强之精华。欧洲的崛起是从哥伦布发现新大陆开始的，而人类历史上最早的新大陆的发现者应该是张骞，张骞泅渡的是茫茫瀚海，更让人惊叹的是张骞开通的丝绸之路给沿线人民带来了繁荣与富足，中原的丝绸瓷器漆器药材输往西域，西域的葡萄西瓜苜蓿石榴进入中原。哥伦布给欧洲人带回了财富和市场，给美洲的人民带来了灾难，美国学者在《枪炮、细菌和炸弹》一书中有详尽的描写。19世纪70年代德国地理学家李希霍芬来到中国考察后写了一本书《中国》，正式提出"丝绸之路"这个观念。李希霍芬的学生瑞典人斯文·赫定比老师走得更远，终身未婚，5次来中国，最长的一次达9年，最后一次来中国时快70岁了，帮助国民政府勘测从中原到新疆的铁路线。斯文·赫定是清末民初来中国边疆探险考察的洋人中对中国最友好的一位。欧美包括日本的探险家们在西域瀚海总是想到伟大的张骞和玄奘。在天山脚下读这些探险家的著作我感慨万千，我们的探险家都在古代，都在汉唐，到了大清王朝，边疆成了流放地，纪晓岚到了乌鲁木齐，洪亮吉、林则徐到了伊犁，也是坐着牛马车晃晃悠悠大半年。再也没有张骞班超玄奘苏武的豪气了。

泅渡瀚海，马都不行，一定要骆驼。这也是长安成为丝绸之路起点的关键所在。中原大战冯玉祥西北军在甘肃征几千匹骆驼，到西安还好好的，出潼关到洛阳全死掉了，沙漠之舟最远只能到长安。我们可以想象前后30年穿梭于瀚海的张骞已经跟骆驼融为一体了，彻底地骆驼化了。司马迁《史记》所谓："张骞为人强力，宽大信人，蛮夷爱之。"简直是对骆驼的刻画。骆驼吃苦耐劳的韧性尤其是耐干旱的能力，作为农耕民族象征的牛都不能与之相比。骆驼的脑袋跟马脑袋一样俊美，骆驼的眼睛跟羊眼睛一样深情，骆驼兼备了大漠草原牲畜诸多优点，也兼备了中原农耕地区诸多牲畜的优点，如果真把戈壁沙漠看成滔滔瀚海的话，骆驼可谓水陆两栖动物，神勇无比。张骞第一次出使西域13年，归来时长安都轰动了，长安百姓满朝文武乃至汉武帝见到的是一匹罕见的骆驼，张骞再次出使西域，骆驼就不再稀奇了，骆驼包括骆驼驮来的西域宝贝已经进入汉人的日常生活。我们今天见到的汉朝瓦当空心砖，种种石刻，石像画，种种器物无不充满纯朴粗犷厚重大气的品质与风格，我以为都是骆驼的气质透入了汉人的血液与心灵。骆驼成功地焊接了西域与中原，游牧与农耕，骑手与农夫，所有汉代的器物都带有骆驼蹄子与嘴唇所特有的丰厚，也带有骆驼宽阔雄壮的腰背所特有的下垂，其中包含着巨大的升腾而起的伟力，霍去病墓前的马踏匈奴的石马全是往下垂，垂放收敛中自有一股雄浑的力量，静立中自有一种博大的动，一种整体的气势。如李泽厚所言：没有细节，没有修饰……突出的是高度夸张的形体姿态，是手舞足蹈的大动作，是异常单纯简洁的整体形象。"在汉代艺术中，运动，力量，气势就是它的本质。"（《美的历程》）气势来自于速度，来自于"笨拙"，精致不会产生气势，过于精致是一种不自信的表现。瀚海的粗犷大气融入中原，最终成为一种审美趣味。笔者西域10年，在准噶尔盆地第一次见识沙尘暴席卷而来，盆地底部干裂的沟壑都被狂风吹响了，惊恐中我真正体验到什么叫气势，什么叫大气磅礴。后来去阿尔泰，途经乌尔禾魔鬼城，那些史前动物一样的雅丹地貌在大风中鸣叫长啸，天风吹响大地，我马上想到中原老家的笛子箫以及鸡蛋大的埙。后来我写散文《大自然与大生命》写长篇《乌尔禾》，让羊跟骆驼一样横渡沙漠瀚海，渡过瀚海的羊牧人们叫它永生羊，不能杀掉去吃，要放生，永生羊是通神的。西域归来，我的小说从《人民文学》推出时，李敬泽最早写了评论《飞翔的红柯》，其中一个关键词：速度，这正是西域瀚海给我的恩赐。李泽厚比较了汉唐宋画像石和陶俑，唐俑也威武雄壮，但缺少气势，太过华丽鲜艳，宋画像石细微工整精致，气势与生命的质感与汉代不能相比。"天山系列"中《西去的骑手》写英雄与马，《大河》写阿尔泰人与熊，《乌尔禾》写少年与羊，《生命树》写树与女人，我最心仪的骆驼只能在我人到中年的时候，经历了种种磨难，以长篇《喀拉布风暴》完成旨在打通天山与关中。陕西关中人张子鱼西上天山，新疆精河人孟凯东进西安。地球人都知道西安，而偏远的精河另有一番魅力，相传蒙古王爷的妃子不慎落入河中有了身孕，西域这种生命力极强的河流很多，比如阿尔泰的额尔齐斯河，比如让猪八戒怀孕的子母河，精河更威猛罢了。如此河水浇灌的大地，沙漠深处生长罕见的地精，都是动物的精液与植物种子结合而成的，其中骆驼的精液所生地精几近人形，不但沟通人类的各个民族，还沟通天地万物，神人一体。陀思妥耶夫斯基也是在中亚草原额尔齐斯河边罕见的暴风雪中体验到上帝与人同在，巴赫金也是在中亚的大漠草原领悟到陀思妥耶夫斯基小说的魅力，所谓复调，应该是各种生命的合唱，是人与他者共鸣后的和弦，最终形成浩大的旋律，而不是简单肤浅的节奏。

（《光明日报》2014年12月10日）

从中国经典出发

执教近30年，每门课程总要给学生介绍阅读书目，结合自己的阅读经验，一般来说，影响最大的应该是上大学前的阅读。接触《史记》很偶然，我母亲爱帮助人，谁家有忙她帮也让我去帮，儿子娃有使不完的力气。大概是初中，母亲让我给村里一个老太太搬东西，一屋子的坛坛罐罐水缸醋缸瓮还有一袋一袋的粮食，忙了大半天。老太太两个儿子在外工作，没壮劳力，干完活就吃他们家后院果树上的杏，然后就发现他们家屋子的房梁上一摞一摞落满灰尘的书。我小学三年级就读《三国演义》《水浒传》了，初中时课外书都读疯了，老太太家这么多书，我欢喜得很。老人家就让我随便拿，我爬梯子上去，以我读《三国演义》《水浒传》的经验抽了几本又黄又厚的书，老太太还叮咛我啥时候想拿就来拿，不拿就全铰鞋样啦。我拿的几本书分别是《史记》《革命烈士诗抄》，陈登科的《风雷》，马烽的《吕梁英雄传》，梁斌的《红旗谱》，赵树理的《三里湾》，还有"文革"前的高中语文课本《文学》，其他书读完后与同学交流换书回不来了，有几本书我秘不示人留下了，即《革命烈士诗抄》《三里湾》《文学》《史记》。

《革命烈士诗抄》中我读到了陈辉和穆塔里浦的诗，这个叫陈辉的年轻的武工队队长描写华北大平原有关"十月"的诗至今难以忘怀。维吾尔族诗人穆塔里浦的诗让我想到普希金，穆塔里浦的代表作《幻想的追求》"我的幻想宛如纯真的婴儿，为吸吮慈母的双乳而神往"。后来我落脚新疆，到达穆塔里浦的家乡伊犁尼勒克，穆塔里浦的笔名卡依那木－乌尔戈西即波浪，西域10年我见识了瀚海的波浪，把它写进了长篇《西去的骑手》。赵树理的《三里湾》以及后来读到的《李有才板话》《李家庄的变迁》《小二黑结婚》《灵泉洞》那种乡土气息民间色彩让我这个农家子弟倍感亲切。《文学》中读到了张天翼的《华威先生》，后来找到《张天翼小说选》，《包氏父子》印象极深，其讽刺艺术一点也不亚于《围城》。因为中学时读张天翼，我至今不爱"开会"，生怕沦为"华威先生"，更不敢沦为"包国维"，让父母难受。讽刺幽默一直是我小说中的重要元素。1980年《围城》出版，我上高二，毫不犹豫买下，钱锺书与张天翼在此合流。

对《史记》可以说是情有独钟。1957年人民文学出版社出版的《史记选》，选的全是精华。一个沉醉在《三国演义》《水浒传》

《隋唐演义》中的少年，肯定对《刺客列传》《游侠列传》充满极大的兴趣，符合我的"英雄梦"，接下来是《滑稽列传》，从后往前，倒着读，完全是陶渊明说的不求甚解，半通不通，只求故事与传奇色彩，后来知道司马迁好"奇"，以"奇"为其风格。最后才读《李将军列传》与《项羽本纪》。我的古文基础就是这么来的。

到了高中，大家对文言文的白话翻译孜孜以求，语文老师告诉我们：古文译成白话文就是把馍馍嚼烂喂到你嘴里。大家都见过农村老太太这么喂孙子。老师建议我们背古文，读书百遍其义自见，老师还推荐一本书《古文观止》。我马上买一本《古文观止》上下册，最让我难忘的是司马迁的《报任安书》，感情激烈又沉郁，只有后来的杜甫能与之相比。语文老师的另一番话让我大开眼界，那就是古文越古越明白如话，越近越玄奥越拗口越不好理解，老师没讲原因，但指明了方向，至少在当时让我的目光更聚于《史记》。真正对《史记》的兴趣是从这时开始的。在旧书摊上5毛钱买到中国青年出版社1959年出版郑权中先生著的《史记选讲》，所选篇目与人民文学出版社的差不多，但每篇有详细的讲解与分析，系统化理论化了，我对《史记》的理解上了一个档次。

上大学读到的李长之先生的《司马迁之人格与风格》，这是一本让我至今引以为憾的书，遗憾的是我自己无法拥有。此书大一入学不久即读，叹为观止，担心归还后再也借不到了，遂萌发整本整本抄书的念头。此外我还抄过王弼的《庄子注》，刘熙载的《艺概》，李健吾的《福楼拜评传》，叶嘉莹的《迦陵论词丛稿》，叔本华的《作为意志与表象的世界》。当时宝鸡有不错的古旧书店，中华书局1959年出版的全套《史记》10本，南朝宋裴骃集解，唐司马贞索隐，唐张守节正义，每本1元，全套10元，如获至宝。李长之的《司马迁之人格与风格》大概是有关司马迁研究中空前绝后的著作了。那时我年轻，对书中"楚文化的胜利"耿耿于怀，司马迁是我们陕西人嘛，秦扫六合多么威风啊，灭楚国多干脆利落啊，怎么就楚文化给胜利了？热爱陕西就到了这份上！后来寄居新疆为读《史记》方便，专门买一本岳麓书社1988年大众普及本《史记》，漫游天山南北读《史记》别有一番滋味，太史公在那个时代就胡汉一视同仁，古老而朴素的平等意识。我相信李长之先生的判断，太史公的基本思想是道家：自然无为就是对客观力量的承认，太史公又超出天道同情那些无效抵抗的末路英雄。也是在天山，接触到歌舞与抒情的各族人民以及大量情歌，古老的浪漫精神被激活，我心中一个疙瘩终于解开了，司马迁这位陕西乡党继承了楚文化的浪漫精神。大学时抄录刘熙载的《艺概》时，刘熙载说："学《离骚》得其情者为太史公……太史公文，韩得其雄，欧得其逸。"逸就是浪漫主义，浪漫关乎情感。新疆蒙古族学者孟驰北老人告诉我，楚人来自西域，老先生的一大理由是楚辞的风格及关键词与新疆古代诗歌很接近，让我茅塞顿开，当时我正读维吾尔族大诗人纳瓦依的作品，一下子就使屈原与太史公接轨了。

激情、血性、勇气与胆略这些美好的品质完整地保留在草原民族的血液里，在西域，还能体验到先秦那个大时代的英雄气息和汉唐雄风。鲁迅有感于近代国民血性的丧失才赞美《史记》为"史家之绝唱，无韵之《离骚》"。《史记》完全是我们民族更内在的"史诗"，反倒是后来的少数民族史诗《江格尔》《玛纳斯》《格萨尔王传》继承发展了太史公的浪漫主义，激烈的情感与巨大的想象力，以及山川天地相连的神灵意识。尤其是情感世界中的赤子之心，难以泯灭的童心。在草原大漠你能感受到屈原司马迁李白魂魄未散，尤其是大伪横行的时代，《报任安书》简直是《离骚》的翻版。有意思的是给中国古典文学画上句号的《红楼梦》也是以情为核心，大肆张扬一番最后的浪漫主义。

太史公的天地意识宇宙观，我一直认为世界与宇宙是有区别的，世界是当下，是平面的，世界观不等于宇宙观，宇宙是无限的时间与空间，在西域瀚海人很容易消失在时间与空间中，人更接近于宇宙天地。在群山草原大漠体验天人之际古今之变，那种天地人宇宙一体绝不是概念与理论而是生命本身，这正是《史记》的魅力所在。文学是有根的，但这根必须穿越地域，伸向无限的时间与空间。不同的年代读《史记》会有不同的感受，少年时钟情于刺客游侠列传，喜欢贝多芬的《英雄交响乐》，肖斯塔科维奇的《第七交响乐》；青年时钟情于《项羽本纪》《李将军列传》，喜欢贝多芬的《命运交响乐》；人到中年就喜欢《孔子世家》《屈原列传》

《伯夷列传》，喜欢贝多芬的《第九交响乐》；再回到当初的《报任安书》，就沉浸在拉赫马尼诺夫的忧伤与马勒的孤独中。人在绝域中肯定是孤独的，马勒最接近太史公，他们都挣扎在生与死之间而无法排解。马勒与西贝柳斯有过一次交流，马勒说，交响乐必须涵盖整个宇宙。西贝柳斯只求形式上的完善，后来西贝柳斯越写越短直到写不出来，而马勒越写越长，晚年写出《大地之歌》，大量引用唐诗。李白的激情与浪漫得之于屈原也得之于在中亚草原的金色童年。在《史记》的参照下读《江格尔》《玛纳斯》《福乐智慧》《突厥语大辞典》《蒙古秘史》，就会在写作时不直奔主题不刻意追求意义，而醉心于意思意味情调情趣这种恢宏大气的弥漫到宇宙天地万物与生命本身每个细微之处的元素。与此相连的肯定是希罗多德的《历史》，《历史》又叫《希波战争史》，记录波斯与希腊联邦的战争过程，却涉及那个时代作者所了解到的欧亚非三大洲交汇处各个民族的历史，绝不是信史，更像一部道听途说的小说，简直就是野史大观，见证了那个时代人类巨大而强烈的好奇心。《历史》以"奇"见长，猎奇，从野史杂谈到荒诞不经的神话传说。神话不同于迷信，迷信遵从天命，让人逆来顺受，而神话里的人是反抗者，抗天命，不认命。太史公不认汉武帝侮辱性的惩罚，以文王孔子左丘明自况，忍辱负重写《史记》，宋以前的中国人就是这种气度。周秦汉唐被鲁迅称为没有奴性的真正的"中国人"，与西方的希腊罗马相比毫不畏缩的刚直有为的中国人。好奇心的丧失意味着想象力的丧失、意味着生命走向封闭。唐传奇到宋笔记小说全是老人意识，大块吃肉大碗喝酒的胃口没有了，追求平淡，人人都爱老头乐，顿顿都吃豆腐脑。希腊也是如此，希罗多德以后，修昔底德跟班固写《汉书》一样开始了严谨精确的《伯罗奔尼撒战争史》，希腊的光辉消失了，马其顿国王亚历山大大帝从北方山区横扫肥沃文明的沿海城邦，文化猎奇变成战争奇观，希腊的众神开始倾向罗马的武功，效率实用开始风行。

东西方的历史学之父同样不直奔主题，枝枝蔓蔓道尽人世的丰富与庞杂，叙述中常有描写，甚至停顿下来大写特写，《红楼梦》得《史记》的真谛，把少男少女们与天地众神宇宙万物勾连在一起，不那么僵化地写大地，人不是赤裸裸的，人要穿衣吃饭，人与周围的万物息息相关，小说中的人尤其如此，人有巨大的生命力，辐射到世界的各个角落，世界不再是平面的，而是一个有机的生命体。从《红楼梦》溯流而上的《桃花扇》《西厢记》就单调简单。把有机的生命变成无机世界，个个像排骨。王国维《红楼梦评论》中用了一个崭新的概念"宇宙意识"，可谓得《红楼梦》之真谛。从《易经》的万物一体，到庄子的齐物论到太史公的"通古今之变，究天人之际"，到曹雪芹的"宇宙人生"，从女娲娘娘开天辟地写起，太虚幻境投射到大地上的大观园，这种上天入地的打通天地人的意识应该是真正的中国小说精神，远远高于英国福斯特《小说面面观》中的扁形人物与圆形人物之辨。中国小说要说源头的话，应该从《史记》开始。对我来讲，经典是彼岸，可望而不可即。

从中国经典出发

——傅庚生与杜甫

对《史记》的阅读完全出于偶然，包括李白、陶渊明。前者是初中时帮村里老婆婆家干活时偶而得之，后者是中学语文老师的介绍。对杜甫的关注完全是自愿。有意识地进入杜甫的世界，这要归功于傅庚生先生。

1979年我还是一个高中生，农村穷学生买一本书相当困难，积攒大半年才能买一本书，当时一块钱以上的很少，高二时咬紧牙关买了一本一块两毛钱的《梅里美小说选》。1979年10月31日我在岐山书店花六毛六分钱买到了傅庚生的《杜诗散绎》。在傅庚生先生的学术著作中，《杜诗散绎》不是代表作，仅仅是供初学者学习古典文学的入门书，但对一个中学生来讲绝对是一本了不起的大书。《梅里美小说选》序言中郑永慧先生把梅里美与雨果巴尔扎克司汤达并列，老师在课堂上把巴尔扎克捧得很高，《人间喜剧》的100多本书组成的庞大帝国，梅里美一本中短集子就跟巴尔扎克拉齐了，我就借钱买下。《呼兰河传》读了开头和结尾，那忧伤的乡土情调跟当时我这个农村少年很接近，加上茅盾先生的序言，称此书为小提琴曲，就成为我购买的理由。《围城》《月亮宝石》《金蔷薇》则是内容提要打动了我。一个人早年的阅读，很容易成为生命的一部分，更关键的是对美的欣赏的底色。早年遇到一本好书就像青春岁月遇到一位美丽的少女，那完全跟人到中年甚至老年不同，中老年的这种机遇只能让你叹息青春已逝、徒增烦恼。对作家艺术家来说，早年的阅读等于吸取母语的滋养。我很幸运在中学时接触到《史记》陶渊明李白杜甫。其他几本经典都是原著，而《杜诗散绎》则是鉴赏性读物。有翻译有分析、有背景介绍，通俗易懂，涉及的作品有150多首，差不多也是杜甫代表作的全部了。

《杜诗散绎》全书12个章节，第一节杜甫的自传，第二节杜甫的家庭。第二节里杜甫说："诗是吾家事。"爷爷杜审言是唐初文章四友，老师给我们讲过"三苏"，老师就说苏东坡他们家是作家协会，杜甫家也是。第一节杜甫的自传"壮游"更是让我为之一振，壮游意味着冒险，对一个少年太有吸引力了，其中有一句："放荡齐赵间，裘马颇清狂。"改变了我对杜甫的传统印象。中学课本已学过《茅屋为秋风所破歌》《兵车行》，老师讲的杜甫大苦大难奇瘦无比，骑一头小毛驴颠沛流离，与潇洒豪放的李白形成极大的反差，好像李白专为盛唐而生，杜甫专为安史之乱而活。我是语文科代表，老师给我一本《唐诗三百首》，每天课余按老师吩咐在黑板上抄几首唐诗，大多都是李白李贺王维的诗，我自己私下摘抄李白所有的诗。李白潇洒豪迈，任侠一身绿林气，简直就是荆轲再世。连杜甫这样的苦难诗人都有"壮游"的经历，我当时就有一种对远方对异域的向往和渴望。后来我西上天山漫游中亚腹地，这几个作家起了很大的作用，李白杜甫，古波斯诗人萨迪，瑞典探险家斯文·赫定。后两位是我在大学时接触的，萨迪在《蔷薇园》中说：一个诗人应该30年漫游天下，后30年写作。大三时读到斯文·赫定的《亚洲腹地旅行记》，从中学时萌发的壮游天下的念头就变成一种行动，读万卷书，走万里路，西行8000里，寄身西域大漠10年。只有在西域大漠才知道岑参的"轮台九月风夜吼，一川碎石大如斗，随风满地石乱走"，不是浪漫夸张，是客观写实。我的数百万"天山系列"作品被评为浪漫主义，但都有西域大漠真实而琐碎的日常生活做支撑。相当一部分原因就是早年对杜甫的欣赏和理解。

更为幸运的是上大学后买到了傅庚生先生的代表作《中国文学欣赏举隅》，时间是1984年9月22日，不用看内容提要序言介绍，冲着作者的大名，直接买下，如获至宝。这是傅先生20世纪40年代的著作，专门探讨文艺鉴赏的普遍规律，解放后许久没有再版，陕西人民出版社1983年再版。20世纪80年代初正是美学热，欧美文化热，本人在读大量外国经典的同时，读傅先生的旧著另有一番感慨。这本书至少让我有以下几方面的收获：（一）文学的整体观念。傅先生的这本书有分析有综合，但重点在综合，以文论文，有一贯到底的文脉与气韵。由此得到启发，我用一年时间读了一批通史：黑格尔的《哲学史讲演录》，威尔斯的《世界史纲》，欧美学者所著的《化学史》《物理史》《数学史》，罗素的《西方哲学史》，布克哈特的《意大利文艺复兴时期的文化》，勃兰兑斯的《十九世纪文学主潮》，郑振铎的《文学史纲》，这些专著观念内容可能不再有前瞻性，但那种综合性概括性整体性使我受益匪浅。

（二）文学的形式感。全书26章，1~6章专论感情，7~13章专论想象，14~19章专论思想，20~26章专论形式。当时我正热衷于符号学理论，就把傅先生的专著与苏珊·朗格的观点对照着看，至少让我明白，文学的内容与形式是一个整体，感情想象思想这些看不见的内容必须有美的形式。艺术家所表现的不是他个人的实际情感，而是他所了解的人类的情感，艺术是人类情感的符号形式的创造。（朱狄《当代西方美学》人民出版社1984年6月版）不久又买到贝尔的《艺术》，一下子与有意味的形式联系起来。文学专业最重要的文艺理论基础就是这样完成的。从书中我还知道了《浮生六记》，马上买来这本小册子，在《金瓶梅》《红楼梦》之外一个小商人把中国古代家庭生活写得如此传神精致。（三）文学的创作规律。尽管傅先生重点在欣赏，但还是涉及创作，古今中外的文学艺术都是从鉴赏到模仿到创造，亚里士多德有摹仿论，后来的欧洲学者有专门的《摹仿论》。本人也曾写过一篇《从摹仿到创造》，本人执教之初，学生怕写作文，本人就找出李白早年学艺阶段的作品与谢灵运谢朓的作品做对比，抄黑板上，先不说李白大名，学生误以为是抄袭之作，分析完后再告诉学生这是大诗人李白早年的作品。天才如李白者也是如此学艺我辈何惧之有？不久就有学生作文在全国作文比赛中获奖。

现在客观地评价傅庚生先生的《中国文学欣赏举隅》，应该是王国维《人间词话》的延续，它比《人间词话》更系统更精确。《人间词话》是西方理论与中国古典词话诗话有机结合的开山之作，开山之作更需要发展。从《人间词话》一本小册子，到15万的专著《中国文学欣赏举隅》，傅先生以文论文，分析中有综合，重在综合也突出了欧美新理论中国本土化的特点，对今天的学术研究依然有启示作用。

买到傅先生《中国文学欣赏举隅》一个月后，在旧书摊上找到了傅先生另一本专著《杜甫诗论》，1956年上海古典文学出版社的旧版本，傅先生在《杜诗散绎》前言结尾处做过说明：《杜甫诗论》出版在前《杜诗散绎》在后，为避免重复省略了许多内容。两本书正好互补。除杜甫的非战思想、爱国精神，杜诗的人民性之外，此书重点阐述了杜诗的沉郁风格。这是第一个收获。此书与傅先生1943年的代表作《中国文学欣赏举隅》一脉相承，那就是对形式感的重视；风格就是形式的一个标志。第二个收获，学术艺术化。我看到了蒋兆和先生画的杜甫像，消瘦而忧伤，熟读《杜诗散绎》后，心中就有一种预先的期待，诗人、学者、画家心心相印，加上我这个读者，从杜甫的形象我看到了乱世中为仁爱而奔走的孔子以及自沉汨罗江的屈原。学术研究到这个程度已经是美文了，就是传统意义上的文章，《典论·论文》《文心雕龙》本身就是好文章。民国时许多学术大家朱光潜、宗白华、刘大杰、陈寅恪、胡适、顾颉刚、雷海宗都是如此，还有我们陕西师大的史念海，突破了概念逻辑理性，充盈着丰富的情感和形象思维。第三个收获，挑战经典。上大学第一天老师就让我们怀疑一切，当年大学校园里比我低一级的一个师弟在诗歌朗诵会上高呼打倒托尔斯泰，打倒莎士比亚，赢得暴雨般的掌声和女生的喝彩。打倒了几个女生倒是真的，接近行为艺术。傅先生在《杜甫诗论》第九十一页对杜甫的经典之作《兵车行》提出建设性的质疑。至少让我们明白这几个意思：《兵车行》是杜甫创作的转折点，杜甫的非战思想人民性尽在其中，但傅先生指出这首杰作的不足：（一）形象的表现不足，有概念化之嫌。（二）感染力不够。（三）化用不够。"信知生男恶，反是生女好，生女犹得嫁比邻，生男埋没随百草"，直接从建安七子陈琳《饮马长城窟行》蜕化而来，有待深化。化用一直是当代文学创作的顽症，要么食洋不化，要么食古不化。米兰·昆德拉说：用自己的语言表达别人思想叫媚俗。今天可能更多地是用别人的语言表达别人的思想，该叫什么？原创的重要性从来没有像今天这么紧迫。傅先生追根溯源总结道：写《兵车行》的杜甫还有待于更深的生活体验。个人体验才是作家与社会与时代的交结点。傅先生的代表作写于1943年东北大学，那正是"国破山河在，城春草木深"的岁月。学术跟创作一样也有一个生命体验的问题，傅先生跟他所研究的对象伟大的诗圣杜甫合二为一，经历了那个时代所有的灾难。他对杜甫才有那么深的理解。

　　杜甫那些不朽的诗篇《三吏》《三别》《羌村三首》《咏怀五百字》《哀江头》等等，麻衣见天子，自己的孩子饿死还惦记着皇帝吃饭没有？在曲江的草丛里看见叛军挑着血淋淋的人头纵马驰过，便追忆开元天宝盛世的太平景象，杜陵野老吞声哭。个人经历与民族的灾难血肉一体。还有哪位作家比杜甫更深入地进入时代与生活的深处有如此深刻的体验？杜甫的伟大不但在于融入时代与社会生活，更重要的是超越时代与当时的社会生活，安史之乱中杜甫有不少写妻子儿女的作品，但更感人的是对他者的描写，杜甫大概是写他者最多的中国诗人，与其说是诗史不如说是对诗歌抒情传统的突破，这种叙事功能已经是小说元素了，由此及彼要"大庇天下寒士俱欢颜"，国破了但山河还在，山河就是天下意识。从明末清初王夫之黄宗羲顾炎武发扬光大，到曹雪芹的《红楼梦》，就是王国维所说的宇宙意识，从具体的家国王朝更替这种有限的时间，进入永恒的宇宙时间，时代与时间，一字之差，却有高下之别。海德格尔把存在与时间连在一起，就是对人的生命的存在意识的强调。大观园里美丽的少女为什么对婚姻对家庭充满恐惧？女子出嫁等于毁灭，因为出嫁后的女子丧失了"时间"，青春生命与时间是一体的。曹雪芹发展了整个中国古典文学最健康的部分，与欧洲文艺复兴的顶峰莎士比亚遥相呼应，当时东西方虽然隔绝但对人性的呼唤是一样的。据《莎士比亚传》介绍，莎士比亚的儿子12岁夭折，名字叫哈姆涅特。莎士比亚把丧子之痛扩大成人类之痛。杜甫早年丧母寄养在姑姑家，瘟病流传，姑姑保护了杜甫，丧失了亲生儿子，后来杜甫给姑姑写的墓志铭中称这个伟大的女性为"有唐义姑"。傅先生一双慧眼直言《兵车行》只是技术操练，更大的生命体验冥冥中把杜甫推上历史的前台。给学生讲杜甫的经历时我总是联想到耶稣基督总是联想到陀思妥耶夫斯基笔下的梅什金公爵和阿辽莎，俄罗斯文学有愚圣一说，杜甫也算是中华民族的一个愚圣，这在讲究世事洞明、人情练达的中国显得有些特立独行。这种大慈大悲近于宗教圣徒的人类情怀所包含的人格力量，宗白华先生视为艺术的最高境界。宗白华先生把艺术境界分为三个层次，始境以情胜，又境以气胜，终境以格胜，气即风格个性，格即人格。傅庚生则是系统地从情感到想象到思想到艺术的有意味的形式，即心灵世界。

（《博览群书》2013年7月）

2012年阅读杂感

《美学操练》，叶廷芳著，北京大学出版社2012年8月出版

在我个人的阅读经验里，叶廷芳老师是与卡夫卡连在一起的。20世纪80年代初，大一入学不久就从袁可嘉主编的《外国现代派作品选》第一册读到卡夫卡的《地洞》与《变形记》，爱之心切，连译者也记住了，叶廷芳和李文俊，李文俊后来与福克纳紧密相连，叶廷芳则与卡夫卡连在一起。大学毕业后远走新疆，在西域大漠，再次读《地洞》《变形记》《审判》《城堡》，我还特意邮购了《美国》以及卡夫卡的日记书信。后又买到《现代艺术的探险者》（花城出版社1986年9月出版）、《卡夫卡研究》（中国社会科学出版社1988年9月出版），卡夫卡的世界比较完整地呈现在我眼前。在那绝望孤独的硬壳下我感觉到地火奔涌般的热，那时我已经适应边疆生活，零下30摄氏度晨跑归来，以雪洗身，冰雪对冰雪会产生热，冻僵的人先用雪擦身，身体就会热起来，生命之火重新闪烁。这就是大漠风暴冰雪世界读出的我所理解的卡夫卡。后来读卡夫卡的传记，读叶廷芳老师的《遍寻缪斯》（商务印书馆2004年5月出版），对叶老师的身世遭遇有所了解，叶老师早年对音乐戏剧文学有极大的兴趣并显示出其才华，把贝多芬视为精神支柱，视卡夫卡为知音。叶老师在书中如是说：卡夫卡内心具有一种不可摧毁的好斗精神，执意要同人类的悲剧命运抗争，一心要使神的意图落空。简直是西西弗斯再世。加缪的局外人延续了卡夫卡的葛里高尔和土地测量员，局外人对生活对母亲有着超出常人的爱，现代社会就是艾略特笔下的"荒原"，真正的人肯定二元对立，外冷内热，颠倒过来才是大恐怖。卡夫卡与几个女子订婚毁约反复无常，你能相信一个给女人写过80万字情书的男人对生活没有期待？是一个冷漠的人？叶老师对卡夫卡对迪伦马特对歌德对尼采对克尔凯郭尔的热爱，从文学延伸到音乐美术建筑，读《美学操练》会让我想到宗白华的《美学散步》。

《伊朗文化及其对世界的影响》，[伊朗]扎比胡拉·萨法，张鸿年译，商务印书馆2011年9月出版

对波斯文化的了解得之于大学时读到的郑振铎先生的《文学

大纲》。这是一部世界文学史，至少让我明白了在强势的欧美以外还有波斯印度。印度还好讲，中国人都知道玄奘西天取经的故事。《文学大纲》列出的一系列波斯伟大诗人，至少有4位把我的目光从地中海从欧美拉回到伊朗高原，海亚姆的《鲁拜集》，萨迪的《蔷薇园》《果园》，太喜欢哈菲兹了，抄了满满一大本。萨迪说："一个诗人应该30年漫游天下，后30年写作。"我漫游西域10年，居陕甘川宁交界的小城宝鸡10年，才敢入长安。内扎米的《蕾莉与马杰农》更让我神魂颠倒，这个缘于阿拉伯的爱情故事几乎成了整个穆斯林世界的永恒题材，几十个大诗人都写过他们的《蕾莉与马杰农》，波斯诗人内扎米的版本无人可以超越。19世纪中国新疆喀什的维吾尔族大诗人尼扎里写出了中国版的《蕾莉与马杰农》，这个永恒题材算是中国本土化了。尼扎里的顶峰之作是以喀什当地发生的真人真事写成的长诗《热比亚与赛丁》。笔者1984年秋天读到的是波斯诗人内扎米的《蕾莉与马杰农》（张鸿年先生翻译，中国文联出版公司1984年8月出版），后来在新疆买到了菲尔德西的《王书》，后来又买到《光辉的射线》、《马斯纳维》、《中西交通史料汇编》5卷。欧洲文艺复兴之前中亚也有过一次文艺复兴，古波斯诗人占大多数，可以说是欧洲文艺复兴的先声。张鸿年先生翻译过许多波斯诗人作品，且著有《波斯文学史》，在此向潘庆舲、水建馥、邢秉顺诸位一同致敬，古波斯文化向中国的传播他们功不可没。唐时波斯商人穿梭于丝绸之路，且大量定居长安成为唐传奇的一部分，这些文学资源不能不让人心动。

《荷尔德林诗新编》，顾正祥译，商务印书馆2012年3月出版

20世纪80年代大学校园真是诗的海洋，本人有幸有过这么一段"美好时光"，最早接触荷尔德林是读《世界文学》，好诗我都要抄下来。中学时抄录过北岛顾城舒婷普希金，上大学眼界大开，狂抄狂写，穷学生只有穷办法，上课笔记用中学时的作业本背面应付，挨过老师不少白眼，好本子全用在抄录经典名著上。后来买到《德国浪漫主义诗人抒情诗选》（钱春绮译，江苏人民出版社1984年12月出版），收录荷尔德林诗11首。毕业前夕买到海德格尔《诗·思·史》，从此诗意栖居、技术时代诗人何为，算是刻在脑子里啦。后来去新疆漫游天山南北，生命如何在戈壁成为绿洲成为花园？写几百个中短篇后，以至于在长篇《西去的骑手》中忍不住重提海德格尔与荷尔德林的"技术"问题。1994年秋天买到了北京大学出版社出版的《荷尔德林诗选》（顾正祥译注），总算有了荷尔德林诗的单行本。购得茨威格《与魔鬼作斗争》（西苑出版社1998年1月出版），第一次读到荷尔德林的传记。商务印书馆1999年5月出版的《荷尔德林文集》（戴晖译），收录诗人的长篇小说与理论探索文稿和部分书信。2000年12月商务印书馆又出版孙周兴翻译的海德格尔著作《荷尔德林诗的阐释》。2001年1月经济日报出版社

出版了张红艳译的《荷尔德林书信选》。有关荷尔德林的书必买。
"技术"与"物"的时代荷尔德林确实是一片生命的绿洲。中国诗
人与荷尔德林紧密相连的是海子，我个人以为青海诗人昌耀在精
神气质上也同样是海德格尔的"知音"，如果把年轻的海子比为莫
扎特的话，昌耀应该是恢宏峻峭的贝多芬，燎原的《昌耀评传》与
《海子评传》值得一读。

　　《特朗斯特罗姆诗歌全集》，李笠译，四川文艺出版社2012
年3月第二版

　　没办法，诗歌的魅力无法抗拒。早年买过李笠译的芬兰女诗
人瑟德格兰诗集《玫瑰与阴影》（漓江出版社1990年7月出版）。
特朗斯特罗姆的诗，我也先是从《世界文学》上抄录，而后购买单
行本，期待他的诗歌全集。李笠先生序言中把特朗斯特罗姆比作
一个现代的唐代诗人，确切地说更接近王维与孟浩然。主张神韵说的
清朝学者王渔洋晚年编过一本《唐贤三昧集》不收李杜，王维独占
鳌头占2/3强。王渔洋认为李杜激烈而王维孟浩然淡泊悠远，有韵
外之致，旨在禅趣，言有尽而意无穷，味在酸咸之外，语中无语，
如空中之音，相中之色，水中之月，镜中之像，羚羊挂角，无迹可
求，玲珑透彻。其实李杜也有冲淡悠远的一面，杜甫的压卷之作
《江南逢李龟年》，用词平易而含意深远。特朗斯特罗姆也是以平

易的语气营造"诗中之画"与"画中之诗","桥把自己//慢慢//筑入天空。""直到光追上我//把时间叠起。""海是一堵墙//我听见海鸥在叫——//向我们招手。"另一个瑞典人斯文·赫定5次来中国探险,最长一次达9年之久,几十卷考察报告文笔之美妙非一般作家可比,称为大地的诗人一点也不为过。笔者1984年购得李述礼先生翻译、上海书店出版的《亚洲腹地旅行记》,这也是笔者远走新疆的原因之一,此书与《漂移的湖泊》《大马的逃亡》《丝绸之路》可以与特朗斯特罗姆的诗比照着读,正好合乎俄罗斯作家巴乌斯托夫斯基主张的"散文的诗意",真正的散文小说戏剧都通向"诗"。笔者在《西去的骑手》与《喀拉布风暴》中多次写到斯文·赫定,这个了不起的瑞典人早已成为西域的一部分,用他本人的话说"一生嫁给了中国"。

《席勒:灵魂的风景》,陈聪、闫爱华著,广西美术出版社2011年6月出版;《维也纳表现派天才画家席勒》,李维菁、何政广著,河北教育出版社2006年10月出版

席勒引起我的注意完全是因为凡·高,凡·高的向日葵太辉煌太耀眼,让大地上对着太阳毕恭毕敬了千年的向日葵上了天,我总以为不会再有人没大没小地去画向日葵了,吃尽了败仗的奥地利人就有这种大气魄,打仗不行,艺术上绝不含糊,《蓝色的多瑙

河》之后，克里姆特和他的弟子席勒先后画出了不同于凡·高的向日葵。克里姆特的向日葵过于梦幻和童话，席勒干脆颓废到底：大火焚烧过似的干焦枯萎中有一种金属的力量，瘦硬，如同雕塑，与布德尔与贾科梅蒂有一拼。席勒有一幅画叫《四棵树》，天山北麓乌苏荒漠有一条四棵树河，我写过短篇《四棵树》，后来演化成长篇《生命树》，背景就放在乌苏，卫拉特蒙古人弹唱《江格尔》的地方。《江格尔》与《玛纳斯》唱腔截然不同，《玛纳斯》高亢激昂，《江格尔》沙哑深沉悲壮辽阔，席勒的画风赤裸如戈壁，沙哑深沉无限悲壮。席勒笔下的城市建筑都有人的表情，但绝不过分拟人化，保持了物的原形，画中女人比莫迪利阿尼更有骨感。大学时不满足文艺理论课的教材，以贝尔的《艺术》（1984年9月中国文联出版公司出版）代之，去新疆后在乌鲁木齐西北路书店买了康定斯基的《艺术里的精神》（1987年7月中国社科出版社出版），对书中一句"美是心灵的内在需要"印象很深。

（《中华读书报》2012年12月26日）

天山顶上望故乡

"百鸟朝凤""凤鸣岐山"最初源于我的故乡岐山，周人颠沛流离落脚岐山有了美好的家园，《诗经》里有"凤凰鸣矣，于彼高岗"。后来就是武王剪商的"封神演义"，这些半神半人的传奇人物都在岐山留有遗迹。这块土地周人后崛起了大秦帝国，周兴于岐，秦兴起于与岐山相邻的凤翔，依然是凤凰鸣于高岗的故事。周是希腊的话，秦就是武功盖世的罗马。我的创作开始于大学时代，以诗为主，兼有小说散文，大都写故乡岐山，故乡太深厚悠久了，我就西行8000里，浪迹天山南北。1990年冬天落脚天山脚下快5年了，遥远的故乡出现在梦中，黑压压奔腾而来，化作马群和鹰，凝固成青铜大方鼎，悠长的啸声成为古老传说中的凤鸣，故乡一下清晰起来，醒来后我写下了"百鸟朝凤"4个字，初稿写于1990年冬天的石河子与奎屯。1995年冬天回到阔别10年的故乡，渭河北岸古朴的土原，如梦中所见，确实是一尊大气磅礴的青铜宝鼎。1996年、2012年修订。给故乡的文字应该是青铜鼎上的纹饰。周人落脚岐山种麦子，周就是方格子地里长出禾苗，周人来自塔里木盆地，塔里木的原始含义就是种地的人，周人在岐山脚下不再住地窝子，盖那种单边流直角三角形的厦厦房，周原农村至今还保留着3000年前祖先的建筑样式，第一次见到中亚腹地的黄泥土屋，我泪流满面……周秦汉唐的关中及那座大城长安就是游牧与农业交融的地方，交融处才有生命的大气象。

（《作家》2013年秋冬号）

最美丽的树（创作谈）

　　我曾经是新疆伊犁州技工学校的一名教师，伊犁州真正算得上中亚腹地的一个好地方。有一首歌曲《我们新疆好地方》，不客气地说，新疆的好地方全在伊犁，伊犁州包括整个西天山的伊犁河谷，南北走向的塔尔巴哈台山脉，中亚与北亚大草原分界处的阿尔泰山脉，即行政划分的伊犁地区、塔城地区、阿勒泰地区，几乎全是草原森林河流湖泊粮仓的集中地，伊犁河谷被称为"塞外江南"，跟法国普罗旺斯一样生长着蓝色梦幻般的薰衣草。阿尔泰是金子与宝石之地，塔城是有名的中亚粮仓。笔者当年刚刚落脚新疆，领导特批一方木料，来自天山西部大森林的白松木，在陕西老家哪见过这么好的木料，散发着伊犁河谷特有的浓烈的清香，一个假期就干透了，很快就打成家具。我在天山脚下总算安营扎寨有家了。从我居住的小城奎屯去伊犁有两条路：

一条即乌伊公路，沿天山西行过果子沟；另一条向南走独库公路翻越天山，在崇山峻岭中的乔尔玛向西进入喀什河谷、巩乃斯河谷，途经唐布拉草原、那拉提草原，也是天山最茂密的原始森林带，包括云杉、白桦、红桦、野核桃、野苹果等等，其中一棵云杉变成我屋里的家具，途中休息时，我走进阴凉的林中，抚摸一个粗壮的树桩，可以坐两三个人，有很深的裂缝，可以插进一只手，可以感受到来自大地深处的力量。与天赋神境的伊犁、阿尔泰不同，奎屯、石河子这些垦区都是军垦战士们的杰作，先在绿洲边上建林带、挡住风沙，才能让庄稼长起来。执教于技工学校就有机会走遍天山南北。新疆更多的是戈壁沙漠。一上路就是七八个小时、十几个小时，树就很容易成为一种梦想成为一种精神性的东西。也就很容易理解古代的波斯诗人把他们的经典之作命名为《蔷薇园》《果园》《真境花园》。维吾尔族的祖先回鹘人最先居住在蒙古大漠，那个时期的回鹘人在他们的神话传说里，把自己的祖先当作树之子，树窟里诞生了生命，就是他们的祖先。哈萨克人对宇宙起源的解释，只说有一棵生命树，长在地心，每片叶子都有灵魂。从那一刻起，大地上的树就在我的世界里不存在了。传说中的生命树就成了我的小说《生命树》的基本框架。1998年我写中篇《金色的阿尔泰》时忍不住写到了树，那一刻我才明白从1983年发表处女作用"红柯"这个笔名到1998年写《金色的阿尔泰》，红柯就是一棵树，树上的一根小小的树枝。那时就有写《生命树》的想法。我还是认为那时我的功力写一根树枝尚可，写完整的一棵树远远不够。

2009年夏天写完《生命树》，以伊犁女子李爱琴结尾，一周后我就来到伊犁河畔，看着汹涌的伊犁河波涛，我再次想起李爱琴与丈夫在伊犁的生活，一切如同梦幻。《生命树》中的乌苏与奎屯以奎屯河为界，乌苏是西域古城，又是蒙古人的草场，乌苏蒙古人演唱的《江格尔》别具一格，这就是我把《生命树》的主要场地放在乌苏的原因。生命树应该长在亦农亦牧的地方。修改这部书时我不得不把生命树最终确定为胡杨树，维吾尔族管胡杨叫托克拉克，意即最美丽的树。

（《长篇小说选刊》2012年1月）

作品的命

——长篇《好人难做》创作谈

作品跟人一样有因缘，有命运，该长成短篇或中篇或长篇从一开始就决定了，我喜欢伊斯兰文化中的"前定"。生活不是文学的土壤，一颗外来的种子落入生命，犹如精子进入子宫。《好人难做》缘于我小时候的记忆，那时我大概十二三岁，一个懵懂乡村少年。我们村一个残疾小伙子娶了一个疯姑娘为妻，这个疯女人常袒露身体，到处乱跑，她的瘸腿丈夫耐心地照料她。我问母亲她为什么这个样子？母亲告诉我她在娘家做下丑事，只能远嫁我们村的瘸子。我再追问母亲就不说了。好奇心让我的耳朵变得格外敏感，从村里人的议论中我还听到了如下内容：她在娘家与人相恋，有了身孕，那个男人不肯娶她，她又不忍出卖心上人，娘家人为此蒙羞不断拷问，打掉了胎儿，女子就疯掉了，被迫嫁到了我们村。这就是我认识到的最初的人性之恶和生活的残酷。那时我刚刚开始大量的课外阅读，我自己掏钱买到《呼兰河传》，记得是茅盾的序以及最后几页对老祖父对故乡的痛苦而凄凉的回忆打动了我。一个乡村少年一分两分攒好久才能攒五六毛钱，记得《呼兰河传》五毛九分钱。我走出书店到城外黄土高原的大沟里读这本书，读到小团圆媳妇的惨死，读到冯歪嘴子，冯歪嘴子就像我们村那个瘸腿小伙子。瘸腿原来是个帅小伙子，还会电工活，一次工伤成为残废。后来我上了大学，每次回家都能看见瘸腿小伙子和他的疯妻子，生活得很艰难。再后来我大学毕业，远走新疆，有了家，我给妻子讲了这个难以忘怀的故事，我问妻子：这个女人为什么这么傻，为什么不说出那个无耻的负心汉？妻子的回答再次让我吃惊："那是女人的耻辱，女人死也不会说出自己的耻辱。"我几乎是大叫："你们女人太蠢，这是变相保护流氓。"妻子像看小孩一样看着我，我后半句话没说出来："怪不得流氓活得不累，频频得手。"妻子的话还是让我琢磨了好多年。后来读库切的《耻》我一下子就读懂了库切的真实含义。那个诱骗女学生的教授，他女儿的举动近于基督也近于佛。大学时常常会碰到那些恋爱高手，他们追逐漂亮女生，每次胜利后还要在男生宿舍详细描述猎物身体上的隐秘特征。可以想象当那女生出现在众男生前时女生诧异男生们的眼神何以如此邪恶怪诞？我很幸运大学毕业踏入社会时来到西域大漠，这里还保持着闻一多赞美《诗经》时所说的"歌唱的年代"，即人类古老朴素的抒情传统。维吾尔族的歌舞，哈萨克族蒙古族的民歌，中心就是男女之间的爱情，简直就是情歌的海洋，包括悲惨的爱情，自有一股健康的青春的气息。1995年冬天，我们全家迁回陕西，我又见到了那个瘸腿叔叔和他的疯妻子，他们的孩子都十几岁了。生活艰难但有希望，我长长地松口气。1996年春天我带学生实习，写了《奔马》，那个司机的老婆生下一个巨大的婴儿，就是我见到瘸腿叔叔的两个孩子引发的冲动。在我的意识里，从来不画地为牢，分什么新疆陕西，我又不是记者写新闻报道。我以为这是故事的结束。2004年冬天我们一家又迁居西安，回家过春节时，母亲告诉我瘸腿叔叔的疯妻子死了，母亲的原话是："解脱了。"我再也不惊讶了，只有一种无法排解的隐痛。西安离我的老家180公里，2008年我在西安南郊大雁塔下开始写《好人难做》，写得很顺，但毕竟是第一次大规模写陕西写故乡。我对长篇充满敬畏，每部长篇完成后我都要切下一小块让读者品尝，如果尝试失败我就没必要让整部长篇丢人现眼，先伸一根手指或一只手，再亮出整个身子。《西去的骑手》《大河》《乌尔禾》《生命树》都是这个过程。《好人难做》先伸出三根手指，分别是三个人物相连的小短篇《诊所》《好人难寻》《疯娃吹喇叭》，发表后被《小说月报》转载，被收入各种选本，我就有勇气拿出全部的《好人难做》给《当代》，发表于2011年3期。

　　读者肯定会看出来《好人难寻》是美国南方女作家奥康纳的同名小说，这部小说我读于1982年大学二年级。青海人民出版社出版的《世界小说100篇》收入《好人难寻》，这是我的阅读生活中一个巨大的黑暗，完全不同于中学时读《呼兰河传》《梅里美小说选》《史记选》，大学时读卡夫卡、福克纳、博尔赫斯、略萨以及马尔克斯的《百年孤独》也无法跟这个短命的女作家相比，关键在于奥康纳的《好人难寻》你无法寻其艺术踪迹，其他那些大师你都能找到其玄关所在，奥康纳让人如入深渊。早年的阅读中有三个女作家让你经久敬仰：中国的萧红、美国的奥康纳、日本的樋口一叶，都是各凭一篇作品《呼兰河传》《好人难寻》《青梅竹马》，让人难以忘怀。

1986年秋天初到新疆，我买到上海译文出版社刚出版的奥康纳小说集《公园深处》，也是当时中国最完整的奥康纳小说集，后来又买到花城社的奥康纳长篇《慧血》，还有人民文学出版社的本子，相比之下还是那篇《好人难寻》最好。已经有许多中国作家向卡夫卡、福克纳、博尔赫斯、马尔克斯们致敬了，我应该向奥康纳致敬，给我的新长篇取名《好人难做》，一字之差。

《父与子》应该是我小说创作的处女作，发表于1985年春天兰州的《金城》杂志，算是给屠格涅夫、卡夫卡一个交待，这两个作家好把握，卡夫卡父子关系极度紧张，屠格涅夫代表作为《父与子》。而我用当时时髦的意识流手法写出短篇《父与子》，写陕西农村的故事。后来在新疆写了有关陕西的中篇《红原》《刺玫》等，另一个埋藏心底的愿望：西部文学大气厚重、庄严，不苟言笑，其实西部尤其是大西北还有另一面，西北人很幽默，维吾尔族有阿凡提，汉族尤其陕西关中的农民有千千万万个阿凡提，悲壮苍凉中也常常有令人捧腹大笑笑中含泪的果戈理式的民间艺术，《好人难做》有愤怒也有笑声。

（《扬子江评论》2013年2月）

无边无际的夏天

——《喀拉布风暴》创作谈

我曾在《大地之美》的文章中写过中亚腹地的地名，乌鲁木齐、伊犁、阿尔泰、阿力麻里、可可托海、福海、哈纳斯湖……这些蒙古语地名追根溯源就是一部美不胜收的大书。从写新疆的那天起我的大多作品就以地名作为书名。我所居住的小城奎屯，我反复抒写还不足以了却心愿，专门写一长文《奎屯这个地方》发表在《收获》杂志上。新世纪开始，我以长篇的规模写《乌尔禾》，奎屯垦区农七师最边远的137团所在地，克拉玛依的一个区，走向金色的阿尔泰的必经之地。与奎屯相连的乌苏则以长篇《生命树》去完成。乌苏以西就是博尔塔拉蒙古自治州的精河县了。精河县再往西就是阿拉套山，中国与哈萨克斯坦的边境线。

有关精河，我曾写过短篇《鸟》《玫瑰绿洲》《野啤酒花》，我的叔父一家在精河托托镇农五师91团，叔父已经去世。记得初到新疆时，去托托看望叔父，从乌伊公路下车，穿越戈壁走大半天，返回时必须在路边等车。婶子一连数天给我妻子讲兵团往事。这些都成为后来的小说素材。精河是进入伊犁河谷的必经之地。不管是沿天山乌伊公路往西，还是沿塔尔巴哈台山、巴尔努克山、阿拉套山往南，到了精河算是沙漠戈壁的尽头了，一路征尘，到赛里木湖边洗涤一新，真正地脱胎换骨。

我在精河遇到过无数次沙尘暴，在艾比湖畔见识过从阿拉山口飞来的暴雨般的鸟群，遇到沙暴，大片的鸟儿折翅而亡，短篇《鸟》就写这场厄运。新疆10年，我大半精力用于搜集各民族的史诗神话歌谣，与内地的唯一联系是自费订阅《世界文学》与《读书》。1987年1期的《世界文学》刊有略萨的《酒吧长谈》，封底则是智利大画家万徒勒里的《迁徙》，画面一群潮水般飞向新大陆的鸟群，一下子拉近了穿越阿拉山口沙尘暴的鸟群与这个世界的距离，那时我就萌发了写精河的念头。

很荣幸我曾是伊犁州技工学校的一名教师，技工学校的好处就是带着实习的学生走遍天山南北，车工班、钳工班在工厂待两三个月，锅炉班则在一个陌生的地方一待就是一个冬天，这个地方也就不陌生了。最有挑战性的是汽修班与驾驶班，基本上是游牧生活的翻版，比转场的牧民跑得更远节奏更快。天山南北的大小公路，国道省道，县级公路乡村砂石路都跑遍了。

24～34岁是一个热血沸腾的岁月，技校汽修班的学生大多都是自治区三运司的子弟，汽车从小就是他们的玩具，上技校纯粹是来拿文凭，技术比老师好，他们能把汽车开成飞机，那种疾驰如飞的感觉让人永生难忘。夏天就像在火焰中穿行，冬天，即使遇上暴风雪，一碗奶茶下去，连吞几十个薄皮包子，很快就大汗淋漓热汗蒸腾，跟汗血马无异。热血沸腾的岁月，压根就不存在冰天雪地，没有夏天与冬天的区别。康拉德写过《青春》也写过《黑暗的心脏》，一种超越无限空间与无限时间的速度会在冰雪里触摸到火焰，在夏日阳光的烈焰里感觉到冰凉。舍身穿越阿拉山口的鸟群应该在时空之上。2004年迁居西安，打不到出租车我会搭乘摩托，游击队一样穿越西安的大街小巷直达目的地，重新找回西域大漠疾驰如飞的感觉。

在西域大漠，我总是把冬天看成夏天的延续，把暴风雪看成更猛烈的火。

还是在精河，在大片大片血色海洋般的枸杞以外，我平生第一次看到了壮如男性生殖器的地精：锁阳与肉苁蓉，理所当然地听到了许多有关地精的神奇传说。我相信这都是真的。西天山、阿拉套山、阿尔泰山的岩画上的男性生殖器与生殖器周围狂舞的丰臀大乳的女子，比任何一本艺术专著更形象地教育我：这才是人类舞蹈艺术的起源。

可以想象在赛里木湖边听到哈萨克歌手唱起那首有名的古歌

《燕子》时我有多么震撼。正是这首民歌最终把精河大地，把阿拉山口飞来的鸟群与神奇的地精联系在一起。文学是有生命的，有生命的春夏秋冬，西域的底色应该是夏天，夏天的炽热清澈，赤子般的激情，如同浴火重生的凤凰，借用韩少功《文学的根》，西域的文学之根深深地扎在太阳里，那巨大的火球既是生命的动力也是万物之源、万物之根，也是文学的根，地精就是生长在沙漠里的太阳。

我还是有些不自信，2012年8月初稿子寄《收获》时，特意给程永新寄一张录有各种版本《燕子》的CD，西安音乐学院附近有专门制作CD的小店。当年给李敬泽寄《美丽奴羊》时，也曾附过一张美利奴羊的图片。西域有大美足以让任何艺术创作相形见绌。

2012年8月初，稿子刚寄出就有机会重返新疆，接待我们的新疆作家协会副主席、女作家叶尔克西唱了哈萨克民歌《燕子》。我还记得1992年在自治区作协大楼里，《西部文学》副主编郑兴富老师用那悠扬的四川口音叫叶尔——克西的情景。那时我是新疆作协的会员，那栋大楼里有陈柏中、都幸福、胡尔朴、张孝华、肖嗣文诸位老师，肖嗣文老师的歌声那么动人，犹在耳边。还有《绿洲》的虞翔鸣、刘岸，我差点成为《绿洲》的一员。1995年底迁居陕西1996年春天我成为陕西作协的一员，接待我的是京夫老师，高大消瘦，刚刚从天山归来的我第一个念头就是京夫老师应该吃一只新疆大肥羊。京夫老师已经不在人世，他的文学精神离我们很近。沙漠已经成为我生命的一部分，沙漠既有变幻莫测的狂暴恐怖毫无确定性的一面，又有沉默宁静从容大气的一面。这种内在的不确定性应该是大漠的本色，真正的艺术也应该有这种内在性与不确定性的品质。

最后感谢重庆出版社，2011年秋天就专程来西安跟我约稿，那时没人知道我正在写的新长篇。我总是在完稿后才找书名，这也符合一个新生命的诞生过程，先有孩子再给孩子起名。

[《时代文学》2014年5月（上半月）]

从故乡出发（创作谈）

我是陕西岐山人，就是《封神演义》"凤鸣岐山"的地方。蒙古族作家鲍尔吉·原野给我的名片上赫然出现"沈阳某某区岐山路"，大连好像也有岐山路，日本有岐阜市，据说日本战国时的名将织田信长仰慕中国历史上的周文王、周武王的文治武功，便把日本"井口"取名岐阜。"岐"与"姬"，古音相通，姬姓的周部落转战大半个北方，一路翻山越岭，翻越的最后一座山就是岐山，山下一片沃野。据岑仲勉先生考证，周人来自塔里木盆地，在塔里木河两岸就开始了原始农业，大西北其他部落游牧的时候，他们最早走下马背，成为定居的农业民族，部落战争迫使他们四处飘荡，塔里木盆地的绿洲生活成为美好的记忆。这种记忆延续了多少年不得而知，直到古公亶父率周人落脚岐山，筑屋建城，真正完成了从游牧到农业的转变。古公亶父最早让我们有了家的意识，是把家提升到宗教与审美的境界。有《诗经》为证。《诗经》里的《生民》《绵》《皇矣》《公刘》就是周人的民族史诗，后来我在天山脚下读《江格尔》《玛纳斯》，听江格尔齐、玛纳斯齐、阿肯弹唱，我就想起故乡岐山，就想起《诗经》有关周人的诗句。闻一多先生把那个时代称为"中国人歌唱的时代"。那个时代歌舞是一种全民的生活方式，今天的天山南北还保留着人类古老的歌舞方式，我这个周人之后在天山脚下遥想伟大的祖先是再自然不过的事情。

1986年我大学毕业留校一年后，悄然西行，在伊犁听到关中方言，在"十二木卡姆"中听到秦腔的旋律。1995年底我离开新疆前，重庆的赵晓玲老师在信中问我为何寄身西域，我才发现我的祖父抗战时在蒙古草原8年，父亲在青藏高原6年，我在天山近10年。我在天山脚下曾写过十几部中篇，大都写陕西农村与校园。离开新疆，回到小城宝鸡，才开始写大漠往事。西域太大了，大得让人无话可说，有一种大风灭烛的感觉。夹在群山与高原之间的关中盆地，就像一个大帐篷；距离产生美，忘掉了该忘的，记下了该记的。数年前我曾在一篇文章中谈道：西域有大美，愈写愈觉我辈之笨拙。先写容易的，太珍贵的留下来，早写会糟蹋这些故人故事。《生命树》应该是一块大料，我把这块料置于长安与天山之间，也就是丝绸之路上。一棵大树必须有发达的根系，跟胡杨种子一样穿越沙漠群山寻找河岸。我出生在农民家里，小时曾持利斧尽砍黄土高原深沟大壑的野树当柴火，印象最深的是枣树的根，跟绳索一样十几丈长，从悬崖上拉下一根就能扎一捆。后来在天山大漠，胡杨的根，给人感觉把地球都裹进去了。80摄氏度高温要活下去只能拼命扎根，也就是天山—祁连山—秦岭的长度了，也就是丝绸之路的长度了；古老坚韧华美，粗犷中又细腻无比。胡杨幼时为柳长大为杨，人称异叶杨。《生命树》写了一批西部女性，对我来讲也是头一次大笔写女人。"天山系列"长篇《西去的骑手》写英雄与马，《大河》写熊与阿尔泰人，《乌尔禾》写少年与羊，这次写到了女人与树，生命树。古犹太教有卡巴拉生命树，上帝的伊甸园里有生命树，中国大西北有汉族剪纸艺术的生命树和哈萨克族创世神话的生命树。生命之树常青。

（《文艺报》2011年3月25日）

乌尔禾与乌尔禾以北

　　1986年秋天我落脚天山北麓小城奎屯，1988年秋天有机会去阿尔泰招生，途经乌尔禾住了一宿。那真是一个令人惊叹的地方。从天山北麓准噶尔盆地南缘的奎屯过五五新镇以及农七师大片大片的庄稼地，过石油城克拉玛依，全是一泻千里的辽阔田野、荒漠、沙漠和戈壁，越往北方越接近盆地的底部，车子一路狂奔，越来越像蹿入太空的火箭，不是奔向苍穹之顶，而是进入大地深处，更像一条隧道。过了克拉玛依，大戈壁突然裂开一道缝隙，乌尔禾就在这道缝隙里。"两边大戈壁，中间一条河，这河就叫白杨河。"后来我在长篇《乌尔禾》中这样开头。这就是乌尔禾绿洲给我的最初印象，也是无法抹去的极为深刻的印象。

　　乌尔禾绿洲西北东南走向，宽不过三四公里，长不过几十公里，农七师最偏远的团场137团所在地，也是克拉玛依最北边的一个矿区，属于塔城地区和部克赛尔县的一个乡镇，有部队的一个兵站。过往旅客在公路东边的车站大院子打点。饭后不到半小时就逛完了这个安静的小镇。第二天一大早，我穿过137团的庄稼地到白杨河边，撩着河水洗手洗脸，晨曦与河水混在一起，有点洗心革面的感觉。河两岸有两条大渠，从上源截流而来，跟毛细血管一样把白杨河的流水蛛网一样分散到宽窄不等的庄稼地里，那些葵花、玉米、甜菜以及大片大片的白杨树、榆树，把河水天女散花似的布满绿洲的天空。在乌尔禾的密林和庄稼地里，人跟虫子一样。攀上绿洲边缘的戈壁往下看，不到1万人口的小小绿洲不也是大地上的一只昆虫吗？进入新疆时，在哈密、吐鲁番我已经领悟到人的渺小与无助，乌尔禾再次印证了这种感觉。那也是我第一次住在戈壁与绿洲交接的地方，一边是天堂一边是地狱，如此分明又紧密相连。

太阳渐渐升高，朦胧的晨曦变成瀑布般壮阔透明的阳光之海。戈壁也亮起来了，一只野兔在戈壁深处奔跑，戈壁太辽阔了，给人感觉野兔在原地起跳。在新疆我第一次知道有绿洲野兔有戈壁野兔。绿洲野兔肥大、肉松，远不能跟戈壁野兔相比。戈壁野兔那种罕见的奔跑速度，那种弹跳力，可以跟狼和豹子相比，其忍耐力让人想到沙漠之舟骆驼。人们把不毛之地形容为兔子不拉屎的地方，兔子只有拼命奔跑分秒必争才能横越绝域。老家陕西黄土高原的野兔也十分了得，深沟大壑如履平地，但无法与戈壁野兔相比。后来我总是在文字中把西域大漠比作维吾尔族的达甫手鼓，把火焰般的戈壁野兔比作快节奏的鼓点。大地是有心跳的，哈萨克语中火焰与野兔是同一个词。准噶尔盆地最低的洼地乌尔禾是天山以北野兔最集中的地方，蒙古人当年从北亚草原南下西进，出阿尔泰山征服世界，在乌尔禾见到如此众多的野兔，成吉思汗在白杨河边的密林里亲手抓到一只野兔，不用弓箭不用兽夹子，灌木可以绊住野兔弹簧一样的捷足，成吉思汗就给这块无名绿洲起名乌尔禾，即套子，能套住野兔的套子。大汗心情不错，把横亘在乌尔禾与克拉玛依之间的低矮赤裸的石岗命名为成吉思汗山，其实是戈壁腹地隆起的一条石脊，也是锤炼野兔的凶险之地。到了乌尔禾，算是野兔们的天堂啦。转场的牧人，南来北往的旅人、漂泊者、流浪者在此歇息，跟野兔无异。

准噶尔盆地的底部，古尔班通古特沙漠的腹地，幽静如洞穴，简直就像大地的脏腑，古尔班通古特蒙古语为三丛芨芨草，给人感觉茂密高大如毡房的芨芨草全长在乌尔禾，人或走兽到了这里都会安静下来。1988年我已经适应了西域大漠，真正安下了心。而此前两年即1986年秋天初到新疆时，想法很多，伊犁州人事部门安排工作时我坚持要去大学教书，人家就给我开了两份报到手续，一份伊犁州教育学院，一份伊犁州技工学校，两个单位都在奎屯。离开伊犁州时，州人事局的刘书记告诉我最好考虑一下技工学校，这是新建的单位，需要人才，你不会后悔的。我心想技工学校能跟大学相比吗？刘书记是山西人，跟我这个陕西人攀老乡，后来证明这位解放初进疆的老同志说得很对。当时正值暑假，我和妻子到奎屯后也不急着报到。那时从内地进疆的大学生首选乌鲁木齐和克拉玛依，要么就是石河子，与石河子相邻的奎屯只是几万人的小城，内地很少有人知道大地上有个奎屯。到了奎屯才知道这里还有一所兵团教育学院，我们还以为是部队院校，正跃跃欲试时，农七师一位军垦战士主动告诉我们兵团不如地方单位，州技校比州教育学院好。人家一眼看出我们是内地来的，我和妻子也见识了兵团人的开朗豪爽。奎屯也是农七师部所在地，北边就是131团的庄稼地。感谢这位团场职工，我和妻子直接去州技工学校报到。在一间平房暂住几个月，入冬前我们住进了学校新盖的大楼。

两年后的1988年春天，儿子出生，我成了父亲，开始在天山脚下扎根了。1988年秋天，在乌尔禾绿洲，我跟真正的新疆人一样躺在河边的草地上，任大漠风从头顶吹过，金黄的树叶暴雨般落满胸膛，叶赛宁的诗句火焰般升起，"金黄的树叶落满胸间，我不再是青春少年。"1983年开始发表诗歌的校园诗人，1988年秋天在石河子《绿风》杂志发表了最后一首诗《石头与时间》就搁下了笔。以后的岁月里，我漫游天山南北，最喜欢去的地方是阿尔泰伊犁。去阿尔泰总要留宿乌尔禾，再也不匆匆赶路，一住数天，最长两个礼拜，跟一只真正的野兔一样，跑遍这里的田野、湖泊、密林以及绿洲北边的魔鬼城。唯一遗憾的是对那些硅化石，跟欣赏岩画一样看了也摸了，就是没有搬一块回去。那时我热衷于各民族的神话传说歌谣野史；技工学校有这种条件，重点在实际操作，一年大半时间到处去实习，大卡车狂奔七八个小时，身子骨就这么颠结实了。直到现在也不习惯坐空调车，喜欢八面透风的大卡车。

1995年底我回到陕西宝鸡开始写"天山系列"小说，以《奔马》打头，主人公把大卡车开成了疾驰如飞的骏马，从奎屯到阿尔泰，从阿尔泰到伊犁，纵横穿越准噶尔大地，乌尔禾是必经之地，但书中没有出现乌尔禾。在《库兰》中野马的发源地卡拉麦里荒漠就在乌尔禾与阿尔泰之间，《鹰影》《狼嚎》都与乌尔禾有关，我总以为这些西域大漠的猛禽烈兽不适合乌尔禾，乌尔禾是野兔的乐园。在"天山系列"黑沙暴般冲天而起之后，2000年我以中篇《莫合烟》开始写静静的乌尔禾，那个抽葵花叶子的细节是我童年的一段经历，我跟伙伴们把旱烟叶子与葵花叶子杨树叶子混一起，用报纸卷胳膊那么粗的烟卷，一群混小子全都抽醉了，我至今远离任何香烟。《文艺报》的王山小时在伊犁也把葵花叶子当莫合烟抽，我们一起交流过那种呛人的烟味。准噶尔野兔开始露面了，它构成长篇《乌尔禾》最核心的篇章，野兔应该是准噶尔的心脏，就像伊犁民歌《阿瓦尔古丽》中唱的，"我的心就像沙漠里跳来跳去的野兔"。

从乌尔禾开始过魔鬼城进入金色的阿尔泰，每次去阿尔泰总觉得到了大地的尽头，到了地球的头顶，到了北极之北，到了普里什文描写过的"飞鸟不惊的地方"。第一次到哈纳斯湖边，我被那神秘的美所震撼，退回去了。这种退却救了我，2001年我写了中篇《哈纳斯湖》。整个阿尔泰都有一种罕见的美。《哈纳斯湖》之外，我写了长篇《大河》，中篇《金色的阿尔泰》《福海》，短篇《鹰影》《可可托海》《额尔齐斯河波浪》《跟月亮结婚》《红蚂蚁》《蚊子》《大漠人家》等，有关阿尔泰的小说有50多万字。阿尔泰确实是应该大书特书的地方，卫拉特蒙古人的不朽史诗《江格尔》中的宝木巴圣地就是草原人心中的天堂阿尔泰草原，但很少有人知道乌尔禾是天堂之门。

（《小说界》2013年3期）

阅读·体验·创作

一

邻村瘸腿小伙子娶了一个疯疯癫癫的媳妇，疯媳妇有了身孕也不遮掩，瘸腿丈夫照顾小孩一样照顾疯媳妇。孩子出生，瘸腿丈夫就更忙了。母亲常常叹息，叹息后还要念叨一阵"造孽"。那时我十二三岁，上初中，懵懂少年，问母亲啥叫造孽？母亲说：这媳妇在娘家做下丑事，就成这样子。再问，母亲就不说了。我的好奇心无法停止，很快就明白了：丑事就是法院布告上宣判的强奸通奸，20世纪70年代通奸也可判刑。发生在家乡的这桩"孽案"查不到凶手，女子有了身孕，"丑事"败露，娘家人蒙羞，拷问"造孽者"，女子死也不松口，直至疯傻，娘家人只好把闺女远嫁他乡。我追问大人她为什么不说出那个男人？大人们摸摸我的头，谁也不告诉我。问母亲，母亲也不告诉我。好多年后，我问妻子：疯女人不交代那个男人是不是太爱那个男人了？妻子告诉我：那是女人的耻辱，女人死也不会说出自己的耻辱。萦绕在我心头好多年的谜团有了答案。当时那个十二三岁的少年怒不可遏，恨不能手持利刃把天下的坏男人全阉成太监。有一天，少年在渭北小城的新华书店翻到一本《呼兰河传》，随便翻到冯歪嘴和小团圆媳妇一节，如五雷轰顶，把家里给的买菜的钱顶上，五毛九分钱。然后出县城，走进渭北高原的一条大沟，寒风呼啸，《呼兰河传》被我看得天昏地暗，日月无光，以前看过的《三国演义》《水浒传》《林海雪原》……全都黯然失色。直到2009年，这颗埋藏了几十年的种子开始发芽，先是三个短篇《诊所》《好人难寻》《疯娃吹喇叭》，然后形成长篇《好人难做》（《当代》2011年3期），我才松了一口气。对长篇来讲，30多年的生长期不算长。

二

小学时听同学讲"艾力·库尔班"的故事。艾力·库尔班是人与熊之子，他的母亲做姑娘时与外婆去森林砍柴火，半路母亲解手，被熊劫持到大山深处。熊把女人关在洞中，过起了夫妻生活，生下艾力·库尔班。艾力·库尔班长大成人，母亲告诉其身世，艾力·库尔班打死熊父，与母亲回外婆家。艾力·库尔班打柴堪称人类壮举，跟拔小葱一样拔那些耸入云天的云杉红松白桦树，比拔柳树的鲁智深牛多了，柳树长在松软的水边嘛。与之媲美的应该是《隋唐英雄传》里的李元霸，李元霸可以把人撕成两半，艾力·库尔班撕开的可是老虎，上来一只撕一只，跟晴雯撕扇子一样。艾力·库尔班刻在小学生的脑子里了。好多年以后，我大学毕业，来到天山脚下，在伊犁州技工学校的图书馆里读到大批少数民族经典包括神话传说民间故事，我读到了《艾力·库尔班》，渭北高原的小学时光匆匆一闪。西域10年走遍天山南北，最多的是阿尔泰。有一年秋天，在阿尔泰额尔齐斯河边，听当地人纷纷议论一只白熊，也就是北极熊，从北冰洋溯流而上，来到阿尔泰。艾力·库尔班的故事就不再是传说了，额尔齐斯河，中亚内陆唯一流到北冰洋的大河一下子被这只白熊带动起来了。2002年秋天，我有幸到鲁迅文学院脱产学习，这是我写作生涯中唯一一次集中力量写小说。我一直是业余写作，1985年大学毕业至今每年都有几百节课，我的教龄26年了，老教师了。2002年秋天，终于有了大段的时间可以从容地自由地让一条大河从生命中流淌出来，于是有了年轻的兵团女战士，意中人被熊吃了，女兵只身进山，跟熊待了一段时间，然后心甘情愿地嫁人过日子……额尔齐斯河两岸的人们的日常生活就这样散发着古老的人性的光芒。熊成为丈夫成为父亲，成为生命的源头之一。额尔齐斯河的源头密如星海美不胜收。这是我写得最顺手的一部小说，9月动笔，2003年元月上旬离校的前一天完稿。算是鲁院高研班一期学习的永久性纪念。《大河》由云南人民出版社在2004年1月出版。

三

阿凡提这个光辉形象得之于小时候那部有名的动画片。离开陕西定居天山脚下，视野大开，听哈萨克人蒙古人忧伤的歌曲让人联想到俄罗斯民歌，而维吾尔族既忧伤又快乐，尤其是那种天然的幽默感，一次次刷新幼年时的阿凡提形象。一部动画片就显得太浅淡了。生活在中亚腹地，才知道阿凡提是国际人物，从中亚到西亚以及俄罗斯，到处都有阿凡提的传说。苏联一作家专门写了好几部"纳斯列金传奇"的长篇小说，纳斯列金即阿凡提。生活中的活生生的阿凡提又一次次强化这个高大的形象。我们以前只有《笑林广记》，有济公，但都没有阿凡提有趣，辛辣尖锐如鲁迅，趣味横生如马克·吐温、果戈理，又有点好兵帅克的味道，又不全是，阿凡提的丰富性显然超出这些文学大师与文学经典，阿凡提是生活的经典。1993年左右，电视剧《三国演义》热播，我突发奇想，让阿凡提骑着小毛驴进入三国故事会怎样？阿凡提的笑声让巴依老爷让国王，让世间的种种可笑之处原形毕露，三国英雄们无论多么精湛的武艺多么高深的韬略权谋都会顷刻间倒塌。实话实说，《三国演义》是我读的第一本小说，最初的印象就是英雄，就是拼个你死我活，就是诈术权谋，聪明啊聪明，不是在聪明中赢了就是在聪明中毁了。在天山脚下，重新审视我的启蒙书《三国演义》，我发现了阿斗的可爱，实话实说，有点安徒生童话的气质。那个《皇帝的新装》中的男孩，天真率直如我们的阿斗。聪明智慧是人赖以生存的利器，傻和笨也不失为生命的一部分，有时是生命中最有人性的部分。再狡诈的人如果在某一时刻露出笨拙露出憨态和窘迫，这人还有希望。一部书也是这样，有缺点就大气，大气者生气，生气是从缺口从漏洞中渗透出来的。阿斗就是《三国演义》这个铁桶的缺口，尽管这个缺口寥寥千字，有中亚大漠做依托，我一口气写出中篇《阿斗》。后来带回陕西，1998年元月发表在河南《莽原》，后扩成长篇《天下无事》，2002年3月在河南文艺出版，后又重新修改恢复原来的名字《阿斗》，2008年在《当代·长篇小说选刊》发表，2008年10月中国青年出版社出版。

（《中学生报》2013年3月15日）

昨日重现：非虚构写作的壮丽画卷

——读徐怀中《底色》

　　暑假去新疆考察，开学才回西安，学校的信件都是开学才发放，许多邮件中我看到最为珍贵的是徐怀中老师的心血之作，长篇纪实《底色》。匆匆看一遍后，利用国庆长假又细读一遍。首先向徐老师表示祝贺，这是一部感人肺腑的生命之书。

　　记得2000年秋天我十分荣幸地作为中国笔会代表团的成员出访日本，徐怀中老师担任团长，有扎拉嘎胡老师和诗人顾偕。除异国风情外，印象最深的是徐老师讲当年越战的那段经历。我还清楚地记得徐老师讲过的两个细节：在南越的密林坑道里一觉醒来，B52轰炸机的炸弹弹片与树枝树叶落满身上；另一个细节是越军一位将军吟诵的唐诗：醉卧沙场君莫笑，古来征战几人回？从那以后我经常在课堂给学生讲这两个细节。大学一年级基础写作课有"观察与体验"一节。我也不止一次对妻子说：徐老师应该把赴越南前线采访的那段经历写成一本书，这种非凡的经历与体验不是谁都能遇到的。没想到12年后，徐老师80多岁高龄写出了这段难以让人忘怀的经历，更没想到从书的序言中读到师母当年曾在陕西千阳参加过"四清"，千阳在关中西部与我的家乡岐山相连，都属于渭北高原，也是古老的周原，读之十分亲切，师母对西北特有的地貌"塬"的描述十分生动准确，我就出生成长在这块土地上。这大概是我与徐老师相识的机缘。我更愿意把《底色》看成一个老兵的回忆。

第一，全书的叙述语调从容有致，感染力中透着震撼力。一般来讲，这是两种不同的艺术力量。震撼力来自大起大落与汹涌澎湃的激情，而感染力是"随风潜入夜，润物细无声"。徐老师用十分智慧从容的语气——道出越战中的一段段经历，被无数影视大片、小说、回忆录描写过的越战题材，在徐老师的笔下十分克制而又自然真切。钱理群先生研究鲁迅时说过，鲁迅的审美观就是"从容"，鲁迅不喜欢郭沫若的大吼大叫而把冯至视为当时中国最优秀的抒情诗人，冯至的诗"从容"，这种艺术品格用在徐老师这本书上是十分恰切的。

第二，这本书突出的特点是结构之美。人们把长篇小说视为结构的艺术，所谓短篇写艺术，中篇写人生写故事，长篇写世界，其实所有的艺术其关键都是结构，世界上的万物都取决于"结构"，即剪裁组织材料的功夫。这部书在我看来有三种结构：一是作者的采访过程，这是表层的对材料的处理。接到上级通知，当时应该是秘密任务，妻子也同时出外演出而后又到西北高原参加"四清"工作组。二是发掘采访对象的行为与内心世界。好的纪实作品都能达到这种"内结构"。在此，我们不能不思考这两年引人注目的"非虚构写作"。不虚构，肯定是纪实，直接叫纪实即可，为什么专用一个"非虚构"？这种命名的意义在我看来是有别于纪实文学、报告文学、特写专访的，与虚构相关，肯定要达到"艺术"的境界与效果。我们今天读范长江的《中国西北角》《塞上行》，就是一种巨大的艺术享受；范长江写的是实际发生的"真事"，但我们读出了"小说"的味道。徐老师的这本书也是如此。刚开始读时，我没太注意师母序言在文本中的实际意义与作用，我以为是一般意义上的序言。记得2000年出访日本时，我亲眼所见徐老师每到一地首先打长途给师母报平安，还要寄信，我们都感叹徐老师与师母感情真好！扎拉嘎胡老师与徐老师是同龄人，告诉我们徐老师夫妇的美好生活。序言中师母写到她在陕西千阳黄土高原上读到报纸上美军B52轰炸机轰炸越南南方的短讯，担心到极点，我误以为是亲人间的正常反应。读罢全书，我百感交集，报纸上的消息太简略，其实徐老师正在西贡郊外采访，遭遇这次大轰炸，夫妻的心灵感应很艺术地出现在书的中间部分，序言不再是序言，与全书浑然一体。令人唏嘘不已的是书的结尾处，作者采访归来，妻子因极度担心恐慌大病住院，接着"文革"爆发，一家人贬出北京，到遥远的云南，作者当年服役过的地方。作者及亲人就这样成为被"描写"的对象，命运一词在此完全属于"生命不能承受之重"或"之轻"，这种结构艺术不是研究出来的，是拿破仑所说的"血写成的"书。这应该是结构的第三层意义，艺术结构即不仅仅用结构组织剪裁材料，还要用结构思想审视感情，这才是"非虚构"的真正用意。后访简略提及20世纪80年代初作者的两部小说《西线轶事》与《阮氏丁香》，同样属于"内结构"的一部分。

第三，想象力之外的细节。结构就是盖房子的几根大梁与支柱，需要高质量的丰富而感人的细节。非虚构与小说的区别在于你不能虚构细节与人物。稍有阅历的人都知道，生活中发生的许多奇人奇事根本不是我们所想象的。想象力是有局限的，这大概是非虚构写作的力量所在。这本书告诉我们许多无法想象的事情。作者赴越南采访，与街坊邻居话别，大家都一脸严肃而作者浑然不觉，谁都知道去越南可能有去无回，这种复杂的感情与体验非身临其境不可能有。军事常识教导大家飞机来时不要纵跑要横跑，作者当时已30多岁，10多岁参加革命，久经战火，凭经验知道不可能这么轻易逃脱B52轰炸。越南南方的解放区也完全不同于中国的解放区，竟然与敌占区近在咫尺，你中有我，我中有你。上至越共高级将领下至普通士兵，书中几十个人物形象栩栩如生。作者在林中休息睡尼龙吊床，梦中不时用脚蹬地，否则会翻跌下来，鞋子要放吊床上，否则会被水冲走，或成为蛇巢。战后总结会上将士们的抱怨与检讨，让作者回想起当年挺进大别山，二野与小诸葛白崇禧部狭路相逢，部分官兵怯战，刘伯承大怒，给干部开"安卵子会"。这些丰富精确的细节与人物群像成为这座艺术大厦的有机部分。徐老师曾告诉过我他的写作习惯，每篇作品下笔前在脑中过好几遍，每个词句子标点符号都不放过，还要讲给师母听，下笔时基本是成品了。读这本书，简洁准确没有一句多余的话。

第四，精彩传神的议论。徐老师是一位职业军人，但骨子里是一位热爱和平的仁者，这种和平与人道主义意识充分地体现在左右纵横的精彩议论中。书中引用威斯特摩兰将军的回忆录《一个军人的报告》时，一方面用来实证每次战役与冲突，另一方面语带嘲讽。而对麦克纳马拉则表现出宽容与理解，麦克纳马拉当年成功地躲开了越共的暗杀，但这次暗杀也加强了麦克纳马拉结束越战的信念，从更高的意义上讲阮文追烈士完成了他的使命。书中同时写到了著名的战地摄影大师罗伯特·卡帕的经典镜头，以表达作者对和平的渴望。我记得小时候我是那么渴望战争，向往拼杀，祖父曾在傅作义部队当过兵，参加过抗战，祖父告诉我战争的可怕，祖父没有讲战争本身，而是讲他们行军中大雪纷飞或大雨滂沱，士兵们看见村庄的灯光或寒窑里的一点光亮，他们全都羡慕得要死，好多年以后，成家立业才明白了祖父的话。读这本书，徐老师字里行间所渗透的全都是人类亘古以来的朴素的对美好生活的简单诉求。这也是这本书最感人的地方。

后记中作者提到了20世纪七八十年代的中越边境之战，作者再次上前线采访，写了著名的《西线轶事》与《阮氏丁香》，可以看作此书的前奏。

徐老师当年在云南生活过，澜沧江出青藏高原从云南出境成为东南亚的"多瑙河"——湄公河，当年写下《我们播种爱情》的作者从文学生涯开始的时候就贯穿着一种和平思想与人道主义精神。我们也就明白徐老师在军艺创办文学系时培养出李存葆、莫言、朱向前等一大批优秀的军旅作家，这些作家既是军旅的也远远超出军旅，尤其是莫言。本人有幸聆听过徐老师的教诲，写下这些文字，已经是班门弄斧了。如果有建议的话，我建议书名能否响亮一些：《越南南方采访手记》《越战采访手记》，与越战一词连上会更好。当然，《底色》朴素、冷峻，有揭示本相之义。《底色》由人民文学出版社2013年10月出版。

（《文艺报》2013年3月5日）

英雄末路情更浓

——读《陈独秀江津晚歌：一个人与一家人》

陈独秀的晚年生活也可以理解为他的日常生活。五四新文化运动的旗手，创办《新青年》，缔造中共，大时代的风云人物；中国历史三个黄金时代，先秦思想，魏晋风度，五四精神，三道金光集于其一身，倡导科学和民主，至死恪守知识分子的节操，至于其风度，孙郁在《狂士们》中对五四那一代人有精彩的描写。笔者迁居西安后，有幸在旧书店淘得三联书店1984年内部版上中下三册《陈独秀文章选编》，其文笔犀利老辣雄辩恢宏恣肆荡漾犹如先秦诸子之老庄荀韩。那些精彩的篇章如《欢迎湖南人的精神》《新文化运动是什么？》《克林里德碑》所散发的青春气息与身边的青年学子交相辉映，实在是一种难得的精神享受。读其文想见其为人也，不但想见其叱咤风云神采飞扬的辉煌，也想见其英雄末路的壮丽余晖。这种体验得之于本人10年的西域生活，戈壁瀚海群山草原辉煌的落日能让人泪流满面。陈独秀鲁迅那一代五四"狂士们"挟电带火犹如夸父再世，他们的人生舞台很适合在北方之北，在西北之西，10万个凡·高挥舞大笔策动群山大漠如虎如豹喷射生命的火焰，即使暮年也火光冲天。钟法权的《陈独秀江津晚歌：一个人与一家人》（人民出版社2012年6月版）写的就是陈独秀抗战时期在重庆郊区江津小城的最后时光。

这本书的第一个特点是内容。陈独秀一生曾5次入狱，抗战爆发，提前出狱，国土沦陷，陈独秀携老带幼随难民潮入川暂居陪都重庆，依然锋芒毕露，在报刊上一边呼吁抗日，一边针砭时弊，国民党受不了，骚扰不断，又没有固定收入，重庆物价飞涨，且有日本飞机轰炸，贫病交加年老体衰的陈独秀近于安史之乱中颠沛流离的杜甫，战乱中只求一安居之所，重庆郊区的江津县就成了陈独秀人生最后的驿站。当时陪都重庆及周边地区是全国沦陷区人民的避难所，江津县聚集大批安徽老乡，跟老乡住在一起有家的感觉。寄居同乡好友邓仲纯家不久，女主人不待见，陈独秀一家陷入绝境，江津当地富商邓燮康慷慨相助，由此拉开邓氏家族与陈独秀晚年交往的感人一幕。用书中话说，邓燮康属于红色资本家。邓燮康早年与妻子求学上海，听过陈独秀讲课，倾向革命，加入共青团，大革命失败，邓燮康依然从事地下工作，后来组织遭到破坏，邓燮康与组织失去联系，回到四川老家搞实业搞教育，抗战兴起，竟然给邓燮康提供了援助陈独秀的机会，末路英雄一代豪杰、五四风云人物中共缔造者的晚年才有了一丝温暖。挖掘这段鲜为人知的往事，正是这本书的价值所在。湖北荆门人钟法权也是得地利之便，川东与湖北荆门相邻，陈独秀正是从武汉逆流而上过长江三峡入川避难陪都重庆，这本书是接地气的。钟法权钩沉史料实地考察就能探寻到历史最隐秘的肌理。邓燮康的女儿邓敬兰，新中国成立后执教于西安东郊第四军医大学，是全国知名的核医学专家、一级教授，邓燮康曾在第四军医大学治过病。湖北荆门人钟法权在山西当兵，后调到西安第四军医大学，写过《大师大师》，全是第四军医大学大师级专家学者，很自然对邓氏家族与陈独秀的交往产生兴趣。作者完全出于对伟人的敬仰，更重要的是对邓氏家族仗义慷慨古道热肠的感动。

陈独秀一生狂放不羁，霸气十足，穷困潦倒也气势不减，不好相处。许多书中都写了陈独秀叱咤风云时的狂放和霸气，虎落平阳英雄末路人生谢幕，从车水马龙到门可罗雀，钟法权笔下的一个个细节都给出了符合人物性格符合生活逻辑的解答。陈独秀拒绝国民党的诱惑，拒绝"托派"和日本人，很想回到党的怀抱到根据地去，董必武以老朋友的身份来看他并代表组织只求他写一份检查做个姿态，被他一口回绝，当年的好友胡适帮他去国外做学问，同样被拒绝，理由是全民抗战不想躲国外当寓公，傅斯年热情相助反遭嘲笑，至于叛徒张国焘相邀他理都不理。早年好友邓仲纯的太太之所以不待见陈独秀，一方面是担心祸及丈夫，一方面也由于陈独秀生活不检点，陈独秀有逛妓院的嗜好，如日中天时可以忽略不计，虎落平阳时就会给自己带来许多麻烦。陈独秀即使寄人篱下也是不拘小节，大热天裸露上身让邓太太一顿数落，陈独秀曾在法庭上把法官律师驳得哑口无言，面对一家庭妇女，雄辩大师也品尝到了哑口无言的滋味。陈独秀在江津小城也是一波三折，离开安徽老乡邓仲纯，在江津富商邓燮康帮助下，陈独秀的生活稳定下来，革命一生亏欠家人太多，两个儿子为革命献身，身边只剩下了儿子一家和继母，伟人开始了日常生活和天伦之乐。陈独秀对继母极为孝顺，继母把他养大，也为他担惊受怕一辈子。最感人的是继母的葬礼，陈独秀平生第一次违背了自己的意志做出了让步，伟人身上有了烟火气。伟人实际生活能力极差，钟法权在书中大书特书陈独秀的最后一任妻子潘兰珍，也是书中亮点之一。陈独秀的情感生活也极为精彩，结发妻子去世后与小姨子结婚，轰动一时。与最后一任妻子潘兰珍的相识充满传奇色彩。陈独秀从上海出狱在街头巧遇上海烟厂女工潘兰珍，潘兰珍压根不知道这个当时年届50的中年人的底细，不久陈独秀再次入狱，潘兰珍从报纸上知道与她相识的陈独秀是民国政府的要犯，这个没多少文化的上海女子从此死心塌地跟定了陈独秀，多次去南京探监，陈独秀出狱即结为夫妻。潘兰珍成为陈独秀晚年生活的支柱，一生为科学民主为工农大众奋斗的伟人，最终由一普通女子陪伴。上天既有好生之德也有一双慧眼。潘兰珍总让我想起陀思妥耶夫斯基的最后一任妻子，那个凝聚了俄罗斯女性所有美德的速记员安娜。邓燮康既是企业家，又是教育家，给陈独秀的儿子儿媳在中学安排了工作，在生活上慷慨相助，也利用自己的影响介绍当地各界人士与陈独秀相识，不至于使伟人的晚年太寂寞，川人不但为抗战做出了巨大的贡献，也厚待了一代伟人陈独秀，陈独秀也把江津小城当成了世外桃源，不再谈论政治。每遇盛宴，放开肚子大快朵颐。书中一个细节，天子门生胡宗南特务头子戴笠求见，陈独秀坦然相待，不言及政治，其实他一举一动都在特务的监视下。他已远离政治进入更大的政治：民间。邓燮康不但介绍江津小城的各界人士还把自己整个家族拉进来，包括自己的子女。邓燮康显然是把陈独秀当作孩子们学习的楷模。邓燮康的家人、子女后来都学有所成，与他们的精神导师大有关系，晚年的陈独秀用他独特的魅力影响了江津小城。这本书写的不但是一个人与一家人的友情也是与江津县的友情，蛛网一样井然有序，这就是生活的力量和民众心中永恒不变的民间道义，钟法权以湖北人的精细和医科大学专业的严谨把这种人物命运与社会生活的逻辑关系编制得严丝合缝令人信服。

这本书的第二个特点是结构。开篇写邓燮康带子女去参加陈独秀的葬礼，叮咛孩子们着装朴素不许戴花，孩子们不解，邓燮康告诉孩子去参加那个讲安徽话的老爷爷的葬礼，12岁的邓敬苏和更小的邓敬兰马上告诉父亲，她们读过陈爷爷的文章，陈爷爷当过北大教授，是五四运动的旗手。这个陈爷爷在他们家吃过无数次饭，早就成为她们的精神导师。第二章就写1938年穷途末路的陈独秀从武汉坐轮船到重庆。由此往下，单章写邓燮康，双章写陈独秀，交叉进行至陈独秀离开人世前夕，两股力量合为一处；邓燮康在新中国成立后，把所有财产献给公家，子女全部参加革命，邓燮康担任长江航运管理局重庆分局副局长，"文革"爆发，下放当油漆工，红卫兵抄家，红色资本家家里没有金条只有书，借红色风暴发财的红卫兵失望至极。在西安第四军医大学执教的邓敬兰也受到牵连。陈独秀与邓氏家族可谓休戚与共。至229页陈邓两家命运相合，陈独秀离开人世的大限也到了，这本书的结构力量也显示出来了，即使在生命之火熄灭时，陈独秀晚年拼老命完成的《小学识字教本》在商务印书馆积压数年，仅为书名一个字至死不相让，书若出稿费有数万大洋，完全可以使全家摆脱困境，陈独秀就是不改一字，仅印数百册油印本，这种死倔硬犟实在令当今我辈汗颜。

第三个特点即语言。史传而且是写伟人的晚年，风云不再，日常琐事，作者采用平实朴素极具理性的语言一一道来，既有理性逻辑的因素也是所抒写的主人公的精神气质使然。

最后要说的是第四军医大学（以下简称四军大）与西安古城。四军大前身是国民党中央大学医学系，大师辈出，湖北人钟法权的几部代表作全部写四军大，四军大绝对是一座写不完的富矿。笔者2004年底迁居西安，执教陕师大，深居简出，只去三所学校讲过课，老西军电一中学校友请求讲过一次课，为完成省作协的任务去西安工业大学讲过一次课，另一次是四军大。让我大开眼界的是四军大的标本展览馆，我平生第一次看到生命从精子卵子到米粒大到豆粒大到手指肚大一直到婴儿成形有头有脸，一部生命的史诗！对我的震撼只有当年天山康家门子原始岩画上的生殖崇拜能与之媲美。湖北人钟法权的四军大系列作品给陕西文学带来了新气象。陕西报告文学纪实文学李若冰老人属开路先锋，后有冷梦、莫伸，钟法权也应该算一员大将。西安本来就是包容性极强的地方，汉唐时就是一座有大视野的国际大都市，西安人身上流动着古波斯人古阿拉伯人的血液。长安画派的领军人物石鲁是四川人，赵望云是河北人，秦腔大师魏长生是四川人，湖北人钟法权居西安10余年，已经暗通司马迁《史记》的遗风，写人写物的传神细致实在是陕西文学一大亮色。

（《文化艺术报》2014年6月1日）

遥远的故乡

——读散文选《伊犁往事》

　　1995年底我们全家离开新疆迁回陕西老家后，我常常隔两三年回一趟新疆。2009年夏天在伊犁河边的果园与一帮朋友喝酒，与郭文涟相识，一起谈到我写伊犁的一个中篇小说《复活的玛纳斯》，郭文涟对小说中写的1962年伊塔边民外逃事件很感兴趣。我曾在伊犁州技工学校执教10年。伊犁有大小之分，大伊犁指整个伊犁州，包括伊犁地区、塔城地区、阿尔泰地区，小伊犁就是伊犁河谷的八县一市，我和郭文涟都是伊犁老乡，可谈的话题很多。2012年秋天我们又在伊犁见面，一个月前收到郭文涟寄来的散文集《伊犁往事》（安徽文艺出版社2013年3月出版），对郭文涟有了更深的了解。郭文涟属于疆二代，老家山西太行山，父母当年跟王震将军进疆，郭文涟则出生成长于伊犁和克拉玛依，他的子女应该是疆三代。

《伊犁往事》中最让我感动的是《新疆，我的新疆》，文章开头就直截了当："我在新疆生在新疆长，但我从没有把自己当作真正的新疆人，总以为自己的故乡和爸爸妈妈一样，在遥远的莽莽苍苍的太行山里，总以为自己生来就是在新疆流浪，总有一天会回到故乡的。"直到后来，郭文涟在内地在渤海湾奔波生活了两年。"我这种感觉渐渐地淡下来，我感到自己不再是太行山某县的人了，自己的故乡不在口里，而在遥远的大西北新疆……尤其是当我遇到与我一样在内地奔走谋生的新疆人时，这种感觉让我刻骨铭心。"1995年冬天，郭文涟在北京车站与一位维吾尔族青年相遇，维吾尔族小伙子送给他一个馕。只有在新疆生活过的人才知道在内地遇到又黄又脆的馕和浓香的奶茶会有多么激动。回陕西我先居住宝鸡9年，觉得离新疆非常遥远，2004年底迁居西安后新疆离我反而近了，因为西安大街上有维吾尔族人的饭馆有馕有抓饭有拉条子，到广济街大皮院化觉寺这些古老的"回坊"，就仿佛到了伊犁到了喀什阿克苏和乌鲁木齐。1000多年前丝绸之路兴盛时期，古长安不要说西域各民族兄弟，波斯人阿拉伯人粟特人印度人都云集于此。翻阅《伊犁往事》几乎坐在了火热的馕坑边，梭梭红柳烧红了整个天地，揉和了皮芽子芝麻和小茴香的馕饼在馕坑的四壁上吱吱叫着，散发出浓烈的香味。馕坑都像个大熔炉，把西域大地各个民族烘烤在一起，生活的洪流无法阻挡人性的光辉灿烂如太阳。距离产生美，在内地奔波那些年，伊犁的美让郭文涟深深震撼。拥有两个故乡的人既恍惚又丰富。大地上越来越多的人生活在异乡，异乡渐渐成为故乡。这本书最大的特点就是把这种朴素的感情以朴素的文笔表达了出来。

传统上的朴素写实之笔都归之于白描，郭文涟所抒写的西域大地尤其是有塞上江南之称风光旖旎如画的伊宁市本身有一种罕见的壮美。我曾在一篇文章中写过：所谓我们新疆好地方其实说的就是伊犁，森林、草原、煤矿、野果林，肥沃的农田，精美的手工艺品，1000多年前就是中亚名城，清朝中后期流放伊犁的文人洪吉亮称伊犁为小北京，当年的伊犁将军府是整个西域的中心，即使中心东迁到乌鲁木齐，伊犁的肥沃富裕繁华依旧。《伊犁往事》大量篇幅描绘伊宁市的大街小巷，新华书店、商店、大杂院犹如边塞《清明上河图》。我居住新疆奎屯10年，主管单位在伊犁，伊宁市的大街小巷很熟悉，绿洲饭店、水上餐厅、解放路、斯大林大街、阿合买提江路、俄罗斯中学、六棍棍马车堆积如山的苹果、高大的白杨、密如蛛网的水渠、伊犁河大桥、雅玛渡以上伊犁河风光无限的三条支流（喀什河，特克斯河，巩乃斯河）。这些壮美的风土人情应该归之为古朴传神的木刻图，文笔粗犷，但又粗中有细，准确地捕捉到一个个生动形象的细节，有纪实小说的特点，但又不是小说，不是虚构全是真人真事，有人物有故事，超出了"散文"。这些古老的抒情方式在《诗经》里有，在内地早已式微，礼失而求诸野，边城还有这种感人的表达方式。写"二姐夫"时，那种坦诚真挚，让人有一种久违的感觉。兄弟姐妹多，家庭负担重，二姐夫在部队当连长，与二姐成家后，全家好像有了顶梁柱。也只有新疆人有这种感恩之情。托尔斯泰在讲述感染力时，特别强调感情的真挚，艺术感染力的强弱取决于三个条件：一是情感表达方式的独特性；二是情感表达的清晰程度；三是情感的真挚，而真挚是三者中最重要的因素。多民族混居的西域大地，虚情假意最为人所不齿。

真挚与感情相连的是全方位的"拙"，不是书画艺术家们刻意追求"拙"，是那个曾经在中亚度过金色童年的诗人李白的美学观念"清水出芙蓉，天然去雕饰"的天然之美。从立意结构到语言，不讨巧卖乖。我曾听一位少数民族诗人谈论许多当红作家，她总是以太巧、太油滑论之，几乎对讨巧油滑有一种天生的厌恶，都快要掩鼻而逃，视之如粪土垃圾了，而油滑与讨巧在内地几乎是一种美德。《伊犁往事》的语言远离油滑与讨巧，如同从大漠戈壁走来，风尘仆仆但有赤子之心。一个月前我打开邮包，随手一翻，几句童谣就抓住了我的心："雨啊雨啊大大地哈（下），光屁股娃娃不害怕。"陕西关中的童谣里则是："天爷天爷甭哈（下雨）啦，地上的娃娃长大啦。"阿尔泰的孩子们在过年会喊："雪啊雪啊大大地哈（下），蒸哈（下）的馍馍车轱辘大。"一个哈（下）把大西北连成一片。当年我初到新疆，哈密吐鲁番的黑戈壁让我萌发打道回府的念头，乌鲁木齐的树让我稍安，去伊犁的大客车上，旅客们吵吵嚷嚷一个卖狗子让我听到乡音，过了果子沟在霍城清水河子吃饭时，两个当地人开玩笑，其中一位刚从野地里解手回来，另一位就说："跑那么远新疆的草日狗子里。"进了伊宁市，在大街上"十二木卡姆"的音乐令人神往，我竟然听到秦腔的旋律，我就留在了新疆。秦腔的精髓就是情感的刚烈迅猛和朴拙。这也是我孜孜以求的写作境界。我总是以朴拙为标准衡量一本书。《伊犁往事》具备了这种品质。

（《新疆日报》2013年9月25日）

唐诗之外

——读田旭哲的诗

长安与诗相连，从《诗经》到大唐。陕西师范大学与诗有更多的关联，雁塔老校区内有唐代天坛，也有唐代王公贵族游玩的曲江胜地，长安新校区便是西汉司马相如《上林赋》所写的上林苑。来师大执教这些年，文学早已边缘化，诗歌更甚。

但师大学子们对诗歌的热爱让我感动，田旭哲就是其中之一。我开设"文学与人生"选修课，曾多次阅读并修改其诗歌，他毕业回陕北故乡后又寄来诗作数十首，汉唐遗风不减，但再也不是司马相如的虚幻，也不是杜甫当年在曲江写《哀江头》的家国之痛，田旭哲呈现给我们的是当下诗人独特的心灵伤痛，如诗歌的命名《低头仰望》："星空依旧，低头，都没有了，可寻的实地脚踏。"即使爱情，也更名是"低着头在想念，你的不期而至"

（《偶然》）。

这些凝练内敛的诗作还有《朝拜》《父亲的四季》。我以为这是一个年轻歌手离开校园走向社会的必由之路，也是真挚而感人心脉的诗篇。

与《陕西日报》一起《过年》

　　创作道路上的每一步都包含着许许多多老师与朋友们的热心帮助，《陕西日报》就是其中之一。1995年冬天我离开新疆回到故乡陕西，新疆的朋友就一口咬定我在陕西这块沃土一定有好的发展。1996年至1998年我的"天山系列"短篇小说先后在《人民文学》等刊隆重推出，又顺利入选中华文学基金会"21世纪文学之星丛书"，收入17个短篇，以《美丽奴羊》出版，《陕西日报》记者耿翔对我进行专访，以"奴羊美丽"为题，近5000字在《陕西日报》发表，也算是我在陕西一个不错的亮相。《美丽奴羊》是我的第一本书，书的扉页内容提要里有一句话："一个陕西人眼里的西域。"从大学时代，1983年发表处女作，远走天山，10年积累，10年磨炼，《陕西日报》为我的文学之梦提供了一个很好的平台。1998年至2000年，我开始转向中篇小说，《陕西日报》先后发表西北大学周燕芬教授与山东大学博士王志华对我中篇小说的评论。尤其是周燕芬教授在综述陕西中篇小说的整体成就时，对我的小说《阿斗》给予中肯到位的评价。《阿斗》在我的创作中属于"另类"，《莽原》杂志1998年1期头条发表，1998年秋天省作协为5位作家召开研讨会时，李星老师重点分析了《阿斗》。周燕芬教授又将《阿斗》放在整个中篇小说创作领域进行评价，河南的朋友就有意让《阿斗》从中篇变成长篇，我就写了长篇《阿斗》，河南文艺出版社以《天下无事》出版，后来荣获首届柳青文学奖。后又以《阿斗》发表在《当代·长篇小说选刊》2008年3期上，由中国青年出版社出版。

短篇小说一直是我喜欢的样式，我以短篇《奔马》《美丽奴羊》出道，《吹牛》又获鲁迅文学奖中的短篇小说奖，在创作中篇长篇的同时，我始终没放弃对短篇小说的热爱。当《陕西日报》向我约稿写一个短篇时，我写了《过年》。生于农村长于农村，最大的喜庆莫过于"过年"，我愿意与《陕西日报》"过年"。《过年》近1万字满满一大版发表在《陕西日报》上，以儿童的目光与视角，写天地人的吉祥与诗意。这篇小说被多家报刊转载，并收入中学语文读本。

2004年冬天，我调到陕西师大，落脚西安，2005年又挂职体验生活回到宝鸡。在宝鸡市渭滨区挂职锻炼的两年，我一边体验，一边写长篇《乌尔禾》。《乌尔禾》算是两年体验生活的一大成果，在《花城》杂志发表后，被《长篇小说选刊》转载，《光明日报》选载，北京十月文艺出版社出版。《陕西日报》记者李向红对我进行专访，以"驰骋在丝绸古道上的骑手"为题发表。我很喜欢"骑手"这个称呼。一个关中子弟，大学毕业，远走天山，从远古的张骞、苏武、班超、玄奘，一代一代。陕西人从关中沃土向西向北，走向大漠走向草原，走向世界屋脊，"骑手"是一个英雄梦。我曾写过《西去的骑手》，从英雄梦走向日常生活，我更愿意保持这种骑手的品质与血性。500多万字的"天山系列"小说何尝不是"丝绸之路"系列小说呢？《陕西日报》总是在我创作的关键时节及时捕捉到一个文学人的梦想。

最后要说的是《陕西日报》上经常出现的李星、肖云儒这些评论家的文章，总是给人以启迪以力量。

（《陕西日报》2010年3月9日）

从黄土地走向马背

1985年大学毕业时，我在毕业留言册的第一页贴上自己的毕业照，写下一行小字：苦涩而快乐的4年。那是我的青春疯狂期，疯狂地读书，常常读通宵，一个人在教室里开长明灯，一夜一部长篇，黎明时回宿舍眯一会儿，跟贼似的轻手轻脚，但钥匙开门声还是惊醒有失眠症的舍友；几乎没有午睡；星期天，带几本书，几个馒头夹咸菜，跑到长寿山幽静的山沟里，躺在草坡上，随夜幕而归。疯狂地买书，20世纪80年代好书多啊，一个清贫的农村大学生不可能从家里获得多大资助，每月的生活费压缩到临界点，挤出的菜票卖给同学，假期的生活费可以买一捆书，毕业时购书千册15箱。这种清贫的青春期是我最快乐的回忆。疯狂地写诗，我们有诗社，编印一本叫《长寿泉》的诗刊，一群诗疯子聚在一起，做梦也写诗，有一节课写出10首小诗。处女作发表在《宝鸡文学》一张报纸的诗歌专栏上，然后是《延河》《当代诗歌》《青年诗人》等。全是婉约风格，是戴望舒、徐志摩那种雨中丁香般的哀愁，也有些泥土味的小诗。那是我早期的文学训练，另一种感人的生活是体育，每天早晨长跑5公里，从天山脚下跑到山顶，晚上上床前做50个俯卧撑。最痛快的是冷水浴，到水房去拎一桶凉水从头而下，身上起一团白雾，寒冬端一盆白雪在宿舍里擦身体，白雪球在皮肤上吱吱响，舍友在被窝里发抖，我的皮肤却是一团火。现在长跑少了，冷水浴还保持着，几天不淋一次冷水浴浑身不舒服。大三时基本上不看文学了，猛读人物传记读文史资料，最早与新疆有关的回族军人马仲英让我心头一震，这位17岁带兵打败冯玉祥所有名将的少年，后来跃马天山，差点夺了盛世才的江山，在乌鲁木齐郊外硬是把7000多苏联哥萨克砍倒在戈壁滩上。1985年购得马坚翻译的首版《古兰经》，中亚黄金草原开始吸引我。也是这一年，短篇小说《父与子》发表在兰州《金城》上，大学生活结束了。照片上的我外表平静内心疯狂。那身挺不错的西装是借同学的，我4年校园生活不修边幅，凉水冲过的头发刺猬般竖在头上。

上海一位朋友问我文学入门书是哪一本？我告诉她是《金蔷薇》。此书购于1980年，高考补习班。我很感谢这本书，在我进入大学前它告诉我真正的写作是什么，我把它称为我的防毒面具，它使我避免了中文专业枯燥的干扰。巴乌斯托夫斯基笔下的普里什文，放弃农艺师的职业带着背囊和书到辽阔而僻静的北方去了。

1986年秋天，我放弃高校的编辑工作带着15箱书西行8000里来到天山北麓的小城奎屯市。这座夹在天山绿洲与戈壁之间的小城非常安静。初到的那几年，我的大部分精力是教好书，在我成为受学生欢迎的语文老师后，我重新拿起笔。远离故土，思乡心切，中篇《红原》《刺玫》是写陕西的，发在《当代作家》上。更多的篇章写校园，都是批判现实的小说，差不多有七八个中篇，发在《红岩》《当代作家》《绿洲》《湖南文学》上，也有些荒诞色彩。还有一类是先锋实验小说，发在上海《电视·电影·文学》上。

我所在的单位是伊犁哈萨克自治州直属的技工学校，我主讲语文应用文写作，兼上烹调美学、商业地理、旅游地理、商业心理、市场营销、公共关系等等。对一个学文的人来说这些杂乱的学科很有用。同事都是学工的，汽车、车工、钳工、锅炉工，这些实用性强的科目天长日久使我感受到一种科学的准确与务实。

文学是一种生殖器，人与大地产生血缘关系才能获得一种力量。1988年儿子诞生了，这是个新疆娃娃，意味着我在中亚腹地的大漠上有根了。黑楂楂的胡子长起来了，头发开始卷曲，我常常被误认为哈萨克人，嗓音沙哑，新疆男子都是这种大漠喉音。照片上的我是剪了胡子的，妻子一定要我收拾一下，收拾后的模样还是半胡半汉。妻子自己差不多让中亚的阳光晒成棕色，只有儿子是白净娇嫩的，这里的牛奶好啊，一层厚厚的黄油一口气吹不透，每天一公斤，沙暴和阳光对孩子构不成威胁。新疆就这样进入我的血液，在对故乡的怀恋之后，在对社会辛辣的批评之后，我的心静下来。因为群山草原和大漠是宁静的。我开始漫游在草原古老的典籍里。我的一半同事是哈萨克族维吾尔族和蒙古族人。每年下去招生，可以去伊犁塔城阿尔泰。边远的山区牧场，从来没有走出大山的牧民，没有我们"文明人"所想象的烦恼和自卑，那种睿智而沉静的眼神所显示的高贵粉碎了一切文明社会和大都市的"杞人忧天"。中华文明中原文化仅仅是一部分，还有辽阔的为人所忽视的部分。让中原让大漠进入我的文字，这种过程很艰难。我开始向北京投稿，散文和小说在《北京文学》发表。就在这时，《人民文学》的李敬泽老师建议我先把短文写好，他看中了我中篇中的一个片段，我将这个片段写成《表》。这是一种技艺的磨炼。李敬泽老师很满意，认为是1996年最好的短篇。《人民文学》不好用，他推荐给河南《莽原》。我修改《表》的时候，一个极偶然的机会可以调回陕西。当时《绿洲》的虞翔鸣老师也要调我去《绿洲》。我10年未回故乡，父母年迈该尽人子之责。

对天山的怀恋是永恒的，哈密的黑戈壁让我灵魂出窍，再往西才知道秋天多么美丽。我是秋天进新疆的。回故乡则是寒冷的冬天，故乡真冷啊！没有暖气，还有各种莫名其妙的冷，往人心窝里搅。那是1995年冬天，全家在学院招待所龟缩一个月，我写下了《天才之境》，发表在3年后的《北京文学》上。1996年开始上课，每周9节课，带班班主任，同时带毕业班实习。听课、指导实习生，还要乘班车数小时赶回学院上课。1996年的春天就这么寒冷，我听见遥远天山的奔马嘶鸣，一个闯荡西域的汉子沙暴都奈何不了，什么没见识过？《奔马》就是这样产生的，寄给李敬泽老师，他以最快的速度在《人民文学》重点推出，《小说月报》转载，胡平老师收入《1996年全国优秀短篇小说》。

天山就这样在我的心灵世界崛起，《人民文学》1997年、1998年、1999年连续特别推荐，1998年全国的主要文学期刊发表我的"天山系列"小说数十篇。

很感谢《绿洲》的老师们，1998年秋天他们给我机会让我重返天山，重返天山北麓赛里木湖畔的海西草原。在《金色的阿尔泰》里我情不自禁地把我自己写成一个中亚大地树上的小树枝，那个念头最早萌发在三台海子赛里木湖畔。我多少次从湖边经过，湖的北岸是乌伊公路，去伊犁的必由之路。美丽的土地将有一个有意味的形式，这就是短篇小说，我最好的短篇《美丽奴羊》收入8种权威选本，被3家选刊转载，《阿力麻里》收入《人民文学50年佳作选》和《中华人民共和国50年文学名作文库·短篇小说卷》。收入该卷的陕西有3人，王汶石、贾平凹和我。西域"天山系列"中短篇被选载的有10多篇，我的文学梦想是重现神话般的大漠世界，这仅仅是开始。介绍到国外的也主要是短篇，有《美丽奴羊》《吹牛》《奔马》《鹰影》《大漠人家》《老蹶头》等，中篇《哈纳斯湖》也被介绍到国外。

短篇一直是我难以放手的体裁，2000年后我的"天山系列"重点以长篇为主，但我仍要抽出时间写短篇过过瘾。

"天山系列"长篇共有4部：《西去的骑手》《大河》《乌尔禾》《生命树》。其中有两部起源于早年的阅读。我与新疆的缘分与阅读有关。初中时疯狂读书，读到一本没有封面的书，里边全是诗，有旧体诗，有自由诗，还有古元的本刻画，后来知道那是《革命烈士诗抄》，有一个叫穆塔里浦的维吾尔族诗人的作品一下子打动了我，当时我能读到的最伟大的诗人的作品就是李白、杜甫、普希金的诗歌，穆塔里浦的诗可以跟普希金媲美。穆塔里浦的笔名很有意思："卡依那木—乌尔戈西"，卡依那木译成汉语是波浪的意思，后来我写《西去的骑手》以《热什哈尔》首句"当古老的大海朝我们迸溅涌动时，我采撷了爱慕的露珠。"作为小说反复回环的旋律与节奏；最初的灵感就来源于戈壁沙漠中生命的波浪，古代中原人则称西域为瀚海，石头沙子成为海洋，想象力源于生命力。后来我离开关中，执教于新疆伊犁州技工学校，穆塔里浦的家乡在伊犁尼勒克县，尼勒克是蒙古语，汉语即婴儿。穆塔里浦22岁被盛世才杀害，西去的骑手马仲英死时25岁，生命真的鲜美如露珠。《西去的骑手》发表在《收获》2001年4期，云南人民出版社出版，江苏文艺出版社2009年再版。长篇《大河》来源于小学时听同学讲"艾力·库尔班"的故事。艾力·库尔班是人与熊之子，母亲做姑娘时与外婆去森林砍柴火，半路母亲解手，被熊劫持到大山深处。熊把女人关在洞中，过起了夫妻生活，生下艾力·库尔班。艾力·库尔班长大成人，母亲告诉其身世，艾力·库尔班打死熊父，与母亲回外婆家。艾力·库尔班打柴堪称人类壮举，跟拔小葱一样拔那些耸入云天的云杉红松白桦树，比拔柳树的鲁智深牛多了，柳树长在松软的水边嘛。与之媲美的应该是《隋唐英雄传》里的李元霸，李元霸可以把人撕成两半，艾力·库尔班撕开的可是老虎，上来一只撕一只，跟晴雯撕扇子一样。艾力·库尔班刻在小学生的脑子里了。好多年以后，我大学毕业，来到天山脚下，在伊犁州技工学校的图书馆里读到大批少数民族经典包括神话传说民间故事，我读到了《艾力·库尔班》，渭北高原的小学时光匆匆一闪。西域10年走遍天山南北，最多的是阿尔泰。有一年秋天，在阿尔泰额尔齐斯河边，听当地人纷纷议论一只白熊，也就是北极熊，从北冰洋溯流而上，来到阿尔泰。艾力·库尔班的故事就不再是传说了，额尔齐斯河，中亚内陆唯一流到北冰洋的大河一下子被这只白熊带动起来了。2002年秋天，我有幸到鲁迅文学院脱产学习，这是我写作生涯中唯一一次集中力量写小说。我一直是业余写作，1985年大学毕业至今每年都有几百节课，我的教龄26年了，是老教师了。2002年秋天，终于有了大段的时间可以从容地自由地让一条大河从生命中流淌出来，于是有了年轻的兵团女战士，意中人被熊吃了，女兵只身进山，跟熊待了一段时间，然后心甘情愿地嫁人过日子……额尔齐斯河两岸的人们的日常生活就这样散发着古老的人性的光芒。熊成为丈夫成为父亲，成为生命的源头之一。额尔齐斯河的源头密如星海美不胜收。这是我写得最顺手的一部小说，9月动笔，2003年元月上旬离校的前一天完稿。算是鲁院高研班一期学习的永久性纪念。《大河》由云南人民出版社在2004年1月出版。乌尔禾属于我居住的奎屯垦区最西北的一块小绿洲，蒙古语套子的意思，专门捕捉兔子，从奎屯去阿尔泰几千里的大戈壁，戈壁野兔迅如疾风，节奏极快，很像维吾尔族的达甫手鼓，这组意象组合在我脑子里酝酿10多年，2004年迁居丝绸之路的起点西安，戈壁野兔与手鼓再次响起，就是《乌尔禾》，《花城》2006年5期发表，年底北京十月文艺出版社出版。长篇《生命树》的灵感来自哈萨克的创世神话，地球中间长出一棵树，构成整个世界，每个人都是树上的叶子，有灵魂，完全不同于西方的卡巴拉神话与《圣经》中的生命树。西北汉族民间剪纸艺术也有动植物合二为一的生命树，我本名宏科，关中西部周秦故地人们向往五子登科的意思，立志于文学就改为红柯，愿做大漠一棵树。《生命树》，《十月·长篇小说》2010年3期发表，年底北京十月文艺出版社出版。最新长篇《好人难做》发表在《当代》2011年3期，写陕西老家的幽默小说，西部小说总给人庄严厚重苦难的印象，其实西部人也很幽默，维吾尔族有阿凡提，汉族也有民间老百姓的笑声。已经有许多中国作家向卡夫卡、福克纳、马尔克斯致敬了，我必须向美国女作家弗兰纳里·奥康纳致敬。1982年秋天，大二后半学期从青海人民出版社出版的《世界小说100篇》中读到奥康纳的《好人难寻》，1986年离开关中落脚天山脚下的小城奎屯，买的第一本书就是上海译文出版社出版的当时中国最完整最不引人注意的奥康纳小说集《公园深处》，其中最让人欲罢不能的还是那篇《好人难寻》。20多年后我终于写了长篇《好人难做》，算是给自己一个交代。

（中国作家网　2011年10月28日）

日常生活的诗意表达

——关于《乌尔禾》的对话

　　王德领：我读完你的《西去的骑手》和《乌尔禾》之后，二者的不同，使我想起了《古船》和《九月寓言》。张炜写完《古船》之后，又完成了《九月寓言》，是两个落差很大的文本。这是一个作家迥然不同的两副文笔。当然，二者也有关联，它们都是有关民间大地的书写。《西去的骑手》雄浑、奔放，《乌尔禾》则灵异、轻盈。同样一个在大地上飞翔的红柯，飞翔的高度和姿态是很不相同的。如果说，《西去的骑手》的出现，让人耳目一新，那么，《乌尔禾》的出现，让我大吃一惊，因为，我看到了你创作的另一面，充满丰沛活力的另一面。蒙古族女作家其其格认为，《乌尔禾》是你迄今为止最重要、最成熟的作品。《乌尔禾》使你的长篇小说创作出现了飞跃。这种飞跃，在一个作家的创作历程中，并不多见。好多作家写出了成名作之后，在艺术上往往很难再有突破。只有少数优秀的作家，才能不断地刷新自己的创作纪录。

你认为《乌尔禾》在自己的创作中占据一个什么样的位置？你是怎样看待自己的创作变化的？

红柯：有必要回顾一下我的创作经历。我的创作开始于1983年，1985年大学毕业时在《延河》《当代诗歌》《青年诗人》等刊发表30多篇作品，大多为诗歌，包括小说散文。这是最初的文学训练。1986年西上天山10年间发表80万字的中短篇，到1996年回陕西后在《人民文学》发表《奔马》才开始为文坛所注目。真正引起广泛影响的是1997年《人民文学》以"红柯小说"为题发表一组小说，包括《美丽奴羊》3篇，《过冬》1篇共4篇。其实最早打动李敬泽先生的是《过冬》，用李敬泽先生的话讲《过冬》写出了真正的新疆，通篇白描，写一个老人的一生，但各种选刊选本全都选了《美丽奴羊》，又被评为"1997年全国十佳小说"，把《过冬》给盖住了。如果说《美丽奴羊》是绚烂的油画，《过冬》就是朴素至极的工笔白描，更接近我的心性。也就在1997年《山花》发表了《鹰影》，陈思和先生收入他主编的《逼近世纪末小说选》，他在序言中比较了《美丽奴羊》与《鹰影》，他更喜欢《鹰影》的心理描写。李振声先生在点评时联系到鲁迅的《铸剑》。1997年的这几篇小说用的是两种笔墨，绚烂的油画与朴素的工笔画。这些年为大家所熟悉的基本上属于油画，顶峰就是《西去的骑手》。

属于工笔这一路的如《过冬》《鹰影》被忽略了，不引人注意，但这一路一直涌动于我的心里。"外师造化，中得心源"，一有机会就不择地而生，就很自然地有了《乌尔禾》。其实红柯还有第三种笔墨，幽默诙谐的一面。1998年河南《莽原》头条发表8万字的大中篇《阿斗》，许多朋友打电话以为河南出了另一个"红柯"，让我小心一点，很厉害的，我就说写《阿斗》的还是这个西北红柯，红柯也能玩，可以用几种笔调写小说。读者也注意到了，我大部分的小说的背景都在伊犁阿尔泰，我所居住的小城奎屯很少出现，伊犁阿尔泰距奎屯都在千里之外，可以从容展开。回忆一下，写奎屯的仅有《乔儿马》与《雪鸟》，还写过一篇散文《奎屯这个地方》，发表在《收获》上，意犹未尽。乌尔禾是奎屯垦区最边远的一个农场，现在我终于逼近奎屯这座城市了。我属于那种很笨拙的人，我当初发表一批诗歌，同学们都不相信我写诗，我根本不像诗人啊，有个同学问我："你也写诗？"若干年后我在《文学自由谈》上写过一篇《我的脸上看不出任何才华》，长那么一副劳动人民脸，有愧于文学啊。我的文学训练如此漫长，我并不是一下子火起来的，从大学开始在省级文学杂志发表近百万字作品，直到1996年1997年才为文坛所注意。但我觉得很值，文学之路宽如戈壁大漠，非常迟钝地逼近目标，《乌尔禾》已经在奎屯的地盘上了。

王德领：《西去的骑手》是一部有关英雄的史诗。它是血性的、尚武的，是对勇武、刚烈的追溯，是对用热血浇灌的真正的英雄的推崇。它是一团沸腾的热血，读它的人，周身的血液很容易被点燃。很显然，这是一部刚性的小说。在现当代文学史上，向来就有"血性文学"的传统。在沈从文的小说中，文明人往往虚伪、灵魂苍白，而乡下人，尤其是少数民族身上，往往存留着人性敢爱敢恨的健康的血性。

你是如何看待《西去的骑手》的写作的？为什么大家都在写现实、写风花雪月的东西，你却写起了英雄？要知道，英雄在90年代已经瓦解了，现在是一个散文化的时代，没有英雄的时代。

红柯：我当初是怀抱着诗人的梦想去新疆的。我在不少文章中谈过，大漠风把我改变了，把一个内向敏感腼腆的关中子弟变成了西部骑手。那正好是24～34岁的青春年华，沐浴在完全不同于中原文化的西域瀚海，大约到1988年，我完全放弃诗歌，开始接受不同于中原文明的另一种草原文明，可以说是脱胎换骨。我专门写过一篇文章《文学与身体》。定居西域，喝奶茶食牛羊肉，饮食结构改变了，胡须黑中带红，头发卷了，声带粗了也沙哑了，总是热血沸腾，每天冷水浴，冬天长跑回来胡子上一层冰碴子。关键是西域的民族风情与内地大不一样。前几天我的研究生去阿拉善考察，在电话里告诉我，那里的孩子好打架，但恪守古老的习俗，只用拳头，不能用砖头，不能用阴招，家家户户的大门都开着，或干脆没围墙，跟我课堂上讲的一样。而我讲的不是书本上来的，是我的经历与体验。在大西北，英雄的通俗说法是"儿子娃娃"，男性与英雄同义。写《西去的骑手》时我并没有刻意去写英雄，而是写西北的男人们，他们的行动、心灵和梦想。就我自己而言，我是行动大于思想的人，也就是事后诸葛亮那种人。预先设计好的事情我总是干不好。《西去的骑手》发表好多年了，至今为读者喜欢，不少报刊还在转载。其实英雄意识是人类最可贵的一种品质，是现代社会基本元素之一。欧洲文明何以如此？前几天我儿子带回《角斗士》光碟，我就让他也同时看《伊里亚特》。《伊里亚特》中，所有的人都是英雄，阿喀琉斯后来又归还特洛伊王子的尸体，休战12天让敌方安葬。《角斗士》中，那个罗马暴君与角斗士拼力死战，暴君的卫队看着他们的君主被当场杀死也不愿相助，因为角斗士是有规矩的，更重要的是角斗士已经在罗马人心目中成为一个英雄，一个让暴君无限神往而又胆寒的英雄。发展到后来就是人的权利、自由与尊严，就是整个现代文明的基本元素。《三国演义》中，关公之所以成为义的化身，为广大中国老百姓所喜爱，就是因为有华容道放曹操那一段，"义"超越了敌我界限，近于雨果的《九三年》，革命之上还有一个人道主义。所以小说的出现发展壮大，也预示着封建社会的衰落。"义"超出了封建的"忠""孝"，近乎工商业的公共性原则。所以关公与张飞有区别，关公有人性，张飞只有人情。张飞李逵这种人最可怕，只认大哥，大哥以外全世界谁都不认。中国的民间社会有英雄意识，而正统文化中没有英雄意识。西部有大美，就是因为西部的这种民气是大有为之气，是一种最具现代文明的元素。时代精神从来都是一种内在的东西。先秦那个大时代，最风光最红火的是苏秦张仪，老子孔子庄子孟子屈原那一套没法跟前者相比，但那却是真正的人民内在的心声，他们不识时务，不是"俊杰"。所以康定斯基给美的定义很有意思，美是什么呢？美是心灵的内在需要。文学要表达的就是心灵的内在需求。所谓"外师造化，中得心源"，讲得多么清楚，没有外在的造化，心灵就会枯竭，但艺术的创造却得之于心灵。

王德领：《乌尔禾》可以说是一部新疆平民生活的史诗。从写英雄到平民，你的创作发生了很大变化，这种变化不只是题材上的，还是观念上的。相比较而言，我还是喜欢《乌尔禾》。因为它不像《西去的骑手》写得那么"血性"，那么剑拔弩张，那么野性和放纵。它写的是北疆平民的普通生活，以及由这种普通生活升华出的对生命的敬畏和悲悯。文字是柔软的，没有用血液来浇灌，但是，柔软的文字呈现的是飞翔的姿态，柔软的背后，是生命的坚韧和顽强，就像"大地的骨头"一般。我感觉《西去的骑手》带着少年写作的痕迹，很刚烈，充满青春气息，但《乌尔禾》很成熟、自然，就像瓜熟蒂落。写英雄比写平民容易，因为，最难的是对日常生活的处理能力。你把新疆生活的日常性写出来了，这是一个巨大的进步。

可以说，这种日常性写作和传奇式写作是你的两副面孔，你最喜欢采取哪一种方式？从传奇式写作到日常性写作，这个变化是很大的，是什么促使你实现了这种转变？

红柯：我很喜欢古典文论中的"随物赋形，不择地而生"，还有《孙子兵法》中"兵无常势，水无常形，随机应变"的观点，岳飞发展为"用兵之道，存乎一心"。我本人的职业是教师，讲授写作课20多年，一句话，写作讲究的是用什么材料做什么活。我笔下的牛马羊驼雄鹰苍狼草木熊以及大自然的风雨冰雪雷电都写得出神入化，但从不过分夸张。记得短篇《树桩》被《小说选刊》转载时，冯敏先生有一篇短评，大意就是红柯笔下的自然都很自然，依其天性。就像《奥义书》中所说的"风无身，云无身，电无身……各以其自相而现焉"。万物有性万物有灵，它们可以自显其性。另一个方面，我大学毕业留校一年，就远走新疆，执教于伊犁州技工学校，我的同事大都是搞技术的，车工钳工锅炉工，汽车修理，烹饪这些物质感很强的行业，那时我就懂得了什么叫顺其自然，材料加工就必须顺其天性，这可不是老庄哲学，是手艺，是经验的积累。《西去的骑手》写的是英雄，是一个被历史忽略不见于史册的民间英雄。瑞典探险家斯文·赫定给尕司令写了一笔，且留下唯一一张照片，可在西北民间他的故事太多了，近乎蒙古族的嘎达梅林，光民歌就有几十首。《乌尔禾》就不一样了，不是历史是现实。新疆的日常生活大多都是短篇，中篇也很少，《乌尔禾》可以说是我写日常生活的第一部长篇，如此集中力量去完成这个大活，也是素材决定的。《西去的骑手》与《乌尔禾》还是有共同的东西，那就是主人公都是世俗生活中的失败者。我喜欢写失败者，我笔下没有成功人士。这也是我喜欢司马迁《史记》的原因。司马迁既是中国历史学之父，也是中国小说之父，就像普希金之于俄罗斯。很难想象哪一个中国小说家不受《史记》的影响？沈从文当年离开湘西去北平时带了一本《史记》，到北平后读到了《圣经》，东西方两部大书的融合便成就了沈从文。我有写作方向没有写作计划，大多时候写完作品连标题都没有，给孩子报户口时才急着找名字，我很羡慕那些初恋阶段已经给孩子起了名字的作家。

王德领：当代文学中不乏对民俗、传说的着力描述，但是总是给人以精英文化注脚的印象，这样一来，民俗、传说等因素，是一种功利性的存在，是为了呈现一定的寓意而存在。对意义的过分强调，往往扭曲了作品中的民间因素。其结果就是当代小说中伪民俗泛滥。我从《乌尔禾》很欣喜地看到了一种自然形态的民间文化，这恰恰是我们当代文学十分缺失的。传说中的蒙古族猎人海力布与退伍军人刘大壮很和谐地融在一起，传说中的海力布因为把鸟类的语言告诉给了人类，使人类逃脱了灾难，小说中的海力布也把鸟类的语言告诉了牧人，使他们的牲畜免受风暴的袭击。古歌《黑眼睛》、穿越戈壁的放生羊、天鹅变化成的美丽姑娘、与人和谐相处的野兔和刺猬、大地的眼睛——海子……人、动物、长空、大地、传说，这些都和谐地融合在一起，呈现的是一种自然形态。这种写法，很难用原来的创作模式，如浪漫主义，或者先锋小说等等来概括。

在西部文学中，自然形态的民间文化是否占据着更为突出的位置？你怎样看待自己小说中的民间因素？

红柯：我曾写过一篇文章《偏远地区的美》。西部大地也是中国地势的高地，大沙漠大戈壁大山脉高原以及大江大河的源头，天高地远，比较封闭，但也保存了许多完整的民俗民情，原生态的文化因素、古歌、传说史诗。一句话，民间文化在西部大多地区相对完整。严格意义上的大西北应该在兰州以西，兰州以东陕西基本上是中原文化了。这也是我远走新疆后最大的收获。前边讲过我在技工学校执教 10 年，技工学校基本没有学院气息，没有学究气，都是一帮手艺人，而且一半时间要实习，重操作轻理论，伊犁州所辖伊犁地区塔城地区阿尔泰地区基本上包括了西天山与阿尔泰山。我放弃诗歌选择小说原因之一就是那些中亚各民族民间传说古歌史诗吸引了我，改造了我。再遥远一点，我本人生长在关中农村，那个时候关中农村还没有被工业化所污染，还保持着田园风光，一边上学一边劳动，大多农活我都是能手，农民干活是不苦的，田间劳动也有极大的乐趣。上了大学，本应该成为城里人，我又去了新疆，落脚技工学校，已经不再是书生了。我还专门写了有关劳动的论文，上升到劳动美学。苏联有技术美学，我就研究劳动美学。对手艺人、技师、农艺师这些行业高人充满敬意。我的职业让我贴近大地，贴近民间。我的民间意识不是从民俗学、民间文学概论里来的，是我体验出来的。韩少功先生在一篇文章中讲过"哲学不是研究出来的，是体验出来的"。文学就更需要体验了，宗教也是如此。回到陕西，落脚小城宝鸡又是10年。我是2004年冬天过了40岁才迁入真正意义上的大都市的。过了40岁，彻底地定型了，城市奈何不了我了。我的大部分作品都有民间故事民间传说古歌的因素。有一个奇特现象，唐诗的两座顶峰李白与杜甫，杜甫的《三吏》《三别》写了安史之乱，写了人民的苦难，可在民间传说戏曲话本中有李白而无杜甫，因为杜甫进入底层，受苦受难是从上而下，是贵族落难，文人受苦。李白本身就是平民，父亲连名字都没有，"李客"，先客于中亚碎叶，后客于四川，李白一身的江湖气，入长安也是自下而上，总想蔑视一下王侯，本身就是老百姓所向往的作为，这才是真正的民间色彩。

王德领：《乌尔禾》我细细读了5遍。可以说，除了您之外，基本上没有人对这本书这么熟悉了，里面的段落我甚至能背下来。每读一遍，我总能感到文本里面有让人激动、让人坐卧不安的东西。在我的阅读生涯中，这是很少有的。小说中激动人心的方面，最为突出的是充满了诗性的想象力。我记得李敬泽先生说你具有

"巨大的想象力"，想象力的匮乏，在一定程度上反映了作家创造力的匮乏。面对目前浮躁的文坛，我认为前些时候德国汉学家顾彬对中国当代文学的指责很有道理，尽管国内的一些作家、学者有不同看法。

你怎么看待自己创作中的想象力？你认为想象力对于一部长篇小说意味着什么？

红柯：《乌尔禾》的创作谈题为"在想象与现实之间飞翔"，说的就是想象力。什么叫想象？记忆通过联想产生新形象的过程叫想象。想象是创造。什么叫创造？把两种以上表面上看起来好像没有关系的事物联结起来的能力就叫创造力。我教写作20多年，总是让学生明白写作与创作的区别，创作是写作的一部分，实用写作，写请假条也叫写作，而创作是创造性写作，是化学反应，化学反应是要产生新物质的。木头做成桌椅那叫物理反应，烧成灰就是化学反应了。我们有多少名为小说实为作文应用文的小说集啊，都是我讲课的病例，不可以公开的，伤人自尊呢。周汉秦唐属于中国历史最辉煌的时候，也是中国人最有创造力最有想象力的时代，所谓大时代，宋元明清就内敛了、衰败了，想象力退化为联想力，这是对正统文化来说的，不登大雅之堂的小说戏剧直到20世纪才从民间进入文人的视野。对小说而言，小说是他人的艺术，进入他者是关键。农业文明、封建社会是诗歌的、抒情的、封闭的，工商业要贸易要交往，相对应的文学样式就是小说，需要一个开放的心态与胸怀。西域民族众多，你想自我封闭就不可能，多元文化、多种文明交汇、交往，这就比内地更开放。地理环境的封闭，与心灵与精神开放形成反差。也如同中国的地形，西域历史上叫西天，从西而东，地势变低、变狭小了，从天上到地上了。在西部，天与地交合，人与天相融，有一种自然的神性。这就是为什么周秦汉唐那么多中原人远走西域去冒险，这种精神在宋元明清没有了。让文艺复兴后的欧洲人发扬光大了。想象是从此岸到达彼岸，从平面到立体，说到底是文学艺术的标志，也是一切创造性工作的标志。否则只是实录，只是材料堆积。我很幸运大学毕业后，进入一个神奇的世界，西域成全了我。

王德领：我注意到《乌尔禾》里面有一些很柔软的东西。好的作家、好的作品，里面大都会有一种柔软的东西，那是人性至善、至美的所在。把羊放生的海力布叔叔、看护蚂蚁不让路人踩死的燕子姑娘、剥羊皮像是给羊穿衣服的屠宰高手朱瑞、有着传奇经历的老奶奶、放生羊、懂得报恩的大蛇、把风暴告诉海力布的小鸟等等。而这些，都指向对生命的敬畏和悲悯。我把这解读为一种永恒："放生羊以无比纯美的眼神，穿越了他们的一生。生命和长空、大地交融在一起，向着永恒飞升。"我认为，对生命的敬畏和悲悯是新疆这个多民族杂居的地方最核心的部分。虽然我对新疆了解不多，但是我认为您的《乌尔禾》触摸到了新疆生活的实质。这样看来，对西部我们存在着一个认识的误区，以为西部就是金戈铁马、大漠雄风、粗犷强悍，这是局外人眼中的西部，是对西部的误读。我们的西部文学，长期以来一直被这种误读所困扰。我认为，真正的西部精神，存在于《乌尔禾》中，存在于你的独特发现中。

你怎样看待自己对新疆生活的表达？作为一个汉人，你认为是否写出了新疆少数民族生活中最核心的部分？

红柯：我所居住的小城奎屯与乌苏相连，乌苏现在是市了，当时还是县，是个大县，农牧业都不错。乌苏草原上生活着蒙古族，有《江格尔》演唱表演。我第一次见到蒙古族牧民时很吃惊，跟我想象的一点也不一样，学文科的，都懂点历史，书本上的蒙古族人跟着成吉思汗征服世界，我想象中的蒙古族人应该牛皮哄哄凶得不得了，可眼前的蒙古族人温和谦逊老实，接触到的大多数蒙古族人都这样子，那种善让人感动，蒙古族人古歌传说中的圣主成吉思汗也是善良的，有极其柔软的一面。好多年以后我在《金色的阿尔泰》中描写了成吉思汗在阿尔泰的一段经历，专门写大汗的柔顺。《乌尔禾》也是从成吉思汗与兔子开始的。从蒙古族人开始到哈萨克族维吾尔族回族锡伯族……西域众多民族，我都感受到了这些民族的美与善。可以这样说吧，大地上所有的民族都是伟大的，这也是我无限敬仰司马迁的地方。2000多年前的这个陕西老乡，在其伟大的《史记》中平等地写匈奴，写西域诸国。11世纪维吾尔族大学者穆罕默德·喀什噶里在《突厥语大辞典》

里把西域称为下秦与中秦，把中原视为上秦，那种大视野让今天的知识分子很难相比。新疆有戈壁沙漠也有草原绿洲，近在咫尺，美不胜收。我所生活的伊犁州，其自然条件是新疆最好的，伊犁自古是中亚名城，阿尔泰完全可以跟瑞士跟北欧相媲美，跟安徒生笔下的童话世界一样，卫拉特蒙古人的伟大史诗《江格尔》中的宝木巴圣地就是阿尔泰。更不要说天山腹地的天鹅湖了。中亚大地如此之美，大地的这种形态以及中亚各民族的美好品质形成的文字也应该是最美好的。我越写越觉得自己笨拙，这绝不是一般人理解的谦虚，是我发自内心的叹息，文字、语言难以穷尽的金色大地，就像甘地所赞叹的印度大地，金色大地上的人民有金子般的心。有一首哈萨克歌曲就叫《金色原野》，歌唱准噶尔大地：金色原野，我的故乡。从第一次听到这首古歌，我就难以摆脱那种永远辽阔，永无边际地辽阔下去的撼动心灵的感觉了。我的笔老是带着古歌的旋律起伏着，写完最后一个句子，那乐曲久久不散。

王德领：你虽然出生在关中，但是你好像有意把故乡忽略了。这在作家中是不多见的。因为童年经验往往成为一个作家反复书写的对象，是"血地"，是取之不尽的富矿。比如，福克纳的"约克纳塌法世系"小说，马尔克斯以自己出生的小镇阿卡阿拉卡塔卡为背景，创作了著名的《百年孤独》和《枯枝败叶》等小说。中国作家里，高密东北乡之于莫言，芦清河之于张炜，地坛之于史铁生，也是很典型的例子。

虽然你在新疆生活了10年，那毕竟不是你成长的地方。迄今为止，你最好的作品还是表现新疆大地的。为什么你这么热衷于书写那块广袤的土地？新疆大地给予了你什么？你在将来是否会从书写异乡转向书写你的故乡？

红柯: 我的故乡是陕西关中西部渭河北岸一个叫岐山的小县，岐山就是周王朝兴起的地方。《封神演义》中周武王的西岐大军从这里出发伐殷纣，姜子牙、闻太师的断魂崖、黑虎台都是很熟悉的地方。陕西这个名称大概从元明清开始的，历史上就叫秦，整个大西北都叫秦，后来陕甘一省，民国十八年（1929）以后才分出青海跟宁夏。所以秦的概念很大。西域以及中亚腹地古代的汉族居民主要是陕甘籍，陕甘方言一直是西域正宗汉语。一个陕西人在西域没有他乡的感觉。历史上活动在西域的张骞班超苏武玄奘都是陕西人。秦腔也是西域各民族唯一能接受的中原剧种。当然并不是所有的陕西籍人士都和我一样。我的祖父抗战时期在内蒙古傅作义部队，对蒙古族比较了解，2000年"走马黄河"我有机会去内蒙古大草原，祖父讲述的包头五原狼山大青山出现在眼前时我突然想起父亲解放初曾在康巴藏区待过许多年，父亲是二野的一个侦察兵，父亲讲述的都是藏民的生活，冥冥当中有一种看不见的神秘力量驱动着我在西域待了10年。在西域大漠，刚刚30岁的时候，我就有点迷信了。中亚腹地的夏季白天那么长，晚上十一二点太阳才慢慢落山，每天6点半从学校接孩子出来，先不急着回家，自行车向东向西，向南向北，不出10分钟就出了市区，南边是天山，北边西边是辽阔的原野，东边是大戈壁。小孩在戈壁上捡石头玩，远离故乡，没有亲人，孩子一岁半就送托儿所了，那么小的孩子任凭大人把他带到什么地方。大人呢，在大戈壁上难免胡思乱想，常常有一种地老天荒不知何年何月今夕何夕的感觉。有时候能听见苍穹的声音，在天地相合的地方，你会相信命运，相信神秘的力量。那个时候我真正明白了佛祖在南亚的大森林开了天眼，孔子在黄河边悟出了天地之道，耶稣在地中海边听到了上帝的声音，穆罕默德在沙漠的岩洞感悟出自己的使命，成吉思汗每当在命运的关头总是独自登上不儿罕山顶，解下腰带，双手高举向长生天祈求帮助……我觉得女人比男人幸福，因为女人总有机会被创造，从处女到女人是一次伟大的再生，男人就看造化了，有些男人有再生的机会，有些男人从娘肚子到棺材都没有机会开窍，没有机会再生……故乡对一个男人并不重要，重要的是他的再生之地。有关新疆还有许多东西要写，什么时候写完我不知道。

王德领：《西去的骑手》更多写到了逝去的历史，其中的人物和事件，都是历史事实和想象的产物。用笔粗犷。《乌尔禾》处理的是现实，其中的细节十分丰盈，下了许多精雕细刻的功夫。小说对于新疆生产建设兵团职工居所地窝子的描写，对好把式宰羊的描写，对草原、大漠风情的描写，都是如数家珍，极为细腻传神，没有亲身经历，是绝对写不出来的。

你在新疆生活了10年，你是怎样调动自己的生活积累写《乌尔禾》的？你对乌尔禾小镇熟悉吗？小说中的人物，像海力布叔叔、燕子等，是否有原型可依？

红柯：1986年秋天我落脚小城奎屯，奎屯的规模相当于内地一个小镇。一条大街，三栋楼房：奎屯市政府大楼，农七师师部大楼，红旗商场。我在这里成家，两年后有了儿子，10年后离开时，奎屯已经是北疆的明星城市了，上百栋大楼，当初街头的沙枣树白杨树已经被进口草皮所代替。我亲眼目睹这座新城的发展繁荣。奎屯最初是古丝绸之路上的一个驿站，农七师军垦战士开发前仅七八户人家，基本上是一片荒漠。1986年我落脚奎屯的时候郊区还有少量的地窝子，从地窝子到土坯房砖房再到市区那几栋标志性的楼房，一部边疆开发史近在眼前。农七师师部那栋俄式大楼围在茂密高大的林带里。1995年冬天我们离开奎屯时那栋大楼刚刚被拆掉，那应该是奎屯垦区最早的大楼了。2003年我专门写了一篇散文《奎屯这个地方》发表在《收获》上，农七师机关报《奎屯垦报》全文转载，上了当年的中国散文排行榜。我的职业是教师，教语文，当班主任，带学生实习，我的学生遍布天山南北。我所带的两个学生作文在全国获奖，我被评为讲师。1994年我的教学论文及教学业绩刊登在上海《语文学习》

杂志上，并被该杂志评为全国优秀青年语文教师。《乌尔禾》里的王卫疆朱瑞燕子就是技校学生的缩影。至于海力布叔叔，当年20万军垦战士扎根边疆，王震将军动员8000湘女上天山，山东妇女也去了不少，解决战士们的婚姻问题，这类小说太多了，但我告诉你，还有好几千战士没有老婆，终生献给那片土地，他们孤独地放羊种地护林，我的笔一直不敢动这个题材，太坚硬了，需要一把纯钢的刻刀而不是笔，那真是我心头挥之不去的一块心病。需要时间，需要距离，离开新疆10年后，在丝绸之路开始的地方古城西安才有可能写出《乌尔禾》。

王德领：这是一个有关《乌尔禾》的人物的提问。我觉得燕子的情感变化似乎太快了。燕子虽然性格活泼，生性要强，内心却是柔软的，她对蚂蚁、对放生羊、对生命的尊重，充分体现了这一点。因为，在她和王卫疆漫长的处对象过程中，放生羊是联系他们情感的纽带，因为海力布叔叔已经证实了，燕子家捡到的那两只羊就是王卫疆放生的。放生羊的故事，占据了王卫疆和燕子情感生活的核心。在餐馆打工的朱瑞，因为走路不伤蚂蚁命，感动了燕子，更因为朱瑞成为一个杀羊的好把式，他杀羊简直不是在用刀子杀，是伺候羊上天堂，一下子把燕子的心俘获了。可以说在燕子心中，最高的是善良，善良是压倒情欲的。最后，出乎意料的是，燕子选择了那个送家具的小伙子，并且和那人闪电般地结婚了。

如果说，燕子转而选择朱瑞还是可以理解的，再转向送家具的小伙子，是否变化太快了？怎么理解燕子的这一选择？

红柯：这个问题的实质就是燕子不该离开王卫疆和朱瑞，燕子最后所选择的那个家具店小伙子出现得很晚，是燕子在乌鲁木齐西郊二宫时出现的。现在让我们回忆一下《乌尔禾》里的人物。海力布叔叔受过战争的创伤，从肉体到心灵，王卫疆一家人以及牧场的羊医治了海力布。老奶奶在江湖生涯中伤透了心，隐居大漠并且抱养了孤女燕子。这也是一个医治过程。最漫长最复杂的过程应该是燕子，刚出生就被父母遗弃了，几经周折才遇到老爷爷老奶奶，从肉体到心灵备受伤害，与海力布叔叔差不多。燕子毕竟是一个女孩，不像海力布这样刚强的老兵。燕子与王卫疆朱瑞的情感纠葛，实际上也是一个拯救的过程。燕子康复了，不需要帮助了，翅膀硬了，可以自我选择了，而且是主动地选择。当朱瑞给王卫疆说到这段伤心往事时，王卫疆告诉朱瑞："燕子需要别人照顾的时代结束了，燕子有能力照顾别人了。"燕子有爱的能力了，王卫疆既高兴又伤心。这就是为什么小说的第六章以"刀子"命名。善也是一把利刃，是有代价的。上学时读《安娜·卡列尼娜》总是不明白卷首语："伸冤在我，我必报应。"托翁的初稿要谴责安娜的，定稿时安娜征服了托翁，安娜是无辜的，但爱是要付出代价的。有了生活阅历以后再读这本书就容易多了。燕子变美了变自信了，王卫疆和朱瑞的使命完成了。《史记》中高祖刘邦见秦始皇，"大丈夫生当如此！"项羽见秦始皇，"彼可取而代之也！"前者是建设性的，是无限之神往，后者是破坏性的。项羽的力量在于毁灭，刘邦的力量在于建设。尽管太史公对项羽倾注了极大的同情，但不得不承认刘邦的力量。写《西去的骑手》时也是这样，尕司令一腔热血，至死不减成色，盛世才懂得怎样把热血变凉变冷，变成一股嗖嗖的力量。《库兰》中的那个白俄将军最终征服了我。作家创作过程也是让笔下的人物不断地改造修理的过程，并不是一味地玩弄人物，人物是有生命的，有独立意志的。谁也不敢保证燕子会不会再次离开那个小伙子，因为结尾的一章是《永生羊》，从放生羊到永生羊，放生是拯救，永生是大发展。写到最后，我越来越为燕子担心，这是一个开放性的结尾，王卫疆躺在大地上，从黑夜到白昼，天上的白云变成白羊，王卫疆的热泪渗透了大地，王卫疆跟我一样放心不下那个刻骨铭心的燕子。

王德领：在《乌尔禾》中，放生羊是一个核心意象。对于作品的人物来说，放生羊代表了最高形式的善，一个放生了羊的牧民，死后会进入长生天。放生是一种最高程度的悲悯，这甚至成了燕子姑娘择偶的标准。作品中的人物，对这种形式的善是推崇的，这构成了他们内心最柔软的部分。宰羊过程中，如何让羊不受痛苦地死去，如何成为一个伺候羊上天堂的好把式，也同样是对生命的悲悯。而在新疆牧民心中，你所推崇的这种理念，是否像作品中这样具有崇高的意义？对当地民众来说，放生羊是否具有这样重要的符号功能？

红柯：牧民宰羊都要低声说一句，"你生不为罪过，我生不为挨饿，原谅我们。"牧民对牲畜的感情跟中原农民对土地庄稼的感情是一样的。农民对庄稼就像对待上帝一样，又爱又怕。记得小时候，村子里要宰那些病死老牛，要把村子里的老人支开，老人们会拼命的，牲口与农民是血肉相依的关系。草原上的牧民更是如此，在牧区，妇女给孩子喂奶时总是情不自禁地把奶头塞进羊羔的嘴里。惜生是牧区古老的习俗。对生命的怜悯与敬畏是永生永世的，草原有一种神性，这也是最让我动心的地方。人身上的神性，写出这种神性是我的文学追求。

王德领：诗意浓郁是这部小说的一大语言特色。我们曾有着多么辉煌的汉语。古代的诗歌和韵文，诗意盎然，非常美。但是自从白话文诞生以来，汉语的光芒收敛了。五四一代作家还十分讲究语言，鲁迅、老舍可以称为语言大师。到了当代，文学作品的语言进一步退化，像白开水，淡而无味，很少有作家费心经营语言了。80年代崛起于文坛的大部分作家，主要是吮吸着外国文学的乳汁长大的，模仿翻译文学，也把翻译语言模仿下来了。欧化句式、语言的平淡、粗糙乃至粗俗，十分流行。尤其是在近几年，出版的繁荣，在利益的驱动下，使得作家为了赶进度，满足于一挥而就，又有谁还字斟句酌，十年磨一剑呢？

《乌尔禾》让我兴奋地看到你在语言方面的潜力。我一直非常欣赏那种从大地上蒸腾而起的诗意，《乌尔禾》文本里弥漫着这种久违的诗意。《乌尔禾》的语言与《西去的骑手》相比，变化比较大。《西去的骑手》句式短促，像疾驰的马蹄，有力地叩击着大地。《乌尔禾》则诗意盎然，非常美，美得恬静、自然。有许多段落，可以作为精美的散文诗来读。可以看出，您对这块大地太有感情了，一下笔禁不住采取了咏叹的调子。面对北疆大地，您的语言姿态近似于一个赤子，单纯、冲动、投入、激情四射。这令我想起了普里什文、苇岸、海子，单纯而浓烈，面对着大地上承载的永恒的事物，面对着命运的秘密心脏，语言的基调是咏唱的。

你认为理想的小说语言应该是什么样子的？你对当代小说的语言满意吗？

红柯：一个好的作品，语言结构主题应该是一体的，没有什么内容形式，在我看来内容形式也是一体化的。作品是有生命的，不是写一篇小说，是在创造一个生命，活的生命，有热血、有呼吸、有心脏的跳动，一切都是鲜活的，眼冒神光，壮健活泼，让一个活的生命进入世界，让人眼睛一亮，作品就成功了。语言是生命的形体，气韵生动，语言也是活的语言。不要说文学作品，我对一切文字都很挑剔，包括学术专著。那些学术大师的作品，同时也是美文。学术在大师笔下是活的，有呼吸有生命，读这种文字是一种享受。说到底文学是语言艺术啊。

王德领：《乌尔禾》写得比较纯净。这使我想到了"清真"二字。当前的小说是很花哨的。从你的创作情况看来，你离目前的文坛热点很远。纯净不仅表现在语言上，还体现在题材和主旨上。汉语本来是一种很优雅、文明的语言，可是让我们破坏得十分粗野、丑陋，甚至肮脏。你的文字洁净。你对情爱的泛滥很警惕，《乌尔禾》是以爱情为主线的小说，里面写到了接吻、做爱、同居，写到了一个女人和三个男人的恋爱，这是一个可以让一些小说家充分写床上戏的好题材，可是你的文字很有节制。你把这些有关情欲的部分处理得洁净、唯美。在情欲日益泛滥的今天，这是很难得的。

纯净是你追求的文字状态吗？另外，讲究纯净，是否过滤掉了一些丰富的东西？

红柯：先不说《乌尔禾》里一女三男的男女关系，先说《红楼梦》，贾宝玉这个世界上头号大情种，在娘肚子里就向往女人的公子哥，处在众多美女的包围中，终其一生也只跟袭人有过实质性的一回。不管是林妹妹还是宝姐姐，都是情感的交流纠葛，没有任何实惠。《查莱特夫人的情人》有大段大段的性交描写，但我们觉得其美妙无比，生命原来如此美好！即使《金瓶梅》，读一遍让人触目惊心，第二遍第三遍后，我有点同情西门庆了。西门庆的邪恶之外也有一点点柔软的地方，每一次性交总是披挂上阵，跟武将冲锋陷阵一样，还要吃那么多丸药，我们今天床上戏的男主人公们，哪一个像西门庆这样认真这样执着这样细心地对待过女人？西门庆头一次见潘金莲，深施一礼，"娘子青春几何？"多么文雅的一个绅士，古代的流氓他多少也要斯文一点，我们现在有吗？我很喜欢清真这两个字，原来是老子庄子作品里的，到宋朝，周邦彦把他的作品集命名为《清真集》，宋以后，伊斯兰本土化，尤其明清时期，汉族糜烂了，不清真了，中国伊斯兰教把清真作为本教的专有名词。但在大西北的民间文化中，清真的意识可以说根深蒂固。节制内敛是西北人的一大特色。纯净不等于简单，纯净的背后是一种大丰富，不是表层的，是内在的，心灵的，神性的。

王德领：我感觉到你的作品中张扬着一种理想主义。理想主义是80年代文学的一个突出特征。80年代文学富有青春的激情，而90年代以来的文学带有中年特征，物欲和情欲在上升，灵魂在下降。理想主义原先的光环褪去，形而下的追求成为一时的风尚。而你的写作，灵魂始终处在一种飞翔的姿态。《西去的骑手》写的是对逝去的英雄的召唤，《乌尔禾》则赞美了西部大地上对生命的敬重与悲悯。西部大地上肯定也有邪恶，有不洁，有伪善，也会有阴谋，你用宽厚仁慈、用人性善的光辉把它们镀亮了。对于大自然，你也张扬一种人与自然的和谐。《乌尔禾》里面透出的自然和谐状态，我觉得有些像沈从文的《边城》。

你认为现在还需要理想主义吗？你最理想的人生模式、人与自然的关系模式是什么？

红柯：小说尤其是长篇小说，表达的是作者对世界的看法，你怎么看这个世界。同时也要意识到小说的局限性，一部作品不是十全大补，不是满汉全席，包容世界一切。《红楼梦》写四大家族兴衰，实际上只写一家。卡夫卡是绝望的，同时我们也能感觉到卡夫卡骨子里坚硬的东西，一种反抗的精神。《变形记》就是对亲情的挑战，换了一个外形，内在的东西没变，就丧失了亲情，同时葛里高尔也让家里人无法接受，你变成一只虫子，终归要跟虫子们在一起，跟人在一起不合适，这就是悖论，是挑战，也是一种内在的热，一种对亲情更彻底对人更高的期待，目前达不到，黑暗中有光明，我们完全有理由说卡夫卡是个理想主义者。《变形记》有童话色彩。所以不是需要不需要理想主义的问题，好的作品一定有这种东西。《乌尔禾》不是写邪恶的，我的另一中篇《古尔图荒原》写了西部的邪恶。但在整体上，西部的内在性特征，我以为还保持了人类童年时期金子般的美质。五一长假我的研究生去西北腹地考察，在电话中告诉我在阿拉善左旗，家家户户的门都开着，那里的人非常厚道质朴，在内地走路的时候包不敢放身后，有人抢，在这里不用提防任何人。我告诉他再往下走，会碰到靴子里插刀子的，腰间也挂刀子，刀子出现的地方就更安全了。挂刀子本身就告诉你我的武器在太阳底下，而在内地，人们心里都有一把刀子，洲际导弹都有了，核武器都有了。所以我有英雄情结，赞美血性、刚性、善、正义这些人类已经久违的存在于偏远地区的金子一样的心灵，人的高贵与神性。

这也是人与自然与万物相融的正常的关系。这一点，我赞美《庄子》，庄子比老子伟大，老子有一种阴毒的东西，庄子与卡夫卡相近，外冷内热。

王德领：文体对于一个作家的重要性显而易见。在当代作家中，莫言可以说是一个文体家。他的小说经常在叙述方式上翻新，比如去年他的长篇《生死疲劳》，被称为"中国式的魔幻现实主义"。我注意到你也比较注重叙述方式的变化，在文体上也比较讲究。《西去的骑手》一开始把最精彩的部分呈现出来，然后分别叙述马仲英、盛世才的成长为英雄的历程。而《乌尔禾》更讲究了一些。《乌尔禾》里的时间并不是平铺直叙的，是立体的。将现在、过去、未来融合在一起，时间循环往复，像魔镜，照出了乌尔禾小镇的过去与未来。

说到文体，就带出了一个外国文学的影响问题。当代许多作家，都是在外国文学影响的焦虑下写作的。尤其是80年代文学，模仿外国文学一时成为风尚。一时间，有些当代作家被指称为"中国的海明威""中国的卡夫卡""中国的马尔克斯"等。

你认为，自己的写作受哪些外国文学作品影响较大？你最喜欢哪些外国作家的作品？能否开出一个简单的书目来？

红柯：所以写作学里有一个原理，叫转化。我借用自然科学的概念叫化学反应。好的作品是看不到影响的痕迹，痕迹说明你处于学艺阶段。模仿是创造的第一步。不妨让模仿期长一点。我的模仿期从 1983 年到 1993 年，10 年，省级杂志发表的 80 多万字的作品进行了各种实验，到 1994 年的时候才找到自己的句子。幸运的是那些学艺阶段的作品没有被文学界看好，没人注意我，实在是一种大幸，试想：一个作家写出不成熟的作品，一下子红起来了，那才叫灾难呢。很感谢袁可嘉先生主编的《外国现代派作品选》十几卷，包括诗歌小说戏剧，让我们这些 80 年代的大学生最早接受了现代主义文学的洗礼。我的第一篇小说就用的意识流手法，打破时空，过去现在未来互相交替，这篇模仿之作发表于 1985 年毕业前夕。

中学阶段自己购买的书有：

①《梅里美小说选》　②《呼兰河传》

③《月亮宝石》　④《围城》

⑤《金蔷薇》　⑥《杜诗散绎》

⑦《这里的黎明静悄悄》

上大学以后至今，我喜欢的外国作家就买全集。

①《陀思妥耶夫斯基作品集》

②《博尔赫斯作品集》　③《福克纳作品集》

④《海明威作品集》　⑤《追忆逝水年华》

⑥《尤利西斯》　⑦《诗与真》

⑧《纳博科夫作品集》　⑨普里什文作品集

⑩辛格作品集　⑪《荷马史诗》

⑫《大师与玛格丽特》 ⑬《艺术哲学》

⑭《艺术里的精神》 ⑮《艺术》（贝尔著）

⑯《十九世纪文学主潮》 ⑰《卡夫卡作品集》

⑱《川端康成作品集》

几本中国书不能不提：

①《楚辞》②《诗经》③《庄子》④《论语》

⑤《史记》⑥《陶渊明集》⑦《李清照集》⑧《李白诗选》

⑨《杜甫诗选》⑩李长之所有作品⑪刘大杰《中国文学发展史》

⑫《唐人小说》

上大学时我亲手抄的书有：

郭象注《庄子》，刘熙载《艺概》，惠特曼《草叶集》，《哈菲兹诗选》，萨迪《蔷薇园》，叶嘉莹《迦陵论词丛稿》，黄仁宇《万历十五年》（1983年版）

我自己订阅的杂志有《读书》《世界文学》（1982—1994）。

王德领：我注意到一些评论家把你归到西部文学。评论家们为了评述的方便，往往一厢情愿地总结出西部文学的特征，比如，雄浑、苍凉、豪放等等。但是，西部文学其实是一个含混的概念。因为广义的西部，所包含的文化生态是多样性的，如果从许多不同因素中精确概括出西部文学的特征，是很难的，即使勉强得出结论，往往经不住推敲。严格的当代文学史研究家，如洪子诚先生，在他的广为学界推崇的《中国当代文学史》一书中，就没有关于西部文学的论述。

你怎样看待西部文学？你对自己的创作是怎样定位的？

红柯：钱锺书的父亲钱基博写过一本《中国现代文学史》，完全以司马迁、司马光这些中国古代史学家的方式写文学史。作家在作品中创造人物形象，文学史呢？文学史所呈现的是作家艺术家的形象。我们今天所看到的唐诗，就是李白、杜甫、白居易、李贺、李商隐、杜牧。一般也就初唐、盛唐、晚唐。我一门心思想的是如何把作品写好。只有好的作品与不好的作品，一切以作品为准绳。

（《小说界》2008年4月）

自然与神性的诗意追寻

——红柯访谈录

【文化资源与诗性主题】

张雪艳[①]：您的绝大部分小说不拘泥于情节的安排，也不局限于场景的设置，常常借助飞扬的想象和陌生化的语言等取得了诗意盎然的效果。这赢得了评论界的好评，如有评论者将之称为"以'感觉'离间'叙事'的西部先锋小说"加以盛赞。您在具体创作中是如何做到小说叙事诗性化的？

红柯：苏东坡有一个观点"随物赋形"，兵法上：水无常形，兵无常势。岳飞的观点：用兵之道，存乎一心。文也好，武也好，讲的都是随机应变。也就是说，艺术家首先是个手艺人，手艺人

---

① 张雪艳：女，陕西师范大学文艺学博士。

面对材料，不会那么"立体性"，也依物性而动。激情与想象力是有局限性的，包括作家的创造力。李白有想象，但写实不如杜甫，杜甫写实，但想象不如李白，但两人都节制。苏东坡综合了李杜的优势。这是我很喜欢苏东坡的地方，度过了杜甫般的苦难生活，又保持了李白的从容洒脱。具体到我的创作，西部生活是严峻的，同时又保持着旺盛的民间的乐观精神，绿洲与戈壁没有过渡，森林湖泊河流与沙漠也没有过渡，这就是我要描写的对象，包括人物，听听那里的音乐、歌曲，自古以来的旋律总是把快乐与悲怆糅合在一起。简单地说，中亚大地依然保持着人类古老的抒情力量，在内地，人们把抒情视为一种不荣誉、无情何以去抒？抒情是感性的，又是哲理的。

张雪艳：歌唱自然是您小说的诗性主题之一。您为什么选择进入大自然的写作？可否将之理解为某种精神向度上的选择？

红柯：这与我的成长经历有关。生长在关中西部农村，从小干体力活，上大学时假期也不例外。居西域大漠，无非是从黄土高原到了戈壁滩，天山下的小城，不是自治区首府乌鲁木齐。每部作品总有大自然的背景，人物总在户外，在长风烈日下。何为人物，人与物，也是人与周围的环境融为一体，就是人物了。小说再怎么变化，人物也要写活，人物要有灵魂、有精神、有心灵，怎样才能活，人也是一个物种，要有根须，要发芽抽枝长出枝杈干茎，根须有穿透力，通天通地通宇宙，通出一片世界，小说就成了，有世界了嘛。何谓世界？人物独有的时间与空间。

张雪艳：所以，人物与自然界的其他生物都可以成为作品中的主人公。您不仅将动物、植物都赋予与人一样神圣而平等的生命，而且还在字里行间流露出对生命最虔诚的敬畏之情。您还有本散文集，书名就是《敬畏苍天》。请问"敬畏"之情由何而来？

红柯：这与大漠的生存环境有关，人是渺小的，不比一棵草一粒沙高多少，在大漠深处读《庄子》，对"齐物论"就有另一种感觉，读《圣经》《古兰经》，读《奥义书》读佛陀的神迹，你会明白，万物有灵，有神性，敬畏之心油然而生，何谓神性？人性的至极就是神性。

张雪艳：您曾经直言不讳地承认您有英雄情结。于是，您在作品中塑造过许多血性英雄。在《西去的骑手》中您给我们带来了一个痴绝狂异、率真健朗的河州少年马仲英，在《乌尔禾》中您又给我们带来了漠视苦难、执着坚毅的成年男子海力布，这两个人均是世俗生活的失败者（马仲英虽然有过瞬间的辉煌，可结局却是失败的）、精神生活的胜利者。请问您怎样看待"英雄"？

红柯：英雄关乎人类进步，是对他者的肯定。《荷马史诗》最感动人的地方，敌我双方都是英雄，阿喀琉斯与赫克托耳都是英雄。到了古罗马，角斗士与罗马皇帝决斗，皇帝被当场杀死，皇帝的卫队恪守原则，不会助皇帝一臂之力。这种方式保持到骑士精神、绅士风度，也就是近代社会的公民意识，也就是雨果《九三年》里在"革命之上还是一个人道主义精神"。雨果就这样超越了法国大革命。小说是城市文明的体现，是资本主义的文学样式，诗歌是农业的封建社会的。西方的诗更像小说。当中国的诗趋向叙事时，杜甫出现了，唐帝国也从顶峰下来了，小说兴而封建社会封建文化衰。《三国演义》最感人的是关公的义，桃园三结义，异姓兄弟，义到不分敌我，华容道上放曹操，关公一下子就有了普世性，与孔子的"仁爱"精神相呼应。英雄意识是一种人类最基本的生存常识，动物都有。

张雪艳：您是土生土长的关中子弟，却将10年青春时光留在了新疆天山脚下。从表面过程看是红柯走向新疆；从深层看却是"文化新疆"塑造红柯。请问，新疆对您的影响或改变是什么？作为多民族聚集地，新疆的少数民族文化中对您影响最深的有哪些？

红柯：一是人在自然中是渺小的，二是少数民族文化，尤其是那些民间史诗、神话传说。

张雪艳：虽然您离开了母体文化（陕西关中文化）的氛围到异质文化（新疆文化）中生活，但无论您对异质文化的理解与认同有多么深切，与生俱来的母体文化却烙印般消解不掉。在《西去的骑手》《库兰》等作品中，我们可以看到包括伊斯兰文化在内的新疆少数民族文化、儒家文化、道家文化等各种文化资源的交融碰撞。请问这些文化资源是否影响了您的小说创作？对于中国传统儒道文化，您有怎样的看法和理解？

红柯：我生长的关中岐山，是周秦发祥地，产生过《封神演义》，这也是中国罕见的神话作品，周文化又是儒家文化的核心，儒家文化与伊斯兰文化有许多相近的地方，伊斯兰教传入中国，在明朝就中国本土化了，产生了王岱舆刘智等回儒，早已成为中国传统文化的一部分。至于中国传统文化，我读的第一本书就是小说《三国演义》，接着是《水浒传》《史记》，我读《史记》大概在初中阶段，《史记》是一本大书，有庄子的齐物论意识，太史公对笔下人物一视同仁，另一本大书就是《庄子》，高中时就喜欢上了，大学时抄了一遍，那种想象，可以说是中国艺术精神的集大成者。

张雪艳：《红蚂蚁》《金色的阿尔泰》《西去的骑手》等作品中弥漫着一种神秘主义色彩，甚至还出现了某种宗教般的膜拜。（比如：《金色的阿尔泰》中营长对庄稼宗教般的膜拜。《红蚂蚁》中主人公对太阳、油馕、月亮、红蚂蚁的跪拜，宛如一个圣徒。在《西去的骑手》中有"苏非导师"的字样。）请问这种神秘主义文学之花的种子在哪里？您呈现在生命本体和生存过程中的神秘主义可否理解为苏非主义（伊斯兰神秘主义）？

红柯：我自小就听农村各种民间传说，喜欢民间文化，唐代的李淳风就是岐山人，就是个神秘主义者，民间传说的特色之一就是神鬼不分，就是《聊斋志异》的风格，蒲松龄可以说是中国民间文化的大师。后来上大学读到波斯诗人哈菲兹与萨迪，抄他们的作品，哈菲兹就是苏非诗人，我把哈菲兹与李白相比较，他们诗歌的核心意象就是美酒月亮，还有女人，这是李白诗歌中比较少的，但李白的生活中绝对不缺少女人。在大漠深处，容易产生神秘的生命体验，我曾躺在戈壁滩上，那是准噶尔盆地的底部，天空低垂，离大地那么近，依稀能听见苍穹的声音，宁静中的天籁之音让人终生难忘，那时我就明白宗教的产生都有大自然的背景，佛教于南亚森林，基督教于地中海，伊斯兰教于大漠。

【创作经验谈】

张雪艳：在写小说之前，您主要从事诗歌创作。您是在何时开始小说创作、结束诗歌创作的？您颇有影响的短篇小说创作始于您离开新疆之后，为什么？在新疆，您是否有过小说创作（动机）？

红柯：诗歌、小说、散文同时开始，1983年发表诗歌，1984年发表散文，1985年发表小说。在新疆时发表小说近百万字，有先锋实验的，有批判现实的，文学训练吧，距离产生美，新疆太大，远距离才有灵感，回陕西后1996年《奔马》奔上《人民文学》，开始为文坛注意。

张雪艳：《西去的骑手》和《乌尔禾》是您有代表性的长篇小说。您为这两部长篇做了哪些准备工作？您认为这些准备工作在长篇创作中有普遍性吗？

红柯：《西去的骑手》其原材料是在大三看的，后来去天山脚下，实地考察，草稿于1992年、1993年投寄出去如泥牛入海，1994年修改，1998年再修改，2000年投《收获》又改三遍，用《收获》的话讲，这是三部长篇压缩而成的一个长篇，2001年发表。《乌尔禾》构思于1994年至2004年，我的小说背景总是伊犁阿尔泰，我生活过的奎屯很少涉及，乌尔禾是奎屯垦区最西北的一个角落，需要用一部长篇来完成。

长篇是体力活，需要积蓄力量，对整个世界说话，需要理性的力量。

张雪艳：诗意是您小说创作的突出特征。在您所精读的中外文学作品中，哪个作家、哪部作品对您的诗性小说写作影响最大？

红柯：梅里美、巴乌斯托夫斯基、契诃夫、托尔斯泰、陀思妥耶夫斯基、汉姆生、纳博科夫，《史记》《庄子》《呼兰河传》。

张雪艳：从中篇小说《库兰》里普氏野马，到长篇小说里《西去的骑手》中的神马谷，再到《乌尔禾》里的草原石人像，神话、传说一直是您小说中不可或缺的部分，童话叙事已经成为您小说叙事中的惯常姿态，这与您早年的阅读经验是否有关？您是否认同西方学者海德格尔所说"认识主体立场、趣味、思维模式等所谓的'先结构'"？

红柯：读童话大概在高中吧，从此就收集所有童话。海德格尔的《诗·语言·思》、皮亚杰的《儿童心理学》以及波兰尼的著作，大学时代就很喜欢，还专门写过这方面的论文，"先结构""内智"是关键词。

张雪艳：您的小说语言自然朴实、简洁明快。在当今"巧言文学"流行的时代，您返璞归真的语言实践，反倒会生成"陌生化"的效果，引起读者极大的阅读兴趣。但我发现一个有趣的现象，那就是您小说虽然讲述的是新疆人的独特生活体验和生活方式，但是我们常常在新疆人的谈吐话语间找到一种似曾相识的陕西方言味道，能否认为这是您语言运用上的某种"疏漏"？

红柯：前边已经讲过，历史上的秦包括大西北，在新疆，我讲课用普通话，课外用陕西方言，陕甘方言是新疆当地话，很容易交流，有一种回到古代关中的感觉，有一种家园故乡的感觉，"十二木卡姆"里就有秦腔的旋律。

【关于《乌尔禾》】

张雪艳：从短篇《奔马》始到中篇《库兰》再到长篇《西去的骑手》《乌尔禾》，我们可以明显看到您对小说形式和叙事策略方面的追求和转变。早期短篇中淡化故事、侧重情感的流露和氛围的烘托，到《库兰》《西去的骑手》时故事性不断增强、人物形象不

187

断丰满，环境描写也不断细化。而《乌尔禾》超越了您以往的叙述水平，就像有的评论者所言，在您最擅长的领域找到了您最适合的叙事对象和叙事方式。请问，完整的结构和合理的叙事是否是您长篇小说创作的努力方向？在《乌尔禾》中，您是如何兼顾写实和虚构、叙事与抒情的？

红柯：长篇的关键是结构，盖大房子，框架很重要，任何一个写长篇的人都首先考虑结构。合理的叙事按我的理解是给每一部作品找到语调，也就是语气，跟人说话一样，见人说人话，见鬼说鬼话，话不投机，语气不对就无法延伸。

张雪艳：您早期的小说如《奔马》《美丽奴羊》《哈纳斯湖》等以清新诗意的笔调引领了人们对自然的神往，促使了人们对日常庸俗生活的超越。而《乌尔禾》却直接深入地描写了世俗社会的多角恋爱，这是否意味着您创作上的某种转变？

红柯：仅仅是写作范围的扩大、对象的变化，闹中取静，那份静依然是早期作品的神性、诗性，更丰富更复杂了。

张雪艳：《乌尔禾》是您小说创作上的新高。您是什么时间开始案头工作的？初稿用了多长时间？修改用了多长时间？您是在哪里写作的？又是如何安排写作生活的？

红柯：2004 年开始案头工作，2004 年底调西安，中断一下，2005 年挂职锻炼到宝鸡市渭滨区开始重新写，大概 6 月吧，到 12 月写完，写得很顺。搁了几个月到 2006 年春天修改，夏天改是什么让您能够如此坚定而持久地关注着那片遥远而荒漠的土地？陕西是周秦汉唐的文化发祥地，历史与文化资源都十分丰富，许多文学家将其创作扎根于此并取得了世所瞩目的创作佳绩，如陈忠实、贾平凹、路遥。陕西关中又是您出生、成长、生活和学习过的地方。您何时能让读者看到红柯笔下的陕西呢？

红柯：与我的天性有关，我是笨人，对身边的事物视而不见，总是拉开距离，对新疆的抒写是我回陕西以后，在8000里以外，大漠草原才渐渐清晰。我在那里度过人生中24～34岁的美好时光，那片土地无法从我的视野里消失。陕西是元明清才产生的一个省区，历史上叫雍州、叫秦，历史上秦太辽阔了，整个大西北都叫秦，看看《突厥语大辞典》你就明白了。古代的秦人有安身西域的传统，《穆天子传》、张骞、苏武、班超、玄奘，秦腔也是西域的剧种之一。在我的意识里，陕西与西域是一体化的。

（《延河》2009年11月）

第二遍，7月有机会重返新疆，先去喀什，再飞往阿勒泰，乌尔禾离阿尔泰不远，可以从飞机上俯视"瀚海"里的乌尔禾绿洲，我终于用长篇完成了我的"乌尔禾"，返回陕西后再润色一遍，定稿，后记题为《在现实与想象之间飞翔》，我真正在乌尔禾上空飞了一回，天助我也！寄《花城》，责编朱燕玲编过我许多小说，对这部新作极为满意，北京十月文艺出版社的责编王德领也是极为兴奋，不顾市场压力，保持了"乌尔禾"这个书名。我没有具体的写作安排，酝酿成熟，就不择地而生了。

张雪艳：您是否有"山重水复疑无路"写不下去的苦恼？您是如何解决的？

红柯：许多构思压着，总觉得时间不够用，苦恼在于给这些怀孕的生命找到一个"形体"。

张雪艳：您感到写得最愉快的是哪些章节？为什么？

红柯：对我来讲最后的章节，收笔如同秋天的大地，落叶缤纷，果实归仓，宁静中的丰收的喜悦，即便是泪水，也是一种满足。

张雪艳：早在小说集《美丽奴羊》出版时，就有评论者担心您的新疆题材小说写作还能持续多久，可我们有目共睹的是：您的小说自短篇《奔马》始，经《美丽奴羊》《吹牛》，过渡到中篇《金色的阿尔泰》《库兰》到长篇《西去的骑手》，再到目前好评如潮的《乌尔禾》，文本世界实际上是越来越丰富。西域的时空由小而大，西域的故事由少而多，西域的生活由远而近。身为陕籍作家，

专论

黄河中上游各民族
民间艺术考察

我从1999年6月18日开始到9月初重点考察了青海、甘肃、内蒙古自治区、陕西四省、自治区，黄河所经即青藏高原、黄土高原、内蒙古大草原，正好也是一条大河的童年、少年、壮年；一条河其实是一个渐渐辽阔起来的生命，包含着一个民族的神话、史诗和梦想。这是我在汉、藏、回、蒙古各民族民间艺术家身上所感受到的。

甘南

藏族首先是一个神话民族，佛教的影响是很晚以后的事情，大地上没有哪个民族把神话保持得这么悠久这么完美。河源，永恒的处女地，人类纯真的孩童状态。

《斯巴问答歌》是藏族的"创世记"，歌中的斯巴是人也是神。问：斯巴宰杀小牛时，砍下牛头放哪里？我不知道问歌手：斯巴宰杀小牛时，割下尾巴放哪里？我不知道问歌手：斯巴宰杀小牛时，剥下牛皮放哪里？我不知道问歌手。答：斯巴宰杀小牛时，砍下牛头放山上，所以山峰高耸耸；斯巴宰杀小牛时，割下牛尾放路上，所以道路弯曲曲；斯巴宰杀小牛时，剥下牛皮铺大地，所以大地平坦坦。汉族神话中有夸父逐日的故事，太初天大旱烈日炎炎，老祖宗夸父跟孩子一样追赶太阳，从中原追到西域，越过瀚海大漠，大概在中亚黑海一带接近太阳，伸手要逮的一瞬间，可爱的夸父化为山川大地，身躯五官全都有归属，跟斯巴刀下的牛一样。我们一直把夸父逐日理解为原始先民对自然的征服，人是自然的一部分，先民刚刚从大自然的母体中脱离出来，跟孩子一样思母心切，民间有"鸡上架，娃娃想妈妈"的古谚，夸父逐日，日落西天，直到跟大地融合。顺着这条逐日的路途，老子李耳，张骞班超，还有玄奘，冥冥中都包含着人类回归大地母亲的凤愿。也可以把斯巴理解为"世界""宇宙"，世界最初是这样形成的。问：最初斯巴形成时，天地混合在一起，请问谁把天地分？最初斯巴形成时，汉藏混合在一起，请问谁把汉藏分？答并问：最初斯巴形成时，天地混合在一起，分开天地是大鹏，大鹏头上是什么？最初斯巴形成时，阴阳混合在一起，分开阴阳是太阳，太阳头上是什么？最初斯巴形成时，汉藏混合在一起；分开汉藏是皇帝，皇帝头上有什么？相传伏羲演八卦，大约在陇东天水一带，有八卦台；黄河出积石山，到兰州附近的刘家峡一带即永靖县，河水曲折如太极图形，岸旁有村庄太极村；这是太极八卦的最初形态，后演化为《易经》，在夏朝为《夏易》，商朝为《商易》，最后周文王在中原定型为《周易》。从太极八卦到《易经》，其核心便是宇宙万物的开创由来，太极生两仪，两仪生四极，对于人事，糅合汉民族的创世神话。相传创太极八卦的伏羲老祖，与女娲娘娘为兄妹，这是黄河上源中华人文始祖最初的一男一女，今天甘肃陇东一带还有女娲庄、伏羲河、八卦台。原始图画中，伏羲女娲是合而一体的，阴阳分化为男女。斯巴分汉藏，这显然是伏羲女娲的上源，汉藏同源，最先分化出群体，河开始注入人的生命，接着分化出个体男女，建立部落联盟和政权，则是河的支流渭河出陇塬入陕西关中的事情了。相传，炎黄两帝是古羌族，汉藏同出于羌，血脉相通，都是河的气息与颜色。斯巴神话与伏羲女娲可以看作前后两个阶段。接着是农业的起源，黄河及支流冲积的山谷平原是最早的农业区。史书上大书特书的河之灾难，对陕西关中平原、宁夏内蒙古的河套平原是不存在的，这几处沃野类似于地中海之滨的古希腊，更多的是丰收的喜悦。神农氏尝百草有《百草经》传世，五谷从野草丛中脱颖而出，长满田野。沿河径上，在渭水及黄河的上源，在高原群山间麦子被青稞代替，高寒地带便有相同的神话《青稞种子的来历》。相传古代有一位叫阿初的王子，为了让人们有粮食吃，在山神日吾达的帮助下从蛇王那里盗来青稞种子，蛇王罚阿初变成一只狗。后来阿初得到一位美丽姑娘的爱情才恢复人身。人们只看见青稞种子是黄狗撒下的，为感谢神狗，丰收后的第一个青稞糌粑先喂狗。蛇、葫芦在河源一带的民间传说是象征生殖，先民在自然神祇的笼罩下很艰难地迈向种植业，王子恢复人身，依靠的是女性的力量，也是伏羲女娲阴阳两体的演化。创世神话实际上是人从自然母体的脱离过程，自然而然要产生英雄，《山海经》记载的全是这些英雄神话。与之相近的藏族神话英雄是格萨尔王，相传格萨尔是天神的儿子，善于变化，无敌于天下；他可以役使鬼神，大闹阴曹；他可以支配自然，呼风唤雨，乌鸦充当侦探，射出的箭能飞回来。这简直是《西游记》中的孙大圣。相传孙大圣的原型来自印度佛教神猴的传说。《山海经》中人神不分，人是三头六臂长翅膀。至于呼风唤雨，在民间故事中比比皆是，不能以迷信视之，可以设想，人类童年，还保留着原始自然的母腹记忆，大林莽江河湖海狂风烈日云彩星辰都是鲜活而灵动的，这些自然形态离人类很近，跟伙伴一样可以交流，可以役使，中国古典小说也是先志神鬼后志人，《搜神记》后再《世说新语》；《水浒传》中的公孙胜就能呼风唤雨，《三国演义》中的孔明祭东风已经接近神话的尾声了，小说兴而神话衰落，人类丧失了童年时代金子般的想象力。英雄史诗《格萨尔王传》约产生于11世纪前后，中原正好是宋王朝，这是一个哲学王朝，也是一个没有想象力的王朝，唐人那种激扬的胆略与生命气息，荡然无存；值得一提的雪域吐蕃王朝与唐王朝都是在吸收佛教文化以后登上历史顶峰的。唐末，出身陇右的宰相牛僧孺给我们留下一部颇具奇思异想的《玄怪录》，这大概是河源地区神话对中原最后的影响了。宋王朝是在偏安中，是在马背民族的铁蹄声中，在没有母亲河的滋润下整理文化的，给我们搞出一套畸形的文化。一个民族，在母亲河的孕育下，经历了伏羲女娲大禹治水三皇五帝周秦汉唐以后，应该有一个文化整理阶段，在激情之后沉思下来。我们感激母亲河给我们如此强悍的生命，激情和想象力持续这么久远，从神话时代到唐末五代约2000多年。古希腊文明是在亚历山大大帝的长剑保护下进行的，亚里士多德得以从容地整理地中海最早一批文明硕果。宋朝没有容纳百川的气力与胸襟，辽金夏以华夏子民身份登上历史舞台。清朝必须补这一课，乾嘉学派，朴学，远远超过宋明理学，其结果是曾胡李左这些济世之材的出现，尤其是左宗棠，在19世纪快要结束时跃马天山，古老的西域最后固定在神州的版图之内，河源有了一道牢固的屏障。汉唐时代，人们一直把叶尔羌河塔里木河当作黄河的上源，人们的想象力是那么丰富，叶尔羌河和塔里木河潜入大漠及阿尔金山，从青海巴颜喀拉山麓钻出来。这是地理学科无法承受的，却也符合神话史诗的气派。应该讲讲佛教对藏族的影响，前提是吐蕃王朝威震东亚，最凶猛的时期，一直深入到中亚锡尔河阿姆河一带，天山以南喀什葛尔的维吾尔族人信奉的是佛教，库车克孜尔千佛洞足以和敦煌千佛洞相媲美，经过长期厮杀武力征服，天山南北才皈依真主安拉。一个毋庸置疑的事实是吐蕃王朝有多么强大！在文治武功之后，毅然弃兵刃而事佛法，蒙古人也是如此，淳朴忠厚席卷世界，显示自己的威风后，进入至纯至善的仁爱宗教中，大起方能大落，落得那么从容自然，这就是人性的尊严和高贵。藏族成为佛教的藏族，万物皆有佛性，打通生死，打通万物与主体人的界限，宇宙天地与人共为一体，其结果，藏民人人都有一双直达生命本体的慧眼，在全球工业化的浪潮中，唯雪域河源圣地处于古朴的神话诗意世界，使藏民族成为人类最自觉的生态民族；只要有藏民存在的地方，草木虫鱼飞禽走兽就跟人一样珍贵，被大地母亲宠爱着，黄河上源弥漫着人的气息和一种生命的清洁。

一、合作，黑错，羚羊出没的地方

6月18日，星期日，晚8点从宝鸡乘107次列车于19日早晨6点40分到兰州。省作家协会郭浚卿先生是陕西老乡，由他介绍认识省文联民间艺术家协会的杜芳女士。甘肃省境内黄河沿岸的民间艺术家都是经杜芳女士介绍的，从此我有了一张详尽的联络网，兰州、临夏、合作、夏河，这些遥远的地方，在我到达之前杜女士的长途电话已经提前通知了。在兰州待了一个星期，我将在甘南与临夏之后介绍兰州的民间艺术家。因为黄河是从甘南临夏方向流过来的。甘肃干旱，我到兰州前一夜，这里刚落一场大雨，天气凉爽。乘长途汽车赴临夏，大雨纷纷，深沟大壑红土高原，油菜花金光闪闪布满山野，柏油路面极好。这是去夏河的车，我半途到临夏，雨更大，无法采访，命中注定先去甘南。犹豫间，从地图上看到甘南夏河碌曲间有个小镇叫红科，大地上竟然有这么一个名字，跟我的名字一样，我小时候叫杨红科，上中学改杨宏科，去新疆于大漠中改为西域一植物红柯。6月25日下午3点微雨中到甘南藏族自治州首府合作市。甘肃以干旱荒凉著称，甘南却是森林和草原的世界，跟江南一样湿润，女人白皙娇嫩，着黑衣，身材苗条。合作原名黑错，藏语音译，意为羚羊出没的草地。黄河第一曲玛曲具在合作西南，黄河的主要支流洮河大夏河皆源于合作，近于羚羊的乳汁。洮河是秦长城的西端，以洮砚闻名天下，有唐大将哥舒翰石碑，有伊斯兰社会主义性质的教派西道堂，而大夏河孕育了拉卜楞寺佛教藏文化，入黄河附近即河州，为秦汉中原文明之重镇。合作就是这样一个三河丰美的地方，是母亲河畔第一个文化重镇。

木雕艺人王占彪

住甘南饭店，买几盒藏族民间歌手磁带，饭店服务员告诉我，这些歌手常住这个房间，就是我住的108房间。找州政协文史资料办公室，与当地艺术家接上头，我首先选择的是木雕艺人王占彪老人。原因很简单，民间艺术比宗教艺术更真实，更接近大地，其次，甘南森林茂密，这里是黄河水浇灌的第一座原始森林，林莽的气息中带有浓郁的乳香，任何一个初次品尝母亲河芳香的人都会喜欢甘南的树木。甘南饭店的地板全是木砖，居民家里也是木砖地板，森林跟骨骼一样延伸成为人生命的一部分，树木的根须四通八达。汉藏同源，安多藏区的藏民都有一个汉文名字，王占彪老人在电话里告诉我他的汉名以及住处。合作市被群山包围着，方向不好辨认，老人说："我在门口等你，我家门口有一棵白杨树。"王占彪的家在郊外的一条大路边，一棵高大的白杨树下站着跟树一样壮实的黑脸膛老人。老人的模样就像个艺术品——一个大根雕，84岁的高龄看起来像50多岁，思维很清楚，阅历丰富，几乎走遍整个藏区。王占彪口述：我是甘南夏河县小河沟人，以前是个农民，种地放牧，甘南地区农牧都有。解放前，马步芳的军队欺压藏民，马家军烧禅定寺，差点烧了拉卜楞寺。1949年解放军打到临夏，马家军全垮了，我跑到临夏参加革命工作，当时我已经30多岁了，在临夏军管会当翻译，我懂藏文也会汉话，部队缺藏族人才，也缺干部。我所在的那支部队开往四川，上级就抽调我到临夏干部学校，这是专门培养民族干部的学校，我是第一批学员，牙含章是当时的民族研究室主任。毕业后我去夏河县当公安局局长。当时甘南很乱，街上有卖枪支弹药的。干了两年公安局局长，局面稳定下来，又调我到武装部当部长，1954年转到夏河县委当副书记，1955年底到碌曲县当县委书记。洮河发源于碌曲，洮河在藏语里叫碌曲，白龙江也发源于这里，洮河流进黄河，白龙江流进长江。全县不到1万人，很落后，历史上没有设过县，1955年设县，我是第一任县委书记，创业很艰难啊，在马背上办公。干到1959年，局面打开了，我又去西藏阿里噶尔县当县委书记，西藏刚叛乱，我们一边平叛一边搞民主改革。1965年调拉萨在检查院二处当处长。"文化大革命"爆发，公检法停止工作，又到农林局畜牧处干了一年处长。我都50多岁了，想回老家，写了申请，1972年调回甘南，安排在生产指挥部当副主任，也就是副州长，后来到州政协，工作轻松下来。忙碌了一辈子，很不习惯清闲的日子。红柯：好多干部都不习惯这种生活。王占彪：是呀是呀，我当初参加革命已经而立之年了，这也是个好处，人过了30岁成熟了嘛，所以轻松下来就很容易恢复老本行，我是个农民，30多岁以前一直种地放牧，跟做梦一样，好像没离开过土地。你看我这院子多大，我不喜欢住城里边，我的院子是郊区最边远的建筑，我喜欢看庄稼听庄稼的声音。大院子里可以种菜，种花。院子里种不了几棵树，就在门口种树，那棵大白杨树就是我种的。合作这地方好啊，树多山多，钻到山里就摸那些大树。

红柯：你的第一件作品是这时候做的吧？王占彪：退休前做的，1976年，我在州政协，清闲下来啦，到山上转，我喜欢那些树，那是一个很大的林子，刚伐过几棵树，在空地上捡到一个木块，斧子刚砍下，很新鲜，还是湿的。带回家晾干，不能晒，太阳晒会变颜色会裂缝，晾干的木块不变形，纹路还是原来的样子，好像没有离开树。一棵树是不会死的，我当过农民我知道，农民嘛，种地盖房，木匠活儿会一点，好木料要遇上好木匠，那木头就活了，木匠能找到窍门，顺着木料的纹路让它重新长起来。一间房子是长起来的。树长到它的岁数就不长了，必须换个地方到另一个世界去生活，它要去的世界很美好，可要冒很大的风险，就像孩子出生，孩子好像长成了，母亲必须把他生好，这才能保证他在世界上过上好日子。红柯：那是一个什么样的木料，让您这么激动？王占彪：是一块桦木，我带它回家，它那么娇嫩就像个婴儿，我就想我一定要把它养大。我小心地侍候它，跟老农民侍候庄稼一样，我干脆把它做成一个老农民。老愚公是一个古老的神话，老愚公，《愚公移山》，全中国人人皆知的故事。王占彪手托着他的处女作，一口咬定这是咱中国的神话。跟《精卫填海》一样，《愚公移山》充溢着原始先民的梦想和勇气，在那个时代大家都有这么一股神力。神话的土壤在远古在民间。我看过文化人对《愚公移山》的阐述，他们认为愚公太可笑，一座山能挖开吗？怎么不搬迁呢？文化人只能弄经典，面对寓言童话神话民间传说往往蠢相毕露。一个民族的血液以及原创型的东西，永远不会来自文化界，更不可能来自知识界，首先知识分子不一定有文化，知识和文化是两码事，这两者又跟神话寓言有很大的距离。这是红柯当时的感慨。红柯19岁以前是一个农民，种过地，上小学时学过老三篇学过《愚公移山》，在青藏高原的边缘，在黄河源头，在格萨尔王呼风唤雨的地方，注视着枣红色的桦木雕刻《老愚公》，真像大地上古老而新鲜的神话，一个真正的神话。神话不是一朝一夕的故事，《老愚公》的背后是王占彪漫长的一生。王占彪：我想起来了，"文化大革命"时做过一些。那时候我在拉萨，公检法全打烂了，老干部劳动改造，我去那个地方叫宋宗，气候好，树木多，跟我的老家夏河一样，夏河是个好地方，到处是树。学习改造那几个月，没事干，就用杂刀刀做大头烟锅，用树枝做，弯的带钩的，用尕刀刀修理几下就是挺好的烟锅。用牛角做烟嘴，牧区牛角又多又好，牛角烟嘴就很高档了，跟玉石一样。用树根做台灯座，照着树根的形状，高原上树根很有意思，高寒地区，树木生长艰难，很容易变形，而且都是运动的样子，很愤怒很凶猛，都是老虎啊豹子啊，自己觉得像什么就做什么。一个也没留下，都送人了，大家都喜欢嘛，几个月时间很快就打发过去了。我又到农林局上班。红柯：在农林局没做吗？王占彪：没有，没时间呀，工作忙起来就想不到做这些小玩意儿。红柯：这是艺术品啊。王占彪：我没那么想，停了工作就成老百姓了，我本来是个农民嘛，种地放牧，手不闲着，一辈子就闲了那么几个月，做了些小玩意儿，让大家高兴。话又说回来了，我还喜欢那些小玩意儿呢，我不知道我会干这个，随便捡些树枝树根牛角就拔出尕刀刀干起来。你知道的我们藏族都带一把尕刀刀，吃肉用的，是餐具，我干得多认真啊跟个孩子一样，手指头划破了，塞嘴里咂一咂。现在我还能想起那些大头烟锅烟嘴和台灯座子，就像在手里攥着似的。有了这个基础，到州政协轻松下来又拿起尕刀刀。甘南跟西藏不一样，西藏的树长不起来，根部发达，树干就不行了，不像我们甘南，树木又高又大，木料好，都是整方整方的好材料，取哪一节都能用，纹路很顺，木质也好。甘南水土好啊，西藏哪有这么好的条件？黄河第一个弯就拐到我们这里。我捡的第一块木料是桦木，怪不得1972年我那么想老家，打报告非回甘南不可，就是为找这么一个小宝贝。我老啦,我就用尕刀刀做《老愚公》。姿势好,多精神呀!草帽是另做的,你看这些纹,麦秆编出的,戴上挺合适。大家不相信是我做的,我在西藏做那些小玩意儿他们没见嘛,甘南的朋友不知道我会做小玩意儿,他们越说不是,我越高兴,我有信心啦,我不是干部啦,我一点一点回到从前,我又成了一个农民。小河沟村的农民。红柯:你有这个天赋,想想你小时候。王占彪:藏族的孩子嘛小时候放牛。我父亲是个佛教徒,我八九岁的时候父亲开始教我藏文,我一边干活,一边学藏文,藏民文盲不多,我没进寺院,寺院也学文化,夏河这地方文化发达,接近汉族地区,我们藏民一边干活,一边学文化的人很多。夏河风景好,我放牛的时候就在石板上画动物,我记得画得最好的是一只青蛙。牛在草地上吃草,很安静,不用我操心,我跑到水边,以往都要打水漂,用小石片打,打在水上石片就跳起来,跟青蛙一样。那天我老远看见青蛙在水边跳,我待在坡上没过去,青蛙很自由,一只快要跳起来的青蛙样子很好看,是个小青蛙刚刚会走会跳,是个娃娃嘛,它总是试几下,才跳起来,我就把它跃跃欲试的样子记住了,我把它画在石板上,用干土块画的,越看越好看,我就不看水边的青蛙了,一个劲地看石板上的青蛙。一场雨给冲掉了,就用石子画,有棱的尖石子划出白道道,雨水冲不掉,石板上有,石块上有,石壁石崖上都有,走哪儿画哪儿,画青蛙也画牛,我是放牛娃子嘛。我发现牛也很好看就把牛描在石岸上,把牛牵过去让牛自己看，牛能看懂，牛用角撞过去，梆梆梆响，跟和尚敲木鱼一样，牛高兴才这样子。天上飞的鸟也往上描，还有马、树、鹿，见什么描什么，家乡的山山沟沟都有我描的东西。红柯：原始岩画就是这么画出来的，你用刀子画，涂上朱砂就能保留下来。王占彪：你说的是唐卡，唐卡在布上画，上的颜料全是矿石。红柯：你没回去看当年的画吗？王占彪：画了就画了，早都忘了，今天才想起来，可能还在。后来我大了嘛，十七八岁都成大人了，手上有劲，能拉出很深的槽子，用刀子划过，是一把废刀子，用好刀子太可惜了。废刀子修理一下，很好用，能吃石头，声音很大，石头好像一直睡着，一下子醒来了，变成牛变成马变成青蛙和鸟儿了，描上去的树也在风中抖叶子，哗啦哗啦响。后来就不画了，成大人了嘛，别人会笑话的。红柯：没在木头上刻？树上也能刻呀，树比石头容易嘛。王占彪：藏民不毁树，树木有佛性，一草一木一山一水都不毁坏，盖房子伐树可以，根本想不到会在树上刻画。当然喽，木头比石头好处理，人老啦，用木头做活容易些，还是立体的，跟当年那些石头画不一样。只能说当年有那么个爱好，练了些基础。参加革命工作，走南闯北，整个藏区都跑遍了，藏区的差别很大，拉萨跟青海甘肃四川就不一样，青海塔尔寺和同仁县藏文化很发达，我们夏河县文化也很发达。以前我只知道夏河的文化，安多藏区的中心在我们这里，到阿里、拉萨就感觉不一样了。红柯：这些阅历很重要，搞艺术得有一定的阅历。王占彪：我不是艺术家，我是个农民，我当过官，退职就是老百姓就是农民。我为什么做《老愚公》呢？我退下来以后就想攥锄头把子，就想回到地里去光脚站在泥水里。那种想法太强烈了，在院子里种菜种花草满足不了我呀！我就跑山林里，捡到一个桦木块，我看着它慢慢晾干，我抱在怀里用尕刀刀旋啊划呀，就像回到了当年放牛的日子，手上劲儿很大。木头很听话，完全按我的意志变化。家里人说我做了好几天，可我感觉就那么一会儿，快得不得了，跟老愚公一样。故事里说是祖祖辈辈干下去，我用一把尕刀刀一会儿就完成了，跟神话一样，老愚公本来就是一个神话嘛。现在看看这个作品姿势好，可比例不够，锄头太小。红柯：您在艺术上一定有所追求。王占彪：那当然啦，我发现人的嘴很重要，人笑的时候老笑不起来，我发现问题在嘴上，嘴要处理好。让眼睛笑很容易让脸笑也很容易，让嘴笑起来就不那么容易了，不能让嘴角单独笑呀，要跟脸和眼睛谐调起来，就像从眼睛里流出来的瀑布，从脸上经过却不在脸上显露，在嘴角露出来，但必须在脸上保持一种奔泻的力量，力量是从心灵发出来经过眼睛和脸，在嘴角开花。为了找到这个窍门，我用泥巴捏嘴，捏了又捏，我种过地，跟泥土熟着呢，捏了好几次从泥里找到了毛病，嘴角的筋肉跟脸眼睛是连在一起的，不要看泥巴软，在软泥巴里捏摸出坚硬的东西，窍门也就找到了，我学到了这个技术，木头在我手里活起来了。你看这个蘑菇一定得3个，有大有小，有高有矮，在互相比较中形成一种力，一种气势；它们各自的力发自大地，就是这个地盘，地盘要大要厚实要稳，蘑菇不能像水一样喷起来，而是大地拱起来，跟山脉一样缓缓有力隆出来，娇嫩中有一种清脆的力度。这个是《丰收》，两个农民抢运粮食，力发自脚跟，经过脊背收拢在嘴上，跟铁钩子似的，整个画面就紧凑起来啦。作品《白度母》《绿度母》《菩萨》，力量聚在手掌上。作品《秋瑾》，力量聚在眼神里。作品《摔跤》，散点发力，按左边，右边赢，按右边，左边赢。作品《根雕》，羊、蛇、鹰、云彩混合一体。王占彪：每件作品都有一个发力点。找到发力点，作品就能成功。作品总计100多件，参加过省市各级艺术展，大多作品送亲友同事。用王占彪的话说："谁喜欢谁拿。"他本来就不是为艺术而艺术，完全是大夏河所浇灌的大地的一股神力在支配他。藏族是一个高贵而博大的民族，容纳各个民族的精华，所以其作品包罗万象，汉藏共融，宗教人物与革命烈士并举，以及飞禽走兽等自然界的生命共存。房间的大脸盆架就是一个高达1.5米的根雕，蹲在墙角就像一棵树，从野外破壁而入，举着一盆清水侍候主人沐浴。火炉有柜子那么大，饰以黄铜花纹，简直是个艺术品！老人最满意的作品是《老寿星》，很开朗地笑着，笑得那么好看。王占彪口述：红心柳做的，外红内白，胡子是自然的，眉毛也是自然的，两块木料夹在一起，材料不大，肩头再宽一些就好看了，可惜材料不够。我有些后悔，年轻的时候时间不够，早一点回来就好了，甘南有这么多好木料。白杨树在外边大声响起来，路边的树全都响起来，群山里的大林莽响应着；黄河涌出山谷后并没有贯穿青海，而是径直奔向川甘交界的地方，形成一个大拐弯，合作即黑错就是这么一个有羚羊的青草地，一个吉祥的地方。古羌族分化出汉藏民族，藏族的政治中心移向西藏，汉族南下中原；古羌族，中华民族的母体一直固守河源，这就是安多藏区的神圣之意；《山海经》《穆天子传》在此，另一大神话史诗《格萨尔王传》也在此，不但是藏族的骄傲，也是中华民族以及人类的骄傲。据说格萨尔王的足迹主要在青海甘肃，甘南是其中心，据说母亲河玛曲草原有格萨尔王的马蹄印子，那是神王飞越母亲河的标记。

神话世界里的园丁

《荷马史诗》里的特洛伊战争因美人海伦而起，《格萨尔王传》里的战争则因马而起。格萨尔王所活动的地区——安多藏区既是藏族的神话所在，也是大禹王、西王母、伏羲女娲的神迹所在，蒙古人崛起大漠皈依黄教后，那个罗卜藏丹津在这里写出《黄金史》，成吉思汗黄金家族也跟黄河源头连在一起……河源，汉藏蒙诸民族的远古神话世界，共同构成中华文化。以河源为中心，扩展到整个亚洲草原，形成一条史诗带，蒙古族的《江格尔》，藏族的《格萨尔王传》，柯尔克孜族的《玛纳斯》；与世界各民族史诗不同的是，中国三大史诗不是文字能够固定的，而是代代传唱不断丰富变化的活史诗，有空间而无时间的限制，依人类的存在而存在，有多少版本就更难说清了。作为史诗的传人，无疑是民族的智者，余希宪老人就是其中之一。余希宪老人现居甘肃省甘南藏族自治州合作市西郊的一面高坡上，对于我这个汉族来访者，老人有些戒备，他问我："你懂藏族文化吗？"我告诉老人：我大学毕业后自愿到新疆伊犁州工作过10年。老人默默地抽烟，老妈妈端上热茶，僵局是从达赖六世仓央嘉措的情歌开始的，上大学时读过仓央嘉措情歌，还记得那美妙无比的诗句："在那东山顶上，升起了皎洁的月亮。少女的脸庞浮现在我的心上。"对《格萨尔王传》我仅仅知道那是一部史诗，在图书馆见过其中的《霍岭大战》。老人眼睛一亮，告诉我：这场大战因马而起，岭国的人偷了大食国的马，那是一匹罕见的神马，各不相让，就打起来了。我们的祖先是那么喜欢马，秦始皇的先祖就是给周朝养马的，得马之龙气，从渭河源东下扫平中原，汉武帝通西域是为大宛马，即今天的费尔干纳盆地。藏族的祖先居黄河源，去古波斯盗良马。在《山海经》里，昆仑山天山以及帕米尔高原仅仅是先祖活动的中心地带，黑海里海在那个神话时代也仅仅是我们的内海，完全有理由相信我们有一个神话时代。在青海发掘出格萨尔王及部属的兵器及其他用品，格萨尔王是真有其人。余希宪老人说：我们藏族从来没有怀疑过格萨尔王。为什么？因为它是民间的，是青藏雪域高原真正土生土长的文化，也是最原始的东西，群众都很喜欢。我一直以为喇嘛教就是藏文化的全部。不是这样的，那是知识分子文化是寺院文化，在民间在老百姓中间，格萨尔王是至高无上的，好多寺院不喜欢格萨尔王的传说。你什么时候知道《格萨尔王传》的？小时候听父亲讲过，七八岁吧，很着迷，很神奇，大人们都讲，都讲不全，都是些片段。问大人，他们就说格萨尔王是讲不完的。长大一点，跟大人到别的地方，那里的人讲的又不一样，《格萨尔王传》跟大地天空一样无边无际。你什么时候开始研究的？1954年，我在甘肃民族学院工作，去东北长春电影制片厂翻译电影，什么片子记不清了，我跟青海教育厅的桑木加才一起去东北。他有一本手抄本《格萨尔王传》，我爱不释手啊，天天借着看，桑木加才说你这么有兴趣就送给你吧。我发现书上讲的跟民间的不一样，我就开始研究它们的不同。那时我在民族学院，我一边教学，一边收集整理这方面的资料。50年代嘛，跟苏联关系好，在苏联的一本杂志上看到研究《格萨尔王传》的文章，评价很高，我才知道这是一门大学问。我向学校建议：把《格萨尔王传》作为教学的一个内容。领导很重视我的意见，派五六个学生跟我下乡去搜集材料。我们跑遍了安多藏区、四川甘孜、西藏昌都，搜集整理了十五六本书。单位就把这个作为科研项目，专门进行研究。这些书都出版了吗？大多都出版了，读者很喜欢，尤其在藏区，也使内地人了解藏族有这么一部伟大的史诗。当时在全国搞的人多不多？主要是我搞，我的汉文水平差一些，中央民族学院的王妙文教授来信要与我合作，西北民族学院的王沂暖教授也要跟我合作，西北民院在兰州，方便，我就选择跟王沂暖合作，我译他改，出了好几部。王沂暖解放前就研究少数民族文化，水平很高。我译出100多万字，王教授去世后我没有问这些稿子。寺院有阻力吗？喇嘛反对，拉萨、甘南、西康的寺院都反对。谈谈《格萨尔王传》研究的现状。"文革"中止了好多年，后来恢复了，中央有国家民委《格萨尔》工作办公室，青海、甘肃、四川都有研究机构。从1954年直到1990年离休，余希宪的一生都在收集整理《格萨尔王传》，数百万字的作品，没有稿费，有的出版社连样书都不送。离休后的余希宪老人与妻子居住在合作市郊。"文革"中我和妻子就到甘南来了。宽敞的大院子长满鲜花，屋中陈设唯有一个大炉子引人注目。老人领我到书房，满满一书架的藏汉文本，那都是《格萨尔王传》。老人小声说：我只找到很小的一部分，《格萨尔王传》的躯体在群山草原之间、在江河湖泊之间。老人小心翼翼地铺开他一生的心血，一本一本铺开，我端起相机，我注意到老人让我拍摄的只是书架的一小部分。老人一边收书，一边说：真正的民间的《格萨尔王传》在安多藏区。安多地区宗教色彩不太浓，《格萨尔王传》被寺院利用得少，这里的《格萨尔王传》最纯粹。群众喜欢但不崇拜。阿坝甘孜昌都一带的个别寺院也学《格萨尔王传》，寺院是知识分子场所，文人自己编写，版本多了，宗教色彩浓了，文人版是好事坏事？把真正的《格萨尔王传》搅乱了。老人忧心忡忡。离休10年，老人笔未停，整理出孟岭与水晶洞（《格萨尔王传》的片段）。在格萨尔王的传说里，古波斯人的祖先是藏族人，波斯是青藏部落的一个分支，古波斯语的许多词汇与《格萨尔王传》相通，格萨——格桑——花卉的意思，格萨尔王即花蕊中的花蕊，即精英之王。河源不就是大地之精华所在吗？否则中国何谓中国？中国的本义即宇宙之中心，宇宙大地之精华所在，是谓神州。黄帝炎帝即为羌人，即藏人，周王朝的祖先姬与姜，尤其是姜，姜族源于青海甘肃，甘肃陕西交界处有清姜，有姜城堡，姜与羌，姜由羌来，"儿"与"女"的根所在，江河的源头也是血脉的源头。格萨尔——花之王，花之蕊也是中华之蕊。

热贡艺术的传人：久明

久明先生居住在合作市，是一位集绘画唐卡、舞蹈与龙头琴弹唱于一身的艺术家。久明先生是青海省黄南州同仁县人，黄南州是青海的一个藏族自治州，位于黄河以南，黄南州、湟中塔尔寺与甘南夏河都是黄河孕育的文化圣地。塔尔寺因格鲁派宗师宗喀巴而名扬天下，以后的达赖与班禅是其子弟。黄南州不是以宗教而闻名，黄南州同仁县隆务镇的五屯艺术即热贡艺术是真正的民间艺术，最能体现母亲河的特点。"五屯"即同仁县隆务镇的吴屯上、下庄，年都乎，郭麻日，尕赛日5个自然村。热贡藏语同仁的意思，所谓热贡艺术即同仁艺术。据地方志书，明清时称"四屯"或"四寨子"。明万历十八年《王廷仪碑》（该碑在年都乎）称"季、吴、脱、李四寨"，李寨又分上李寨、下李寨。四寨都筑有寨墙，各有汉语名称，也有藏语名称。吴屯，藏名"桑根央"意即狮子川，地形似盆地而富足，有上、下两寨，吴屯艺术在西藏颇负盛名，西藏人知桑根央而不知吴屯和五屯。季屯，藏名"年都乎"，意为霹雳炸雷，消除魔孽，意即此地以前没有居民，年都乎人开始到此开拓，跟晴天炸雷一样。上李屯，藏名"郭麻日"，意为红门；相传，寨子东门由红土筑成。下李屯，藏名"尕赛日"，意为新修的水渠，反映了这里原无引水灌田之事，尕赛日居民始修水渠。脱屯，藏语称"脱加"，意为汉人住地或住在高处的汉人。四寨子人相互称吴家、季家、脱家、李家。吴屯人称郭麻日为何家，称尕赛日为马家。他们自称土民。不承认自己是"番族"。藏语称他们为"汉四寨子"。五屯四寨地处黄河以南隆务河中游肥沃之河谷地带，乃必经咽喉之地。古代这里是西羌居住地。755年"安史之乱"，唐军东撤，陇右空虚，吐蕃乘势东进，尽占甘青各地，同仁一带成为吐蕃移民、屯戍地区之一。13世纪，蒙古军统一青藏高原。明洪武三年（1370），明军克河州，河州以西诸部投降，明朝在此设卫，从江南和内地迁汉民守边，从那时起开始了同仁四寨的历史。吴屯人大都自称其民来自内地，藏族称吴屯妇女为"甲毛"，意为"汉族妇女"，泛称吴屯人为"甲麻吾"，意为"既不是藏族，也不是汉族"。四寨子不是同时来的，年都乎来得最早，吴屯来得最晚。过去每年举行六月会，土千总在会上讲话，一定要讲：我们是从东方来的，是皇帝派我们来这里守边的，别人都归我们管。其方言"水"为"洮"，"脑袋"为"多罗"。相传第一代土千总王喇夫旦，用皇家的钱修年都乎城，南边临年都乎河崖，以崖为城，东、北、西3边开3个城门。银两没用完，余款修了寺院，画上皇帝像供奉。皇帝派太监来检查，说缺了一面城墙，把钱贪污了。于是把王喇夫旦杀了，头带到京城。后来，发现冤杀了，令把首级洗净，送回。杀王喇夫旦的真正原因，是清初朝廷大军鞭长莫及，王喇夫旦将关卡兵饷，一切权力自己掌控，守备成了傀儡。雍正元年朝廷平定了罗卜藏丹津，大军进剿，生擒王喇夫旦，并解散了四寨武装，四寨人的军伍身份丧失了，不准再食粮充伍，成为自耕自种的农民了。王喇夫旦是四寨历史上的著名人物。从雍正以后，四寨子之人不再是屯军了，而以普通农民身份种地纳粮，同时也加速了其自身被藏化的进程，即藏传黄教的土族人。五屯人原来不信藏传佛教，他们是明朝的军户，来自内地，政治上居于强者地位。到清朝，江山易主，这批军户失去靠山，隆务寺夏日仓三世趁机扩张势力，四寨子各千、万户和群众为了生存被迫皈依藏传佛教格鲁派，归属于隆务寺。于是，各屯寨出了第一批佛教寺院。从那时开始，五屯人开始接受了藏族文化的许多东西，也加速了自身的

216

藏化进程。春节贴门神、过端午节这些汉俗还保留着。按宗教规定，凡生男，寺院登记在册，到了6岁即入寺，学习藏文念诵佛经，12岁到18岁，从师学习绘画。到18岁，弟兄中有一人可还俗结婚。五屯人掌握并擅长佛教艺术，包括绘画、泥塑、雕刻等，并且代代出高手，这与他们自幼入寺学艺分不开。五屯艺术来源：（一）西藏地区的佛教艺术；（二）敦煌艺术；（三）内地汉族艺术，尤其是江南刺绣和工笔画法。五屯人来自江南，带来南京一带发达的生产技术和民间艺术，客观上给藏族土族注入一股活力，以后的塔尔寺，以及拉卜楞寺大昭寺等藏地大寺的艺术品大都出自五屯艺人之手，塔尔寺艺术主要归功于古代汉族的工笔画法，唐卡与壁画的浓墨重彩源于此，其影响波及南亚一带。江南的生产技术远高于藏地，故五屯四寨的寺院，其规模均在其他藏民之上。1941年张大千来到塔尔寺，收了几位学生，其中有五屯人夏吾才让，这些五屯少年随张大千到敦煌学艺，以后都成为藏地的绘画大师。夏吾才让写有《我跟随张大千临摹敦煌壁画的回忆》。久明先生出生的时候，同仁五屯艺术已经有200多年的历史了。久明先生1929年出生在青海黄南州同仁县格让地方一个藏族牧民家中。家里很穷，父母忍痛把这个不满1岁还未取名的孩子寄养给五屯上庄一家富户。5岁时他被剃度为僧，入桑盖香华丹确交林上寺，拜舅舅堪卓杰布为师受了沙弥戒，取僧名久明慈成木。在师父的严教下识字学经，苦读两年经卷后，开始专修绘画唐卡课程。师父堪卓杰布是个远近闻名的绘画唐卡艺术大师，门下有许多从各地慕名前来拜师学艺的学徒。众多学徒中，久明的悟性、基础知识、临摹用笔、绘画技巧、色调布局以及颜料的配制技术都高于其他人。好多年以后，久明先生还记得当初学艺的情景，印象最深的是颜料的配制。久明口述：佛教艺术的许多材料来自大地，矿物质很多。用于绘画的颜料有"嘎日"，一种白色的矿物颜料；黄信石，一种用硫黄和砒霜合成的矿物颜料；黄丹；朱砂；紫红；绿色；蓝靛；暗紫；冷金黄色是矿、植物颜料，大部分青藏高原都有。国外的颜料也不错，不丹的紫红，尼泊尔的黄丹，还有印度的颜色也都不错。但艺人们还是喜欢当地产的颜料，矿植物跟土壤气候是谐调的，跟药材一样，产地不同药性就有差异。安多地区是江河源头，比西藏水土好，颜料的色泽明亮鲜艳，经久耐用，画面效果很好。几百年前的唐卡就跟刚画出来的一样。各种原料要分别配制。每一种原料先在一个研钵里研成粉末，放入耐火的陶碗或玻璃碗里，倒入少许被水稀释的胶水，再把碗放火上加热，同时用细木棒搅拌。加工好的颜料装在大碗里，用的时候需要多少取多少，再兑上胶水加热搅匀。加工朱砂很简单，把朱砂矿石放碗里轻轻研成粉末，一定要轻轻的，用力要匀，用力过大颜料色泽就会混浊。紫红色颜料是用树脂做的，把紫红色的树脂捣成麦粒大的颗粒，和香椹树叶一起煮，火不能太强，强火会破坏颜料的色泽。关键是火势和香椹树叶，树叶把树脂的紫红提炼出来。冷金黄色的制作是把成色上好的黄金碾成纸一样薄的金片，把金片切成细细的金丝，再把碾好的石粉和玻璃粉与金丝混合，用圆石头研磨，同时往里一点一点加水，直到这些混合物调和成稠糊糊的黏液为止。最后用清水把混合物中的石粉和玻璃粉冲刷出来，只剩下含有金粉的液体，就是"冷金粉"。拉卜楞寺和塔尔寺就是以用冷金颜料而闻名。黑色颜料用小麦做，把小麦放锅里炒黑，再倒进盛有开水的陶罐里。画笔用柔软的兽毛制作，越柔软越好，有猫毛，有狐狸毛。硬漆有两种，一种用胡麻籽，一种用七寸子，这是一种植物的根。制作胡麻硬漆时，先把胡麻籽用水揉成一团，晾干，捣细，掺上温水揉一遍，把胡麻粉团里的油榨出来，倒进铜制或铁制的容器里放微火上加热3天。第一天放一点白芸香（一种树脂）和一点黄丹。当掺上黄丹和白芸香的胡麻油均匀地成为糨糊状时，用纱布包起来挤压过滤。也可以用紫芸香、白硼灰和田台石来代替白芸香和黄丹。七寸子硬漆的调配与胡麻硬漆的方法大致相同，不同的是七寸子调配时先把七寸子根块捣碎用热水揉，再榨油。绘画用胶也有两种，都用皮革制作，也叫"皮胶"。用来调色的胶叫"神胶"，粘贴用的胶叫"嘴胶"。制"神胶"的皮革要弄干净。"神胶"和"嘴胶"的做法是这样：把皮革放容器内熬成糊糊，冷却，再切成大块贮放在阴凉干燥的地方，需要时加上水熬开。皮胶不能做敷料，容易生菌生虫子。做敷料的胶是从植物药材里提炼的，防病虫害，方法跟皮胶一样。唐卡对材料的要求很严，学习画唐卡先要学会制颜料，掌握各种材料的特点用起来才顺手。

经过9年的寒窗苦读，久明基本掌握了绘画唐卡的要领。1945年秋天，师父单独把久明叫到禅房告诉他："你学业已满，可以独立作画，到实践中去锻炼吧。但你要记住，做事待人要虚心诚实，山外有山，不可自满，要向各地的画师求教，艺术上要精益求精，往后就要靠你自己了。"按惯例，师父送给久明一套绘画唐卡的工具与颜料。久明告别恩师，离开五屯，来到安多佛教圣地夏河拉卜楞。拉卜楞是安多藏区政治经济文化中心，甘川青宁等地的各族会聚拉卜楞，藏汉回蒙香客商贾络绎不断。当时久明只是个十几岁的少年，初来乍到，客户对他很陌生，不放心。久明口述：好长一段时间没有事情做，我很伤心，觉得空有一身好手艺无法施展，真想放弃不干。晚上睡不着啊，我们安多高原的夜太静了，大夏河也是静悄悄的，谁都知道河水很大，可它就是那么沉静，我急躁的心也静下来，我一下子就感觉到这条河太厉害了，沉静中有一股神力。记得告别老师前，老师教诲我：要虚心诚实多方求教，机会总是有的，就像这大夏河总是要流到黄河里去。心诚则灵，这个时候我遇到另一个恩师指点，他是拉卜楞寺的郭达仓活佛。我当时住在他们的囊钦，我的一切他全明白。其实人走上社会，贵人相助就意味着给你一个显身的机会。郭达仓活佛让我绘一幅肘长的"多闹事"唐卡。我心里明白，这是在测试我的手艺，稍有闪失，我就在社会上很难立足了。我倾平生所学要做好这个活，我很感谢大夏河，我酝酿画面布局、线条构思、造型神态、颜料调配的时候，脑子里总是出现宽阔沉静的河面，我很想看一眼大夏河，拉卜楞寺就建在河边，我强忍着，被这条大河推着，我心里很静，我找到了这种激流中很可贵的静态，就像有神灵相助，一幅美妙的唐卡出现在眼前，连我自己都感到吃惊，就像看别人的作品。郭达仓活佛含笑不语。活佛的笑容太难得了。从那时候起，请我作画的寺院、僧俗客户就多起来啦。几年工夫我走遍了甘肃青海四川相交界的草原山川，走遍了那里的古刹寺庙、帐圈山寨。名气也出去了，大家叫我"久明拉绸"，意思是"年轻的画师"，我还不到20岁嘛。我很珍惜这个称号。一个佛教画师要有很高的修养和素质，随着阅历和技艺的增进，必须使自己达到一种理想的境界。达仓译师在《佛像塔藏装填法·裕丰大海》里讲：一位理想的艺术家应该没有缺点和过失；没有自满和愚痴；善于与人相处与人合作；不博取虚名不听谗言媚语；文明谨慎不粗野；清心寡欲，不争工钱；不计较雇主所给吃喝的好坏；诚实勤勉不懒散，不为自己的过失辩解；戒酒不近女色；身体要好，脾气温和，为人正直不在暗地伤人；这样才能有一个良好的心态。用汉族艺术家的话讲就是宁静致远，淡泊明志，这是解放后参加工作在西安进修时汉族老师讲的，给我的印象很深。宁静确实是一种很高的境界。创作的地方必须是一种安静的所在，外人不能进来。方位也很重要，方位选择取决于作品内容。东方是艺术家制作善相神灵或人物时的方位；南方是制作那些主司积善增寿吉祥繁荣等神灵艺术品的方位；北方是制作怒相神灵艺术品的方位；

西方是制作密乘神灵艺术品的方位。艺术家选择方位前要朝吉祥一方静坐片刻。制作期间严禁荤腥、饮酒葱蒜这些刺激物，要在平和中达到神灵的境界。佛教艺术家很虔诚，作品不能留作者名字，留款是以后才有的，也不能牟取暴利，这是对神灵的不敬。求艺的过程其实就是一条虔诚的生命之路。这种内在的心灵修炼之后，才是技术问题。开始学艺阶段，虽然师父常常教诲，终归不是自身体验，经过漫长的磨炼才能明白这些道理。师父说：以后就要靠自己了。我常常想起这句话。红柯：能具体讲讲一幅画的制作过程吗？

久明：你说的是技术问题吗？先给你谈谈唐卡的分类，条幅唐卡的底边留有很大的空白，尺寸一般是75厘米×50厘米；横幅唐卡尺寸一般是110厘米×350厘米。根据材料，用丝绢做的唐卡是"国唐"，中国是丝绸之国嘛；用颜料绘制的唐卡叫"止唐"。国唐（丝绢唐卡）根据丝织材料又分5种：（一）绣像国唐，用不同的丝绣手工刺绣，这是江南传来的刺绣艺术；（二）丝面国唐：把各色丝绢切成块，用针缝拼成画面；（三）丝贴国唐：跟第二种一样切成色块，不缝，用胶粘在画布上；（四）手织国唐：用丝线编织；（五）版印国唐：用墨或朱砂做颜料用套版直接印在丝绢上，套版一般用木版，也用铜版铁版。止唐（绘画唐卡）根据画背景时所用颜料的不同色彩分为5种：（一）彩唐：用各色颜料画成背景的唐卡；（二）金唐：金色颜料背景；（三）黑唐：墨色背景；（四）朱红唐：朱红色背景；（五）版印止唐：与国唐版印相同，只是国唐印在丝绢画布上，止唐印在棉布画布上。绘画唐卡主要受中原工笔画影响，浓墨重彩。绘制唐卡前先要根据画面的大小来选择尺寸合适的画布，把画缝在细木画框上，把画布绷紧，再把细木画框绑在大画架上，以"之"字形把细木画框的四边同大画架四边绑在一起，绑结实。画布要浅色，薄软，太厚太硬容易使颜料皱裂，最好是白府绸和细棉布。画面太大就把几块画布缝在一起，针脚要细密。接缝不能影响画面的平整。画布固定好以后，先涂上薄薄一层胶水，打底色，晾干。这是防止画布吸附颜料，防止颜料变花。再涂上薄薄一层有石灰的糨糊，晾干。把画布铺到木板上，木板要平坦，用玻璃、贝壳或者圆石头细细地摩擦，直到画布上看不见布纹为止。接下来画主要的定位线、边线、中心垂直线、两条对角线和其他需要标出的轮廓线。用炭笔画出像的素描草图"白画"之后，再用墨勾成墨线。再根据画面描绘的不同景物，涂上相应的颜色。一次只上一种色，先浅后深。绘佛像时，先绘莲花座，再画布饰，最后画佛身。画背景也先浅后深。用金色画衣服上的图案叫金画，用金色勾边叫金线。最后，把所有需要用墨勾的线再勾勒一遍，然后画上眼睛，一幅画就活了。因为颜料来自大地，都是矿植物的精华，灌注艺人的才华之后就像一个活的生命一样让人感动。这些程序也因人而异，依自己的秉性和经验随机应变。画面上围绕佛像留出的空白还要画上景物或其他由地、水、火、风四原质组成的无生命的物体，也可以画上人常见的众生有情。五屯四寨培养了久明先生的绘画才能，夏河拉卜楞寺使他的才华更上一层楼，成为唐卡艺术家。还有一个原因，一个偶然的机会，他接触了音乐，其结果，安多藏区又出现一位龙头琴大师。久明口述：常年在外奔波绘画，太劳累了，就这样子病倒了。我回到拉卜楞寺养病，结识了一些新的僧友，他们都是拉卜楞寺佛殿乐队的演奏员，我可以到乐队去观看他们演奏。大概人在极端病弱的情况下容易动情吧，每次听到合乐声，就像到了仙境，我鼓足勇气，去拜乐队首席演奏员扎油犬当为师，我太喜欢龙头琴了。按寺规这是不允许的，我只能偷着学。晚上把门窗关死，轻声弹奏。师父也被感动了，把他的一些拿手曲目《桑达格劳》《阿玛米》《玛霞》传授给我，我成了一个龙头琴演奏家。从音乐开始，我迷上了民间舞蹈，拉卜楞地区的民间歌舞别具一格，我用几十年时间收集整理，编成书，大概有30多种，快要失传了，有这本书就不怕啦。也因为歌舞我最终落脚合作。1950年夏河解放，我是第一批参加工作的藏族艺人，有文化，就安排在秘书科工作。1952年，西北艺专来拉卜楞招生，我很想上艺专去深造，县委不放人，少数民族干部太少，艺专的同志反复交涉，县上才同意。我在古都西安学习3年，1955年毕业，本来可以留省城兰州，可我丢不下安多藏区，丢不下拉卜楞歌舞。我回到夏河，组织甘南州第一支文艺工作队。1956年我编的剧目到北京演出，轰动京城，毛主席接见了我们。1957年我第一次把拉卜楞民间歌舞搬上舞台，《拉卜楞民间组舞》演出后，传遍甘青川3省，成为甘肃省接待外宾的必演节目。这本《拉卜楞民间歌舞》图文并茂。文字7万多，100幅舞图案。我有个梦想，要把艺术带到安多最偏远的地区，在旧社会根本办不到，土匪多，自己也没能力，只能在寺院和城镇去绘画。1965年，我组织了一支精干的文艺队，跨上马，深入到玛曲草原尼玛乡秀玛大队。我亲自弹奏龙头琴，群众从黄河两岸早早赶来，很有意思，龙头琴弯弯的形状多么像黄河，黄河在玛曲就弯成这个样子。观众鸦雀无声，这是个好兆头。一曲结束，掌声四起，一曲接一曲，下不了台啊。牧民们看一次不过瘾，文艺队走哪儿他们跟哪儿，反复着，太感人了。关键是他们能参与进来，牧民个个能歌善舞，看几遍就会了。学会歌舞回到家里，就是一笔享用终生的财富啊。有一次演出刚结束，阿万仓乡一位牧民来找我，他家住在黄河对岸，家里有一位105岁的寿星老奶奶，听说有弹唱龙头琴的久明，一定要请到家来演唱。我二话没说，带几个人渡过黄河，到老人的帐篷里演节目，百岁老人的眼睛啊，含着泪花，花白的脑袋轻轻点着旋律，在我们身边悄悄流动的不是大夏河，是玛曲是我们的妈妈河，眼前坐着的这位老人就是河的化身啊，不但我感觉到这一点，我的同事也都感觉到了，从演奏的效果从神情里可以看出来的。玛曲草原的夜晚，我们真正体会到一种天地间神圣的东西。老人拉着我们的手很激动，她说："活了这么大岁数，经历了多少风风雨雨，没想到能坐在自己的帐篷里看这么精彩的演出，玛曲草原莫非成了仙境成了天堂？这是我的福气啊。"玛曲本来就是仙境嘛，那些年我整天奔波在蓝天白云下，奔波在群山草原之间，玛曲草原碌曲山地到处是我们的歌声。说实在的，我更喜欢玛曲，那里是纯牧区没有城镇，我们骑着快马跟候鸟一样，很累但心情舒畅。有一年冬天，从冰上过黄河，我掉进冰窟窿里差点丢了命，大家用绳子把我拉上来的，算是沐浴了黄河水，淬了一次火，干劲儿更大了。那是什么样的年代啊，很少在家里待着，安多的群众给我起了一个绰号：阿日扎年坚，就是持龙头琴者，草原上的人用绰号代替了我的真实姓名。藏区的人都知道，玛曲、碌曲、欧拉，这些黄河湾地区，是格萨尔王的领地，相传岭国的发祥地就在果洛草原的南部，格萨尔王转战南北，消灭了一个个顽敌，降伏了一个个妖魔鬼怪，最后来到阿尼玛卿山下，黄河从远方滚滚而来，在辽阔的草原上就像一条巨龙，格萨尔王很想在这块风水宝地建造一座岭国王城。当晚，格萨尔王就在草原上安营扎寨，解鞍放马。不过，他见草原太大，怕神骏跑远，就给它上了马绊。格萨尔王美美睡了一觉，睡到天亮，发现他心爱的神骏跑得无踪无影。格萨尔王找遍整个草原也没有找到，辽阔草原只有巨龙般的黄河滚滚向前。我在那个地方纵马奔驰过，地形就像个大簸箕，拉紧马缰都有一种疾驰如飞的感觉，大地向东倾斜，骏马跟黄河一起奔向中原啦。在那里奔驰，你很难分得清你骑的是马还是一条河。也就是在那一天，我强烈地感觉到我要绘一幅有关格萨尔王的唐卡，你知道，我已经好多年没有画唐卡了。红柯：你是不是学了龙头琴以后有意放弃绘画？

久明：一个艺术家不会拘泥自己，那是一个歌唱的年代，奔驰在草原上，手里抱一块石头也想奏起音乐，不知不觉中画笔就离开了双手，紧握着的是龙头琴。我无法分得清琴弦与画笔的区别。画笔要回来的时候，由不得我自己，好像它从来没离开过我，我们彼此那么熟悉，它回到我手上，我心安理得，毫无愧疚之感，就画呗，就这样画出了《霍岭大战》。红柯：我觉得很像汉族的《封神演义》，武王伐纣，姜子牙申公豹，黄河阵，所有的神仙都来帮忙，战胜许许多多的妖魔鬼怪才攻进朝歌。久明大笑：太有意思了，你到我们安多地区来是不是寻找神话呢？红柯：我的故乡原本就有神话，关中西部的岐山就是《封神演义》的原产地，我们村子前边有黑虎台，西边有凤鸣岐山的凤鸣河，北边的"卷阿"是周代《诗经》诞生的地方，周朝的先民古公亶父从北方迁岐山，这是中原汉族的英雄史诗和神话。安多的神话气息给我一种回归故乡的感觉。《霍岭大战》是否意味着你艺术生涯的高峰期？久明：可以这样说吧，你看这些作品《黑度母》《绿度母》，这是《嘉央五世》。红柯：太美了，全是宗教画，您晚年倾心于唐卡是否对佛祖敬点虔诚之心呢？久明：不！不！这是艺术，是藏族艺术啊，我无法让你看到我几十年前的作品，我可以这样告诉你歌舞与绘画是相通的，不论是龙头琴还是安多民间歌舞神话史诗都对我的艺术有很大影响，我甚至认为，这几十年的歌舞生涯是为晚年的绘画做准备做铺垫，人生就这么有意思，转一个大圈又回归到少年时代的久明拉绸，阿日扎年坚与久明拉绸是我的两个替身吧。你看现在的画，里边融进去许多歌舞的因素，动感更强烈了，活的生命应该是这样子。红柯：五屯热贡艺术与其他藏族艺术以及汉族艺术有什么区别呢？久明：五屯热贡艺术与西藏和康巴的差别很大：西藏的翠绿，康巴的赭红，热贡的火红。热贡像盆火，大碧大赤，黄河源头的水浇灌出来的，其他地方不能相比。藏族艺术与汉族艺术密不可分，但一个很大的区别是藏族艺术照本绘制，越雷同越好，艺术家在整体意识中展示个人才华，连艺人的姓名都不能留下。寺院有最好的艺术品，上边都不署名，古代的汉族佛教绘画也是这样，敦煌艺术是无名氏集体创作，还有汉族地区那些古代石窟雕像，都没有作者的名字，藏族佛教艺术把这个传统一直保持到近代。汉族传统的绘画强调个人特点，雷同是大忌。我在西安学习时就感觉到这一点。红柯：你最满意的作品是哪些？久明：我们合作的九层楼，寺院要我绘4幅，我绘了3幅，我的眼睛看不见了。红柯愕然。久明：你别怕，我没有完全失明，我可以看清一个人的模样，我相信这就是命运的力量。小伙子，知道米拉日巴活佛吗？红柯：我刚在北京买到他的传记。久明：九层楼就是为米拉日巴建造的，他是个了不起的人，那本书的内容你还记得吗？

一个有情欲的男子，

邂逅着娴静的盛装姑娘，

虽欲静修梵行，

由于青春年华的威力，

难把炽盛的热情阻挡；

只好及时行乐，

使身心得到欢畅。

这尊者的生平历史，

恰似美貌动人的女郎，

更何况用慈悲巧加梳妆。

所以，一旦传入有缘者的耳中，

虽欲隐秘起来不去张扬，

由于它的奇特威力，

却忍不住喜悦的笑声常响，

只好借助翰墨，

把它及时谱成词章。

　　这就是九层楼，位于合作市郊，红柯于7月27日清晨入寺朝拜，与红柯一起朝拜的有远方来的藏民，脱掉鞋子，光脚而上，每一层红柯都往功德箱投了钱币，5元、10元不等。红柯还记得5月中旬在北京韬奋书店购买《米拉日巴传》的情景，红柯一下子被那神话色彩所吸引。这部不朽之作记述米拉日巴成佛的故事。米拉日巴的先世是伍茹北部草原上的琼波部落，先祖是喇嘛觉色。由于觉色朝山谒圣，周游到定日协噶一带，获得很多钱财，便定居此地。后来觉塞的孙子嗜好赌博，破了产，又流浪到阿里贡塘，经商发财过上了好日子。米拉日巴父亲去世后，家产被叔父姑母夺走，他们母子从此过着贫困的家奴生活。米拉日巴用咒术杀死仇家，降冰雹报仇雪恨。后来，经过种种苦行折磨，获证圣果。中原地区是宋朝，哲学发达，现难有米拉日巴这种奇异的神话精神。登九层楼绝顶，合作远方的群山尽在眼中。七月流火，内地炎热而此处要穿厚毛衣。告别久明先生时，老人问我将去何处，我告诉他：去玛多县黄河源找红科。老人说：你孤身一人到合作已经了不起啦，一个人去那里不方便。红柯断了去玛多的念头，另一个原因是红柯读过许多古书，深信大将军出征避讳姓名，《封神演义》里的闻太师就是一例。离开合作时，上午10点半，市郊有一石碑，标明合作海拔3080米。沿途黑色藏民村庄极多，白塔醒目，汉族都在镇上。公路沿河，有许多小铁桥通西岸，河滩草地有牧民帐篷，白底蓝花纹。

二、美丽的夏河

夏河早有耳闻。是安多藏区的中心，清朝初年，那个有名的蒙古汗王固始汗从西藏请来嘉木祥一世到拉卜楞寺去坐床，后来就是那个称雄青藏高原的罗卜藏丹津。自元朝以降，不要说青藏高原，整个西域以至中亚全是蒙古族掌握大权，王统皆是蒙古人。清康熙乾隆破准噶尔，破罗卜藏丹津，藏区才有达赖与班禅的世俗权力，达赖本是蒙古语，其世俗权力不到300年。安多地区有格鲁派藏民，有远古土著汉人、明洪武年间江南的移民、明清时从西蒙古以及中亚来的河南（即黄河以南）蒙古亲王治下的蒙古人、从河州经商的回民。民国时安多地区出了一个藏族的杰出人物黄正清，在夏河县办教育，反抗马步芳父子的血腥统治。黄氏主办的学校，不分民族界限一视同仁，极有成效。值得一提的是早期的共产党员宣侠父随冯玉祥西北军远征西北，亲赴欧拉草原，为受马步芳欺凌的藏民主持公道。在其大作《西北远征记》中记载其安多藏区的见闻，与当地藏族各界建立了深厚的友谊。在宣侠父的斡旋下，马家军退出拉卜楞寺，嘉木祥五世才从欧拉草原回到拉卜楞。宣侠父抗战时被胡宗南暗杀于西安，但在安多地区，他成为藏民的英雄。黄正清兄弟以及卓尼的杨积庆家庭同样是安多藏民的传奇英雄。夏河人才辈出，甘肃省的藏学研究会也在这里。民国时大学者顾颉刚到此讲过学。可惜内地学者如顾颉刚者太少了。下午3点到夏河县，完全是一座城市的规模，建筑极好。住大夏宾馆。甘肃省文联民间艺术家协会的杜芳女士给我介绍的尕藏桑吉先生，是甘南州文联主席，原以为他在州政府所在地合作市，到合作才知道他一直待在夏河县。住大夏宾馆，马上给尕藏桑吉打电话，半小时后见面。

高原上的月亮: 尕藏桑吉

　　夏河县的唐卡绘画艺人就是尕藏桑吉先生介绍的，他陪我一同去采访。记得我在合作采访时先要谈半天有关藏文化的理解，找到共同的话题，才能深入下去。在介绍年轻的扎群先生之前，先谈谈尕藏桑吉先生吧。合作的藏族艺术家给我讲过尕藏桑吉，说他瘦尕尕的，见面果然很瘦，脸色黑黄，戴一顶藏民常见的那种窄檐礼帽。尕藏桑吉先生说他有慢性胃溃疡。他穿着皮袄，我们出去时他说：你穿上外套呀！他以为我穿的是内衣，其实我身上的长袖汗衫穿了一路。刚见面他说杜芳打过电话，他并没有介绍自己的意思。我们穿过大街，沿大夏河边走了一阵，到了唐卡艺术家扎群的家。采访出来，天色已暗。大夏河穿城而过，水清澈浪声哗哗。尕藏桑吉先生一定要我去他家坐坐。院里有猛犬，我以为是藏獒，尕藏桑吉说是护家犬，他用腿夹住猛犬，我才进去。他的夫人和两个女儿在看电视，尕藏桑吉先生和我谈《格萨尔王传》，女儿们把电视声音调得很大，是《还珠格格》，尕藏桑吉先生很生气：这是文化呀！我们只好凑近一点，谈《格萨尔王传》。跟合作市的余希宪一样，尕藏桑吉也是倾其一生于这部伟大的史诗。尕藏桑吉先生原来在甘肃人民出版社工作，家居繁华的大都市兰州。主要编译整理藏族文化典籍，其中大部分是浩如烟海的神话史诗《格萨尔王传》、《象雄珍珠国》、《诞生》、《征服大食国》、《珠古兵器国》（上中下）、《降伏妖魔》、《赛马称王》、《天岭之部》、《世界公桑》、《门岭大战》、《蒙古马国》、《丹玛青稞国》、《珊瑚国》、《辛丹内讧》。1983年尕藏桑吉先生离开兰州，回到甘南草原。红柯：您是《格萨尔王传》的专家，文化人总是往大都市发展，您为什么放弃生活条件优越的大都市呢？尕藏桑吉：大都市条件确实好，我在兰州的时候经常出席国内的大型学术会议。随着研究的深入，我发现真正的《格萨尔王传》在民间，不在大城市。我的故乡夏河就是神话的诞生地，在这里可以找到图书馆没有的最原始的东西。《格萨尔王传》本来就是民间艺术。这样说吧，我是被神话吸引回来的。红柯：能不能讲具体一点，您回甘南后与前期的研究有什么区别？尕藏桑吉：在兰州的研究主要是文本，可以整理出整本整本的书。下来后，发现语言上的差异，民间艺术在文人收集加工的过程中会丧失掉很多东西。过去汉族古典学术史有考据学，藏文化也一样，我就从语言上发掘《格萨尔王传》，使这部神话史诗更科学更精致。我把民间有关格萨尔王的成语和词汇编成辞典，研究这些词汇的变化。比如格萨尔王为什么叫格萨尔？在藏医中有格桑，藏医跟中医很接近，许多药材是矿植物，格桑是草原上最鲜艳的野花。在民间流传的《大食国》中，波斯——伊朗语有格萨，原义是花蕊。两个结合起来，格萨尔王就是花中之花，是王中王，是我们民族的精英，而汉语中的英雄之英，就是花的意思。《格萨尔王传》中有《攻打大食国》，相传波斯的祖宗是藏族。古羌族南下中原产生姜姓，上边是羊，中原汉人与藏族原本是一个部落，羌下是儿，儿是男子，是原创性的，姜下是女，是从羌发展来的。兰州附近有皋兰山，皋兰在藏语里是黄羊走过的路，也是黄河流过的地方，古羌族是从兰州东迁中原的。红柯：安多地区的原始文化很丰厚，在格萨尔王之外您还有其他研究吧？尕藏桑吉：你去过合作，一定知道米拉日巴活佛，你读过《米拉日巴传》，太好了，我告诉你，还有米拉日巴道歌，这些道歌很有哲理性。可惜翻译不好，译成其他语言味道就变了。还有仓央嘉措情歌，也不能译，第一首，汉译本把西格弗里译成娇娘就很牵强。安多地区的民间情歌味道更浓，一定要听艺人弹唱，我编的《藏族情歌》《藏族民歌》就是直接从民间搜集整理的。红柯：考证民间的词汇吗？尕藏桑吉：语言的根在民间呀，学者一般在研究所找资料，如果是方言研究就下来走一走，找些证据。语言跟河流一样，它的孕育发展是浑然一体的，你要是跟活语言——说话的人待在一起，那跟你蹲在岸上钓大鱼不一样，你自己变成鱼嘛。我直接从老百姓那里考证探索藏文的语源发展，搜集4万多个常见的词汇，这部语源学包括历史、哲学、文学、医学、天文学、宗教学、地名学、辞藻学、动植物学等等，每个词考证出处注释词义举有例句，这种开创性工作在兰州是搞不下来的。夏河是藏文化的中心之一，又有蒙古族汉族回族的影响，语源相当丰富，有一股罕见的活力。而西藏相对比较封闭，有一种静穆的气息。安多就不是这样，从古代就有各种冲力在运动，靠近古丝绸之路嘛，又不完全是商旅的中心，文化的形成一定要有科学的形态。我们安多恰好是半闭半开型，就像黄河的大拐弯，古老的太极图式我想是黄河在大地上拐出来的。红柯：兰州附近的永靖县有太极村。尕藏桑吉：黄河在永靖显灵，它的胚芽一定在安多，安多是黄河的上源，黄河第一个弯在玛曲，知道河曲马吗？跟天山的伊犁马、内蒙古呼伦贝尔的三河马并称中国三大名马。河曲马是黄河喂养的龙胎，汉字的龙过去这样写"龍"，是天地的精华，是黄河养出来的，马的脊椎骨叫龙骨，保持着黄河的形体。我们安多就在这么一个位置上，是母亲河的头胎儿子啊，她的生殖能力是无法比拟的，这里龙气太充足了，中国最古老的神话全在这里。11世纪，这里产生了《格萨尔王传》，影响到蒙古，蒙古族的《江格尔》，土族的《格赛尔》都是安多格萨尔演变出来的，黄河沿兰州陇东下天水入陕西形成中原汉族文化，另一支从安多又拐向青海从兰州以西奔向蒙古草原，奔向天山南北，贴着昆仑山天山阿尔泰山在长城外边形成中国北方民族的史诗带。黄河的文化形态是多元的，至少是两个系统，向东南西北分出两个支叉，跟翅膀一样。安多的语言是晶莹的泉水，尊者说：

雪域之水

尝一口冰凉爽口，

新鲜纯净，

清澈又香甜；

喝起来不伤脾胃又滋润心田，

这就是有八种优点的藏地之水。

红柯：《格萨尔王传》产生的年代，正是蒙古草原铁木真走向成吉思汗的时候，这是否意味着黄河的汛期来临？尕藏桑吉：应该是这样，黄河在中原成熟以后忽然唤醒她的另一半生命。蒙古《江格尔王传》就产生在卫拉特部落，也就是蒙古的左翼。红柯：《格萨尔王传》正好弥补了宋朝的空缺。有一个现象很少有人注意，在《格萨尔》《土族格赛尔》《江格尔》《玛拉斯》崛起的同时，也正好是西方各民族史诗产生的年代，西班牙的《熙德之歌》，英国的《贝奥武甫》，法国的《罗兰之歌》，德国的《尼伯龙根之歌》，俄罗斯的《伊戈尔远征记》，等等，其中的《熙德之歌》是抗击阿拉伯人，《尼伯龙根之歌》是抗击匈奴人，《伊戈尔远征记》是抗击鞑靼人。尕藏桑吉：战争的结局如何？红柯：都败了，都是悲剧，熙德，伊戈尔，西格弗里全部身首异处战败而死，死在东方帝国的刀剑之下。尕藏桑吉：格萨尔是不可战胜的，是不会死的。红柯：《江格尔》《玛拉斯》的主人公也是这样，一代一代的传唱者都要加进新的内容，这种永生意识是中国文化所独有的。《山海经》里的大禹王就是从父亲的尸体里钻出来的，还有那个掉了脑袋仍然奋战不息的刑天。汉族的道教讲长生不老术，佛教超脱生死的苦海，成佛跟成道的本质就是追求一种弥漫宇宙天地的大生命。这是黄河不同于其他大河的特征。尕藏桑吉：黄河弯弯曲曲嘛。红柯大笑：相比之下，尼罗河，密西西比河，伏尔加河，亚马孙河就像一条大道，从形态上过于粗糙直露。黄河是雄浑与优雅融为一体。尕藏桑吉：黄河在藏区沉静清澈就像高原上的月亮，月亮是母性的，月亮在藏语里叫达赛尔。尕藏桑吉从都市走上高原走进清澈的河源，这本身就是一部现代文化人的心灵神话。尕藏桑吉乐意与远方的朋友探讨学问，却很少提及他的工作和成绩，告别前他犹犹豫豫送给我一份资料。在大夏宾馆的客房里翻阅这份资料，原来甘南州文联的文学期刊叫《达赛尔》，尕藏桑吉在这份杂志创刊的第二年从繁华的兰州返回甘南，主持《达赛尔》的编辑工作。文学期刊的困境只有文学人自己知道，文化经济发达地区的期刊举步维艰，边远地区的刊物只能去想象了。尕藏桑吉与他的同事在这个时代创造一种神话，绝不是堂吉诃德式的，应该是，理所当然是母亲河畔的格萨尔王。《达赛尔》的大部分作者是藏族人，以藏文创作，基本作者有400多人，骨干作者80多人，遍及甘青川滇藏5省区，有30多篇优秀作品被选入当代藏族文学丛书和高校教材等图书。高原上，一轮银月悄然升起，浮躁和喧嚣的世界逐渐变得宁静和谐，充满诗意。

扎群与《中国藏族文化艺术彩绘大观》

这是夏河县值得骄傲的一个年轻人。扎群出生于1968年，高中毕业以后就开始拜师学艺。扎群口述：我就是夏河本地人，从小喜欢绘画，我们这儿高人很多，先跟着看，心里不知练了多少遍。上学嘛上到高中就可以了，1986年开始搞唐卡绘画，拜的师父是我们夏河县最有名的老艺人穷白，老人家已经转世了。我最早的基本功是在穷白师父手下练出来的。红柯：能具体谈谈吗？扎群：这很重要啊？啊，这也要谈，好，我告诉你。调配颜料很讲究，唐卡的颜料都是金子、银子、珊瑚、玛瑙、珍珠、宝石等各种矿物质和藏红色茜草、大黄等植物加工配制的。红柯：古代的汉族道士用这些炼仙丹，炼五石散，皇帝最喜欢吃这些宝贝，皇宫的宫女用这些东西美容。扎群：吃到肚子里涂在脸上，太有意思了。她们一定很漂亮。红柯：跟唐卡没办法比，人是速朽的，艺术是不朽的。扎群：我们夏河的颜料有时候还要加进佛爷的遗物，比如给大寺院画壁画、画唐卡，就往颜料里兑一些尊者的遗物。这不是迷信，人跟珠宝鲜花一样来自大地又回归大地，人为什么不能做一种特殊的颜料呢？尊者的遗物上沾有他们生前的气息，把这种气息绘制在画面上，画就有了灵气，就活了。金银珠宝是所有物质中最好的东西，藏族人对黄金宝石的态度跟其他民族不一样，不把它当财富，而是给它一种真正的尊严，金子在藏区是高贵的象征，不是硬通货。红柯：蒙古人也是给黄金以精神和灵魂，成吉思汗家庭叫黄金家族，史书叫《黄金史》。扎群：写《黄金史》的罗卜藏丹津就是安多地区的蒙古王爷。穷白师父去世以后，我就离开夏河到青海黄南州拜一个五屯寺师父。五屯你知道吧，虽然在青海，其实离夏河不远，安多地区处在四川甘肃青海交界的地方。去黄南州学艺的人很多，那边的也到夏河来学，夏河有拉卜楞寺，交流嘛。我在黄南州学到了五屯的用金技术。用金绘画是五屯热贡的强项；特别讲究用金技巧、塑像讲究塑金身，通体涂金粉，使塑像金光闪闪，显得很高贵。一是表示对佛祖的虔诚；二是表现寺院和主人的富有；三是表现高贵和至高无上的尊严。用金技术的关键在于金粉与胶水的调和，调和得好才能表现出金子的高贵特质，艺人调制颜料其实是调理心灵和精神。上色最好是用手指磨着上，平平的，比纸还要平，金子的特质就固定在人的体温里，亮而不艳，色调很纯。就是人的手疼啊，艺人不轻易用手指上色，除非是很隆重的大活。学艺的人总要离开师父自己创业，我就到各地去画画，画了大约100幅佛像，名气出去了嘛，就有人来定做。这是个标志，艺人很看重这个，你可以在家里搞个地方，人家来定做，大家都知道这家有艺人。红柯：你最好的画是哪一幅？扎群：一幅《布达拉宫》，我自己创作的，每一代艺人都画《布达拉宫》，各有各的画法，画了3个月呀，比较精细，是一家单位定做的。艺人画到一定阶段，精细的活儿就出来了。另一幅就是《吉祥天母》，香港那个摄影家陈复礼买走了。这时候，拉卜楞寺请我作画，这是藏区六大寺院之一，寺院不但是宗教中心也是文化中心，艺人的作品，一方面要有群众购买有市场，另一方面还要有品位，大寺院很严格，一般水平的作品进不去。有句话叫学无止境，给大寺院绘制唐卡，就有机会跟寺院的高人学艺，这样就提高很快。我给青海乐都的寺院画过，给甘南禄曲，玛曲的寺院也画过。红柯：目前最满意的作品是什么？扎群：1997年受邀参加绘制青海《中国藏族文化艺术彩绘大观》（以下简称《彩绘大观》）。这是历史上最大的佛教艺术活动，400多人，有藏、土、汉、蒙古各族，各流派，都是各地方的高手，聚在一起画了一年多时间，让一个人画，500年都画不完，特别是我这样的年轻人。多么好的学习机会呀，学上一年，一辈子也上不了这么好的学校。宽2.3米长600多米，把藏族的起源，宇宙和地球的形成，藏传佛教的各个流派发展，名胜古迹，自然风光，人类的发展和未来都画进去了，历史、宗教、文化、民俗都有，跟百科全书一样。起初藏区是一片汪洋，从水开始发展出人类。在北京展出，中央电视台也播了。红柯：您画了哪部分？扎群：名胜古迹嘛，我最拿手这个。红柯：为什么？扎群：夏河在藏区是最好的地方，名山大川都在这里，不单是我，夏河的艺人都有这个特点，画山川名胜比其他地方的艺人好，这里环境好，另一个原因嘛，夏河文化发达，拉卜楞寺在这里，还有各种学校，群众大多有文化，基础好。红柯：我能不能拍照？扎群：其他的画可以拍，《彩绘大观》不行，这是集体创作，藏族艺人都不留名的，你看看嘛，看看是可以的。红柯暗暗记下《彩绘大观》的地址，在青海省西宁市。扎群：这是我一个人完成的，《彩绘大观》中的名胜古迹。红柯：您作为藏族的年轻的艺术家应该跟上一代艺人有所不同，比如现代艺术家张扬自我渴望成功，等等。扎群：我的朋友、同学在北京西安兰州画得不错，可唐卡艺术不能那样，有些东西没法变。现在还不知道某某是唐卡大师，过去都给寺院画，从寺院请走，都不留名的。现在不在画上留名，可大家都知道，这不一样吗？艺人再高明是不能与佛爷跟尊者相提并论的，艺人以虔诚之心展示自己的才华就跟磨碎的金粉一样显露出赤诚的高贵，艺人能有机会去画就已经很了不起了，多一些妄念是不合身份的。所以，唐卡艺术发展下去，最基本的东西是不变的。红柯：直接去掉多余的功利目的。扎群：就是这个意思。顾客购买一件作品，成交后完全属于顾客自己，供奉在家里，可以至诚至敬地供养，没有必要署上艺人的大名，艺人手艺好，顾客一传十，十传百，会传开的。红柯：虽然您强调群体性，我还是想听听您个人的兴趣与爱好。扎群：我朋友多，喜欢交内地朋友，我是年轻人嘛，我们藏族人平和坦荡，心态是开放的，你第一次来藏区，有这感觉就好。来夏河的外国人也很多。你是陕西人，西安电影制片厂的编剧芦苇是我的朋友，他来夏河，我陪他玩的。这样能开阔眼界。当然提高自己的途径很多，1998年2月份画完《彩绘大观》回来，感觉自己有许多不足。甘肃省的藏学研究所在夏河，我就到那里工作，主要是研究些文化问题，藏学学问太大了，我相信这些东西对我的艺术发展有好处。

　　夏河凉爽苍翠，拉卜楞寺在大夏河南岸，地势开阔，林木茂密，寺院从平地一直蔓延到山坡上，形成一大片住宅区。我大清早赶去，广场上有两个小喇嘛，一个11岁，一个8岁，很顽皮，完全是孩子，蹲在土堆上玩，披着红袈裟。藏区的孩子5岁入寺诵经学艺到15岁发育成小伙子，寺院和父母就要问他想留寺里还是还俗，完全听从孩子本人意愿。从实际效果上看，孩子在寺院良好的环境里过集体生活，担水劈柴，认字诵经，寺院完全是学校的功能，但又有宗教的清教精神，绝无社会不良风气的影响，可以安全地度过青春期。这就是为什么在藏区和回民区很少看到面目可憎的流氓青年。来了好多外国游客，其中有对夫妇带两个孩子，一男孩一女孩。来这里的国内游客很少。大家都往江南跑，苏杭黄山泰山，大西北的绝美之地有勇气者才能欣赏，很钦佩这些外国人，敢到险远之地领略雄奇之景。从中可以看出中外民族的性格差异。我不满足于省民协介绍的范围。大夏宾馆的服务员都是本地汉族女孩子，十五六岁左右，都会汉藏两种语言。找一个服务员，带我去采访，我在街上打听到一个叫扎高的藏族老艺人，据说住在清真寺旁边。夏河藏民汉民居多，也有少数回民，全县城仅有一个小清真寺。跟宾馆的女经理交涉好，答应借用宾馆的雇员。服务员是个小姑娘，肤色黑中露红很健康，一个土生土长的河源汉族女孩，不肯告诉陌生人她的名字，只告诉我叫她小赵，是家里的老大，初中毕业就来打工挣钱，供两个小弟弟上学。家离县城不远。这里民族很融洽，汉民人多，性情与藏民接近，是当地土著，外来行商的回民历史短，与汉藏也很和睦，民国时马家军要烧拉卜楞寺，本地回民苦苦哀求才免。下层百姓有他们难以割舍的共融准则。宗教和政治的力量就显得不那么重要了。在大夏河南边找了半天，有汉民建的关帝庙，有些年代了。小赵敲开一家藏民询问，出来一老一少两个人，藏语交谈，比比画画，我一句也听不懂。我们又过桥，扑空，从大夏河上游折回来。藏式两层小木楼很多，与汉族小平房夹在一起。过一条小巷，一个黑乎乎高个男青年，汉族，问小赵并指着我："你们一起的？""他是外边来的。"男青年问我："我们夏河咋样？"我说："夏河是中国最好的地方。"男青年咧嘴笑，牙齿很亮："好好看看！"记得在新疆工作时，一定要说奎屯是中国最好的地方，否则不能在奎屯落脚，去克拉玛依、阿勒泰、伊犁、哈密、吐鲁番、乌鲁木齐皆如此，人人热爱他们的城市，跟内地大异，内地农村是如此，城市、城镇谁也不在乎这个。在新疆的时候，我才明白小说中的人物绝对两个概念，人是人，物是物，物是人存在的社会自然背景，人与他自己的背景或和谐或冲突，就有戏看，人物就出来了，否则老出不来。我又找到那种遥远而温馨的感觉了。攀上山坡，房子依山势展开。房顶上有一家藏民在干活，小赵跟藏族少女叽里呱啦又说又笑，原来要找的扎高老人就住下边。小赵说她是我的朋友，一起玩的。靠近小河沟边，进小巷子，门上锁，累一身汗，发呆。邻家房顶站一藏族老太太，问小赵几句，就转到扎高家房顶上，"不在不在，扎高吗？不在"，老太太能说生硬的汉语，要多问就得说藏语，小赵跟老太太说藏语，老太太跟河水一样一下子流畅起来。小赵告诉我："扎高给人家塑佛像去了，要去好几天，扎高有个孙女，也一起去了。"我没什么遗憾的。山顶上有尼玛堆，扎高老人的房子以及我们走出去的窄巷跟内地大不一样，泥水流淌，但却清清爽爽干干净净，地面和墙壁像用抹布抹过的一样。那条夹在居民区的小河沟要在内地绝对是倒垃圾的地方，这里却见不到一个塑料袋，一点瓜果皮之类的，电线杆和墙壁也绝没有顽童乱画和江湖郎中的小广告。我告诉小赵内地的居民区有多么脏，她不理解，她没离开过夏河，夏河以外是什么样子她不知道。纯朴的少女与美丽的夏河。小河沟，桥，对面有清真寺，我问小赵："这条沟是不是界沟，这边藏民，那边回民，南边汉民？"小赵说："不是的，什么人都有。"她指给我看，汉中有回，回中有汉，有藏，书本上讲的回民大分散小聚集也不尽然。没有广告脏画和垃圾"装点"的小城居民区，有一种大地古朴的美。我很久没有看到朴朴素素干干净净的墙壁和街巷了，当然也包括人的面孔。多少年来，奔波于远方旅途见过多少面孔，不知是何时何地，反正是回老家途中，对面一男子黄巴巴的脸，猛然间让我联想到街头小店炸油条的大铁锅，翻滚的不知炸了多少油条的污油就是这种颜色，眼睛也是如此，混浊油腻腻的，再喷出一嘴臭气，活活一堆垃圾。我怀念新疆，回故乡快5年了，内地人包括学者对边地的误解有多么荒谬！准噶尔大漠深处，孤零零的小村庄，小土房子，矮墙，沙土飞扬，可主人把简陋的院落收拾得干干净净，清水，洒地，带土腥味的芳香弥漫天地，多少年一直活在我的鼻腔里，形成我的食物链，每隔一段时间不饱餐一顿就浑身不舒服。在美丽清洁的夏河小城经历这么一次灵魂的沐浴，太难得了。没有见上扎高老人有什么关系呢？小赵给我介绍了另一位艺人，乔丹嘉先生。

画师乔丹嘉

　　乔丹嘉的院子跟山坡连在一起，完全是山脉的自然延伸，我在小说《乔儿马》中写过这种房子，那是天山深处、奎屯河上游水文站的老职工盖的，你可以在新疆地图上查到乔儿玛，独山子到库车、一条天山公路过乔儿玛。在青藏高原的边缘地带也有这种房子，这种样式的建筑意味着大自然跟人类的亲情关系。这个宅子是居民区的边缘了。高大华美跟宫殿一样，藏民家里都是华美的，完全是布达拉宫的缩影。新疆维吾尔族的房子里也是华丽壮美的，因为维吾尔族10世纪前信奉佛教，跟藏蒙汉民族一样喜欢热烈的东西，火焰山的烈焰熔化一切外来的宗教色彩，这种丰厚的文化底色是难以改变的。10世纪以后的伊斯兰教完全中国化了，首先让我们的维吾尔族给大大地改变了。乔丹嘉先生的宅子再一次让我想到天山南北那个好地方。乔丹嘉是个大众画师，专给老百姓画。他住的这个地方是夏河县拉卜楞镇河南村。乔丹嘉66岁，特别健壮。乔丹嘉口述：我是夏河本地人，祖祖辈辈就住在河南村。我们夏河是1950年解放的，我是1949年开始学艺，在很有名的地方，青海黄南州同仁五屯寺入寺当了和尚，专门学艺。我当和尚学艺是为以后谋生。在寺里什么都学，唐卡、泥塑、壁画。学成后就回到夏河县。解放了嘛，社会安定了，需要的人多嘛。红柯："文化大革命"时你没停止吗？乔丹嘉：悄悄地画；天黑的时候来找我，有本村子的，有外地的。那时候搞不到更好的颜料，用朱砂用得多，山上的野花野草捣一捣，都能对付。我发现这也是个路子，世界上穷人多嘛，有金子银子宝石的人毕竟是少数。后来允许画了，我也喜欢上这种画法。找我的人都是群众，我的原料成本低、价格便宜。当然累呀，我不在乎，你看我这身体。我的唐卡别具一格，群众喜欢我就画呗。远远近近的群众都知道乔丹嘉。寺院就开始找我去画，寺院不光给有钱人开，我这些朴朴实实的画挂在寺院大家就喜欢，关键是颜料，都是安多山上很容易找到的矿植物。藏红色太珍贵，用格桑花，树脂，告诉你一个秘密，反正你是汉人你又不画。甘南树多呀，过去画画，只用一点点树脂，我大量地用，最好是有虫子的那种。山林里各式各样的虫子粘在树脂上，后面的树脂淤下去把它们裹在里边，它们的身体就成颜料啦。采的时候按颜色分开，还要看虫子的质量，树木的质量，还要看是阳坡阴坡，水边的还是坡上的，品质因地而异。以前自己采，现在让徒弟们采，里边有学问嘛。有时也到山上去，得指点徒弟呀。红柯：汉族人也信佛，他们订货吗？乔丹嘉：定做嘛，佛像、菩萨、土地神，汉人都喜欢，供在家里。汉人的庙也请我去画，画关公画金刚，画八仙过海，都是道教里头的。你说道教，嘿嘿，跟佛教差不多吧，都信神仙。我们安多神仙多，汉人的神仙这里肯定有。还给他们画徐爷，常爷（即明朝开国大将徐达、常遇春），岳飞爷爷，青海那边的汉人都要徐爷常爷。他们是从江南来的，供他们的祖先，他们的祖先是大英雄嘛，带他们到这里来。洮水知道吧，洮水龙王就是常爷、胡爷（即明朝开国大将胡大海），我画过他们，也给他们塑过像。死了人生了孩子都要画，人死亡七七四十九天，过七个七，画九个活佛，转世超脱嘛，叫寺里的和尚念经，算一算，算什么我画什么，里边学问大。人死了，另一个就在佛界活了。生小孩随时画，不用算，反正图吉利，画文殊菩萨的多，有智慧呗，聪明呗。死人、生孩子，藏民、汉民都讲究这个，藏民没儿子的也招汉民做养老女婿。以前就这样子。红柯：扎高你知道吧？乔丹嘉：怎么不知道，一个老汉嘛，泥塑做得好。我嘛也不差。你没找到扎高，找我算你找对啦。塑像的泥必须是最好的泥，胶泥要光要细要黏，风干的时候就不会裂缝变形。和泥前，用细筛子把土筛一遍，把沙石筛掉。最好用河湾和沟底下的软泥，淤泥底下的，隔一层石头，那是好胶泥呀，跟牛筋一样。塑像都是空心的，是个空壳子，和泥的时候要往里边加毛边纸，水里兑桃胶，就是桃树上的树脂熬出来的树胶，这样泥的黏度就大，塑像的壳子就结实了，不然的话会散架。用毛边纸最多，是土的1/3，毛边纸成本小也好用，一般都用毛边纸。塑像跟人一样，有个骨头架子，用木板子做，把骨架撑起来，光有胶泥撑不起来。从下边动手塑起，往上塑，在脊背收口，背上留一个口子，弄上盖子，可以随时打开。干什么？放东西呀，跟箱子柜子一样，往里边放圣物。塑像既能观看也能实用。泥壳子一般一只手厚。大塑像加厚嘛，尺寸越大壳子越厚，当然喽，就不容易干，风干太慢，就在肚子里给它放一盆炭火，光有灰烬没有火焰，火太猛泥壳子要裂缝。塑的时候用一大块湿布盖住，一直到完工。一是防止塑像干裂，二是再塑的时候，碴口是湿的好接口。用的工具是个木棍棍，两头带小铲子，直接削出来的，铲子的一面有印槽，好上泥，吃泥快。铲子另一面是光的，用它最后抹光。拉卜楞寺、塔尔寺、五屯寺每年都有社火。跳神社火做法事，很热闹，还要唱藏戏，得戴面具呀。面具用量大，不像佛像，蹲寺院里多少年坏不了。面具跟老百姓的家具一样，常常用。面具活儿多呀。面具好做。当然也是用泥做。先做个泥模子，风干，再敷上，用树胶和面粉熬制的软乎乎，用布包好包严实，这个工序嘛重复四五次。最后把裹好的泥模子晾干，干透。用棍子敲一敲，里边的泥模子就出来了，成形的就是原先裹上去的衬布和树胶糊糊，叫"热赛"。在"热赛"上就可以上彩绘了，最后再上一层清漆。还要安牙齿，有珍珠的，有贝壳的。寺院里就这种做法。老百姓没这么大讲究，只用泥做，风干上彩。成本不高嘛，夏河到处有胶泥。塑造的都是些上师、佛陀、菩萨，还有神灵。神灵最多，山神、水神、大地神，藏族汉族都弄这个。给神灵跳舞唱戏，上香献吃喝，还要栽几棵树。红柯：还有这风俗？乔丹嘉：安多地区的树一半是自然生长的，一半是群众栽的，这是对佛爷和神灵的虔诚呀。哪里有藏民哪里就水草丰美，流水清澈，林木茂密。在安多，通野都是马兰花，紫色的野花一大片又一大片。中国人从古就崇尚紫气，这是吉祥的气息。在大片大片的紫气中，红柯离开夏河。还有一个秘密，红柯的父亲是个老兵，原二野十一军某部侦察班班长，二野十八军入藏，十一军入西康及西藏东部、康巴地区。雪域给父亲的后果是一头茂密的黑发脱个光光净。汽车翻入山谷，从冰窟里救上来打针过量，就把头发打掉了，不过量人醒不来。后来甘南匪患严重，父亲便开始了数年的甘南剿匪之战。与他一起当兵的陕西乡党，只活着回来他一个，而且奇迹般未受伤，子弹打穿过帽子打穿过衣服就是不碰身体。他击毙多少土匪，刚开始扳手指还能算个大概，后来就算不清了。他把自己毛发未损归结为上天睁眼，因为他每战必奋勇向前，攻占阵地后又忙着查看战场有无活人，几分钟前他可是机枪加手榴弹。用父亲的话讲："土匪也是人，放倒为止，尽量让人家活。"父亲很适合在藏区作战，佛法无师自通。甘南的岁月，给他的纪念是50岁以后，双脚肿胀、发青，那是在冰河中留下的后遗症，父亲年轻时血热，冬天涉河毫不畏惧，且以雪洗澡。我还记得他在雪域养成的饮食习惯。过春节，吃肉，父亲一定要给自己切一盘生肉，倒一缸子白酒，生肉条子在嘴里格铮，格铮，像在嚼小孩子指头，妻儿们目瞪口呆。他的儿子后来远走新疆，见到坚硬如石的奶子疙瘩，如获至宝。每餐好食坚硬的食物，软和的东西总是吃不饱。父亲没想到他的儿子会到甘南来走一趟，这大概是佛缘吧。

青海、库库淖尔

彩虹的故乡：互助县

库库淖尔，青色的大海，蒙古人从北亚草原越大碛南下，这是母亲河最有诗意的名字，峰峦起伏似波涛汹涌而大河如贵妇一般清澈如镜，蒙古人便把黄河唤作萨鲁阿妈，即妈妈河。不儿罕山下的三河之地，也不曾有过这种美称，我们可以理解成吉思汗统一蒙古后，如狂飙一般席卷世界，穷追猛打，这些纯朴如处子的马背豪杰冥冥中在寻找母亲——大地母亲，欧亚大陆如履平地，越喜马拉雅山，在钢蓝色的宁静高原上，战尘累累的蒙古骑手一下子成了孩子，他们迷醉在大河的乳香中。相传，最早到达河源的蒙古人与当地古老的吐谷浑人、汉人相融合，成为一个新的民族——土族，也叫蒙古儿，吐谷儿。这是元朝的事情。从那时候起，蒙古人如潮水般回归母亲河，从内蒙古，从伏尔加河流域迁移到青藏高原，这已经是清朝了，他们被封为河南亲王，最先到达河源的蒙古人跟树根一样扎进诸多民族中，开始了他们的创世纪。史诗《土族格赛尔》这样开头：

拿树叶遮掩五尺躯体，
铺的却是花瓣和嫩枝。
吃的是苦涩的野果山梨，
喝的是清澈冰冷的泉水。
住的是黑洞洞的石窟，
用的是粗糙的石器。

清早煨桑佛教徒进行宇教活动时，将麦草点燃，放上柏树枝，坎巴芯，油拌面粉，其味清香，谓之煨柔。烟如青丝，傍晚烧香清香扑鼻。腾格里腾格尔即苍天，主宰人类者三，一为苍天，二为佛，三为可汗。降下旨意：

一只靴子从天而落。
一周之时冉冉而去，
在第七天的日子里，
那天降的靴子里头，

252

一个娇嫩的婴儿在哭泣。

……

那神秘的靴子保留着马背民族的勇武豪迈；《土族格赛尔》受藏族《格萨尔王传》影响，又受汉族女娲造人的影响，他们归来之前，汉藏民族已经有了创世神话，蒙古人则后来居上，从天而降，以靴子为摇篮，到此，母亲河才有一个充满诗意的故事，而且是一部伟大的史诗，这条无与伦比的河从天而降。唐朝诗人李白写"黄河之水天上来"，蒙古人则是几十万行的一部大书，黄河就这样进入神话世界；世界屋脊上的一条大河，隐喻了天体与生命的图示，所谓汉藏同源，在汉是"☯"，在藏是"ㄐ"，大地上有哪一条河有如此巨大的抽象的力量？不管人类如何发展，河源一直保持童贞状态，一直保持着万古长新的神话意味；12世纪至16世纪，东方所有的文明与庞大帝国纷纷衰落，我们可爱的蒙古兄弟母亲河的骄子，在西方列强用血与剑崛起之际，他们和他们的骏马来到青海，创造出大地的封笔之作，《江格尔》与《格赛尔》，一种纯粹的民间故事书；所谓天之骄子，不是指蒙古人的弓箭与长矛，不是弯弓射大雕，而是一种原创型文化。一条流淌在天地间的大河，贯通汉藏蒙古3个伟大的民族。神话、传说、史诗，是人类难以穷尽的创造力的富源。靴子从天而降，人从天空大踏步走来，天空的彩虹理所当然是架在天空大地间的长桥，蒙古儿——土族，以智慧与勤劳把母亲河绘制成彩虹的故乡，人们提到土族就想到天上的彩虹，确切地说，那是土族妇女的杰作，女人隐喻着大地——硕果——丰收——生命，土族直接以大地作为民族的象征，土族女人把女性丰沛而旺盛的生命力飞扬到天上，天空也就不空了，充满绚丽的色彩。藏族把生命的色彩倾注在佛身上，以佛为核心产生唐卡、雕塑、堆绣等民间艺术，汉族更倾向尘世的生活，剪纸皮影刺绣散发着民间的生命气象，土族兼其长，糅合宗教与尘世，将汉藏艺术融化为闻名的同仁热贡艺术，将刺绣这种汉族民间艺术发扬光大，既有汉绣的细致又有藏族的绚丽，加上马背民族的豪放，大胆热烈精细的土族刺绣出现在黄河岸边。热贡艺术宗教意味多，比较专业，刺绣则是纯粹的民间艺术。7月5日我到达西宁的当天，《青海经济报》的朋友杨廷成陪我去互助县。互助县有16万土族人，是土族人最集中的地方。杨廷成，青海诗人，世代生活在青海，1997年全国青年作家会议相识，诗人昌耀的书就是他寄给我的，昌耀去世，他以我和新疆诗人贺海涛三人的名义购大花篮献于昌耀灵前，相传10多年前南方有个余纯顺式的探险家管祥林骑自行车丈量中国，行到青海平安县，遭车祸，当时在平安县广电局工作的杨廷成将探险家送医院抢救，出院后又带到家里护理一个多月，痊愈后才离开。十几年后，即2000年7月，这位探险家鸟枪换炮，驾越野车到青海找当年的救命恩人，这哥儿们志在考察中国55个少数民族，一家汽车大公司做后盾。我们这次走马黄河行动8个人中，龙冬要在黄河源头扎陵湖鄂陵湖待两个多月，我将北京帅哥龙冬托付给青海汉子杨廷成。龙冬先我到达河源。原打算在青海聚一下。我孤身沿河州、大河家，越积石山大峡谷，到循化，过化隆抵西宁，遂打消与龙冬联系的念头。过积石山时，汽车几次差点坠下万丈悬崖，下边是怒吼的母亲河，我随时做好回归大地的准备。说实话，我在天山阿尔泰也没见识过这么险峻的山路，杨廷成告诉我：青海的县长县委书记死亡率居全国之冠，父母官再官僚主义，总得下去检查工作吧，那巨大的峡谷就很容易把你收走。杨廷成说：不叫龙冬是对的，路上太危险了。去互助县的路面很平坦，这是靠近黄河的河川地带，沃野连绵。在路口小饭馆吃饭，一对土族夫妻开的店，要了一大盘猪头肉、两碗汤面。店老板说下地干活的时候，他可以吃三五斤猪肉，我和杨廷成吃完一斤二两肉就很吃力了。我们要去的地方是互助县威远镇老家湾。正好南方一家电视台在这儿采风，吉家湾的妇女们拿出她们最好的刺绣活儿，挂满了树林。（2000年11月7日星期二，中央电视台第四套节目《民族风情》播放彩虹之乡的刺绣与婚俗，杨廷成从西宁打电话，我采访的情况被摄像机拍进去了。）

王淑华与土族刺绣

王淑华是吉家湾刺绣手艺最好的土族妇女，35岁，从打扮看是已婚妇女。王淑华口述：我8岁开始学刺绣，先跟母亲学，有点基础就可以请教别人了。先要在家里学呀，你说撒拉族妇女也是这样，都是女人嘛，不会针线丢人得很。你说得对，女儿是娘的影子，娘要把女儿指教好。儿子，儿子跟父亲，儿子不好人家骂父亲。我们土族有个口诀：

> 针线茶饭要学会，
> 送到婆家好做人。
> 针线茶饭学不会，
> 打你的婶子骂你的娘。

娘和婶子离女儿最近，要使出浑身的本事指教女儿。我们土族还有个戏，叫《庄稼其》，啥意思？就是种庄稼的人，儿子不愿意做庄稼活，父亲开导儿子，耐下心指教儿子学农活，犁地撒种收割打场，一样一样地教。"纳顿节"嘛，玩哩，要玩两个多月，收完麦子就开始玩，挨村挨户叫人看，连跳带舞，跟喇嘛社火一样，戴个花脸面具，女人看热闹，男人看门道，不会务庄稼丢人哩，丢先人哩。人有个廉耻嘛，土族父母把这个看得比命都重，命是个啥？命不就是廉耻嘛。养娃不教娃等于没养娃。儿子娃性烈，劝导哩；女子不行，女子不敢违大人的意，大人让做啥就做啥，大人又不教你学瞎（音哈）。学多长时间？学到出嫁前，出嫁前两三年就要亲手为自己绣织嫁衣、嫁妆，数量多不多质量好不好水平高不高，要摆出来看哩，这叫摆针线。姑娘出嫁前，娘家请来亲朋好友，摆出姑娘全部的绣品。过了这一关，还要把绣品与嫁妆送到婆家展览，婆家的亲朋好友街坊邻里要挑剔呀品头论足呀，姑娘人还没过去，名声先过去啦。土族姑娘可以说是用全部的心血学针线，一边学，一边看人家摆针线，年年都有出嫁的姑娘，年年都要娶媳妇，这都是参观学习的好机会，手艺大多都是看下的，看在眼里记在心里，慢慢琢磨，谁的手艺耐琢磨谁就是能人。琢磨透一个好手艺难得很，话说回来，每琢磨透一回就能提高一大截子。从记事那天起就跟着大人去看人家摆针线，稍大一点就靠自己啦。除了摆针线，最热闹的是两个盛大的节日二月二、六月六，附近许多村子的妇女聚在一起，从身上比到手上，互助县西部的妇女拉绣手艺好，东部地区盘绣技术好。姑娘长到十五六岁十七八岁就开始做嫁妆，开始积攒绣品，不轻易送别人，在我们土族叫添箱。做一条"搭膊"腰带，要整整一年多，比种一茬庄稼还费神。"搭膊"呀是未婚的阿姑做给未来丈夫的。

【彩虹在我们身上】

都说我们土族是彩虹的故乡，一来我们的祖先是从靴子里出来的，来自天国，二来我们土族女人心灵手巧，看看我们的身上，这叫"彩虹花袖衫"，我们土族叫"秀苏"，是照着彩虹的样子绣出来的，彩虹呈七色，秀苏是五色排列：红色是温暖的太阳，黄色是滚滚的麦浪，绿色是郁郁的禾苗，紫蓝色是长长的流水，黑色是肥沃的土地。天空大地全在我们身上，这下你明白土族阿姑为什么要学一身好手艺？你说水木金火土？五种颜色就是水木金火土嘛。阴阳五行听过，民和县土族文化高，那边的土族人就把彩虹衫叫五行衫。五行相克？肯定是这样嘛，黑色的土地克出紫蓝色的流水，流水浇灌出绿油油的麦苗，到夏天就生长成金黄色的麦子，最后被人收获到谷仓里，收获完，我们土族人要狂欢两个多月，叫纳顿节，阴阳五行归于人，都在土族女人身上了。腰上系花围肚和五图大腰带。这个腰带一丈二尺长、两头绣上花、鸟、彩云。围肚外边穿绯红色百褶裙。腿膝上这个叫贴弯，未婚阿姑的贴弯是红色，戴头巾；结了婚戴宽檐毡帽。以前的头饰是凤冠，叫扭达尔，是我们的祖先蒙古儿征战四方的盔缨，血红血红的，土族女人喜欢英雄男儿，就把武士的头盔做成血色凤冠，节日才戴，据说头戴扭达尔的妇女，遇长者官员庙宇可以不下马、不回避。战神走过来了嘛，你说是什么样子？丹凤朝阳知道吧，就是丹凤朝阳。民国时，马步芳下禁令，不让我们土族戴凤冠，改了我们的头饰，现在就很少见到了。土族服饰上，最讲究的是绣花大腰带、围肚、绣花鞋，刺绣手艺就看这几样。还有一些小东西，袜子、手帕、钱褡、烟袋、荷包这些生活用品。

【 工艺制作和针法 】

先用纸剪出纹样，人人赞赏的好手艺就是好纹样，描下来。有些是老辈人传下来的，家家都有纹样。做女人做到这份上是很自豪的。人家把你的手艺当样板，一传十，十传百，传到百里以外连你的名字都传歪了传没了，这没关系呀，你的好手艺就永远传下去啦。要做出几个样板可不容易，学老辈人的学长辈的，学外村子的，先是学人家的，手熟了就不学啦，心里咋想就咋绣，完全由自己的心愿来。这种手艺一般人学不了。大多数人把纹样做出来就行了，针线做细致，老纹样也惹人称赞。我的纹样吗？我出嫁时摆针线就摆出了名声，娘家村上人学，婆家村上人也学。手艺好不好，摆开就知道啦。学纹样就学图案，老辈传下来的图案根据自己的意愿改造一下，就是进步嘛。最常用的图案是这些：雀戏牡丹、孔雀戏牡丹、石榴牡丹、寒雀探梅、鹿羔探梅、干枝梅、蜜蜂扑莲花、佛手抱桃、花瓶石榴、葡萄、丹凤朝阳。我把梅兰竹菊四君子和佛画里的双鱼加进刺绣图案，大家很喜欢。纹样剪好以后，就要选布料，一般用黑、红、白、黄、蓝、紫这些颜色的布料做绣布；把剪纸图案贴在绷好的绣布上，绣花架子知道吧？木条子做的木框框，把绣布绷紧绷平，就可以用丝线绣了。丝线颜色要鲜艳。女人手艺好不好就看针法。心里有多么美好的意愿，那都是空的，心要灵，手还要巧，巧手能把心里的意愿扎在绣布上，变成实实在在的图案，土族人把这叫锦上添花，添的是大地上长不出来的花。最常用的针法有平针、插针、掺针。针法不一样效果就不一样，针法要活。平针讲究图案平整匀称，打底子。插针要把图案上的花卉鸟兽绣出来，要高出一些，让图案动起来、活起来。掺针，讲究颜色过渡自然，不能为了让花卉鸟兽飞动就直挺挺扎过去，太硬不自然，掺针就要把两者结合好，把图案的疏密调匀称。不能光顾针脚匀不顾颜色效果。平针针脚打底子，大部分位置用平针平涂，颜色要纯；用插针绣法点缀花卉鸟兽，颜色要鲜艳灵动；用掺针绣法晕染，加强花叶图案的衔接。土族刺绣最讲究的是盘绣、拉绣、挂绣。盘绣是把丝线搓成细绳，绳子要粗细均匀，细实光滑，用绳线盘出图案：一丈二尺长的大腰带就用盘绣，线裙子也用盘绣。拉绣是编织出来的，做小东西用，比如彩带、花鞋、烟包等。这些小东西精巧细致，是细活，费功夫。挂绣是用丝线绣成彩条，装饰吊带。衣领、衣袖、口袋也都要绣上花卉云彩。土族人的生活用品大多数都让女人绣成五彩花卉。以前主要是嫁妆添箱，家里人自己用，赠送亲友当作礼品；现在可以出售，观念变了嘛，县里旅游局组织土族妇女搞旅游节，可以增加收入。我们互助客人多呀，外国朋友、我国港澳台的客人，还有内地的客人都来我们这里参观，购买我们的绣品。省上县上都有工艺厂，也招我们土族阿姑，工厂里做的是旅游工艺绣品；正宗的还要数手工绣品。你问村里多少人在做？有多少妇女就有多少刺绣的人，你说是艺术家，我不知道是不是艺术家。

皮影艺人祁永启

祁永启，汉族，70岁，住在青海省西宁市附近平安县三河乡新庄村。这里属于湟水谷地的中游，满目苍翠，小叶杨长满河沟，7月天这里很凉爽，小麦扬花，油菜花正开，陕西关中早已割完麦子种上玉米。三河乡是湟水的一条支流所在。杨廷成家就在这条河沟旁，我们坐的就是他外甥的出租车。杨廷成不停地指给我看他小时候玩过的树林。河沟西边的土崖上竟然有一座宋朝军队的古堡，北宋初西夏崛起前这是北宋王朝郡县所辖地区。战国时代中原政权就已落根湟水谷地。中原人是这块土地第一批开拓者。

所有的村庄跟珠子一样串在河沿地带新庄村紧贴公路。这里全是汉民。怎么看眼前这位老人都不像70岁，也不像个老人而像个壮实的中年人，他戴一顶草帽，大口地吃馒头，小足球那么大一个馒头，掰开蘸碗里的绿辣子，跟陕西农民一样爱吃辣子，特别是刚摘下的鲜辣椒，切碎，跟大蒜一起炒，滴两滴醋，"热馍馍夹辣子，香死一家子"，老人蘸的就是这种香喷喷的辣子，大口嚼咽，辣子大蒜的香味在屋里飞旋，生之乐趣，淋漓尽致。祁永启口述：我家祖祖辈辈都是青海人，几十代了吧，听说是从陕西迁来的，大概是汉朝，湟水是好地方，跟陕西差不多，老先人就迁这儿来住。你也是陕西人，一看就知道你是陕西人。陕西人是这里最早的汉人。你说春秋战国，都是胆子大敢冒险的。周天子都逛到西域了嘛，肯定有留下来的。湟水这地名也是咱陕西人给起的，陕西有渭水，青海就有湟水。为啥叫湟水呢，古时候皇帝派人查黄河的源头，查到这条河，以为是黄河的源头，是皇上要寻的河，就叫湟水。明朝时洪武皇帝又从江南迁来很多人，现在青海江南人多。你说我咋知道的？唱灯影嘛，啥不知道。你看这身体好，没办法嘛。青海山多，坑坑洼洼，上梁下沟，不平坦，就把人练出来了。每年秋上，收了秋种上麦，大概10月份，农闲来啦，一直到第二年三四月份都是农闲时节，灯影戏就忙开了。一影二戏嘛。山多、交通不方便，农村人嘛，只能看灯影。年节前天天演，村村演。过年嘛，把年气给弄起来。演一场放一回炮，戏班子不放，看灯影的人放。一来是过年，二来是庙会，庙会热闹，赛马，唱花儿，晚上就演灯影。三四月开春春播呀，要演"青苗戏"，祈求老天爷风调雨顺，让麦苗长起来好长出个好收成。演灯影的也都是农民，农忙种地，农闲演灯影，自己心里也指望老天爷哩，演青苗戏不像其他戏，心诚得很，跟敬先人一样跟敬爹娘一样。头场戏演《出天官》，天官下界，查看人间善恶，查看人乖不乖，天官满意就给人一口饭吃；若果人不成器，作孽造罪，天官就降灾呀，人是苦虫，天官想苦你容易得很，旱上几年，人就可怜喽。这个人呀，好不得苦不得，胡折腾，反反复复，我演了一辈子灯影，谁演谁呢，我把人看透啦。说这干啥？说不成。说点热闹的。热闹戏多，喜庆节日过寿生娃娃生意开张都演热闹戏，《百寿图》《全家福》《五子魁》多得很，图个平安团圆。中原有个长安，咱青海就有个平安。你问我能演多少？100种吧。最拿手的？就是大家爱看的。《杨家将》《三国演义》《封神演义》《西游记》，这些忠孝节义的戏，汉人爱看，回族、土族、藏族人都爱看，忠孝节义嘛。这些戏呀，一演就是十天半月，连本连本演，故事连故事，不分昼夜，演的人和看的人都上了瘾啦。人鬼不分，忘了年月，灯影里的英雄好汉神仙呼啦啦都出来了，天地都分不清了，不光是《封神演义》《西游记》，杨家将、包公、薛仁贵都成了神，历史上的人能走到今天，不是神是啥？《薛仁贵征东征西》，薛仁贵征西来过咱青海。你说是甘肃，甘肃来过，青海也来过，杨六郎把守三关口，甘肃有三关口，咱青海也有。可惜包公没来过青海，包公坐在开封府，连陕西都没去过。你问我相信不相信？当然相信啦，演了一辈子不相信能给人家演嘛，演了也没人信。观众都信哩。姜子牙能呼风唤雨能钓住周文王，三霄下山，诸葛亮人死神不死，要么他能吓退司马的兵？咱汉族人历史悠久，历史上的能人都成了神，整本整本地演，不是迷信，娃娃你不懂，神话嘛，人家藏民回民都信哩，你念过大学，更应该信这个。我给你讲的是大本戏，演灯影的把式好不好就看你能不能演大本戏，能演多少大本戏。单本戏就是窝窝戏，窝窝戏，一个故事一个戏，好演嘛。《花园会》《游龟山》《法门寺》《忠孝图》《龙凤匣》《金丝帕》《陈桥认母》《劈山救母》，我爱演《劈山救母》，我给你来两句。刘彦昌怀抱着小沉香，哭呀哭得嘛两眼汪。最短的是折子戏，由观众点，这大多是包戏，主人出钱包个班子演，爱听哪个点哪个，折子戏短是短，看功夫哩，点折子戏的都是行家，会看，弄不好还上来串角儿，不会挑影影会唱呀，长年累月看，脑子聪明就把整本戏背下啦，上来唱两句。

【跟我父亲学】

你问我跟谁学？我的师父就是我父亲。父亲名气大，全青海都知道，是个大能人。我10岁就开始学灯影。我没上过学，学灯影的人谁念书哩，念不起书，念得起书的话也就不弄灯影啦。灯影是个啥嘛，穷人庄稼人才弄哩。我不识字，我父亲也不识字。我跟我父亲学灯影、打下手嘛，他咋唱我就咋唱，唱几遍就印在脑子里啦。有时挨打哩，忘了一句唱词，耳刮子就过来了。人这耳朵是软的，挨一下是一下，记得牢牢的。18岁那年我把我父亲会唱的戏文全记下啦，把他老人家的功夫也都学下啦。主要是手上功夫，皮影子是死的，到你手上要让它变成活的，死人变活人，给死人灌口气。刚开始学，就会使劲，劲大不顶用，要从心里用劲，心沉进去，沉到戏里头心就活了。心活手就活，手上的皮影子也就活了，就跟你手上长的指甲一样，掰都掰不掉。那正好是1949年秋上，刚学出手，能单个去演了，马步芳抓兵把我抓了壮丁。兵营里也兴灯影，汉人回民都看《三国》、看《包公》，我给演过几场，在兵营待了8个月，解放军打过来，青海解放了，我就回到家里当农民，种地演灯影。我父亲名气大，功夫好，政府很重视，到西宁演过、到兰州也演过。青海的皮影是从陕西传来的，西宁、大通、湟中、湟源、平安最流行。青海人大多数都从陕西来的，传陕西戏容易得很，口音差不多嘛。听我父亲讲，灯影这东西宋朝就有了，传到青海是明朝清朝的事情了。刚开始，皮影子是整件整件从陕西弄。清朝咸丰年间，从陕西来了一个姓罗的，一边耍狗熊，一边雕皮影，大家叫他罗狗熊，他教了很多徒弟。我父亲也是跟随罗家后人学的拳艺，我家里现在用的皮影子全是我父亲雕的。我会雕但没我父亲雕得好。

原料都用黄牛的皮，青海牛多，湟水川道的黄牛最好，一般选用六七月杀的牛的皮，夏天牛吃肥了，草好肉好皮就好，牛肥毛短，经水泡好，脱毛。老牛皮皮厚发黄，放的时间长也不行，太硬。牦牛多，可牦牛不行，牦牛皮质没有黄牛细，透明度不行。水土好的地方，牲口皮肉也好。把黄牛皮在清水里泡上十天半月，中间要勤换水，勤搓勤揉。泡好泡软和，再拔毛，用铲刀铲薄，铲刀要磨利，皮子干湿要合适，用力要匀，跟面片薄厚就可以了，用清水冲净晾干，用木托磨，磨光磨平。再落样雕刻上彩。关键是雕刻技术好不好，就看刻得好不好。雕刻工具都是自己做的，铲刀、切刀、斜刀、圆刀、槌头十来样。旧社会，演灯影的人大多数在好几家影戏班兼着干，能拥有一箱子皮影就能拉班子，一个影箱就是一个戏班子。我父亲就有一个影箱。一个影戏班一般是四五个人，上手打鼓弹弦子、中手吹唢呐、下手敲锣，操作的签手最关键。我雕刻不如我父亲，可我挑功好，就是当签手，我手上的包公一声吼，眉毛跟蚂蚱一样跳哩，观众轰一声拍手叫好，我手上的杨令公一气之下撞李陵碑，老令公头一扬一甩，看戏的观众就闭上眼睛，山崩地裂啊。皮影简单，演起来复杂、灵活，比戏班子活，演员再好，没有咱手上的皮影子变化大嘛，咱操纵一件皮影子就能呼风唤雨，就是一个姜子牙再世。戏班子要排一场戏花销大。一个影箱里装100来件皮影子，耍弄起来全是戏，顶几千个活演员哩。连打锣带唱，不分男女，换腔唱，一个人可以是生、旦、净、末、丑。一头毛炉驮上道具，叫上四五个人，走村串户，走哪儿唱哪儿，有时候一年不回来，庙会上能演，私人家里也能演，坐一院子人，一盏灯，一片布，用纸也行，有个遮挡，就能把几千年历史上的人变成神，唤到你跟前。

【 光、影、色彩的巧妙组合 】

灯影戏看的就是个影子嘛，没有光就谈不上影，也就没有色彩。把皮影子照在白布上，灯光就变成了人影，人影、灯影，效果就出来啦。灯影照在布上只能上下左右活动，可大家看到的人影能跳能蹦，脸是圆的、眉毛是立的。皮影的脸谱是按秦腔戏里的生、旦、净、末、丑的角色设计的，跟剪纸一样镂空，又跟剪纸不一样，从正侧面造型，一个皮影五分脸、脸大，脸上主要是眉毛和眼睛，跟山一样横起来，眼大嘴小，颅圆额方，眉毛弯曲扬起来，眼珠子圆起来。衬景越少越好，一朵云就是天空，一块石头就是山，一棵树就是山林，金銮大殿只用6根龙柱，要减少透视、减少层次、减少重叠，把空间留大，让影人活动，一动一闪，场景就显得很深。皮影要刻得有神，演的人才能把假的变成真的，用行话说就是，越假越真，越真越假。刻人的样子的时候，忠臣庄重，奸臣阴险，刁民丑陋，善人俊秀，脸上五官是啥样子的人刻啥样子。眼睛有圆眼，三角眼，鱼纹眼。嘴有张嘴、闭嘴。鼻子有尖鼻头、圆鼻头。武生用剑眉，文生用平眉。花脸整彩，也是啥样的人用啥样子。红脸黑脸是忠臣脸，也叫关公脸包公脸。白花脸叫奸臣脸。㖞嘴斜眼涂杂色叫残花脸。牛马跟人一样，牛要头大，身子小，牛就是一个头嘛。马要屁股大，又圆又大，跟车轱辘一样，长脖子公鸡头，头要小，马的神气就出来啦。配合上动作和唱腔，灯影就活了。我记得民国三十六年跟我父亲去循化演出灯影，演灯影就在黄河边上，演《黄河阵》，好家伙，姜子牙骑上梅花鹿，申公豹骑上老虎，三霄下山，把循化县的人看疯了，汉民、撒拉人、回民，还有山上的藏民，黑压压挤满了河滩，先是静悄悄的，演到后半夜演完了，还是那么静，汉民回民坐小板凳上不动弹，藏民趴马鞍子上也不动弹，按老规矩加演一场《怨黑虎》，还是《封神演义》的故事，姜子牙又出来啦，藏民以为是格萨尔王，就在马背上唱起来，我父亲赶紧收摊子，大家都没嗓子啦，再唱上一折子非吐血不可。你知道秦腔是吼出来的，秦腔来自陕西，在我们青海吼得更厉害，我们这里山高平川少，牛羊肉比陕西多得多，力大气长能吼出些名堂，也爱吼叫，在河滩上吼一吼，山里就起回音，就像一群野马在山谷里奔跑。循化县紧挨着黄河，浪又高又大，我父亲就吼出了最高水平，跟公鸡打鸣一样，他老人家起个头，收拾家伙带我们吃饭睡觉，河滩上人欢马叫，观众大多数是戏迷，一个赛一个吼秦腔，撒拉人和回民最爱吼《三国演义》，马超赵云在这里是天神，跟藏民的格萨尔王一样。回民把马超当先人，都是他们伏波后裔，跟马超同宗同祖，马超是正宗的伏波后人，伏波将军马援是你们陕西人。红柯：藏民喜欢什么汉戏？祁永启：《杨家将》嘛，杨家将的戏回民也喜欢，从回民区传到藏区的，回民做生意去藏区的多，藏民还有河南蒙古族海西蒙古族都喜欢杨家将的戏，有身份有地位的藏民蒙古人王爷土司就姓了杨，卓尼的杨土司很有名气，元朝时就姓了杨，明朝清朝一直到民国，杨土司代代都为王，解放后杨土司的后人在政府里还当了大官。我们青海甘肃不管汉民，回民藏民蒙古人都喜欢个忠孝节义，你说是迷信封建？老百姓不管这个，老百姓只认戏文里的英雄好汉，老百姓信这嘛。少数民族为啥喜欢？马援呀杨家将呀是忠臣，这些忠臣能征惯战，中原的皇帝见不得个离不得，白脸奸贼一门心思陷害忠良，这都是苦戏呀。唱这些戏，艺人把眼泪都唱出来了，戏里戏外都是苦人儿，苦得烈风烈火呀。少数民族就喜欢这个。在朝堂上耍奸耍滑耍不过奸贼，也不会耍，真本事在战场上使，真刀真枪干，英雄好汉是要流血的。回民多的地方就不敢演《金沙滩》《李陵碑》，杨七郎吊在竿子上万箭穿心，那个惨呀，回民心里难受不淌眼泪，就喊，再演一场！再演一场！回民硬气，让他难受的戏他咬着牙狠下心一遍又一遍地看。汉民也爱看苦戏，看着看着就哭开了，心软，就不叫你演了，隔上十天半月又叫你演，歇过劲来啦。一个民族一个脾性。说实话，艺人也是苦人儿，苦得很，青海的气候，天寒地冻，那时候小啊，跟着大人走村串乡把人都冻哭了，大人就给你一巴掌，赶紧把哭声煞住，不然的话眼泪冻在脸上结成冰就把脸挣破啦，再则，娃娃单薄，哭得吸吼吸吼，身上的热气散光就把命丢啦。我打过我儿子，那已经是解放后的事情了，娃娃一哭我就打，一巴掌下去把娃打日踏啦，不打不行嘛，脖颈的血印子是紫的，不能把娃冻僵在半道上。到了村庄，喝上热茶喘过气，拿上锣鼓架上皮影子，吊一声长腔，跟西北风一样搅得满山遍野大雪乱飞，飞沙走石啊！青海的秦腔马踏哩牛吼哩，昆仑山往下踏哩，陕西的秦腔比不成。红柯：你去过陕西吗？祁永启：没去过，我没出过远门，可我知道陕西秦腔比不上青海秦腔，《法门寺》《王宝钏》《李彦贵卖水》唱的就是关中道嘛，那么平坦的川道，皇上住的地方跟天堂一样，那里的百姓日子好过呀，人这东西，苦不到心窝窝就炸不出响雷。我给部队演过灯影，过春节慰问亲人解放军嘛，兵营里的陕西兵爱听秦腔，他们没想到青海的灯影是这腔道，是秦腔，比正宗的秦腔烈，解馋。陕西兵里头有会灯影的，上来跟我们一起演，就混熟啦。红柯：除过唱腔暴烈外，青海灯影跟陕西还有哪些不同？祁永启：青海闭塞嘛，受外边影响小，到现在还保持着清朝的老样子，不像陕西，据说陕西辛亥革命时就加了很多革命戏，青海解放后新加了《千里送亲》，演的是文成公主进藏和番，汉民藏民都爱看，用的又是古装古代道具、灯影的架势没变。人的个头越往西越高越大，往东就小啦，所以呀，青海的影人尺寸大，一尺三寸左右。全身由头、身躯、四肢几件组成，有9个活动关节，头身比例是五停。头大腰细，臂长，袖宽。纹样装饰大红大绿，青海不受外边影响，自己影响自己，藏民汉民相处几千年啦，藏民不管家里帐篷里寺庙里还是身上穿戴，都讲究个大红大绿，土族人也是这样，汉民刻灯影上色就受影响，演灯影是给大家看哩，又不光给汉民看。上色主要是脸谱，头饰。青海影人头帽相连，影人头叫"稍子"。稍子越多，说明影人角色越齐全，剧目越多。一副影箱至少有400多个稍子，最多是800个，戏里的人物都在里头。分开放，不能放乱。帝王将相，才子佳人，武林豪杰，平民百姓，衙役听差，神仙佛祖，龙君鬼判，妖魔野仙，包打开。影人头分脸谱与头饰。最讲究的是花脸脸谱，颜色主要往花脸脸谱上描。大家爱看的人物像包公、张飞、曹操、关公、程咬金、薛仁贵、王母娘娘、玉皇大帝、观音菩萨、唐僧、孙悟空、猪八戒都属于专用稍子。头饰简单，主要在帽子上。冠、帽、盔、巾等等。头饰是身份嘛。冠有皇冠、凤冠、都督冠、驸马冠。帽子有王帽、相帽、纱帽、罗帽、雪帽、毡帽、红缨帽。盔有高盔、帅盔、霸王盔、太子盔。巾有包巾、硬扎巾、软包巾、员外巾、文武公子巾、丑公子巾。头帽合在一起还要配上野鸡翎、髯口，样子就出来啦。服装跟秦腔戏装差不多，讲究五分脸七分身子。红柯：陕西皮影除牛皮做的还用驴皮做，青海牲口多，除过牛皮其他牲口皮能不能做？祁永启：骆驼皮能做，效果不及牛皮。怪得很，牦牛也是牛，牦牛做不成，牦牛在山上，黄牛在平川，牦牛驮货，黄牛犁地，牦牛跟藏民，黄牛跟汉民，画唐卡的颜料牦牛黄牛骆驼马都能用，做皮影子只能用黄牛。汉民种地，庄稼活儿谁也比不了，汉民是属牛的，皮影子就是黄牛变的。演了一辈子灯影，老了才觉出皮影是热的，牛还活着哩，牛眼睛在灯影里一闪一闪的。汉民跟藏民跟土族蒙古族一样都相信世上有佛，有来世，一头牛就是一条命，一条命怎么能死哩，牛变了个人嘛，变出这么复杂的人，变成戏文，叫人演叫人唱。在湟水的传说里，地就驮在牛背上，牛走得稳当，天下太平，五谷丰登，六畜兴旺，牛疯起来山崩地裂，现在科学上叫地震，过去就叫金牛摇尾巴。你信不信？你年轻你是个娃娃你肯定不信，反正我信，人活到六七十，就觉出来啦，在牛背上走哩，要小小心心走哩，一个跟头下去就垫牛蹄子啦。我在山里走了多少年，我老汉都记不清了。我四五岁时，我父亲给我一头牛，我到河滩上放牛，放了两日我就爬到牛背上，一晃一晃，舒服得很，我现在觉得啊我还在牛背上，就是我父亲给我的那头牛。我父亲活了80多，命好能活，1960年去世的。

金银滩草原

新庄村十几公里处是流亡在外的达赖十四世的故乡，政府专门修了柏油公路，这条路从皮影艺人祁永启居住的村前穿过。来不及去达赖的故乡了，反正在一条河川上，十几公里显得无关紧要。杨廷成的妻子和孩子还在平安县城，去家里坐一会儿，他的妻子是个医生，很贤惠，儿子5岁，给远方来的叔叔打猴拳。连夜赶回西宁。7月7日，杨廷成陪我去海北草原，王洛宾老人当年就是在海北的金银滩草原与美丽的藏族少女卓玛相遇，写下那首《在那遥远的地方》。这才是真正的黄河绝恋。廷成兄告诉我：当年那个卓玛还活着，平静而安详，媒体的记者千方百计也难以见到卓玛老人。这就是草原的壮丽与辉煌，这就是黄河畔沉默而坚实的大地。太强功利性的记者们显得有点滑稽。为什么要去打扰一位高贵的老人呢？美是不可接近的，我们向往而敬仰。正是鲜花盛开的时候，那种娇艳的花叫馒头花，还有紫色的马兰花，我躺在草地上，让杨廷成照相。太阳升高，牧人的帐篷升起青色的炊烟。我们去的帐篷，主人刚赶羊群到草原，帐篷门口有两个藏族小姑娘，11岁的卓玛嘉和邻居家的小妹妹。所谓邻居就是几百米外的另一个帐篷。我们感兴趣的是帐篷里的炉子，我在天山阿尔泰的哈萨克牧民毡房里见过的黄铜壶炉很简单，大多数人家只用小铝壶和大铁壶，3块石头支起一个灶。定居的新疆人，不管哪个民族都是一个大铁炉子。在甘南藏民家里，那镶嵌着黄铜图案的炉子让我大开眼界，我敢肯定没有哪个民族能把烧火的炉子制成艺术品，美在生活、在日常起居，这一点藏民体现得最充分。我一直想看看牧区藏民的帐篷，我用相机拍下这个泥炉子。帐篷的中央是生火做饭的地方，正对着帐篷顶部，帐篷顶是天窗可以活动，透下一束天光，也是走烟的地方。藏民用黄泥筑起"丁"字形炉灶，炉膛跟烤肉用的鏊子一样是长方形的深槽，有一米多深，倒进干羊粪，能容纳几大筐干羊粪，火焰坚硬而凝固，几乎是赤红的火，只冒起很细的青烟，更像香火在燃烧。干透的羊粪跟碎石子一样，散发牧草的干燥的芳香。羊粪火围着大铁壶。有个火门，用木块堵着，拨开就会升起火焰。炉膛的顶部是横面的碗柜，是跟炉膛连在一体的黄泥锅柜，跟书架一样有三四层，搁放炊具。令人惊叹的是炉子的造型跟骏马一样修长飘逸，曲线飞扬，抹得又平又光。卓玛嘉口述：这是我爷爷做的。我帮爷爷做。我们到海子边挖泥巴。有时候和泥总能找到细土。泥巴里揉上草，有树枝更好，用石片也行。只要是坚硬的东西，把炉架撑起来。你看这个长长的炉壁，跟马脖子一样，里边是一根干梭梭。炉架垒稳当，塞些石片压住，就可以上泥巴。先是大块大块塞，要硬一点的，爷爷让我揉一揉。爷爷一个人的时候就在地上摔一下扒起来用。有我帮忙就可能把泥巴揉匀。硬泥把炉子的大样垒出来，接着要慢慢上软泥，不能贴也不能塞，得一点一点抹上去，就像往脸上抹香脂一样。爷爷说：卓玛嘉往脸上抹吧。我那时才5岁，啥都不懂，就往脸上抹一下。爷爷擦掉我脸上的泥，爷爷抓住我的手，卓玛嘉呀往这儿抹，抹一抹，我们的卓玛嘉就长大啦。爷爷帮我找到抹泥巴的好地方。第一个炉子太漂亮了，比我还高，还湿着呢，爷爷就点起火。爷爷把我抱起来，一把一把往里放干羊粪就像往牛嘴里塞草料一样。干羊粪围成一圈，中间是干树枝。爷爷说：卓玛嘉呀，看见没有，火心要虚，人心要实。爷爷把一大筐干羊粪全倒进去了，堆成一长溜，火在慢慢吃干羊粪。那么多羊粪，怎么能吃完呢。爷爷说：等火吃完羊粪，咱们的羊呀也就把草原吃空了，咱们得搬家。我问爷爷：炉子搬走吗？爷爷说：炉子留下来在草原上过冬。"它不冷吗？""它吃饱了羊粪，羊粪是热的。"冬天也是热的。我的小脸和小手冻紫了，我肚子里没有羊粪我怎么办？爷爷说：卓玛嘉你怕什么？你肚子里装的是羊奶羊肉羊骨头，那都是羊身上的宝贝。"它们有没有火焰？""它们比太阳还要热，你张开嘴，快张开嘴。"我的嘴里冒出热气，有一股羊奶的香味。爷爷说："羊把最好的宝贝给人，把次一点的宝贝给炉子，羊身上全是热烈的火焰。""它是白的呀？""那是纯净的火。"羊群在雪地里吃草，它们的眼睛跟星星一样，要不是这些明亮的星星我会把它们看成大地上的雪。爷爷说：卓玛嘉去放羊吧，藏族的姑娘呀，就是大地上的雪，跟哈达一样，那是佛爷的羊。阳光铺满草原，大地热起来，可以坐在地上晒太阳了。卓玛嘉的爷爷回来了，老笑眯眯地摸着小孙女的头不说话。卓玛嘉把什么都说了，海北草原就这么些事情。卓玛嘉的父母带着弟弟在另一个地方放牧。老人说过两三个月他们也要搬走。"那个炉子怎么办？""有水有土就有炉子。"

积石雄关

循化，骆驼神泉

黄河从循化进入甘肃，《禹贡》里记载的积石山就在这里，与太子山相连。相传大禹王率先民凿开积石雄关，黄河呼啸而下，龙性勃发，并不直趋大海，而是龙行于天地，拐向兰州，在永靖旋腾出最初的太极图示。天地向人发出一种神秘的信号，那个最先感应的人杰叫伏羲，他以母亲河的气韵推演八卦。远古至民国，西域阳关以东至六盘山，全属甘肃，青海宁夏是民国以后的事情。甘肃全境便是中华始祖创造原始文化的地方，大禹王，伏羲氏，女娲娘娘，西王母，到了周秦，这两个远古豪族最初崛起于陇右。那个浪漫的周穆王，念念不忘母邦，从黄河之滨一直寻到天山寻到伊犁河畔。相传周穆王与西王母活动的范围辽阔无边。周穆王从渭河谷地北上蒙古狼山，溯黄河至积石山里宿海沿祁连山出大漠，在伊犁与西王母相会，继续西行，至沙衍地，今里海咸海间的沙漠。至乌拉尔山，渡献水，今伏尔加河。登羽陵，今波兰华沙。漫游旷原，今哈萨克吉尔吉斯大草原。过潇水，今格鲁吉亚库拉河。越温山，今高加索山。最后登上弇兹山，《山海经》说："弇兹山，日所入也。"那是太阳落脚的地方，也是夸父葬身之地。可以理解夸父的子民，周穆王，对西王母的恋情中隐含着对其先祖的渴望。弇兹山即大高加索山脉的最高峰厄尔布鲁士山，就是希腊神话中上帝惩罚普罗米修斯的地方，也是希腊众神汇聚之所。也是中国远古神话昆仑神话的最西边缘。应该说，那块风水宝地的最初耕耘者是周穆王和西王母，比希腊众神早数千年。汉唐时代的张骞玄奘班超薛仁贵樊梨花契丹耶律大石，直到成吉思汗黄金家族清朝康熙乾隆，一代一代，倾力西进，其心灵深处都隐含着对古老父亲母亲的依恋。《圣经》中所说的挪亚方舟最近在黑海沿岸被发掘出来，传说中的大洪水确有其事。远古的黄河之水，在大禹王到积石山后才有所缓解，大禹王的后人周穆王才有可能走向西域，走向旷原之野。好一个旷原之野！周朝的先民本是游牧部落，西王母纯粹是一个中亚草原女王，整个大陆，太平洋大西洋之间的辽阔大陆成为骏马奔驰的地方。遗憾的是周穆王没有走到真正的大海，他把里海咸海当作大海了。看见了海，就如同看到神圣母亲的乳房，周穆王很满足地离开西天，欲返东土。西王母难舍难分，女人的直觉很厉害，他们见到的是天海吗？女人的怀疑是对的。后来成吉思汗西进时的口号就是要让蒙古人的马蹄子溅起浪花。"我要走向最后的海洋，到那时，整个世界就将落入我的手中。"大汗的孙子拔都饮马亚得里亚海，地中海最迷人的水域，美人海伦美神维纳斯出浴的地方，古希腊罗马最柔软的腹部，欧洲文明最敏感的阴蒂，波斯王向那里伸过手，匈奴王阿提拉在那里让教皇下过跪，蒙古人拔都用亚洲草原的马蹄子踏裂梵蒂冈大街的石头。欧洲就是这样在一次次屈辱中在惊恐与战栗中爬起……希腊悲剧的核心就是在惊惧中走向庄严，在毁灭中永生，在屈辱中自尊，在罪恶中神圣，从《俄狄浦斯王》到《罪与罚》《白痴》《被侮辱与被迫害的》都贯穿着这条红线。为什么只有陀思妥耶夫斯基才能揭示欧洲人噩梦的秘密？因为俄罗斯人在蒙古人的马蹄子底下躺得太久了，忧郁得不得了，最典型的性格特征是先用马刀屠光大人，再把血泊中抢来的糖果送给孩子，恶棍与天使同在。东方人，不管阿拉伯人、土耳其人、中国人、蒙古人都是单纯的思维方式，没有这种把邪恶与崇高糅合起来的社会文化结构。最仁慈的成吉思汗以残暴而留在史册上，美洲大陆前后有5亿多土著的大灭绝不见诸任何记录。还有我们的《穆天子传》《山海经》，鲁迅以《故事新编》结束其小说生涯，总算给远古的祖先一点点安慰。基督显神迹的前2000年，真主悟道的前3000年，中国的天子周穆王跟美丽的草原女王巡游旷原之野，行程2万多里，重走夸父逐日之路，伟大的神话是有根有据的。周穆王不再儿女情长，他要东返中原，西王母从伊犁河谷送她的良人到天山之顶，天池为鉴，女王长歌不绝。周穆王东返至甘肃滔滔黄河，相传女娲娘娘在这里用黄泥造出大地最早的一对男女，一生二、二生三，奇迹般地变出大群大群的生命，顺大河而下。在这神奇的地方，竟然也有西王母的庙堂香火不断。可见女娲娘娘造的人也有离开黄河远走西域的。对西域草原上的人来说，女娲娘娘的黄河沿也是他们的故乡。成吉思汗崛起大漠后，他的子孙从北亚草原分出一支到青海甘肃，守护母亲河。明洪武皇帝取天下之初，迁江南子弟兵到河州到湟源西宁岷洮。与此同时，中亚撒尔马罕有一个高贵而自尊的草原家族，不堪忍受国王的迫害，兄弟俩带着80多位家人，因为是去远方逃生，全清一色青壮男人，骏马和骆驼上驮着羊皮纸上手抄的《古兰经》和家乡的水土，向着太阳升起的地方奔去。穿过茫茫黑夜，无边无际的黑夜，相传，黎明时分他们来到积石山下黄河边，水清且急，验之，跟家乡的水土一样。黄土高原与黄土草原本出一源，此时那匹带路的白骆驼完成了使命，跟神一样在泉水边化作一块白石，他们跪拜在地，神骆驼喻示着这里是新家园所在，他们来自遥远的撒尔马罕，便以撒拉人自称，与当地的藏汉民族通婚，因为两兄弟带来的都是男人，黄河母亲容纳了新的子民撒拉人。他们牢记着落根中国的年代，明洪武年，成为大明帝国的国民。他们也许意识不到这是整个东方民族收缩力量的开始，明朝也是西方列强开始扩张的时期，东方人的灾难已经开始，撒拉人的家仇背后便是一场人类的大灾难。在撒拉人之后，清朝乾隆年间，成吉思汗的子孙也难以在东欧大平原立足，渥巴锡汗带领的不是一个家族，而是数十万蒙古族民众，要知道当年蒙古人横扫世界的总兵力才20多万。渥巴锡汗的数十万百姓也是向着金色草原——太阳升起的地方奔去，那是一次悲壮的民族大迁徙，途中因战争和干旱死去大半，到达天朝时仅存六七万人，就是今天新疆博尔塔拉、巴音郭楞，内蒙古阿拉善，青海，河南等地的蒙古族自治地区。在蒙古族之后，是整个哈萨克草原的大迁徙，自由高傲的草原雄鹰哈萨克举行反俄大起义，失败后离开千年故土向古老的母邦天山草原奔逃，而俄罗斯从古到今所有的编年史只字不提嗜血的沙俄军队对草原的屠戮，重点描绘这些游牧部落如何遭难如何在中国受苦。学者们之后，是民国时期苏联红军数次越过边境直接在天山南北屠杀数万名游牧民族。与天山部落相比，撒拉人要幸运得多，他们在神驼的带领下，越过帕米尔越过天山祁连山，落脚黄河出山的地方，积石雄关，黄河在青海高原上积蓄酝酿2000多公里形成一股神力，而且是一种清澈见底汹涌咆哮的力量，劈开赤红色的群山扑向黄土高原。这是黄河最后一段清流，过了积石山太子山，黄河就永远结束其金色的童年，在黄土高原显示少年英雄的威风和豪气。撒拉人就落脚在黄河发力的积石山下，一边是大禹王的神迹，一边是祖先万里奔波逃生大漠的神话。他们根本意识不到他们是整个东方民族东撤的开始，神话般的撒尔马罕古城被俄罗斯人摧毁，美丽的老伊犁城也被摧毁。两兄弟和80多位好汉在远方开辟家园，创立一个崭新的民族，黄河岸边的创世纪！我更感兴趣的是这个数字，两兄弟与80多位壮士。相传千年以前，契丹英雄耶律大石在国破家亡之际也是率80壮士从大兴安岭辽河之滨远征西域，远远超过张骞班超薛仁贵高仙芝，在高仙芝当年战败的塔拉斯草原，耶律大石大败阿拉伯联军，立国都于八拉沙衮，降伏中亚各族，以中原体制重立契丹王朝。后代历史学家把西辽作为中原天朝的一部分，也作为成吉思汗黄金家庭西征的先声。契丹与蒙古人血脉相通，契丹在西域的百年基业，其结果是南亚、中亚、欧洲在丝瓷之后以契丹一词称呼中国。耶律大石与80壮士，其功业在人类历史上无人出其右。即使欧洲人现为天神的哥伦布们都是备有新式火器。以强大帝国做后盾，数百人去征服原始部落，根本无法与耶律大石这些东方的孤胆英雄相比。撒拉人可贵的地方在于，他们是一群逃难的平民，是普普通通的和平之旅，驮着撒尔马罕的黄土和泉水，带着一卷经书来到静静的积石山下，与土著的汉藏回各族和睦相处。相传，80多位壮士与藏族联姻，藏族头人尊重他们的信仰，只要求撒拉人在墙头放一块白石，这是藏族习俗的一个标志。从此，撒拉人在母亲河畔扎下根，生存首先是婚姻，女人是大地的象征，从明洪武年间的80多位壮士，到今天，撒拉族已是10万人的民族，这就是神话、生命的奇异之光。相传，撒拉人最初到达的地方是今天循化县街子乡，青海最大的清真寺在街子，寺里的镇寺之宝是先祖驮来的羊皮手抄本《古兰经》，全世界仅存3部珍本，一部在埃及，一部在沙特，一部在中国循化撒拉人手里。那头神骆驼依然卧在泉水边，清水里撒拉儿童跟鱼一样嬉戏，骆驼泉的对面是清真寺，那部珍本《古兰经》就收藏在寺内。与清真寺一路之隔是尕勒莽、阿合莽兄弟的麻扎，绿树苍翠，古朴静穆。出村子时，碰到一群妇女儿童，我举起相机，妇女们以手遮掩儿童们嬉笑。撒拉民居围墙厚实高达3米以上。村巷干干净净，墙根下流着清水，绝无内地居民区随风飘舞的方便面袋子脏物。土坯房子、土墙、土街巷、黄土清爽与人息息相依。内地来的我感慨万千。街子乡政府的秘书小李是个汉族小伙子，从西宁一所中专毕业，到循化工作。小李是青海本地人，大概是明朝时江南移民后代吧，小伙子清秀文雅一如江南书生。小李带我去找乡文化站站长韩老。撒拉人大多数姓韩，当年在新疆随陶峙岳将军起义的骑七师师长韩有文将军就是循化撒拉族。骑七师大多官兵是撒拉族回族，是马步芳的一支劲旅。骑七师在新疆堵住了三区革命的狂潮，三区民族军被死死地扼制在玛拉斯河西岸。国民党军队在关内溃败之际，外蒙军队在苏联空军支援下直扑北塔山，若北塔山失守，乌鲁木齐失去北方屏障，中国军队将重蹈明朝覆辙。驻守北塔山的骑七师官兵浴血奋战，与哈萨克牧民相配合，击毙外蒙军千余人，与此同时，解放大军克兰州后，远征新疆。王震将军接见起义军将领，见韩有文第一句话就是："北塔山之战，打出了中国军队的威风。"撒拉子弟为捍卫国家流过热血。撒拉汉子硬气，撒拉人的格言是掉了脑袋，也要走到黄河边喝一口黄河水才是撒拉汉子。小李对撒拉人很了解，据他讲，全青海省的工商界撒拉族企业家举足轻重。"等一会儿你就知道了。"文化站老韩家真让我吃惊，门窗走廊全是原色好木料，我在伊犁维吾尔族居民区见过这种大方宽敞的中亚式民居。伊宁市有一条大街，全是维吾尔族富商的宅子，精美绝伦不亚于英国的贵族庄园。撒拉族来自中亚，建筑风格依然保持着撒尔马罕的特征，只是把天蓝色变成金黄色。因为他们成了黄河的子民，母亲河的乳汁是高贵的金黄，这是其一；其二，撒拉人的第一代母亲是藏族，信仰佛教的藏族把金黄色作为佛的化身，即金身佛像；其三，积石山是青藏高原的累累岩石与黄土高原的分界线，丰厚的黄土地从大禹王的斧痕里倾泻而出，黄土与黄河浇灌出万国之国，华夏民族。撒拉人把遥远的中亚黄金高原完美地结合在一起，从此结束其飘忽不定的马背生涯，成为黄河源的农民，洒汗水于黄土收获麦子谷子和豌豆。韩站长一边派人去找村里最后的刺绣老人，一边让家人打搅团。搅团是陕西农村最古老的吃食，想不到在积石山下能吃到搅团。想不到撒拉人会用搅团待客。陕西农村，穷人才吃搅团，用玉米面做。我小时候吃玉米发糕、玉米饼子、玉米糁子吃怕了，吃得肠胃冒酸水，可不吃玉米实在没啥好吃的。有一年春天，就是农村人最难熬的二三月，肚子咕咕叫，不想吃搅团，就从菜窖里偷一个大萝卜一口气吃掉，肚子叫得更凶，饥饿更难挨。我初中开始冷水浴，向往斯巴达式的清教生活，大学时手臂上长毒疮，要开刀，打麻药会影响大脑，我咬着牙硬让医生下刀子，15分钟的手术，汗水渗透棉袄，刮骨疗毒也不过如此。我的自制力不是一般人能比的，但我无法忍受饥饿，面对美食总是心跳加快，热血奔涌，腮射神光。主人端上一大盘搅团，有8小碗，跟陕西搅团不同的是豌豆面，浇上油泼辣子水，拌以土豆羊肉丁，浓香扑鼻，肠胃比心灵反应快，我连下3碗，小李下5碗，主人哈哈大笑，说我们运气好，村子里有位在西宁当人大常委会副主任的老乡回家探亲，什么都不稀罕，只要搅团，我们吃的就是这一锅搅团。

撒拉族刺绣老人韩爱霞

我们一起去韩爱霞老人家里，韩爱霞，撒拉族，60岁，我们看到的那张照片是在韩站长反复劝说下拍照的。伊斯兰妇女坚守教规不抛头露面。老人勉强答应，也只给我这个异教徒一个侧面。尽管我崇尚伊斯兰文化，在西域少数民族地区生活过10年，去乌鲁木齐出差，一定要去南门清真寺旁边的伊斯兰经书店购买书籍，张承志的《心灵史》，萨迪的《果园》《蔷薇园》《真境花园》等都是在那个小书店购买的，但一个汉族人与伊斯兰教徒的交流还是比较困难，最好有本民族的公家人陪着。我称赞韩大娘手艺好，是真正的民间艺术家。撒拉族有本民族语言，但通用汉字，也都会汉语，可以交谈。韩爱霞：我不是艺术家我是庄稼人，这些都是女人的家务活。村子里人人都会，只要是女人，自小得学扎花绣枕头。谁教我？我娘我婶子嘛，小小点就学针线。能拿针线才敢跟村子里的姐妹交流，看谁的手艺好。在家里学针线跟外边不一样，在家里阿娘指教，做不好就给你说，在外边没人给你说，谁的活好看一眼就知道了。不是教是看，看不会只能怪自己，针线活都是看会的。做姑娘的时候，给娘家人做，穿的戴的、炕上铺的、墙上贴的都是姑娘们的事情。男人务庄稼做生意，女人管家里。男人的穿戴就是女人的体面。出嫁前都要学会学好，到婆婆家不受罪。女人凭一手好针线立身哩。红柯：你觉着苦不苦？韩爱霞：辛苦嘛，咋不辛苦？过日子就是苦出来的，女人苦，男人也苦。红柯：你的孩子会不会做针线？韩爱霞：女子学儿子不学，女子不会针线我这阿娘脸上没光。红柯：女子是娘的光。韩爱霞：肯定嘛。你问我做过多少？记不清啦，做一辈子啦，做饭做针线，自己用还要送人。街坊邻里亲戚有喜事，就送人家几副枕头套，鞋袜垫子，手艺好人家就高兴。女人有没有地位，就凭这个，在村里在亲戚中要有个好人缘。布料呀，丝线呀都是节省下来的。送人的布料要新的，就得想办法给全家人做衣服的时候能用旧衣料代替的都补上去，把新布省下，轻易不敢用。都是偷空做。有时丈夫感到奇怪就问我：一整天见你做饭嘛，咋出来这么多活？丈夫说的是实在话：大白天，做饭做鞋袜，全家老小知道我手里给谁做，谁也看不见我给街坊邻居亲戚们做。

这些活呀都是晚上做，过去没电灯，油灯不能太大，豆粒大个亮就能做活。做一件衣裳得六七天，偷空就做。扎花绣枕头，给娃做衣裳，要花花的，松枝梅鹿葡萄仙鹤，心里想啥手里就出啥。从前呀，头上戴的号帽也是手工做，绣个蓝花边。红柯：现在妇女很少做针线活，机器把生活用品都造出来啦。韩爱霞：机器是机器，人是人，我们街子这地方，还兴着针线活。自己家里人，一针一线做出一身好穿戴感觉就不一样，你问是啥感觉？穿上我亲手做的活，就觉着亲，啥叫亲人？亲人身上有我做的东西嘛。记得生养头一个娃娃是个乖儿子，虎头虎脑，穿我做的一身好穿戴，娃乖的呀，帽子呀小袄袄呀鞋呀就跟娃身上长出来一样，就好像不是人做下的，是从阿娘身上下来的，生养下的。要么人家都说娃娃是娘身上掉下来的肉，其实娃娃穿的吃的喝的哪一样不是女人身上下来的？老人只说到孩子，我想听听她对丈夫的感觉。这是不可能的。大西北最硬气的撒拉汉子，绝不是我们内地人想象的那种情感。以我在天山10年的经验，大都市人们所认为的边远地区，尤其是伊斯兰男子，表情冷漠，刚强有余，温情不足。香港凤凰卫视《千禧之旅》到达伊朗高原，自以为是的女主持人竟然以为紧跟在丈夫身后，掩着黑纱的高原女子很不幸。真正的不幸是我们日益腐烂的文化和繁荣现代化都市。王安石说：美当处险远。在循化，我搜集一首撒拉古歌，是一位丈夫哭诉对亡妻的思念：

哭媳妇

哎西：我的艳克娜姑

你年轻轻的无常了……

　　我甚至认为，在封建时代，人类才可能产生诚挚的感情，现代文明的臭氧层被捅个大洞，机器异化的人类早已成行尸走肉。清洁的积石山下，还依稀存在着古老而淳朴的人类情感。这首撒拉民歌所吟诵的不正是唐人诗中的情感吗？"慈母手中线，游子身上衣。临行密密缝，意恐迟迟归。"撒拉人把古老的情感保持到这个世纪，真是一个奇迹。

黄河第一州，甘肃河州

　　积石山最早以大禹王而闻名天下。远古洪荒时代，水患无穷。相传，大禹王治水走遍神州大地，西至黄河源，以神斧劈开积石山，给母亲河一条大峡谷。从积石山开始，母亲河开始吼叫，开始奔腾，不再是青海高原安静的孩童了。黄河从积石山开始显示力量。赤褐色的积石雄峰与西域的火焰山很相似，一团凝固的烈焰似的，分开青海与甘肃，也分开了青藏高原与黄土高原。在积石山的右侧，起伏着超拔青苍的太子，整个河州环绕在太子山剑刃般的峰峦之中。相传，秦始皇削平六国，派公子扶苏、大将蒙恬北扫匈奴，荡涤河源，因为秦的先祖就是甘陇一带的游牧部落，扶苏率大军到河州，荣归故里告慰先祖，那几十万扫六合的虎狼之师，惊天动地而来，给人的印象就如同连绵的群山，那雄奇的山便以太子山流传下来。后来是唐将薛仁贵由此征西域，李自成白郎义军挥军太子山。明朝那个刚烈狂暴咬断太监脖子的兵部尚书王竑就是河州人氏。黄河的暴烈首先体现在人的秉性里。有意思的是，孔子的一支血脉也落根河州，孔子周游列国不入秦，他的后人就要补偿这个"过失"，永远守在河源；书圣王羲之的家族一支，也落脚河州，因为三大名砚之一的洮砚就出在洮河元滨。再后来，是随蒙古大军从阿拉伯伊朗来的新的黄河子民回族，落根于河州。天下唯一以母亲河为名字的州，成为汉、回、东乡、撒拉、保安等多民族聚居地。

一、大河家

甘肃的门户，也是河州的开端——大河家，紧贴着黄河与积石山，不足5米远。河对岸隔着积石山是青海的循化县。禹王庙就在黄河大峡谷，悬崖上留有神斧的痕迹。近200年，大河家以保安腰刀而闻名，但我更想了解铁匠这个古老的手艺。打造农具绝对比打造刀的历史悠久得多。人类首先是生存，原始人从石斧开始劳作，才有繁殖的基础。大禹王无非是远古的部落酋长，比前任更有经验更有勇气，带着部众从黄河泛滥的中下游跑到上游、跑到河源，无论多么凶顽的大河，其上游绝对安静。大禹王就在积石山下安营扎寨，炼出最早的青铜器去破山石。冶金技术大概是从治黄河开始的，破开积石雄关，引起一连串革命，耕地成为可能。这是西部第一次大开发，聚集那么多人，进行那么浩大的工程，最关键的是给西部带来先进的冶炼技术。大河家最早的工匠大概是陶工和青铜器工匠。从青海湟水谷地到甘肃河州，出土的文物都是彩陶，碗、盆、缸之类。大禹王的部落治好黄河后，品尝到了最初的丰收之果。这里的匠人很多。

铁匠谭继新

谭师傅，45岁，汉族。谭师傅的铁匠铺设在大河家镇的最西头，靠近黄河大桥。我于7月2日到大河家，正在修路，街上全是尘土石头和推土机，全镇没有一家国营旅馆，全私营，打听到新民旅馆不错，进院子见有公安人员住这儿，就放心住新民旅馆了，老板是个回民。我不先急于找手艺人，我赶到黄河边。在兰州见过平静壮阔而混浊的黄河以后，一直没再见过黄河。大河家的黄河是清澈的，黄河从源头到积石山一直奔流在岩石与草地间，没有受黄土的浸染。河边有人钓鱼。从大桥下过去，有一条小河从东边流经乱石滩汇入黄河。有民工筛沙石。有个本地青年指挥民工，看样子是个水利干部，很热情地帮我照了几张相，我就打听保安腰刀的工匠。小伙子带我去他的办公室，看我刚买的保安腰刀，"算盘珠子"，刀锋寒光闪闪，他说刀子不错。"手艺最好的是谭师傅"。他提到谭师傅，很神秘，简直就是个传奇故事。相传谭师傅祖祖辈辈以打铁为生，是方圆百里人人皆知的铁匠世家。"铁匠打的刀子才是真刀子，现在你看到的刀子是手工打的不错，但那都是用钢板凿出来的。谭师傅的刀子是用生铁做，亲手从铁里头炼出钢。把铁烧化，加炭，一遍又一遍化开，在模子里蘸水，再烧红，红到赤白，插进新鲜牛粪里头，半夜子时抽出来，加热，轻轻敲打。日本人找他做过宝剑。现在不做了。"小伙子把我介绍给谭师傅，谭师傅确实不做刀子了，承认以前做过，好多年不做了。问他为什么不做刀子，大河家刀子很有名呀。谭师傅就沉默了，比牧区的藏民还要沉默。大河家历来是战乱之地，大河家汉民占大半，都以务农为生。谭师傅沉默之后说："我是全县最好的铁匠。"铁匠铺子里全是农具。谈到农具，谭师傅一下子精神起来。谭继新口述：我是大河家本地人，汉族，多少代了？有上千年了吧，大河家大多数汉民是本地人，都有十几代了，据说明朝洪武年间从南方迁了一些汉民，是军户，后代就变成老百姓了。我们祖辈就是铁匠，我自小给父亲打下手，抡大锤。大人让你练力气，铁匠这活儿没力气不行。我们这里是山区，种地靠人力。你说内地也是靠人力？农民都是下苦的人，我没去过内地，听人家说内地条件好，原来内地的农民也要用锄头，内地的铁匠很多喽？你说工厂可以造。我们积石山也有农机厂，临夏也有，犁铧、镰刀、锄头、斧头都能造，铁匠铺子没法比，可工厂里修理不了这些小农具，比如锄头，农民买一把锄头就一直用下去啦，损坏一次就拿到铁匠铺里轧一下钢，淬淬火，又是一把好锄头，跟刀子一样攮进土里。铁匠都种一点地，既是匠人，也是农民，一来自己有粮食吃，二来自己打造的农具自己用，手不生，种地的经验对打造农具很重要，匠人能体会出土地对农具有啥要求，土地不会说话，可你跟土地打交道的过程中你完全可以感觉出土地的心思。这些东西，工厂里是不可能有的。工厂都是批量生产。铁匠铺就很方便，农民按自己的心愿给匠人讲清楚该打成啥样子。尺寸大小轧多少钢，跟裁缝做衣服一样。定做的东西，跟批量生产差别太大了。我们这里全都是山地，不愁没活干。主要是修修补补，轧轧钢。你说锄头的最大极限？当然有个顶，轧钢次数多，锄头的身坯就散了，秃得太厉害，就是一块废铁。以前没有专门做刀子的，以前的铁匠就用废铁打刀子，用烂的锄头、斧头、犁铧、马掌铁，化开，在模子里蘸水，锻打成刀子，做刀子剩下的边角料，就打钉子。为啥说，好铁不打哩，不能浪费呀，一丁点铁末子在铁匠眼里都是宝贝疙瘩。你说得有道理，机械化对手工业是个很大的威胁。平原川地的农民就很少到铁匠铺里去，农具还在用，大家不像过去那么节省过日子，锄头、镰刀、斧头，用坏了，也就扔了，连交废品收购站也懒得去。铁毕竟是铁呀，手工和机器只改变了铁的形状，土地可不管这个，插进土里都一样。我想手工的铁器更适合土地。你觉得我的想法可笑是不是？你就不想想土地给人的粮食从古到今没多大变化，小麦还是小麦，豆子还是豆子，谷子还是谷子，牛还是牛，马还是马，苹果、梨还是苹果、梨，牡丹还是牡丹，机器能造出一匹马一粒麦子？我就不相信机器这么日能？你就说酒，老先人杜康造下的酒，粮食发酵的精华，让工厂的酒精一兑，成了个啥了吗？咱还说咱的手艺，不就是种地吗？亲手打造一把锄头，亲自扛着锄头到地里去干活流汗，土地就告诉你许多东西。你不要以为农民种地只为吃饱肚子，农民还需要土地给他安慰，有心思到地里干活就会忘掉一切苦恼。农民把土地叫土地爷，当神敬着就是这意思。一把锄头，就是铁匠身上的一个器官，也是土地爷的一个器官。匠人把手上的活当宝贝疙瘩，一点也不敢马虎。

【好钢轧在刃上】

这是大家都知道的道理，就是说一把锄头的尖尖是钢的，大半个身子是铁的。农具和刀都是这种构造，刀子十字锋刃，刀口尖端部分都是好钢。我的铺子里有时也打新锄头斧头镰刀，大多数是修理用坏的农具，以磨损的程度大小加钢。一般庄稼人都很爱惜农具，尖尖稍磨损些，就拿来轧一下钢，用得太狠，磨去大半截加钢就费事价钱也高，用起来不一定得劲。有狠人哩，一般都是远处人，离镇上远，一年半载上不了几回街，硬下心往坏里用。其实农民心很软，我用过各式各样的农具，用过各式各样的牲口，农民用这些东西很小心很爱惜，农民很少看病，硬撑，撑不住睡上一觉就成。跟自己的身体相比，农民对待牲口对待农具是很细心的，农具擦得亮锃锃的，牲口刮得干干净净。农民把农具牲口用狠的时候，他自己不知把自己弄成啥样子啦。你看一眼就知道他是个啥样子，眼睛里黑咕隆咚，像遭了火灾，手里提着用坏的锄头，人比锄头烂啊。往地上一撇，再往地上蹲，只抽烟不说话。匠人接上这号活，格外经心。加热变红，变软，跟面条一样；主人用得太狠，半个锄头都没啦，需要的不是钢，是铁，加上些好铁，把身子补完整，加钢的地方只一点点。把钢烧热烧红，红成白的，刚一发白就要敲打，翻个儿敲，就把钢刃跟身子锻打在一起。一回不行，要反复好几次，在炉子里烧，拿到砧子上敲打。手艺好的匠人不用模了，凭老经验给锄头定型，正面侧面反复敲，铁是软的，正面使劲大，侧面使劲小，把多余的部分敲进去，敲实、敲平整。锄头的样子有了，还要弯起来。匠人种过地就知道往哪里用劲。把定型的锄头放炉子里面加热，轻轻地敲打，要让锄头很自然地弯出曲线，光光的，跟尖尖的刃口拉平。要打造新锄头，接下来的工序就是熔接锄把儿。要瞅准尺寸，趁着高温，铁是软的，插进去，插稳，不能让它变形。一冷却，锄把儿跟锄身子就牢牢粘一块，再加热也掉不了。最后是淬火，把做好的锄头再加热，再急速冷却，刃口的钢就会变硬，尖刃就更锋利。一般淬火都用水来冷却，冷水淬火钢口坚硬但太脆，容易崩掉豁口。用温水、热水，钢口就有韧性，有弹力。一把锄头，刃是钢，身子是铁，农民干活，从不乱用农具，挖地就挖地，只使用有钢的尖刃，也不会去挖石头。土质不好的薄地，农民用锄头轻轻刨，刨出石头，全是土的时候，就抡圆锄头狠狠挖下去。挖地跟打猎一样是个细致活，该软处软该硬处硬，你千万不要以为农民都是粗人，软硬掌握不好，算个啥农民嘛，匠人也一样嘛，火候有软有硬，敲打的铁块块也有软有硬，农具在农民手里跟在铁匠手里是一样的。打刀子跟打农具的过程差不多。你不要问啦，我老先人打铁我就打铁，老先人肯定打过刀了，我也打过，我现在不打刀子，我就不谈刀子，人嘛，弄啥说啥，不弄啥有啥说的哩？

【保安腰刀】

保安腰刀与新疆英吉沙刀、内蒙古蒙古刀齐名，号称中国少数民族三大名刀。我在新疆的时候，购过不少精美的英吉沙刀子，只能在天山南北佩带，不能出新疆，我的那些漂亮而彪悍的西域名刀全让警察没收了。西域10年，没牵回一把钢刀，梦回萦绕，常在利刃的吼声中惊醒，枯坐到天明，痴呆如傻瓜。"走黄河"我刻意选择牧区和少数民族地区，志在刀也。大河家街上销售保安腰刀的专营店有十几家，以这些专营店为网络，吸纳了附近村庄大多数手工艺人，即有名的保安三庄。据说200年前，保安人从青海省黄南州同仁县保安堡迁到大河家，一边务农，一边做手工业，刀具精美锋利。新疆英吉沙刀刀柄华贵，镶嵌着玉石玛瑙，刀锋刀柄造型优美，有花纹，艺术夸张力强，有欢快之感。蒙古刀，刀锋是弯的，刀鞘华美，饰以龙、花卉、盘长等图案。与两者相比，保安刀显得朴实大气，刀锋笔直豪迈，仅在贴近刀柄处嵌以数点星月，或一把手。刀锋刀柄相连处没有横梁相隔，直接过渡到锋刃。刀柄的华美也别具一格，不用玉石玛瑙之类，而是一层钢压一层牛角，连压十几层，所谓什样锦，刀柄头部留有小孔。刀鞘以铜皮砸成，包以木头，刀锋入木，塞得紧紧的。整体上简洁彪悍实用，与质朴之西北风土相吻合。所以，兰州以西各族群众都喜欢佩保安腰刀，一柄在手，一股豪气油然而生。我到达大河家，来不及住店吃饭，先到商店里买了一把珠算刀，心里才安然下来。店老板叫沙学林，保安族，三庄人，跟妻子一起经营刀具店。柜台里的大多数刀具出自一个师傅之手，沙老板很快叫来做刀子的师傅赛吉。赛吉，保安族，31岁。

艺人赛吉

赛吉口述：我做刀子是祖传的，小时候就跟大人做刀子。太小大人不让碰，十二岁，手上劲长足啦，大人才让做。为啥十二岁？保安娃娃结实着哩，七八岁就是一个金刚猛小伙子。儿子娃十二岁就长齐全啦，十二属相嘛，刚长满一轮子。大人就叫上打下手，拉风匣，敲打刀坯子，都是些粗活，大人忙不过来。敲打好的刀坯子。复杂活儿大人自己做，让娃娃看。听说过吗？手艺活是看下的。大人不动嘴，只管用你，你反应不过来，就是一巴掌，打你的记性，火辣辣地疼，大人说这是给铁加热哩。灵得很，下回你记得牢牢的，脸上发烧，记性就格外的好。你不能指望大人回回扇你耳刮子，逢到该记的地方，脸自动就烧起来啦，脑子特别清楚，清得跟水一样，你想记啥就能记啥。大人看起来粗拉拉的，实际上是有意识指教娃娃要细心。大人从来不明说，叫你慢慢琢磨，大人的心思都是在汗水里琢磨透的。娃娃的心每细一下，大人就教你一样东西。给你说过嘛，大人从来是动手不动嘴，最多是说，赛吉，把锤拿过来。不用问，教你使唤铁锤哩。大人先抡上一气子，你细心地看大人咋抡起，落下，铁锤的轻重一下跟一下不一样，敲打的材料也在不停地翻，要看准哪个位置用力猛，哪个位置轻轻敲，越要紧的地方用力越轻，有时候你看着心急，哪是铁锤打铁？是拿舌头舔哩，材料被舔得浑身发抖，材料是加热的钢板嘛，一块钢就这么轻轻地抖啊抖啊，轻飘飘的跟纸一样跟鸡毛一样，眼看着钢板要飘起来啦。钢到底是钢，银铛翻个身，一下把大人逗躁了，铁锤跟炸雷一样落下来，钢板被打得连头都不敢抬，一动不动贴在砧子上硬挨。这时候，大人就会说："赛吉你来试一下。"大人要喝水要吃烟，娃娃打下手嘛，娃娃要有眼色，赶紧接过铁锤，把大人做过的活仔仔细细重复一遍。大人呢，连看都不看你，喝水吃烟，可你发现没有，大人拿脊背看你哩，大人的耳朵跟雀儿一样，大人细细地听哩，凭响声就知道你娃娃敲打得对不对路数。你以前挨过大人一巴掌嘛，那个大巴掌刻在脸上啦，平时看不着，脸一热就出来啦，灵得很，你得把心提到喉咙眼，心细得啊，细得跟无常鬼一样能钻针屁眼，倏忽——钻过针屁眼，你可以放胆子抡圆，铁锤抡圆，好活就出来了。不用大人说，你自己心里慢慢就清亮了，钢是铁里头打出来的，人是铁嘛，大人得亲手把里头的杂质打出来打掉。啥时娃娃有个样框，大人才能松一口气。娃娃软和，娃娃的样框是从大人的模子里倒出来的。女人生娃娃，男人管娃娃。管教娃娃操心得很，女人的累看得着，男人的累在心里头。我有了娃娃才体谅出我家大人当年的苦心。为给娃娃一颗精细的心，大人自己的心都操碎啦，成碎渣渣啦。

【一颗精细的心才能学到手艺】

多长时间？得五六年。从十二三岁学手，到十八九岁，才能让胸腔里那块肉细致起来。心里有了，啥就都有啦。你就会明白人一身的力气不在手上脚上，在心里头，从心里发力，手才能摸对地方，摸出门道。铁锤是从心里抢出去的。会使锤是第一步。接下来是掌握火候，材料加热才能用，火太大太小都不行。眼瞅着火发红发白，要瞅到火心里去，掌握火心。我算看透啦，世上东西没啥差别，我是做刀子的，刀子就是一条命，经我的手，它就活起来啦。刀子是咋活起来的，我自己清楚。我把一块钢板拿在手里，我的心就搁进去啦，我把它摸得透透的，我不能胡来，一件活有一件活的规矩，料在匠人手上，不管点火加热，它先在匠人手上变热变软。匠人要做一件活，先把料掂一下，凭经验这么一掂，心里就有七八成把握了。料已经有了一口气，是匠人给它吹进去的。等火生起来，匠人就抛开钢料，一门心思弄火呀，得把火调理好，把钢板放进去，匠人的心也就进去啦，一团大火要听匠人指挥。火和火中的钢板跟木偶一样听匠人调遣。往火炭里吹风，吹多大，火心要虚，虚多大空间，空间大小不同出来的火焰强弱就不一样，钢料不能猛热，要均匀。加热好的钢料搁在铁砧上，就开始敲打。用锤很关键，匠人对钢料对火的把握就靠铁锤来敲打，使不好铁锤，对钢料和火的心就算白用了。巧妙地敲打就把匠人投放到钢料炭火里的心劲固定下来啦，其实，铁锤上也悬着匠人一颗心哩。匠人几个地方用心哩，几颗心一齐上劲，刀子就出来啦。这还不行，还要淬火哩，就是蘸水，太硬就会炸开，太软又不锋利，不软不硬，韧中带刚才能把刀子的脾性发挥出来，淬过火的刀子才是真刀子。你看一个匠人，得操几个心，人家说水火不相容，你要把水火融到一搭，钢铁，炭火和水，你悬着一颗心把心悬得高高的。你过积石峡没？过了就好。你知道积石峡为啥那么险吗？积石山硬硬是让大禹王给劈一道缝，弄出这么凶险的一道景致，按老辈人的说法，那不是白白给世人看的，是教世人咋做事咋活人哩。我这么给你说吧，我们保安族几百年前从青海流落到大河家，流落到积石雄关下，黄河水边，你看那积石山，寸草不生，红堂瓜水跟堆炭火一样，黄河水就贴着山根淌，清清的，上天硬是把一堆炭火一河清水糅在一搭，这是上天教保安人咋做事咋活人哩。保安人就靠这山这水的灵性做刀子哩。我给你这远路客谈了这么多刀子，其实就一句话，要有一颗精细的心才能做出刀子。保安人的心是积石山锤炼出来的，是黄河水淬过火的。你看匠人打磨刀子，又是磨又是凿，又是雕图案，那都是外边的样子。刀刃太硬就刻不出来，太软啥图案都能上，又好看又花哨，但刀刃不利。软硬要合适，能刻上图案，但不能太多，匠人一下手就知道这把刀不是好糊弄的，得给它上一两盘精致的菜，唰唰几下就行啦，等于给刀刃长了一对威武森煞的眼睛。锋刃咋样才算利？我这么给你谈吧，不用热水焖，不用上香皂，直接上刀，刮胡子，噌噌噌跟麦客割麦一样。保安腰刀老样子的有一把手、什样锦、马鞭刀，这都是流传几百年的刀子，性能好，结实，看着有点笨，可实用呀，中老年人喜欢，一般人还是喜欢一把手呀，什样锦。年轻人喜欢美观漂亮，造型要好，时髦，这几年就推出了些新样式，像珠算刀、甘沟刀、尕角刀、马头刀。年轻人挂在皮带上当装饰品，看着威风。你问我什么时候带徒弟，十八岁出师那年就带徒弟啦，有亲戚的娃娃，有朋友熟人介绍的，到了二十七八岁，名气出去了嘛，就有慕名投师的。工艺人，很看重远路来投师的学徒，这是一种荣耀，跟教自己的孩子一样教徒弟，徒弟多啦，有保安族、回族、汉族、东乡族，来者不拒。我最满意的徒弟叫马穆撒，保安族，26岁，是个哑巴，聪明，悟性好，带这样的徒弟，不但不累，而且解乏，教他一点，一点就通，通得很透，出乎你的意料，你能不高兴吗？他的刀打得好，最好的是刻图案，星月一把手，连花鸟都刻上去了，花鸟过去的刀子上没有呀。刀是杀生的，是武器，这个哑巴马穆撒把花鸟刻在冷飕飕的锋利的刀刃上，味道就不一样了。这种刀子难度大，都是定做，一年有个定量，多了就滥啦。

艺人马吉

大河家最有名的刀具厂是保安老人马吉先生筹办的，积石山刀具厂，把全县的工匠聚在一起，批量生产。批量生产不是用机器，是手工做，炉子，老虎钳，分工协作，有点像手工作坊，形成配套操作。各族职工都有，因为保安腰刀早已成为一种象征，超出保安族的范围，为各民族所喜爱。生活在积石山下黄河岸边的各民族群众当中很自然涌现出许许多多匠人，做刀子的高手。积石山刀具厂位于大河家镇西巷子里。我刚住新民旅馆，旅馆马老板就给我推荐马吉，说马吉的刀子远近闻名。镇子相当繁荣，店铺林立，古代这里就是古丝绸之路的大码头，驿站，历朝历代都在此设关设卡，商旅、官家人员来往不断。我跑了几条街巷找不到马吉的刀具厂。我采访完铁匠谭继新，做刀子的赛吉，寻找大河家镇的副镇长马帮英。马帮英是以前的文化站站长，积石山的农民画家王福祥给我介绍的，让我到大河家找马帮英，也找不到。马帮英开的照相馆，紧贴黄河，离水边仅四五米远。孤身在远方，常常感到凄凉，与张石山通电话，他已到达晋南。他从山西赴青海时，在宝鸡换车，我们聚了一天，他先行青海、甘肃。电话亭的主人是个回族小伙子，说："你的口音怪怪的，你是新疆人吧？"我满脸黑胡子，确实在新疆待过10年，他说他也是新疆人，伊犁地区霍城县红旗公社人。我们谈了一会儿生意上的事情，我告诉他，霍城边贸大开，霍尔果斯很繁荣，生意好做，小伙子离开伊犁太久，跟听天书一样，不过他认识做刀子的马吉，给我详尽地比画半天，我终于在背街很偏的巷子里找到马吉老人和他的刀具厂。马吉，63岁，保安族。马吉口述：我是大河家甘河滩村三社人。做刀子嘛世代相传。我的老祖先几百年前在青海的时候就开始做刀子，青海同仁县的保安寨子，是我们的老家。我们最早是给朝廷守边关的，后来战乱，迁到甘肃，打刀子就成了我们活命的手艺，保安人把这个手艺看得很重。我们迁到大河家，一边种地，一边做刀子，保安人把手艺看得比土地都重要。你肯定觉得奇怪，农民都把土地看成命根子。大河家这个地方，历来都是兵家抢夺的要塞，战乱年代，哪能种庄稼呀，种下粮食，风调雨顺，军队开过去，啥都没有了。大河家这地方贴着黄河，地好啊。可保安人信手艺，不敢把一切全押在土地上。我们保安人既是农民又是手艺人，跟回族不一样跟汉族也不一样，回族种地就种地，做生意就做生意，汉族守着地几辈子不动，战乱就躲，过了又回来收拾毁坏的家园。保安人到了大河家就没再离开过，可几百年前从青海那次逃难印象太深了。保安人即使离开家园离开大地，凭着手艺，就能活命，一双手是自己的，是世界上最可靠的东西。保安娃娃受大人影响，学手艺很乖很自觉。我父亲是铁匠，我七八岁就跟父亲学手艺了。打刀子也打农具，打一把好刀子要卖几十把锄头的价钱。到了十一二岁，父亲就送我去读书，那时候保安人念书的很少，顶多到清真寺跟阿訇学经文。父亲送我到学校念书，父亲很有眼光，保安人要有文化，才有前途。我是1935年出生的，解放那年我十四五岁，我有文化，就当生产队的会计，20多岁当大队支书，当支书当了30年。解放了，有了集体，1955年我们就成立合作社专门做刀子，把手艺好的人组织起来。历史上，保安人做刀子都是单干，以师傅为中心带一帮徒弟，发展不大。50年代，政策不大稳定，加上我们经验不足，合作社一会儿倒一会儿起。不管怎么说，那是个史无前例的尝试，工匠们互相交流提高很快。社会主义给我们保安族提供了很好的发展机会，1975年，国家民族委员会、宗教局、临夏州联合起来，给我们拨专款12万元，在当时这是一大笔钱，我们用这笔钱建了厂子，从原来生产队的作坊式生产，变成一个具有相当规模的工厂。我们那里交通不方便，往内地发展就很困难，主要供应临夏、甘南、青海，还有新疆这些民族地区。这是个集体性质的工厂，工匠们做活不误种地。保安族的好匠人基本上都吸收到厂子里，一直保持着手工打造的工艺技术，专门指定手艺好的师傅带徒弟，把手艺传给年轻人。现在生活富裕啦，做生意就能赚更多的钱，我们要求年轻人不管以后干啥，先到厂子里来学这手艺，这个手艺是我们保安族的特征，不能失去这个特征。以后学成了，不做刀子，干其他行当，可以呀，可这种训练对人很重要，我们民族古老的原始的精神在里边。我上过学，我觉得手艺跟书本有很大的不同，书本教给人谋生发财的本领，而手艺就不是这样，有关手艺的知识都是师傅言传身教，身教多于言传，一个村庄的人都要学会，这是大家共有的知识，是全民族的，长辈有责任把这些东西毫无保留地传授给年轻人，每个人都有权利获得这种生活的能力。手艺学的是生活的能力，手艺教育与钱财有关，但不全是为钱财，长辈会把生活的全部秘密和真谛传授给年轻人。学手艺不像学校那么专业化。我们的工厂实际就是保安人的学校，教法不同罢了。当然，厂子要发展，在保安三庄不行，县城也不方

304

便。现在大河家搞开发小区，这里自古就是商旅古道，大码头，我们就把厂子搬过来了。

【保安刀的历史】

开始的时候很简单，用牛角做刀把，用马蹄铁做一个刀，插在木头匣匣里，刀刃刀把刀匣子，没有一丁点装饰，纯粹是一把刀。没有铁啊，就用废掉的马蹄铁做刀子，捡一个算一个，在山里总能捡到马蹄铁，攒上半皮袋子就可以生火打刀子。三四个废铁块可以打一把刀子，一次打好几把，谁也不会为打一把刀点火。刚开始很艰难，没有作坊，没有铁匠铺子，荒山野岭，点上火，在石头上敲打，把石头当铁砧子用。用硬木柴给铁加热，哪有炭呀。打铁的锤子也小了一点，随身带着你想有多大？稍好一点，装刀子的不是木匣匣啦，用皮子做鞘，挂腰带上方便多了。有了皮套子刀鞘跟人有了衣裳马有了鞍一样。老祖先就给这种最早的刀起了个名字：满把子刀，攥在手里实腾腾的，就是刀把子和刀，满满一大把的刀，攥在手里谁见了都害怕。不是保安人把刀造得这么凶，保安人是从青海流浪过来的，保安人是军户，变成老百姓也不失军人本色，在逃难途中打造出这么一种刀子。保安人到了积石山下，眼泪就下来啦，黄河边就直突突插着这么一座秃山，寸草不生，跟保安人手里的秃刀子一模一样，保安人就认定这里是家乡。满把子刀是保安人从青海带来的唯一的财产。你发现没有，我们本地人，无论保安人、回民还是汉民，腰里都别满把子，便宜、结实、威风，夹带着一些传奇故事，别在腰里保佑你一路平安。满把子发展下来就是有名的什样锦，这是我们保安刀的名牌。大约到清朝末年，民国初年，快枪传到中国。大河家兵荒马乱经常打仗，我们保安人就捡子弹壳，砸开，砸成铜片片，好几个弹壳的铜片拼在一起，边边折进去，卡住，砸死，砸出一个金属刀鞘；弹壳薄呀，就在里边包上木条子，保持了原木鞘的样，裹上铜片，刀鞘头绾一个死疙瘩，来不及拔刀时，刀柄刀鞘尖都能进攻。变化最大的是刀把子，大片的牛角去掉了，一层子牛角一层子铜，压十几层，加热，打在一起，手艺不好就打歪了，一层不齐就不好看，在刀柄尾上旋一个眼，透一口气，刻上梅花，用一块厚铜或者铜块套上，盖盖盖起来上紧，刀柄就显得美观大方。刀刃的棍上，刻上星月，再稍前一点刻上一只手，一只男人的手，这是保安刀的标志。刀鞘里边的木头上，左右插两个铜镊子，一头小一头大。小的那头掏耳朵，大的那头拔肉上的毛，打猎烤肉，烧羊头羊蹄子，吃炖肉，就用镊子拔。什样锦，防身，屠宰，会餐，一刀多用。保安刀到什样锦就算固定下来啦。我们的主要产品是什样锦，也做新样式，但什样锦是不会淘汰的，工艺有个高峰期，像什样锦这种刀型是我们保安人在大禹王凿积石导黄河的地方创造出来的奇迹，是我们保安人的象征。为了保持这种工艺，你也看到啦，工匠们做刀柄是一层一层烧成一块，钢板也是加热后，打成刀坯子，在磨刀石上慢慢磨，磨成模子，再热处理。为了开拓市场，我带人去内地参加展销会，在上海大展厅，让警察挡住了。警察不让展出，把刀子当凶器。1983年"严打"以后，内地订货少了，对厂子影响很大。保安刀给人的威胁很大，不法分子用它行凶作案。我们尽量在文明程度高的地方出售，好多人收藏保安刀把刀当艺术品，海外华人，外国友人游客都很喜欢，他们看中的就是保安刀的锋利朴实，风格独特。要是花里胡哨起来，那就不是保安刀了。保安族的标志也正是这个。国家民委宗教局等有关方面正在研究这个问题，现在向国外出售不成问题。国内市场有限制地发展也是可以的。

二、积石风情

积石山因黄河而闻名，因大禹王神斧而流芳百世，保安人又以闪闪发光的钢刀给神山添上一股豪气。不要以为保安人都是玩刀子的，保安人也有他们的艺术家，以画笔抒写积石风情。王福祥，以前是个农民，在积石山县吹麻滩六沟乡袁家村种地。潜伏在身上的艺术因子有一天突然活跃起来，王福祥丢下锄头，跑回家涂涂抹抹画起来，因为积石山在他脑子里的印象太深了，抬头就是那雄奇的山峦，天赋神境，大自然的神来之笔本身就是一幅画，天地间那双看不见的手随时准备着伸过来，抓住那幸运的人。王福祥那带着泥土味的画送到县上参加画展，轰动全县，送到临夏州展览，又轰动临夏古城。那奇妙的画几乎是沿母亲河一路而下，进兰州，这座西北名城就浮在母亲河的胸膛上，兰州城沉浸在那幅彩画中，滔滔黄河是流向大海的。甘肃省把这幅画作为礼物送到首都北京，北京画坛多少名家的眼睛被吸引过去，积石雄关，大禹王的神话，保安人的梦想。画面上一个保安老人用积石山之石打磨保安腰刀，身后是那雄奇的群山，《保安腰刀》在京城获奖。保安腰刀终于从工匠们的手里走进辉煌的画面，走进艺术的殿堂。王福祥是笔者采访活动的意外收获。因为写长篇小说《马仲英》的缘故，我查找了马仲英的许多资料，从天山南北到河湟地区，河州的许多地名早已熟悉。从临夏市乘长途车赴大河家，途经积石山县政府所在地吹麻滩镇，深沟大壑，油菜与麦子沿坡地绵延而上，与黄土高原其他地方不同的是，这里的深沟有很长很长的坡，约莫几十公里的长溜溜大坡，麦子油菜厚厚地铺展开，真所谓国画中的辽远之境。传统画论中的画面意境有三远，高远，深远，辽远。兰州以及陇东陕北一带，沟壑陡峭急促，高远中有深远之境，故陕甘交界处的河川土塬构成中国原始文化的神秘莫测，沿六盘山、陇山、关山一线全是道观。广成子教黄帝就在甘肃崆峒山，黄帝经广成子点化，挥兵中原成为最早的部落酋长，开始向政权、文化过渡。在陇东以西，长悠悠的沟坡让人心旷神怡，飘飘欲仙，人不由自主地想歌唱、想发泄，悠扬婉转的民歌《花儿》就是这么产生的，花儿要拉一个长长的尾音，大牌歌星是唱不出来这么纯这么元气丰沛的歌声的，所以歌星都走捷径用假嗓子，轻描淡写滑过去，或者用电子音乐，重型轰炸，以遮其丑。真可谓活鱼清炖，臭鱼油炸。听惯民歌再听歌星，就是老百姓说的锅铲铲锅、铁锹铲沙石的那种声音，活活在割人的耳朵，什么叫恶心？什么叫吞苍蝇？哲学家兼作家的萨特先生把现代文明现代生活归结为一种感觉——《恶心》。只有在大地母亲的怀抱，在深沟大野中，人的自尊自信和生命力才能复活。我不要售票员退钱，我中途下车，落脚吹麻滩，遥望积石山，如此俊美的景致绝不是摆设而应该是生命的一部分。住县委招待所，这座大楼仅我一个旅客。到文化馆去打听当地艺术家就很容易打听到王福祥，院子里正摆着几幅他的作品。王福祥，保安族，1963年生，积石山县六沟乡人，县文化馆创作员。

农民画家王福祥

　　王福祥口述：我以前是个农民，中学毕业就没再上学，回家种地。农村嘛，自小就一边念书，一边帮人人做农活。我念书时有个爱好，爱画画，学校的美术课很简单，很快就不适合我了，我就找连环画看，画上边的画。回乡后还画。我们这个地方没有画册没有名师可以求教，全都听天由命。从那时候起，我就养成写生的习惯，看着实物画，牛马羊、树木花草、流水，还有积石山，尽量往像里画，画得像那么回事。参考的资料不再是连环画啦，是报纸，报纸上有时也刊登画家的作品，我把它们收集起来，反复琢磨。好多画稿都毁了，家里铰鞋样包东西用了，印象最深的是我画的一匹小黑马。它就是我们村子的马，也是这个季节，六七月份，麦子打花，油菜花开了，野地里绿绿的，小黑马从长长的坡上跑下来，儿马不像大马，大马直奔，不浪费力气，儿马调皮，不惜力气，蹦蹦跳跳，有时直立起来，前蹄在空中像胳膊一样伸得长长的。绿色大地上奔腾着这么一匹小黑马，我激动得不行。以往我会掏出铅笔在纸上速写，不速写也会跑得飞快。那天我不知咋啦，自信得不得了，不紧不慢，拿得很稳。回到家，展开纸，唰唰唰，一匹小黑马从纸上跳出来，家里人都说这是个活马，马画活了，马有命哩。村里人也说我正常啦，以前我总是疯疯癫癫的，从那以后，我都是稳稳的。写生的习惯还保持着，不胡乱写了，见啥写啥容易激动不是啥好事。家里穷，在报纸上速写，作画才用好纸，也是价格便宜的麻纸。我就挑重点，选择有特点的景致速写，速写稿也是选了又选，选出能成画的留下揣摩，最后画在纸上。1983年我画出《保安腰刀》，从县上到州上、省上一直到北京获奖，给我带来一个机会。当时《中国青年报》有个记者叫李戈宁，从北京跑到我们积石山来采访我，我是个农民，种地干活，要继续发展就很困难。李戈宁看到这个情况，临走前专门找县领导谈了我的情况，首都的大报纸要刊登我的事迹呀，王福祥有才华呀，李戈宁这么一说，我的命运就改变啦。我们积石山偏僻呀，从来没有从农村出来过一个画画的，县上领导很高兴，跟西北师大联系，让我免试入学。

【求学兰州】

我是破格到兰州西北师大美术系学习的，写生基础好，文化基础差。在基础班学素描，一个星期就上去了。学校让我跳级直接上国画班。三年的课程我两年就学完了。老师很关心我，李宝柱老师、唐俊清老师经常单独辅导我，从早晨到晚上，不下班。我太看重这个机会了，从种地的农民到大学我跟做梦一样。师范院校每个学生每月有30块钱的生活费，我每月吃饭15元，用余下的15元买颜料买纸。学美术很费钱的。我很感谢我那些同学，他们常常接济我，给我颜料和宣纸。我在农村就没用过宣纸。我不觉得苦，我每天只吃两个洋芋或者两个馒头。我的同学每个月一般的生活费是80～200元。我是15元。我觉得比在农村好多了，有老师指点，有同学交流帮助，还可以看画展。搞美术的人观摩名家作品很重要。从偏僻的农村到大城市，开阔了我的眼界。我一直很感激《中国青年报》的李戈宁，这是缘分吧，从那么远的地方来采访我，写篇稿子也就完成任务啦。他跟县上这么一说，就把我的命运改变了。

【春到积石山】

大学毕业回到家乡，县上安排我到文化馆工作。这一阶段我画了《牡丹图》《群山载歌》《峡谷幽情》《高原之声》，都是画积石山的。我们这里是花儿的故乡，花儿里最有名的是《牡丹令》，歌词里最常用的也是牡丹花，我从花儿得到启示，画《牡丹图》。这些画参加多种画展，兰州有个"河西走廊"画廊全买走了。我长在积石山，我太喜欢积石山了，自小涂涂抹抹就是为了画积石山。我总觉得还没有画出山的神韵。我到永靖县炳灵寺去观摩雕塑和壁画。文化馆那么点工资，还要养家，画画不够用。我就出外打小工，一边打工，一边画画。挖土拉沙什么活都干过。我觉得我的风格是自小写生养成的，不到野地是不行的。我要把积石山真正的风格画出来，把积石山画活，就得吃常人吃不了的苦。我把我自己归结为写生派，保持自然的原质。我到河西走廊到黄土塬上去，就是体察黄土与积石山的山体有什么不同。积石山是从整个大西北的土地上崛起的，黄河就在积石山里奔流。到永靖县我才知道小积石山一直延伸到这里，炳灵寺就在山上。走出吹麻滩再看积石山，感觉就不一样了。《带来绿色》就是画羊皮筏子过黄河，群山和大河在一起是什么效果；《积石山上春光好》，从雄浑的黄土地上展示积石山的风采。境界比以前开阔多了，画笔也大了，跟攥一根木梁一样。谈谈我的经验吧：第一，我从小看大自然，喜欢实打实。第二，大自然也是从平凡到不平凡的一个展示过程，顺着山谷到山脊山巅，就能找到山的美感和特质。老实说，这是个农民式的笨办法，磨烂脚板，消干汗，才收获一两幅画。我喜欢这种大痛后的作品。

三、古城临夏

这是第二次到临夏市，第一次是两周前，大雨不断，住金穗宾馆，无法采访，只好先去甘南合作、夏河。从夏河直达临夏市，还住金穗宾馆13楼113房，两个床位全包下来。右眼眶肿胀疼痛已好几天，原以为是病，现在才发现是照相所致，右眼看镜头用力过猛，目眦尽裂。脚起泡鞋底太硬，贴上"邦迪"。打电话70多元，给家里打，给古清生、黄宾堂打。老古还在山东，我告诉他，从石家庄到呼和浩特、包头走青草地有一条古商道。从离开宝鸡起与妻子约定每到一地，先打电话告诉她我所在的位置、旅馆及电话，万一我消失了，也好给公安部门提供有用的线索。龙冬告诉我，一个人在外的极限是40天。我出来快一个月了,拿上电话就叨叨个没完。跟州文联的王沛先生联系,他已接到兰州杜芳的电话,王沛是省民间艺术协会的副主席,专门研究河州说唱艺术,有专著出版。王先生给我介绍了两位民间艺术家,一个汉族刺绣艺人祁振辉,一个回族雕葫芦艺人马耀良。从大河家往东至永靖县就是河州,黄河出积石山的天下第一州,临夏市古代是州府所在地,解放后是自治州所在地,因临大夏河故名临夏。大夏河贴城而过,太子山环抱四周,是甘肃极富的一个地方,商业手工业很发达。回汉杂居各占一半。明朝那位痛咬宦官党羽的兵部尚书王竑就是临夏人。这里书画大家极多,我在书摊买到一本小册子,上有清代一汉族农民诗人杰作,诗风狂傲不在李太白之下,我便相信李太白绝对是甘肃人,而不是四川人,客居四川而已。儒家文化在这里积淀丰厚,一般农民也好以耕读传家为荣。河州自古出忠良。唐以后尤其元朝,中亚阿拉伯、波斯人随蒙古军来到中国,与汉族通婚而成回族,临夏便成为"中国的麦加",四大门宦,伊斯兰教各教派齐全最有名的是八坊清真寺,产生了许多伊斯兰教大学者。民国时的西北诸马也是临夏人氏。明代的"真回老人"王岱舆,糅合儒学《大学》著《清真大学》《正教真诠》《希真正答》,是中国穆斯林中第一个系统论述伊斯兰教教理的开创型学者。我最感兴趣的还是回族的民间文化,因为祖先来自中亚,很自然地带来了中亚的民间史诗艺术。民国时的风云人物马仲英,笔者上大学时就倾慕不已,河州回民便有《尕司令打河州》；马步芳父子大权在握鱼肉百姓，征兵之苦回族老百姓深受其害，于是便有《韩起功抓兵》。最令人惊奇的是中国传统道德中的忠孝节义在这里深入人心，不是文化界而是那些世代受苦的穷百姓，汉族回族共同创造出新的民间艺术"河州孝贤""河州平弦"。"河州孝贤"里全是《杨家将》《郭巨埋儿》《苏武牧羊》《孟宗哭竹》这些贤妻孝子、忠臣良将。"河州平弦"里则是《伯牙哭坟》《莺莺饯行》《鸠父劝朋》这些高山流水、才子佳人。《河州兵打滑具》是汉族盲艺人的杰作，讲的是清嘉庆年间河州兵远征河南滑县镇压天理会农民起义的一段历史，河州汉民韩仲党与河州回民穆成海合力攻城立下奇功，由士兵升为提督参将，成为河州人人皆知的英雄。500名河州兵出征前，爹娘妻子离别之苦，可与杜甫《兵车行》媲美，地地道道的中国老百姓厌战惨苦之情，但开战之后，这些河州汉子如虎似狼杀贼如麻，血流成河人摞人，活人从死人堆里爬，完全是伊利亚特式的冲天豪气，这就与中原文化自古官民战乱皆哀的思想大不相同，哀而勇，超越人生之苦，具有苍凉雄壮的西北血性精神。关西自古多良将，民彪悍，回民迁到西北，很适合当地风土。回族、东乡族、土族、保安族的民谚民歌中三句不离杨家将，杨令公、杨六郎、杨五郎、杨七郎、杨宗保、佘太君、穆桂英，成为一种专有名词。安多藏区的土司王爷，青海、内蒙古阿拉善的蒙古王爷从明朝起以杨为族号。回族则尊汉伏波将军马援为祖先，取马姓，十回九马。清末陕回义军白彦虎率5000部众出国门流落哈萨克斯坦、吉尔吉斯斯坦，把《杨家将》《包公传》《三国演义》《水浒传》带到中亚，演化为适合黄金草原的民族史诗，即使在兰州以西的大西北，这些故事也已与内地大大不同。这是一个很有意思的现象。中原与西域，自古交往，先是张骞班超玄奘，明清以后干脆出现一个整体民族——回族，形成西域与中原的一条血的纽带。西安不是有羊肉泡馍吗？回民把陕西人爱吃的腰带面拉长拉长再拉长，跟牛肉搅在一起便是牛肉面；到了新疆，新疆的回民再把面条变粗，牛肉变羊肉，不用浇汤，干拌即拌面。行走于大西北，回民饭馆给旅客提供的是干净实惠可口的饭菜。中亚牧人把父母叫阿塔阿帕，回民叫阿爹阿娘，到陕西转为媳妇对公婆的叫法——阿公阿家。回民把中原的文化民俗往前推了一大截。那让清政府头疼的万军之将陕西白彦虎，越往西跑越有中国人的特色，到了沙俄统治下的吉尔吉斯斯坦、哈萨克斯坦，顽强地保持陕西方言，陕西的风俗习惯以及关中文化，把厚重的关中文化大众化史诗化。白彦虎临终前对众人说：啥时节公家大赦，咱还是回老家，叩叩西安城的门环。清末另一个河州人氏新疆回王妥德麟，反清成功，占据迪化，迎圣裔阿古柏，阿古柏稳固政权后将屠刀挥向西域回民，即杀回灭汉，清真王妥德麟选送300个回族童男童女去侍候阿古柏，以求宽待回民，阿古柏毫不留情，将300个幼童全杀死。阿古柏另一大杰作就是命令维吾尔骟匠骟马，然后如法炮制将骟匠骟了，一代又一代所谓的圣裔们总要在中国的西域留下些名垂史册的壮举。绝望的清真王与西域汉族武林高手徐学功联手抗击阿古柏，血浓于水，边陲之地，国家民族跟生存权是连在一起的，这种民间的交流影响比任何政府行为都要高明和自然，临夏古城就弥漫着浓郁的儒家文化与伊斯兰文化气息。

男子汉挥舞绣花针

我所要采访的祁振辉先生在临夏州土壤肥料工作站工作，妻子是中学教师，他的家就安在中学的住宅楼上。祁先生是临夏本地人，48岁，地道的西北壮汉，五大三粗，谁也不会相信这么一个壮汉能玩绣花针，用当地艺术家们的话讲：谁道男子指端粗，却使巧妇双颜红。祁振辉口述：我母亲和姑母都是绣花能手。大约是40年前吧，我七八岁时，一个人玩耍，看见母亲拿铅笔在纸上画画，母亲不识字，但能画，画的出水荷花鲜鲜的跟真的一样。母亲把纸上的荷花剪下来贴在布上，拿针绣，荷花就有了颜色，好看得很。我就不贪耍了，我觉得好奇又神秘，入了魔似的不耍了，轻手轻脚溜到炕上给我母亲递针递线。说来也怪，我们河州自古受孔孟之道影响，不念书不识字的人都知道个四书五经，三从四德，农村乡下更厉害，说句老实话，比你们陕西关中还厉害，封建得很，儿子娃娃从小到大到老不摸针线，针线是女人做的。我母亲也不斥责我，我

317

给她递针线她就接，绣花嘛，丝线五颜六色，一股一股的，我随便抽一根递上去，我母亲也不看，接手上就用。绣花针小小一点嘛，用完一根线，穿线吃力，我就接上手帮着穿线头，在嘴里抿一下，瞅着针眼就穿过去了。递的线竟然没有错的。我就跪在母亲身边整整一晌午出水荷花成了。往常得一整天。我母亲高兴，有我帮她，她手上的活又快又好。我有几个姐姐，都不如我母亲针线好，学几手做个家常活马马虎虎。我母亲可是远近闻名的绣花能手，姑娘学不成儿子学也行。我母亲就教我。我那时小哇，觉得很好玩，比逗蛐蛐爬树抓知了用弹弓打麻雀还要好玩。我的姑母也是个绣花能手，因为我跟母亲学出了名，姑母就把劲往我身上使，教我。我不但学会刺绣，还学会了剪花、绘画、雕塑。河州农村很讲究室内布置呀，回民爱养花。汉民自古就爱扎花绣枕头剪窗花绣炕围子，锁袋，烟袋，鞋垫，娃娃的全身几乎就是民间彩绘大观。老百姓就喜欢个喜庆吉利。过年过节娶亲，走亲戚串朋友我就细心地看。一家一个摆设，女主人拿出全身本领装点自己的家。不像现在，买些装饰品往房子里一挂，就气派了。过去过日子，特别是小家小户的农村，家的装饰全是妇女一双巧手做出来的。白天做饭喂猪养鸡侍候一家人吃喝，偷空就做衣裳鞋袜呀，一家人的穿戴也靠女人一双手赶出来，至于绣花绣枕头铰窗花是忙中偷空。我觉得过去的妇女太了不起了，女人为什么迷信？为什么喜欢神神秘秘的事情？因为女人本身就是很了不起的神话。一个巧媳妇就得这样，家里的东西很有限，她跟耍魔术一样变出各式各样的东西，各种鲜艳的图案，从墙壁到身上眨眼间变得跟天堂一样。民间艺术很有生命力。我一边上学，一边搞这些，我跟我母亲姑母她们不一样，我念书识字，就老想这问题。古诗词里文人悲伤啊哀痛啊，民间艺术里也有伤心落泪的地方，但基调很乐观，不是盲目地傻乐，这跟书上的东西一点也不一样。老百姓日子够苦了，在艺术里边再这么凄苦怎么办？民间艺术实际上就是老百姓的一种梦想。后来我参加工作，在土壤肥料工作站，经常下乡搞土壤普查，利用工作之便可以接触更多的民间艺术精品，农家炕的枕顶、针扎、袜垫、锁袋太多了，我全收集回来，遇到高手，虚心求教。我自己的手艺最先在锁袋上显示出来。

【 河州锁袋 】

河州农村嫁姑娘时，把嫁妆装在大木箱里，箱锁上挂着锁袋，样子像荷包，但比荷包做工细，用料考究，品种也多。从锁袋的美观可以猜想出木箱里的嫁妆有多么好。这是河州汉族几千年的习惯，藏而不露。姑娘可以把绣品赠送亲友邻里，但姑娘定亲后所做的嫁妆绝对不让外人看。姑娘从小学针线，就是为了做出好嫁妆。这是汉族妇女的习惯，公开展示的绣品绝对不是她的绝活。一直等到出嫁那一天，也是由姐姐嫂子娘爹等亲人装进大木箱，满满一大箱子几百件精品，从被头、炕围子、枕巾、枕头、鞋袜、鞋垫、墙围子，到未来丈夫用的荷包钱褡子烟袋手绢，一应室内生活用品，全用五彩丝线绣上华美的图案：干枝梅呀，雀戏牡丹呀，丹凤朝阳呀。只有锁袋是露在外边的。送到婆婆家，婆婆家的人先打开锁袋，由锁袋的精美可以料想到箱子里的东西有多么好。打开箱盖，婆家人才知道新娘的手艺是如何了得，新娘在陌生的地方能否站稳脚跟就全凭打开箱盖那一瞬间。那里边装着姑娘十几年的心血。婆亲那天明眼人单从锁袋上就能断出姑娘的分量。大概是1979年吧，我下乡搞土壤普查，在一个农民家的炕头上发现一个奇特的锁袋。炕头是农民放箱子的地方，我不知见识过多少个锁袋，这个用布料做的"金鱼"让我大开眼界，"金鱼"很旧了，因为扒炕灰上边落了层厚厚的灰尘，可它的神态造型很气派很活泼，简直就是一条水中活鱼。这是个比较贫困的农家，从院子到房屋破旧不堪，黄泥墙头黄土坯房子，刷扫得干干净净，从外边往里看，那活鱼跟火焰一样耀眼，把屋子弄得亮堂堂的。乡下农民清贫质朴的生活气息太让人感动了。我的成名作就是一个想象夸张后的大锁袋。我想我是个男子汉，公开展示自己的手艺应该大气。姑娘做的锁袋讲究笑不露齿以精巧为美，做成小金鱼呀小青蛙呀。我用18条布龙盘成一条大龙，盘在大木箱上，绣上精美的五彩图案，龙盘虎踞，很威风。是1989年秋天吧，我带着这个巨龙锁袋到兰州参加甘肃省首届民间民俗美术展览。观众很吃惊啊，他们不相信这是男人的手艺。我就给大家当场表演剪窗花，一把小剪子一页彩纸，不描底，不打样，随心所欲，立马剪出两张"凤凰戏牡丹"，观众算是服了。以前在河州的范围内活动，甘肃很大呀，民族也多，那次展览才算真正开眼界，一个地区一个展厅。我细细地观摩了其他地区的民间艺术品，从陇东陇南到河西走廊星星峡一带，汉族民间刺绣剪纸皮影太丰富了。一位擅长国画的画家观看这些民间艺术品时直发感慨："我还要来，要仔仔细细地看，这里边有许多值得学习的东西，民间艺术才是中华艺术的源头。"这位大画家的话对我震动实在太大了，我一直以为画院美术学院艺术学院是真正搞艺术的地方哩，我们这些工人业余搞一搞成不了气候。画家告诉我：甘肃很了不起，有莫高窟、麦积山、炳灵寺的大型石窟艺术，有铜奔马夜光杯，有伏羲女娲西王母以及藏族裕固族蒙古族的神话传说，这些都是从甘肃的民间艺术中来的。那是我第一次听专业艺术家谈论民间艺术。回河州以后，一有机会就搜集民间的宝贝。以前只收集刺绣，其实民间所有的东西都有艺术价值。我开始画画，做雕塑，农村这类能人很多，砖雕呀木雕呀画家具呀。河州这地方，商业发达，但商业带来的洋东西在河州全被老百姓改造了。比如说这锁袋，以前是锁嫁妆的，现在大家生活好了，新娘把自己做的锁袋挂在皮箱上，大立柜上，窗帘上，席梦思床头上，冰箱上也挂锁袋，图个吉祥嘛。锁袋的制作很讲究，先选五彩绸缎面料裁剪后，用丝线缝成各种造型的小袋，再用缝、绾、编、挑等针法在小袋正面绣上山水人物花卉果品。袋子里装上苍术、白芷、松香等中药香料。锁袋下坠着长穗，长穗用五色丝线穿上彩珠，亮晶晶的。长穗谐"长岁"，长命百岁。锁袋带来吉祥，女人心灵手巧，巧夺天工，女人有福福全家，男人有福福自个儿。民间特别看重女主人的手艺。

【褪花】

由锁袋开始，我向褪花发展。原来的褪花是妇女在枕头桌布上搞，我参照甘肃古代的壁画石雕，为什么不把刺绣做成绘画那样的大型装饰品呢？可能是我这男子汉心理作用吧，我一心要把刺绣变大，扎法要变，格局要改。把梅兰竹菊、万里长城、神话传说、古典人物统统搬上画面。褪花从刺绣发展来的，与刺绣的区别是仅作正看，突破了刺绣"密接其针，排比其线"的框架，以针代笔，以线代色，从不同方向，不同层次，交叉运线，对比配色，显出画面的动感和立体感，接近砖雕和木雕，却比砖雕木雕鲜艳，不脱刺绣的本色。褪花用的针叫褪针。跟绣花针不一样，针头上有小孔把丝线刺进面料后又钩带出面料，反复扎钩，要扎钩得高低均匀，密度也要均匀。用针之前，先把布料固定在绷架上，绷紧，提前构思好画样，用黑线褪出轮廓，再用各色彩线高高低低、深深浅浅褪出图案。裰好后的绣品从架子上取下来用剪刀平剪，显出深浅层次和明暗效果，最后再装框修裱，效果跟油画一样绚丽。我最好的裰花作品有《东方巨龙》《山光水色》《江山万里图》《鸣春图》《麒麟送子》，大概有160件吧。因为是大型画幅，跟画家用笔挥洒不一样，千针万线呀。刚开始手指疼，后来手掌疼，胳膊都肿了，整天蓬头垢面，吃些粗茶淡饭，妻子学校里的老师说我是河州范仲淹，据说范仲淹早年家贫喝冷糊糊念经书。说老实话，这些民间的东西越来越少，能继承一些算一些。祁振辉打开他的沙发床，两个床柜里全是绣品，家具后边，墙角，所有的空间堆满了各式各样的作品。祁振辉口述：我一直想让这些民间艺术品走向市场，民间的东西不走向市场，在我以后，就说不来了。我的作品在全国，全省州上得过奖，州上展览过，电视报纸报道过。我不看重这些，就一门心思想把刺绣市场化，民间艺术本来就是先实用再有美，不知啥时候能实现我这个心愿。

【河州雕葫芦】

雕葫芦的艺术是兰州一绝，后来传到河州。河州与兰州紧挨着，兰州的文化习俗尤其是民间的东西很容易传到河州。回族又极具创造力，兰州的雕葫芦艺术很自然地经回族而在河州发扬光大。

回族民间艺术家当中，马耀良先生便是有影响的人物。马耀良，75岁，居住在临夏市后河路55号。我先找到他一个亲戚。马先生在这里名气很大，几家店主一一指点，找到他孙子家，孙媳妇告诉我老人病了，身体不好，让我下午再来看看。我利用中午的时间，游览河州有名的建筑物——马步青东公馆，马步青给姨太太修的蝴蝶楼，以及红园。红园是临夏市的公园，存有不少回族砖雕艺人的杰作。真是山外青山，于红园的围墙外我又看到高耸入云金碧辉煌的伊斯兰塔楼，琉璃瓦飞檐是中国古典传统建筑风格。人们告诉我这是大拱北。在大拱北意外地碰上一群砖雕艺人正在修建另一座高大建筑，这是一家人的小集体。采访中得知，他们的许多图案设计来自马耀良老先生。我按时赶到后河路，马先生的孙媳妇说可以采访，真是大幸。她带我穿过一条小巷，约200米，再一拐，一条2米多宽的水渠穿城而过，显然是大夏河的水，水流湍急，真是黄河孵化的一条小黄龙。两边房屋紧贴流水，水泥板为便桥。我在甘南河州见过许多人家院子有活水流出，那都是依坡崖的院落，泉水淙淙从院中流出，院墙根开一小洞，流水穿墙而过。内地是见不到水穿院落这种别致的景观的。临激流而居，又显出回族艺人与汉族艺人的区别，汉族宁静，水波涟涟起几圈波纹，就很古雅了。湍急奔跃，显然是回族风格。75岁的老人在病中接受采访，令人既敬佩又不安。马耀良口述：我是临夏本地人，祖孙三代都是画画的，画国画。我嘛，小学念书时开始学画。爷爷和父亲教我画。爷爷、父亲在当时很有名气，国画水平很高，我受益很大。他们教我时很严厉。过去老辈人都很认真，一板一眼。那时候我学会了许多同学的基本功，学《芥子园画谱》呀。人物，花卉，山水，动物，一画就通。我自小悟性好，我爷爷我父亲很喜欢很高兴，我在旁边细心看，刚开始他们点拨开导几句，后来就不用他们张口，他们只要示范一下就行了。悟性对艺人来说是最基本的，但还需要观察力。我喜欢观察植物动物，看得很细，很专心，一入定什么都不知道了。民国时大多数人都照图纸画画，资料足，中国文化传统丰厚，你想让自己轻松就照资料看，不费啥事。我自小看家里收藏的资料，后来就不满足于这些东西。我喜欢上植物动物，就从《芥子园画谱》走到野外，我们河州这地方，大家都喜欢养花养鸟，我们这里有花市鸟市，热闹得很，我为啥要整天抱个书本本哩？我到花鸟市场上去观察，回来再画，效果和感觉就不一样。河州这地方离牧区又近，高头大马多得很，国画里马多，但咱河州的马是活马，我就爱看活马。其实都是依着自己的喜好，慢慢就偏向写生，爱画那种立体的动态的东西。不是说我不学习固定的传统的艺术资料。我们河州人爱秦腔，暴烈高亢，大西北都是这调调。我以后雕葫芦与秦腔关系很大。唱的是老戏，传统戏，演戏的可是活人，一代一代艺人把古老的东西承传下来，这很了不起呀。我由秦腔喜欢上秦腔脸谱，我接触这种民间的东西就很吃惊，这些戏剧脸谱是历史剧目与现世活人的结合嘛，很适合我以前写生的意愿。我本来是学国画的，祖传嘛，从秦腔脸谱我就走出了国画的限制。不是说我不搞国画，还搞哩，没有爷爷和父亲教给我的那些扎实的国画基础，就搞不成脸谱和雕刻。我特别喜欢耿家脸谱，耿家脸谱全西北都有名，100多种，好几百个。我画脸谱得心应手，当时是个啥情况？当场点一折子戏，我就不假思索画出来，脸型、头冠、衣服，哪个朝代的人，主角还是配角，一目了然。这都是以前写生打下的基础，那些活物不停在动，你就要抓住最有特点的一两个动物，印在脑子里，又快又准。

【 成于葫芦 】

有了以前那些扎实的基础，我就开始雕葫芦。河州雕葫芦是从兰州传来的，兰州雕葫芦在全中国在北京都有影响，可河州雕葫芦没啥影响。兰州雕葫芦是李文斋搞起来的，李文斋以前也有人搞，都不如他，他是个秀才出身，国画功夫好，小行书是一绝。我到李文斋那里观摩了几次。回到河州，专心搞河州雕葫芦。刚开始雕国画里的内容，山水，人物，动植物。刀法熟了以后，就刻《三国演义》《水浒传》《春秋战国故事》《红楼梦》《西游记》，这些民间流传的东西。我最满意的是《五百罗汉》。当时身体有病，兰州的朋友催得紧，我半躺在炕上刻，两个葫芦同时刻，刻葫芦这东西是一次性的，下回能不能有这效果就不一定了。500个罗汉雕在一个葫芦上，一个跟一个不一样，甘肃省还没有人能雕这么多这么有特点的葫芦。动物世界传统的东西做了几十年，这几年有电视，就喜欢《动物世界》，我小时候就喜欢动物，《动物世界》里好多动物都没见过，全世界的动物都有，陆地的水里的，美洲的非洲的，很有意思。可能是老啦，老人娃娃老人娃娃。我刻竹林七贤，也刻《动物世界》。电视这东西好哇，动物都是真的。我的好奇心越来越强，年轻时很多动物都刻画过了，就刻画猴子大象狮子，咱大西北没有这些动物。心情高兴就把过去好多东西突破了。传统的东西有局限性，《动物世界》里的动物都是新东西，技法就得改，技法这东西跟人的想法是一样的，动物太大，就占地方，葫芦就这么大嘛。一般刻葫芦都把两头用墨线圈起来遮住，我把那两处也利用上，葫芦顶好处理，葫芦根部蒂疤不好处理，这地方薄得很，是虚的，很玄乎，以前刻葫芦用墨线圈，要么弄个座子让葫芦坐住，就看不见那里。葫芦是圆的，为啥不能转着看，慢慢品味嘛。把画面刻到根根上，效果好得很。《动物世界》这么一搞，我又把花卉弄到玻璃上。老艺人了嘛，徒弟多，我有个学生在雕刻厂当副厂长，叫马世贤，好学，爱到我这来请教，我就把玻璃画教给他，我不弄玻璃，人家是公家工厂，好弄。砖雕艺人找我的也很多，给设计图案呀。砖雕画笔跟国画画笔不一样，国画在宣纸上画，笔软，砖雕画在砖面上，涩得很，用刷子笔，一笔而成。画好，砖雕艺人就照这图案仿制，用刻刀刻，锉子磨，也复杂着呢。

【经验】

艺人最要紧的是积累经验，熟能生巧，在实践中越做越精，过去人常说谁谁成精啦，做一行就要在这一个行当里成精。对你做的事情有自己的看法，脑子就清楚了。脑子不清，手上就躲躲闪闪犹犹豫豫，刻画出的人物、动物、花卉就萎缩不大方，线条宽松，不紧凑不攒劲不干散。（攒劲、干散：方言，精神。）胆子和功力要结合起来，让刻画的东西活起来，形似，神真。我搞刻葫芦是从国画转过来的，国画的传统，做人与行艺相结合：人就活这么一次，所以国画都是一次性的，一笔而成。油画一次不行可以加添。刻葫芦也就是一刀子的事情，一刀下去一个动物就印在上边了，没法改。要多交流多学习别人。兰州在李文斋以后，有王德山、王云山手艺不错。还有阮文辉、陈唯一，陈唯一刀法好，擅长利用葫芦上的疙瘩很自然地刻上画，很逼真。

【河州园林艺术与回族砖雕】

河州人把园林叫"园子""花园"。河州人酷爱种花赏花，早在明朝就盛极一时。明朝大文人解缙《寓河州》中有"长城只自临洮起，此去临洮又几程。秦地山河无积石，至今花树似咸京"。明朝诗人杨一清《过河州》："四面峰峦锁翠帷，万家花柳又春栽。"从明朝至今，河州园林有500多年历史了，既有中国园林的诗意画境，又有西北高原的粗犷雄浑质朴旷达。最早的园子有明朝河州知州苏志皋在衙门内修的"枹罕园"，堂前竹，两旁菊，环植松柏榆桑及红杏，桃李梨槐柳。私人住宅园林有明朝兵部尚书王竑回归故里建造的"回澜阁诸景"。王竑性刚烈，时宦官王振专权，百官哭谏于廷，王振党羽锦衣卫指挥使马顺斥逐百官，王竑奋振而起，手拔马顺头发，口咬其面，众官一哄而上将马顺活活踏死。王竑上朝手持铁笏板，不畏宦官，常以铁笏板痛击之。瓦剌入侵，王竑与于谦合破瓦剌。江淮洪灾，又筑堤赈难民，是明王朝的柱石。乞休回乡，在河州家课子读书。所建园林散发高原人的暴烈刚正。任尚书时，家人与邻居争地，王竑修书劝让，邻居也让，让出一条"仁义巷"，此巷就在临夏市内，也算千古一绝景。清朝时邑人吴之瑜建"松离"，以古松为主体，广植花卉树木。清朝道光年间，河州医官罗锦，建"罗家花园"，种植牡丹名种，飞红点翠，花枝摇曳，一片锦绣，为陇上首屈一指的"牡丹园"，为古城河州赢得"小洛阳"的美名。民国年间，军阀马步青在临夏建东公馆、蝴蝶楼，会聚河州能工巧匠，数年而成，一直保存到现在。东公馆现在是一所幼儿园，市政府专门派人看守。我混在小孩中进去，抓拍砖雕作品，最好的一个在大门旁，刚拍完看门的老汉就奔来抢照相机，我仗着年轻力大装好机子，奔到街上呼出租车疾驰而去。司机告诉我，市政府有命令不让拍照。东公馆是砖雕大师绽成元历时8年的心血。绽成元（1903—1980），回族，临夏市祁家庄人。19岁，投河州砖雕名家马一奴学砖雕技艺，绽成元成名后被誉为"马门神匠"。他的砖雕精品主要遗存在马步青东公馆。代表作有正门正面影壁上的《江山图》，红日高照，山势峥嵘，碧空无垠，白云缭绕，波光粼粼的江水环绕突兀的小岛，苍劲的松柏布满巍峨的山峦，江面风帆点点，松林中楼阁耸立，祖国壮丽河山尽收眼底。《松月图》展现了"明月松间照，清泉石上流"的意境。《百子图》葡萄累累。还有"牡丹""修竹""荷花""芭蕉"寄托吉祥幸福。红园是公园所在，可以从容拍照。红园里的砖雕精品，是大师周声谱所作。周声谱（1908—1987），回族，临夏市大西关人。生于砖雕世家，到他已有五辈，他20岁已成名，承担过甘、青、宁等地几个大清真寺和拱北的总体设计和砖雕工艺，临夏富户的宅院砖雕也出自他手。红园的总设计和施工都集中了他的所长。每座建筑的门窗廊檐都有精细的木雕图案，花纹流畅，平中有奇，奇中有异。建筑物的窗下、侧墙、照壁、台下、阶旁都有精美的砖雕，山水人物花鸟虫鱼草木图案，布局匀称，精巧雅致。红园砖雕精品有《山水图》《牡丹图》《翠竹图》《菊花图》《石松图》《紫藤图》《喜鹊图》《莲花图》《海水朝阳》。河州自古书法国画大家辈出，相传"文革"时，河州的大字报标语字体远在省会兰州之上，人文气息之浓郁可见一斑。周声谱巧妙地将书法绘画与砖雕刀法融为一体，形成风格独特的临夏砖雕流派——周派。在红园的隔壁是临夏有名的大拱北，征得大阿訇龙师傅的同意，我细细参观了大拱北的每个建筑物。刚进去时龙师傅正带几个小满拉念经。后来，有个小满拉陪我观看。他告诉我，这里的砖雕师傅在另一个院子里。我喜出望外，从小门过去，那里正在施工，这是由父子兄弟姑表亲人组成的砖雕建筑队。

回族砖雕之家马三虎、马双喜、马明贤拜马永昌为师，马永昌参与修建东公馆，学的是马门砖雕。穆永禄与儿子穆忠孝学的是周派。大拱北里的砖雕就是他们的杰作。大家在一起干活，他们当中马三虎表达能力较强，我主要采访马三虎。马三虎口述：我们手艺学得早，以前是生产队上的农民，80年代改革开放机会来了，有手艺嘛，都是跟河州有名的师傅学下的，大伙儿商量一下，就搞个砖雕建筑队。先给一家一户搞，活儿不大好搞，私人盖房呀都喜欢刻些图案装饰一下。对我们来说，借机会把以前的老手艺恢复过来，搁了些年辰，手生了嘛，但恢复起也快。给附近人家做了几个，人家都满意，远处人家就来请。手艺这东西都是从近往远做哩。临夏从古时候家家户户就喜欢装饰房屋，手艺人只要在临夏城里打开局面，整个河州就没二话。还是80年代初，临夏修复大拱北，我们承下这活。这是个大活路，我们是回民嘛，穆斯林的大拱北嘛，心诚得很，心也齐得很，把我们最好的本事使出来啦。砖雕工艺里最有名的图案都有啦，像竹子，梅兰竹菊四君子嘛，四君子都有，牡丹芍药，莲花荷花，百骨瓶子就是宝瓶，百鸟朝凤，丹凤朝阳，喷水朝阳，二龙戏珠，壁虎祝寿，葡萄望子，吉祥牡丹，喜鹊闹梅，莺鸽闹石榴，惊狮吞驹，鹤，鹿，鱼。基本上就是这些。穆斯林高兴得很，大拱北的手艺轰动了全河州。我们的开门师傅以前在大拱北留下过手艺，对艺人来说自己的手艺能跟开门师傅的放一起，很荣耀啊。我们是手艺人嘛，有活儿就接，不分民族宗教的界限，大家彼此尊重嘛。在临夏大拱北后，我们去敦煌鸣沙山月牙泉做活，敦煌的砖雕全是我们的手艺。接着是嘉峪关，拉卜楞寺，八角楼，九层楼，麦积山，崆峒山，佛教道教的建筑我们也做，甘肃省的名胜古迹我们都做过。陕西陕南西乡的鹿龄寺，四川的郎中寺，就是我们做的活，出了省界。宁夏青海新疆哈密和田的清真寺都请过我们。最有名的就是云南昆明世博会，甘肃省的砖雕工艺就是我们做的。

【 "捏活"与"刻活" 】

砖雕制作分"捏活""刻活"，一个软一个硬。捏活就是捏软泥，进窑烧制前，砖坯是一堆软泥，想捏成啥样子由人，或者用模子倒，倒出啥是啥，花卉图案提前做好再进窑里烧。捏活好做，关键是烧窑师傅要烧好,火候把握好。出窑前后变化太大,图案也主要看个轮廓,细处看不如刻活好。砖雕艺人的功夫主要看他的刻活,就是个外行,也能一眼看出刻活跟捏活的差别。刻活在硬砖上刻嘛,匠人的刀法一目了然,图案的棱角线条齐个铮铮很流畅,质感强,而且细腻,像花卉的瓣和蕊,叶子枝干的展开部分要动一下,是动态的,鸟兽的神态,都能刻画出来。刻活的工具都很锋利,镩专门用来镂细处,平刀专业刻长线纹,斜刀往深往侧面拉,粗处细处斜面侧面都到位,效果就出来了,花草树木就是一片叶子都起棱棱哩。刻活用的砖跟打墙根砌墙盖房的砖头不一样。打砖坯时就要选好土,土质好,打眼一看土层,整整一层子,用铁锹铲开跟割开的肉一样,土质细腻腻的是整层整层的,依着地势都是土崖,又高又陡的土崖,挖进去都是好土。选好土,再用筛子筛,筛出碎石硬疙瘩,和泥时要反复搅拌,把土的黏性要搅出来,跟和面一样,面为啥要搅好揉到,揉不到,面粉的筋丝出不来就不筋道不香。粮食结成籽香一次,熟透了香一次,磨出面做成饭,做的时节就很关键,把生面做活不能做死,死面疙瘩是糟蹋粮食哩。泥水活也一样嘛,泥土本身有黏性,和泥时要搅匀拌到水有水的本色,土有土的本色,人是活人,人要把水和土弄活络弄活泛,砖好不好,砖坯要做好,放窑里火烧的是水土和人的功夫,水土和人把苦下到里头啦。烧出的砖是青砖。老式砖都是青的,中国的名胜古迹,如宅院建筑寺院庙观一律都用青砖,青砖大方庄重吉祥。我们穆斯林传统中青色蓝色是上上色，符合我们的教义，所以，一般砖雕工艺都用青砖。给藏族汉族寺院做活就不讲究这个了，佛教都是金黄色，主家要咋弄咱就咋弄。烧出好砖，要经过这几道工序：打磨，把砖面磨光，平得跟纸一样跟玻璃一样，这是底子，不敢有一丁点疤疤。格方，跟画画一样定轴线，定格局，这要根据图案的内容来确定。落样，把图案的大样描好。最关键的是雕刻了，前边说的那几样工具一齐上，描上的图案是平面的，刻出来的是有棱有角的，匠人从外往里刻，但画面给人的感觉是从里往外喷，就像芙蓉出水，哗一下从清水里出来了，绽开了。为啥刚开始要把砖打磨得平平的，光光的，就要这个效果嘛。刻好还不行，还要安装到建筑物上。这是其他民间艺术没有的，艺人嘛，把活做出来就行了。砖雕不一样，要根据每个图案在整个建筑上所处的位置来刻，刻好之后，也只有匠人自己知道咋安装，别人不好弄，外行更看不懂。总设计的师傅都是手艺最好的，他心里装的是全局，是整个建筑群，哪个图案放哪个位置，他先要仔细观察场地院落，光线，周围的环境。重搭台子重唱戏是个做法，都是空白嘛，在旧房上加新瓦又是一个做法，要根据老房子的风格衔接上新活路，不但要做得好，还要接得巧妙。砖雕在建筑物上，一般用在墙壁上，像照壁，障壁，以及门楼、券门、山花、墀头、脊饰上。砖雕图案，主要是山水风光，植物花卉像松柏，青竹，牡丹，梅，荷，葡萄，石榴，等等。动物少得很，跟汉族不一样，不画老虎。动物里主要是仙鹤和梅花鹿。穆斯林信真主，禁止偶像崇拜，不画人物动物，穆斯林家没有人物动物图像，都是山水花卉植物。但也不绝对，在正厅里禁止，而一些人物动物的图案可以雕刻在椅子上，绣在毯子上枕头上，被人坐卧是可以的。照壁砖雕最讲究，画面大嘛，过去富户才做照壁砖雕，现在一般老百姓都砌照壁，都要刻上精美的图案。砖雕好是好，最好是现场做现场用，定做成品运输容易损坏。现在临夏有专门用水泥做水泥雕，水泥是青的嘛，跟浇预制板一样，水泥没凝固前是软的，好刻得很，能刻很大的图案，凝固后收缩不大，不像捏活，经火一烧变得厉害，水泥雕好运输。也有个缺点，水泥活做不细，沙子再细也不行，只能把图案弄大，粗中求胜，也是一绝，粗犷简洁，弄大图案远看也美得很。关键是水泥雕价格低，成本低，好运输，定做匠人不累。但要把砖雕工艺保持下去，非用砖不可，离开砖，这种工艺就谈不上了。马三虎，住临夏市城关乡毛远村穆家庄。按照马三虎的介绍，我赶到临夏市西郊某炮兵旅去参观马步青的蝴蝶楼。与部队政治部交涉很顺利，派的中校是宝鸡县人，正宗的乡党，很快叫来一大群陕西兵，合影后，中校带我去打开院门，好家伙，占地500亩的豪华花园，各种花木葱葱茏茏。

【楼台亭阁——蝴蝶楼】

雕梁画栋依然完好，砖雕木雕以及檐头图案上的颜色跟新画上去的一样鲜艳，足见工匠们的手艺之高。这是马步青给他的姨太太张筱英修的宅子。张筱英是秦腔名旦，被马步青看中后，马步青以7000大洋将名伶张筱英从其丈夫手中买出，带回临夏，逼走73户农民占良田500亩，为美人大造豪宅。整个建筑群状似蝴蝶，主楼为蝶身，附楼为蝶翅，楼底2米宽的走廊为蝶足，500亩的大院广植奇花异草，真真一座人间天堂。幸运的是，解放后驻军在此，从而避免了红卫兵的冲天邪火，全国各地，有多少名胜古迹因驻军而幸免于难。炮兵旅真是保护了这一座宅子，抛开马步青不谈，这是河州百姓的血汗和各族能工巧匠的杰作啊。河州真是陇上人文荟萃之地，各族文化大放异彩，笔者是关中子弟，与关中相反，河州传统文化尤其是儒家文化的传统保存得比关中要完整一些。笔者在州政府对面往南的大街上，无意中发现一家个体书画社——中山艺术馆，为李云华先生所经营，书画外，李先生还钻研葫芦雕刻，举办各种培训班，学生很多。李先生早年婚变，养育两个孩子，亲自教儿子与女儿练习书法绘画。15岁的女儿在临夏市举办画展轰动河州。令人惊奇的是，女儿一直在书画社一边帮父亲经营，一边习画，笔者建议李先生送孩子进艺术院校进修，李先生对学院深恶痛绝，他的女儿也表示学画纯粹为艺术，不为上大学。笔者越劝，李先生越激动。陇上高原人士，倨傲耿直可见一斑。回旅馆，翻阅当地史料，据记载，清朝道光年间临夏有一位狂傲的农民诗人，留下诗歌一卷，有点像《古诗十九首》，史料只能以无名氏对待，诗稿无书名，收集时暂定为《芸窗集》，存临夏州档案馆。从诗中可以看出：（1）永靖县罗家川人。（2）生活在戊戌（1898）前。（3）以耕读持家，私塾课徒，喜吟，善书，嗜酒，热爱家乡山水的狂放农民知识分子。（4）一生未做过官，生活穷困潦倒。其诗平淡易懂，不多用典，描写农村生活和地方景物风俗，自然天成，不同于达官贵人的归隐田园诗，别于陶潜王维。现录数首：

芸窗四绝

我有一部书，陈在盘古初；天地未开辟，混沌鸡卵如。

我有一小毫，苍龙嘴边毛；所向皆如意，锋利比剑刀。

我有一宝剑，浑金经百炼；炼气独归神，光芒射雷汉。

我有一件宝，得来本大造；无臭亦无声，传神在写照。

送鬼

这鬼真奇怪，常把李氏害。不恤孤苦人，良心今何在？化纸送出门，一去不可再。去后再不来，感恩出望外。再则奏上帝，立取你脑袋。去后再不来，感恩出望外。

东川布种

喜看春种到东川，负来牵牛遍阡陌。十里井疆争叱犊，一犁
花雨快扬鞭。农夫前经风吹笠，饷妇归来露湿肩。处处田歌声不
断，居然世际太平年。

换衣

脱皮裤，备装袄，从今换衣不嫌早。虽说老来犹爱暖，过暖亦觉太
茨恼（茨恼：方言，心烦，难受）。况乎时已三月到。帘外见芬芳，儿
放纸鸢妇换套。仍穿皮衣人笑我，时序都不晓。岂不抱愧在名教。

这位狂达的农民诗人，以盘古的神话入诗在古典诗歌中不多见。
《太平御览》中有："天地混沌如鸡子，盘古坐其中。万八千岁，天
地开辟，阳清为天，阴浊为地，盘古在其中。一日九变，神于天，圣
于地。天日高一丈，地日厚一丈，盘古日长一丈。"盘古开天辟地的
神话出现在河州，正好与大禹王凿积石以导河的神话相对应，盘古与
大禹王——真正的黄河之子，挟带黄河的神力横空出世，实际上跨越
的是青藏高原与黄土高原两大地带。浑圆如鸡子的原始生命从河州开
始奔腾起稠厚凝重的一卷卷排浪，亚欧大陆最厚的黄土层排山倒海般
与雪域圣水相隔流向兰州和陇东……

雪域神话与黄土英雄史诗的纽带

　　这是神话世界的边缘地带，唯其如此母亲河才在这里显得格外超拔激越，密集型神话大集团奔突而起，黄河在永靖县首次显现出太极图式，在天水一带伏羲氏就演绎出八卦——原始文化的母胚。跟《圣经》故事中的创世记一样，黄河上源最初也是一男一女，但比亚当夏娃早3000多年，伏羲与女娲兄妹蛇身人首，尾纠缠在一起，上首分为男女，则太极生阴阳两仪。玛曲萨鲁阿妈——混合天地与人、星宿与大地的生命原汁，最初的大地女神女娲开始行走在河畔，混沌初开的天地，充满强烈的生之欲望，女娲娘娘用黄河的胶泥捏出一条一条生命，神以自己的模样——不，是对自己的改进，以梦想为参照给泥土以生命。黄河子弟以后的禀赋完全是黏厚敦实忍耐力极强的黄泥特征——毁了，重新兑水，搅拌出新的生命，及至辉煌又毁掉，生生不息的黄河生命自然绵延。连出土文物也是利用黄土的最直接的结果——陶器，纯粹生存性的器物，黄土造出人之后，人马上用黄土造出陶器，绘以纹饰，生命的火花哧哧飞窜。原始生命在青藏高原结束的地方，也是黄土高原开始的地方，闪射出最耀眼的光焰，后来是西王母，穆天子，炎黄两帝，后稷——农业的神祇沿渭河谷创造五谷。也是在神话的故乡，智者老子西行至此，于是中国最古老的姓氏李姓在陇东天水出现，星宿海——最初的河叫海，人出现在圣土圣水之上，民族之血开始兑入黄河水。

兰州：大地之血，创世记

血性之城兰州以刻葫芦名闻天下不是没有道理的。兰州为古丝绸之路的重镇，原始文化的发源地。原始文化的葫芦崇拜传说很多，兰州风俗，端午节在门前窗户洞里挂红纸粘成的八瓣葫芦，农村妇女绣葫芦荷包，老太太在衣襟上吊木头或玛瑙小葫芦，这些风俗中透视出老百姓借葫芦蔓长籽多的生殖渴望祈福祈子。葫芦另一重含义则是可以尽收天地间邪气而用来避邪，葫芦是兰州人心目中的吉祥物，祈福祛邪之物。兰州刻葫芦艺术起自清朝光绪八年（1882），神州陆沉之际，民间却勃起神话意味的原始生之血开始兑入黄河水。相传，伏羲与女娲最初合在一起为葫芦，剖葫芦即为男女，分出两半生命，陇东有葫芦河，隐喻生殖的兴旺。葫芦蛇、雀戏牡丹、鱼戏荷花都是生殖的象征。兰州处在一个极为特殊的位置上，河西走廊衔接西域敦煌的佛教艺术，甘南藏传神话史诗，陇东伏羲女娲西王母的生殖崇拜，河州大禹王神迹和太极图式，平凉地区崆峒山道教广成子与黄帝问道处，所有这一切都隐含着东方文化最有创造力的原始精神。清末那个大时代，整个东方文化面临着欧美文化的冲击，这就不仅仅是历史上的民族大融合，所谓五胡乱华、胡汉融合都是一个文化整体内的自然调节。清末则不同，是一种五洋乱东亚，一种真正的灭顶之灾高悬于喜马拉雅山之巅，这种灾难不仅仅是中华民族，还是整个东亚，在地中海文明以外一个更辽阔更伟大的文明导致的灾难。据说英法联军对圆明园的烧毁主要基于东方文化的辉煌，1840年英国人开始与中国大规模交流，发现中国人意识里的欧洲人是野蛮人，是兽性十足的人，于是被雨果称为欧洲两个强盗的英吉利与法兰西联手摧毁东方文明的标志圆明园……近代百年史就是西方文明对东方文明的浩劫与"强奸"，并产生一系列怪胎，从中国东部沿海到畸形的大都市，伤痛与耻辱夹杂着麻木。一个民族的复活绝对在她的心脏地带，在她曾经辉煌过爆发过生命力的地方——除了兰州，还有哪一座城市有这种幸运呢？古长安毕竟不是母亲河畔的第一座城市，也不是原始文化的中心。清末，屡次受辱的神州，那些民间艺人在丝绸古道的兰州小巷子里不经意地拿起葫芦，用刻刀和笔描述远古的生命冲动。有意味的是，清王朝最后一位铁血将军左宗棠把他的大本营设在兰州，在兰州建立最先进的兵工厂，所造的枪弹几乎都是国产，屈辱半个世纪之后，中国终于有了自己生产的新式火器，而且是在伏羲女娲大禹王西王母的故里，在周秦部落和李唐王朝的发祥地。6万多名拥有新式装备的铁血湘军借母亲河的神力远征新疆，在天山脚下，远征军不屑于用火器对付阿古柏，而是用古老的弓箭，英国人包罗杰在《阿古柏伯克传》中写道，天朝的大军与阿古柏大军中各走出一名最优秀的射手，阿古柏的射手抬起火枪扣动扳机的一瞬间，就被飞来的箭射穿，扑通跪地而死。猎手们总是习惯把火药装在葫芦里。左宗棠给兰州古城赋予新的意义，近代工业与古老的神话民俗奇妙地结合在一起。在民间，葫芦合男女阴阳多子生殖，血性男子悬葫芦于腰间装火药装酒，点燃男子胸中之烈火。1892年，左宗棠的大军已经把西域牢牢地固定在神州的版图以内，王朝的元气也快散尽。数年之后，八国联军进北京，官方失去任何抵抗能力，而在遥远的神州腹地，在兰州，民间艺人崔家娃和裁缝王鸿平注定要给穿城而过的母亲河注入一股神力——慷慨激昂金戈铁马的传统戏剧人物，大众心目中的英雄豪杰——走上葫芦。下层民众总是蕴藏着一个民族最淳朴的生命气息和强大的创造力，戏剧与具有生殖意味的葫芦结合在一起，民族复兴的梦想注定会成为新世纪人类最壮美的神话。这是第一代葫芦艺人。把刻葫芦艺术推向全国、轰动北京的是兰州穷秀才李文斋。李文斋的贡献有两个：一是工艺，刮去葫芦表皮，用镪水混合颜料在上面涂成红黄两色，一半刻画，一半刻字。二是把书法绘画艺术运用到葫芦的雕刻中，提高其艺术品位。民国初年，古董商们把李文斋的作品带到京津，轰动一时，被称为绝技妙艺。李文斋性情孤傲，警察局局长索要葫芦遭拒绝，局长就把李拘捕入牢活活整死。李的学生王德山以及受李氏影响的阮光宇父子等一大批民间艺人，发扬光大，使其成为兰州古城的一个象征，人们提到兰州就知道刻葫芦。继承李氏工艺手法最成功者要算陈唯一老人了。兰州人有个说法——"三陈一阮"。三陈指的是陈唯一和他的两个女儿陈红、陈兵。一阮是民国时老艺人阮光宇的儿子阮文辉。6月20日，我转了几次车去白塔公园找陈唯一老人。陈唯一的葫芦阁在黄河岸边白塔山顶上，顺陡坡而上，有虚空幻境的感觉，曾经到过天山5000米高峰的红柯爬到葫芦阁时已满身大汗。

兰州葫芦王：陈唯一

陈唯一，76岁，汉族，世代居住兰州，白发苍苍，高居白塔山上，确实是一种境界。陈唯一口述：我父亲是一个很有名的画家，画国画，当时兰州有"陈螃蟹"的说法。我母亲是个民间艺人，擅长剪纸刺绣。我很喜欢母亲的刺绣，在我的印象中画家的画作也比不上她的作品活灵活现。那时我还是个孩子，跟父亲学画，也跟母亲学剪纸刺绣，还经常到兰州的城隍庙、兰园、庄严寺，寺里的十八罗汉壁画一下把我迷住了，宗教画的色彩很浓烈，我回家反复描摹。当时兰州最了不起的艺人是刻葫芦的李文斋，受李大师的影响我也喜欢上葫芦。李文斋影响了一大批人，我算其中之一吧。我最喜欢他的书法雕刻，用刻刀把书法刻在光滑的葫芦上，比在宣纸上写更有意思。兰州的艺术大师很多，我拜大师学过篆刻，我学到了很好的篆刻刀法。我虽然喜欢葫芦，可刚开始并没有刻葫芦。大概受父亲影响吧，书画篆刻是连在一起的，我很自然学刻字。可我命中注定要刻葫芦，说起来也是没办法呀。抗战开始，生活艰难，篆刻就干不下去啦，刻字要上好的石料，青田石、鸡血石、贺兰石很贵的，大家都在活命，就没有闲情逸致花钱刻字啦。兰州这地方怪呀，抗战那么艰难，琴棋书画都不景气，就刻葫芦行情看好。日本人的飞机经常轰炸兰州，兰州人照常喜欢自己产自己刻的葫芦。当时刻一对葫芦可以换二斤白面呢，为了活命，我就开始刻葫芦。街面上的葫芦我看不上眼，太粗糙。我避开人物专攻山水，我有国画和篆刻的基础，做得很认真，刻出来的山水很漂亮呀，有点我母亲刺绣的味道。我一直想学到这一手。细活不能太多，尽管贫穷，我也不滥做，我有定量，一个月做多少就是多少。刻在葫芦上的大好河山很受大家欢迎，日本人占了我们大半领土，我一个穷艺人干不了大事，我可以在葫芦上刻出完整的神州大地。那时我很迷恋山水，尽我所知全都刻在葫芦上出售。刻山水成功以后，我就开始刻人物。我结识了李文斋的两个弟子王德山和王云山，跟他们交流经验，切磋技艺，合作搞作品，受益很大。李文斋是兰州人的骄傲啊，我从小就敬仰这位大师。王云山的特点是重在写意，着力神韵。他最有名的作品是《水漫金山寺》，白蛇青蛇的后边是各色各样的精怪，有虾兵蟹将，鱼鳖鬼魅，全都头大身小腿短臂长，水中空中全都是，造型很奇特。王德山最得李文斋的真传，李文斋冤死狱中，李文斋的女儿就把父亲的秘本《名人画稿》赠给王德山，他如获至宝，勤学苦练。他继承李文斋的优点以外，善用"兰叶描"。他刻的人物是一绝，《三国演义》《水浒传》《西厢记》很有名。最绝的是他把庄严寺的十八罗汉搬上葫芦。从李文斋师徒那里我兼收了许多东西，李文斋的书法雕刻，王德山、王云山的刀马人物和山水花草技法。1951年我有机会到西北艺术学院工艺系深造，一个民间艺人能到高等院校学习，这在旧社会是不可想象的。在大学里我专攻素描，吸取西洋画法。兰州的艺人很难学到这些。有意思的是大学毕业后我被分配到瓷都——景德镇陶瓷厂搞图案设计。你知道的，我最初学艺搞的是金石篆刻，把字刻在坚硬的石料上。瓷器正好满足我早年的梦想，不同的是把字变成图案，中国字本身就是一种图案。跟篆刻更不相同的是陶瓷图案是彩绘和装饰，色彩很丰富。我注定是要刻葫芦的，陶瓷工艺跟当初的金石篆刻一样，只给我一次学艺机会；我刚刚学到陶瓷艺术，就被下放到农村当农民，后来又进工厂当工人，有手艺嘛，又搞过一段工艺设计。

最终我又回到兰州，回到葫芦上。我再次拿到核桃大的葫芦时，百感交集啊。

【奇妙的三角刀】

葫芦刻刀一直是圆口针，从王鸿平到李文斋一直到现在，刻葫芦都是圆口针。李文斋在技法上的改进是对葫芦的处理，阮光宇的改进是将画法彩绘法引进刻葫芦，改变了兰州艺人"只有刻法，没有画法"的状况，但刻葫芦的圆口针一直没有改变。圆口针可以把线条刻得很流畅很光滑，但圆口针的立体感不强，刀痕比较暗，力度也不够，画面没有压力。我从篆刻开始学艺，最早的工具是刻刀，金石篆刻要流畅也要有力度，阴阳对比强烈。后来又搞素描搞陶瓷彩绘，浓烈的色彩和图案也讲究力度。我就考虑把圆口针改为三角刀。篆刻是双刃刀，可以用力下刀，葫芦轻巧，既要受力又不能损伤葫芦，还要得到篆刻、素描和陶瓷彩绘的强烈效果，我就把双刃刀也改为三角刀，前后左右运用自如，刀纹保持一定的斜面，这样刀纹就亮起来，立体感就出来啦。三角刀是我自己动手做的，是我的独创。刻葫芦传统都是表现花鸟虫鱼，才子佳人。我不但改进了刀具，而且随新式刀具而来的是打破题材限制，以表现宏大的史诗为主。我最满意的作品是《红军万里长征图》，新刀具刻画新内容，鞍马相配，得心应手。创作《红军万里长征图》的时候，我就想起抗日战争，飞机轰炸兰州，为了生存，我放弃金石篆刻选择了葫芦，葫芦可以活命。说句实心话，红军长征也是为了生存为了活命，你看红军走过的地方，都是最高的山最凶险的河，飞禽走兽都望而却步的穷山恶水呀。走过这种地方的人命强。我自己琢磨红军为啥在南方待不住，要往北方跑，跑到咱陕甘宁，咱陕甘宁有葫芦，葫芦能活命，红军不但活了，把全中国也救活了，小日本硬是打不到西北来，你想想，万里长征图，刻在一个核桃大的葫芦上，八面画面呀；葫芦虽小却能容万里江山。《红军万里长征图》刚创作出来，就被中国军事博物馆以精品收藏。除了工具的改进，就算对材料的处理了。我最拿手的是"疙瘩葫芦"，利用葫芦天然长出的小疙瘩，刻出《百子拜寿图》，整整100个人物。《水浒传》108将，我把他们刻在一个直径20厘米的葫芦上，超过了我当年向往已久的《十八罗汉图》。除刀马人物以外，书法也是我刻意追求的，我崇拜李文斋，李文斋的葫芦书法倾倒多少书法大师啊。我刻过王羲之的《兰亭序》。在一个拳头大的葫芦上刻出东汉魏伯阳的《参同契》6207个字，每个字都跟米粒那么大，用放大镜才能看清楚。这么小的字完全要靠手感来刻。我还刻过《道德经》，5800个字全刻在两个4厘米大的葫芦上。这些道家的经典跟葫芦有一种天缘，都是追求长生追求生命的。每一个葫芦都是我的孩子，我记得清清楚楚，我刻了一万多只葫芦，那都是我的生命。前些年，一位新疆老人拿来一对葫芦，其中一只被老鼠咬坏，要求重配。这对鸡蛋大的葫芦他把玩了几十年，是我"文革"前刻的。我心疼啊。那只残破的葫芦上，画面很清晰，被手汗常年浸润、渗透，与葫芦浑然一体了。白塔山上的房子就叫葫芦阁，葫芦都是自己种的，我家就在兰州市郊十里店。雕刻用的葫芦只产在兰州。

【 老沙地里产的葫芦 】

雕刻葫芦原坯的鸡蛋葫芦、疙瘩葫芦和小亚腰葫芦，这几个品种都是兰州人用几百年时间培植出来的。这几种葫芦生长在兰州特有的"老沙地"里。"老沙地"也叫"压沙地"。先把地里原来的沙土铲掉一层，收拾平整，上足粪，再用河床上的沙石，铺在上好粪的地上。西北高原干旱少雨，这种"沙地"能保墒保肥。兰州人有"一个石头二两油"的说法。兰州气候凉爽，葫芦生长期长，结出的葫芦质细、坚硬，适合精雕细刻。"亚腰葫芦"像个"8"字。"鸡蛋葫芦"像枣核、算盘珠子，还有葡萄那么大的。"疙瘩葫芦"上面长满许多小"瘤子"。种葫芦的人很细心，要把蔓架起来，还要把葫芦周围的叶子打掉，风一吹，叶子会划伤葫芦皮。葫芦成熟后，马上刮皮晾晒，干透后再手工抛光。陈唯一被联合国教科文组织和中国民间文艺家协会授予"民间工艺美术大师"称号。

陈唯一的大女儿陈红被联合国教科文组织和中国民间文艺家协会授予"民间工艺美术家"称号。陈氏，真正的葫芦之家。陈氏第三代，小孙女陈蕊坐在爷爷的根雕木桩式工作台上聚精会神地雕葫芦。

瓷器上的敦煌艺术

十二三世纪当伊斯兰教的狂潮漫延中亚时，佛教艺术已经在中亚和河西走廊一带辉煌了数千年，如同凝固的火焰，注定藏于大地。那些民间无名氏艺术大师，封死了敦煌千佛洞和宗教经典书库。天山南麓，维吾尔族的先民们在库车创造了另一个千佛洞，他们的子孙在佛教与伊斯兰教之间分为两派，血战百年，库车克孜尔尕哈千佛洞就这样败落下去。20世纪的曙光刚刚照到古老的亚洲，敦煌的灾难也来了。不要以为1840年以来的灾难是山河破碎，主权、领土、白银滔滔江水般逝去，文化与艺术——一个民族的精神世界也经历着空前的浩劫。陈寅恪先生说：敦煌是吾国学术之伤心史也！伤心处需要倾力医治，于是便有常书鸿——古老母邦的孝子，倾毕生心血于大漠，与妻子离异，孤身带两个孩子在敦煌一待就是40多年，近半个世纪。后来邓小平来敦煌视察，询问常书鸿的年龄，原来他们是同龄人，都曾在法国留过学，政治家与艺术家殊途同归都是医治神圣母邦的创伤。常书鸿、张大千、段文杰、欧阳林一大批文化人发掘整理保护着这个举世瞩目的艺术圣殿。在大师们之后，年轻的一代不再满足于对敦煌的保护，他们要发展敦煌艺术，保护的目的不就是发展吗？周汩女士就是其中一位。周汩女士口述：我的父母是湖北咸宁人，父亲小时就来兰州，我是在兰州出生在兰州长大的。我属于知青那一代人，下过乡。我父亲是书法家画家，从小受家庭影响，很喜欢书画。恢复高考以后，我就一门心思考大学，一定要考美术学院。没考上，总差那么一两分，1979年兰州工艺厂招工，把我们这些报考艺术院校的考生招进工厂，一次就业机会呀，工艺厂当时是挺不错的单位，经过严格的考试才能进去。对新职工进行岗前培训，白天上班晚上上课。工艺厂几年给打下了工艺美术的基础，从图案设计到动手操作。使用各种工具，不但要有艺术感觉，还要有力气有好体力，手上要有劲，我在农村练出来啦。我们甘肃最有名的古迹不就是敦煌嘛，工艺厂就搞敦煌的复制品。改革开放刚开始，来了一拨日本人，对敦煌的那个崇拜呀，让我大吃一惊。我一直以为自己很倒霉，没考上大学，书香门第的人当工人很不是滋味的。我进工厂做工只是谋一个职业求生存，我没想我的工作是一种文化。真正改变我人生的是1984年，单位派我去敦煌，那种震撼使我终生难忘，那么辉煌的艺术，周围全是戈壁沙漠。还有常书鸿，在法国巴黎发现敦煌艺术品，发现自己的艺术生命在敦煌。那次敦煌之行对我刺激太大了。我对自己的工作感到很不满意，厂子里的活没有新意，产品都是为了开发旅游搞些纪念品卖钱。其实从1980年我接待日本人开始，就着手在瓷器上刻敦煌壁画，我觉得瓷器坚实能把敦煌壁画保存下来。当时做得断断续续，都是照图片做。1984年去敦煌一看，实物与图片反差太大，对自己的工作就更不满意啦，也横下心啦，非把敦煌壁画搬上瓷器不可，咱们中国不就是瓷器之国嘛。工厂的活还干着，那是工作。下班回家搞自己喜欢的瓷刻。我比较幸运，我父亲是书画家，我丈夫他们家也是书香门第，我公公是很有名的书法家，所以我业余搞艺术家里不反对。这点很重要，女人干事业不容易呀。

【 焊接两种艺术 】

传统的瓷刻与大型壁画彩塑没关系，敦煌是史诗式的系列壁画与彩塑，是一个很大很壮观的艺术建筑，庞大而固定。传统瓷刻就不同了。因为刻在瓷器上，不易磨损，不会风化褪色，小巧玲珑，携带方便，装饰性强，适合收藏。历史上都限于宫廷和权贵之家，用来镌刻保存名人字画。把书画在瓷器上再创造，难度之大可以想象，瓷器不是宣纸，以刀代笔，这种绝活在民间流传很少。传统的瓷刻内容主要是山水、风景、花鸟、书法，规模比较小，但效果很好，宣纸也好，砖石木料也好，都不如瓷器。即使比较牢固的雕塑，也会风化掉。这就像陶器和瓷器的不同，陶器来自泥土，但只有瓷器才是人真正的创造，大自然里没有瓷器，瓷器是中国人的创造。陶器大多数民族在原始社会都用过，瓷器只有中国才有。在瓷器上绘画刻字画，民间本身就有这种传统。再粗的瓷器都有简单的花纹和图案。瓷刻太贵重，一般人收藏不起，这也是流传不广的原因之一。近代，瓷刻技艺差不多要失传了。敦煌艺术也面临这个问题，张大千呀，解放以后许许多多的大画家呀都临摹过敦煌壁画，都受过敦煌艺术的影响。可敦煌壁画风化得很厉害，年代久远，气候变化，经常发生霉变，细菌也很厉害。1984年敦煌之行，我既兴奋又担忧啊。我在工艺厂跟瓷器打交道，我一下子就想到如何把敦煌壁画和彩塑刻在瓷器上，跟名人字画一样"永垂不朽"。敦煌你不能老讲保护呀保护呀，为什么不发展一步，从窑壁上从画布上走到我们古老的瓷器上呢？我首次拿起小铁锤拿起钻刀，在晶莹剔透的瓷盘上向世人再现敦煌莫高窟的魅力，好像我真正的人生刚刚开始一样。铁锤钻刀和瓷器发出的叮当声太动人了。我是在夜深人静的时候做第一件作品的。

【工序和心灵】

敦煌壁画与彩绘太庞大了，我尽量选择比较宽敞的瓷器，主要是瓷盘，就是常见的菜盘那么大，太大太小都不合适，刻出来要便于携带。瓷刻艺术其实就是书画与雕刻的结合，有毛笔、颜料，也有铁锤、钻刀、錾子，这些工具精致坚硬结实，小心翼翼又要用力，瓷器多脆呀，怎么画都可以，敲打就不行了，瓷器最怕敲打，跟走钢丝一样，冒险刺激！先用毛笔在瓷盘上画，把要雕刻的壁画和彩塑人物勾勒在瓷盘上，这不是简单临摹，是一种再创造。这跟学艺阶段的临摹不一样，这要求你抓住原作的特征，突出这个特征，画不好就影响雕刻。这是第一次创作。第二次是用钻刀雕刻，从绘画又转到雕刻上，一定要符合雕刻的规律，在再现过程中有所取舍，雕刻跟绘画是有区别的。第三次创作是给雕刻作品上色——用毛笔渲染着色。3种艺术异曲同工，3种艺术手法要恰到好处，才能完成一件瓷刻作品。不但要对3种艺术有较深的理解，最关键的是在创作前，对每一个所要雕刻的人物精神特征进行细致的观察，在心灵上沟通，壁画彩塑人物在你的心灵中复活，你甚至能听到那些远古的民间艺人对你倾诉的一种声音。每一幅作品的完成，对我来说，都是一次自我情感的发泄和交流，很累也很兴奋。我觉得在艺术活动中，情感太重要了。在情感的驱动下，各种工具各种技法才有生命才能得心应手，錾、刻、镂，各种刀法软中有硬，柔中有韧，轻重缓急得当，疏密深浅均匀。像壁画彩塑这些人物，用传统的手法肯定不行。敦煌艺术表现的是唐人精神，人物大都是很丰满的女性。传统瓷刻是宋明清发展起来的，表现小巧柔媚的山水风物。所以我在瓷盘上再现敦煌艺术时，打破了传统瓷刻单纯白描的手法，走出一条以线刻为主，点刻为辅，线面结合，着色晕染的新路子。在渲染这道工序中，我改变了传统瓷刻赋色以墨色为基色的渲染方法，采用着色晕染，给作品赋予鲜丽的色彩。作品既有笔墨，又有刀法，既有画味，又有金石韵律。敦煌艺术主要是人物，敦煌人物高大丰满，生命力极其饱满，我就重点突出人物的额、鼻、颏3个部位，对眼睛和嘴唇要传神细致。人物光润的肌肤，要有丰满感体积感，几根铁线配上刀类凿点，效果就出来了。敷色上要突出线刻的主导作用，简洁清晰，润泽透明，与画面浑然一体。我的作品基本上保持了敦煌壁画和彩塑原有的真实感和民间色彩，同时发挥我自己的艺术个性，突出作品的质感和立体感。毕竟是瓷器上的敦煌艺术嘛。

【热爱自己的文化】

我比较幸运，没有考上大学，却有一次就业机会。工艺厂那时候是好单位呀，高干子弟多，像我这种知识分子子女不能跟人家比，只能一门心思钻研业务，3个月后就能独立工作了。但厂子里的产品旧，不改进，我跟单位谈自己的想法，领导不支持，其实许多人对文物对遗产都停留在保护的观念上，很少想到发展。老实不客气地讲吧，我发现保护文物就是安排一拨人就业，真正用到文物上的经费很少很少。我没有上大学的机会，对文化骨子里向往呀。我去西安出差，觉得陕西把文物搞得有声有色，连北京友谊商场的门口都是兵马俑，但西安街头的兵马俑复制品太多了，一网兜一网兜跟卖大萝卜一样，文化就这么不值钱呀？说到敦煌就是小飞天，画的都是小飞天，据说日本人的手纸上都是小飞天。文化就不能精致一点，珍贵一点？民间艺人很清苦的，我们甘肃民协经费少得可怜，打长途电话都困难，可甘肃的民间艺人最多，中华民族最古老最原始的东西都在甘肃，艺人都凭一腔热情在搞艺术。没有全社会的支持，激情能支持多久？我觉得上海人有眼光，我去上海参加过一次展览，作品全被收藏被买走了。有个公司女老板要跟我签合同，让我住在上海搞项目，我怎么能离开甘肃呢？敦煌艺术就在甘肃，尽管甘肃有许多不尽如人意的地方，可是我也不能把事业和文化抵押给金钱。文化是无价的，要尊重文化，艺术家自己要有原则。周泪的代表作：《敦煌飞天》《敦煌菩萨》。单位：甘肃省文物保护维修研究所。日本画家平山郁夫对周泪的作品爱不释手。

微绣老人赵翠仙

赵翠仙绝没想到在退休以后能成为民间艺术大师，这是联合国教科文组织授予她的称号。69岁的老太太领着我走进中国科学院兰州沙漠研究所的家属院，上楼很吃力，我搀着她，也要走走歇歇。这是一个很简朴的知识分子家庭，老伴老黄是治沙专家，去所里开会了。老太太从床底下一件一件取她的绝活，真不敢相信，各式各样的动物有600多件，装在蛋糕盒改装的精美的盒子里，去掉盒子，整个房间简直成了童话世界，全是小巧玲珑的小动物，有神话里的玄武、十二生肖、三阳开泰、二龙戏珠等。最小的动物只有绿豆那么大。1998年秋天，首届中国国际民间艺术博览会上，老人的微型立绣作品《团龙戏珠》荣获金奖：9条神采飞扬的小金龙围绕火球戏舞，神州团圆龙会聚，庆祝香港澳门回归。最令人惊叹的是她绣制的十二生肖动物可以置于手掌之上，1994年在中国第四届艺术节上展出时引起轰动，1996年她的16件作品走进上海吉尼斯大世界，并漂洋过海到美国洛杉矶展出，让洋艺术家们大吃一惊。"我小时候就喜欢刺绣，跟着母亲绣荷包。""你是北京人吗？""我在北京参加工作，我是山东人，山东蓬莱。"老人的目光慈祥而遥远……蓬莱瀛洲方丈，其仙境早已融入古老的神话传说。"没想到我能从蓬莱到大西北，到王母娘娘的身边。"陇上，古雍州，祁连山、昆仑山相连。昆仑神话体系，孕育女娲娘娘、王母娘娘的母性之邦，黄河自雪山而下，静静地流过皋兰山峡谷，兰州古城漂在羊皮筏子上，置于坚固的铁桥下，兰州人枕着波涛汹涌的母乳。在遥远的山东，在蓬莱以上，黄河融入大海，幼年的赵翠仙听到的全是海涛声，看到的全是帆影和奇异无穷的海市蜃楼，那种源自大海的仙气终生缠绕着她。"在北京待了几年？""1956年到1965年，9年。北京的小玩意儿也多，那时年轻啊，刚工作，对什么都有兴趣。"从祖国的首都到大西北，我们尽可以想象其中的跨度之大。按照甘肃民间艺术家协会杜芳女士的约定，我去小学校门口见赵翠仙老人，等在那里的是另一个老太太，赵翠仙等一会儿来，她们是一个单位的，也都是从北京迁往兰州的。兰州不热，烈日暴晒，往树底下一站凉飕飕，老太太愤愤地说："当初把我们赶出北京，北京热死了。"在路上，赵翠仙说，她家是硬"分"到兰州的，"我和我家老黄自愿报名来兰州工作。""不容易啊。""支援大西北嘛，那时候的人一心想着国家。""想北京吗？""刚来时想，后来就不想了。"她所喜欢的北京的小玩意儿，北京的天坛故宫、颐和园、琉璃厂在不知不觉中潜入生命的河流，流向西北大荒，在丰厚的母亲河畔，在几十年后，蓬莱海滨的少女，北京中科院的热血青年，养育了孩子的母亲，一天天变老，岁月却给她空闲，就像激流到了河湾，当一切平静下来时，真正属于自己的创造力就爆发出来了……北京，真正的京华人文气息开始复活。有人说过：一个人的真正生活也就是他的业余生活，彻底松弛后的业余生活。于是一群一群神态各异的小精灵从老人的手心里跃然而出，蓬莱、北京、兰州，大西北的山山水水顷刻羽化成仙……在兰州市中心的黄河滩上，那座有名的黄河母亲石雕在预示着一种伟大的母性，足以代表神州所有女性母爱的形象，永不枯竭的永恒的生殖和繁衍，汹涌的创造力，在青春消逝后又悄然降临。"这些可爱的小东西就像我的孩子。"老人送给我一只豆粒大的金色瓢虫，就像送走自己的孩子。"你具体干什么工作？""植物分析，就是在显微镜下解剖分析植物结构。""那可是细活呀。""一般人做不出来的我能做出来，我心细能吃苦，我把关严，年轻人想糊弄都糊弄不了。那时没电脑，得自己编程序、取片、制片、镜检、测定，不能出一丁点差错。""这种职业习惯对你的工艺有没有影响？"老人想了半天说："跟小时候做荷包不一样，做这种立体微绣不能返工，一次性的，成了就成了，不成得另做，从头做。"老伴孩子都不让她搞这个，活太苦太累。去北京展出时，借女儿的钱，在北京卖出一部分作品。"这些小玩意儿价不高，大家都乐意买。家务太多，身体不好。"老人说这话时，你能感觉到有许多更精美的小动物在呼唤她，在向这个世界奔跃而来。

第一阶段的考察活动结束，时间从6月18日至7月9日，由兰州至甘南合作、夏河，再到临夏、积石山、大河家，过黄河至青海循化、平安、互助、海北草原，从西宁乘火车返回宝鸡。学校要放假了，要考试。补课、出考卷、监考、评卷。感觉中一条大河老在奔腾……河源是清澈的、河边的人是清爽的。在菜市场买菜时，一个小伙子骑着自行车挤上来，懒得下车，一脚支地、面目狰狞，世上竟有如此之面孔！我怒火中烧，差点一拳砸过去，猛然发现是我们学院的学生，一个教师是不能随便打人的。愣了好半天才缓过劲。

为什么年纪轻轻就如此狰狞？曾国藩练乡勇，只收山野纯朴农民。冯玉祥招兵，拒绝城镇油滑之徒，只收黑脸大汉。大地上的纯朴与拙实，一种生命的稀有元素。黄河的每次泛滥、每次咆哮、每次决堤而出，是遵天地之道，来荡涤那些肮脏的生命与狰狞的面孔。中华民族有如此伟岸辽阔大气之母亲，吞噬——新生，化为鱼鳖而有为。王朝的更替总是对应着河的汛期，也就是经期。8月25日，放暑假后，乘火车到银川，转车到包头，向往已久的蒙古大草原，阴山大青山出现在眼前。

黄金草原

　　黄金草原已经从河套平原消失了，秦始皇统一中国，蒙恬却匈奴、定河套，取狼毫为笔，农业开始发展起来。曾是草原的地方，有呦呦鹿鸣。包头，蒙古语，有鹿的地方。即使后来以钢铁、稀土闻名于世，鹿的传说、鹿的神话依然存在。黄河出雪域至兰州，造成一种东向的趋势，留给汉族诸多创世神话，又掉头向北，拐向蒙古。蒙古，柔弱的意思，青草的幼苗弱而生机勃勃。在我看来，黄河北向是不想匆匆结束其黄金时代，黄河在持续她的青春期，在延续她的神话。当中原进入北宋时期，理学大盛，成熟得有些糜烂，技术王朝的背后显示生命的苍白。蒙古人悄悄登上历史舞台……母亲河的另一次创世纪。《黄金史》的开头说：世界上的人类处在不识不知的无为时代……在那个古老的年代，世界上的人类是化生，他们吃禅食，自身发光，凭法术能在空中飞行，有无限的寿命。母亲河就这样在大草原上回到童真状态，回到《山海经》的时代，人长三头六臂，永生长生。崇尚天人合一的中国哲学，在纯朴的蒙古更进一层，"天"即永生，这就是成吉思汗敬畏着的腾格里——长生天。"上帝之鞭"之所以要怒笞人类，因为在十二三世纪，世界各民族从帝王到百姓，以至于文化都处于醉生梦死，臭气冲天的状态，为什么不把成吉思汗看作人类的良医看作一个清道夫呢？中原的龙是一条，蒙古大军的帅旗是九条龙。在后羿的神话里，天有九日。在夸父的神话里，太阳奔逃如兔子。蒙古骑兵举着九龙旗，以夸父之勇向西向西，直到大海，太阳跳进水里变成一条鱼。我19岁那年第一次读到童话《海的女儿》，我感到这是人类生命的故事，生命源于水，生命感最丰富的女人，是鱼的化身。原来成吉思汗严厉背后有一颗慈爱之心，孩子们回到水里去吧。有意味的是蒙古军远征的行军路线跟九曲黄河一样，几个大弯曲，就把事情摆平了。大生命，永生不死长生万古的生命，在天为龙，在地为河，唯有黄河，才是上天的首选之河。蒙古，萌骨，孕育不儿罕山麓的三河之地，最终回到母亲河身边。成吉思汗躺在黄河的大臂弯里，伊克昭盟——鄂尔多斯高原。灵车沿黄河、沿六盘山、沿黄帝问道广成子的崆峒山侧，沿伏羲女娲的葫芦河，至鄂尔多斯高原，那是母亲河宽阔无比的胸脯，长满子母柳。那可儿亲兵世代守护成吉思汗陵，长明灯700年不灭，世上哪个帝王有如此忠诚之部队？神话的土壤就这样滋养着黄河。清朝之所以能入主中原开创一个伟大的时代，所谓"北不断亲，南不封王"是也。和亲政策，公主嫁到草原，草原壮健的蒙古女子进入后宫，清朝的血统依靠草原母亲和黄河奶汁的滋润……当时叶赫那拉同宗血脉入主后宫时，清朝的脉气也散尽了。清朝末年，草原出现一勇武的僧格林沁王爷，太平军斩林凤祥、李开芳，大沽口之战，击沉英法军舰40多艘，欧洲的许多报纸刊登了这位蒙古英雄。欧洲文化崇尚英雄，狠揍它，它才尊重你，儒家那套对付不了欧洲文化。草原遂有《僧王之歌》。若僧王在世，外蒙哲布尊巴丹有天大的胆子也不敢"独立"。平心而论，清末河山破碎，妖孽四起，神州的大梁一个湘人左宗棠，一个蒙古人僧格林沁。蒙古人喜爱这个大英雄，就跟《嘎达梅林》一样，《僧王之歌》也是民歌啊。遗憾的是我知道内蒙古有这歌，我行色匆匆未能找到。湘人左宗棠却让我们文化人争论攻击个没完。辛亥革命的那帮英烈，在神州面临瓜分之际，却执着于华夷之分，反清跟排满两码子事嘛。清末，中华民族之贵即欧美洋番。这一点，曾国藩很清醒，曾国藩不称王的原因很大程度上是强邻环伺，稍不慎就会遭到灭顶之灾。曾国藩与王国维的精神世界是相通的，都是传统文化的奇葩。在人格力量上，曾国藩是无可挑剔的。历代统治者大多都是当个人利益、家族利益与国家利益相一致时，才肯做善事，做一点点孔孟们巴望已久的"仁政"与修行。孔子周游列国时多么沮丧啊，老先生产生过求仁于野的念头。蒙古族确实产生过一大批鸿儒，绝不逊色于中原文化人。当哲布尊巴丹传檄于鄂尔多斯高原时，伊克昭盟长阿拉宾巴雅尔王爷，向哲布尊巴丹提出6大质问，库伦的大活佛无言以对。日寇入侵内蒙古，草原上便出现3位抗日女王爷，13年抗战，日本兵一直未能打过黄河。日本皇族，司令官水川伊夫全军覆没。这是傅作义将军的杰作，击毙水川伊夫，跟八路军杨成武击毙阿部规秀一样值得大书特书。我的祖父曾在傅作义部当兵，苦战于河套，最惨的一战，一个师只剩数人，师长跟几个兵，从死人堆里爬出来。阴山、陕坝、五原、包头、固阳，我小时候经常听这些地名。

一、鹿城包头

包头是个大码头，位于黄河北岸，秦汉时陕西、山西人就开始开发河套。清朝时，从华北到库伦、恰克图、伊尔库茨克，向西到兰州、银川、新疆、中亚都经包头。包头的文化完全是古老的晋文化与北方游牧文化的混合体。汾水与渭河犹如黄河的两翼，翼下孵化出远古的文明，向北辐射到草原。包头民间艺人尤其是剪纸的艺人，号称"草原五姐妹"。要红霞是她们的代表。

剪纸艺人要红霞

要红霞，女，生于1964年，就职于包头市博物馆。要红霞口述：我祖籍是山西，迁到内蒙古土默川的左旗已经6代了，我是第六代，土默川大部分人是山西迁来的乌兰牧，布赫就是土默川的蒙古族。我的姥姥、母亲、姐姐都是剪纸高手，哥哥能绘画，我受家庭的影响，感到好玩，就看啊学啊。那时候小，不懂得民间艺术的妙处，只当是玩游戏。那时候孩子没玩具，不像现在的孩子，满屋子玩具。童年是清苦的，我喜欢画画，却买不起画册和颜料，只能在新华书店里看。我哥哥画画都是用铅笔。我喜欢色彩，油画。土默川平原就跟油画一样，我只能在心里梦里默默地作画。我喜欢剪纸，剪纸需要红纸，家里最多给我买些白纸钉作业本。买不起正规的作业本，上小学一、二年级，都是我妈买来的白纸，裁好，用针线缝，跟古代的线装书一样，用水泥袋的牛皮纸做封面，也可以用年历画做封面。我妈的手巧啊，自制的本子比商店卖得还要好看。一个本子用完，背面就当练习本。两面都写完后呢，对不起，家里要用硬皮的封面剪鞋样，用里边的软纸包东西，做饭时引火。当然啦，我也可以留一些，用小剪刀满足一下剪纸的快乐。稍大一些家里就不管了，自己制作本子。最有意思的是我自己制作的资料本，算是小画册吧。资料都是在路上捡的带画儿的报纸、糖纸、烟盒。我捡回去，很小心地洗净压平。比较完整的就贴在本子里，烂一点的就把图描到本子上。这些资料就是我的老师。我妈就是我的老师。我妈是个很了不起的人，非常辛苦，操持所有家务，意志很坚强，很清贫的一个家，我妈却收拾得干干净净，贴上窗花，各式各样的都有，墙上、衣柜上，跟画廊一样。别人走进我们家总要愣一下，露出很惬意的微笑。我妈的手艺远近闻名，每逢过年过节，左邻右舍娶妻嫁女，都要拿红纸请我妈剪喜字、剪窗花。那也是我得意的时候，我给妈妈当助手，忙这忙那，我还记着那些古老而有趣的图案："老鼠嫁女""老鼠娶亲""蜂扑瓜""凤凰戏牡丹""蛇盘兔，辈辈富"。十一二岁时，我可以单独剪成套的喜花了。后来我的作品在北京、东京、斯德哥尔摩展出时，我总想到妈妈，她才是一个真正的大艺术家，应该展出她的作品。我现在还保存着我妈的作品，反复看啊。高中毕业后，我没有考上大学，招工到建筑单位上班。我到了包头，这里文化比较发达，我业余时间就剪东西。有了职业，可以买到纸和各种剪刀，条件比我妈妈好多了。1984年，我的作品被送到北京中国美术馆展览。我到包头群众艺术馆工作，后来又到包头书画院工作。

【 从窗户到镜框 】

剪纸本来是装饰窗户的,都是底层老百姓的窗户,宫廷和豪宅是没有这些东西的。穷人爱美,穷人的心灵有梦想,有浪漫情调。到了现代,有了玻璃,窗户上就没有剪纸了。我觉得玻璃代替窗花很残酷,玻璃冷冰冰的,太直露,哪像窗花贴在白纸上,光线透过来,有一种温情。现代生活只能这样,窗花总要从窗户上消失,可不能从生活中消失,古老的美好的东西从生活中消失,太可怕了,那就不叫生活了。学习现代人,不想模仿现代人。窗花从窗户上消失,可以把它悬挂在墙壁上,跟西方人的油画一样啊,民间艺术大多都与实用有关,可以从实用发展到欣赏,变成一种纯粹的艺术品,一种装饰画。当然要保持民间原有的生活气息和美的特点。目的是装在镜框里,挂在大厅房间,让人怀念过去岁月中民间的淳朴和风情,怀念已经消失的花草虫鱼,山水林木。我的剪纸贴窗户上就不好看了。原封不动不行,要适应现代生活。从内容上,把民间的剪纸、刺绣、炕帷子、壁花这些图案装框加边,服务于画,边框的颜色和材料与图案相配,就起到一种装饰作用,让人联想到民间风情,像日本的贴绘,用刀刻,白描,保持中国民间艺术的基本造型,又不同于白描。这就是我自己特有的现代剪纸艺术。比如结婚用的喜字，我就根据新郎新娘的属相，把十二生肖的图案和喜字合在一起，挂在新房里，他们肯定高兴。传统民间艺术中的生肖呀，吉祥物呀，花鸟双双成对呀，还有神话传说中的东西，刘海戏金蟾，受苦更乐观呀，这些美好的东西很丰富，都是可以开发的资源。技法最初是跟我妈学的，用小剪刀铰。后来跟外地民间艺人交流，知道了北剪南刀。北方也用刀。刀法的效果大气有力度。我专门搞了一段时间刀法，用刀刻，特别工整精细，加上剪刀，就能保持线条的流畅活泼。两者结合互补。保持传统剪纸的特点，从窗户走到装饰性的画面，范围扩大，内容包含得更全面，山川大地河流，以前剪纸没有的图案就不能用刀用剪了。我尝试用手撕。有一次我做一个大剪纸，内容表现我们土默川的一面山坡，用剪刀用刀都做不出那种效果，我们内蒙古的坡跟其他地方不一样，平缓绵长又很质朴，尤其是干硬的土质感，用剪刀用刀都做不出那种流畅中带粗糙的感觉，我干脆撇开刀剪直接用手撕，整个一个大剪纸完全用手撕完，画面古朴大气，北方草原、北方大地的山坡就是这个样子。大剪纸类似版画。局部地方比如窑洞，土塄，原野上的小路，上面几种方法都不行，我就用香烫，点一根香，一点一点烫。为了表达效果、主题，就要吸收各地的民间艺术，吸收各种流派绘画的长处。在群艺馆工作后，我有机会到高校深造，有家庭有工作，不能去外地学习，我就在我们包头师范专科学校美术专业学习，系统地学习美术理论和技法，把古今中外的文人画、学院画，现代派艺术等等长处吸收过来，为民间艺术服务。这幅《沙漠之舟》就是香烫的，沙漠和骆驼那种质朴绵软的感觉用香烫最好。这幅剪纸在泰国展出过。《有情相会》是刀刻与剪铰结合的作品，蒙古族青年相会，袍子，大草原，粗犷中有柔情。这幅画被中国美术馆收藏。这是最满意的作品《莜麦风情》，剪、刻、烫、撕各种手法都有，从农民耕地，撒种，浇水，锄草，收割，入仓，磨面，到厨房里制作，炕桌上用餐，组合成一系列从大地到生命的过程，跟史诗一样。莜麦是典型的塞上作物，从山西雁北一直到内蒙古，汉族农民种莜麦，农区的蒙古族也种莜麦，跟牧草一样生长在严寒地带。后继有人古老的艺术消失后，比一种物种的消失更让人痛心。我在包头第一个搞剪纸，后来有三切刀，四姐妹，五朵花，清一色女同胞，我之外，有刘静兰、郑胡蝶、孙二琳、孙兰芬，在包头形成一股民间艺术热。在群艺馆的时候我就办剪纸辅导班，本来是为幼儿教师办的，传开来，加入许多女同志，退休的，上班的，都来学剪纸，母亲女儿一起学的也有。到书画院后，专门教孩子，孩子在幼儿园学得太简单，在训练班可以系统地掌握成套的剪纸技法。我们的孩子在学钢琴、小提琴的同时，也应学习祖国古老的民间艺术，经过几年的实践，我把教学经验，自己的实践体会和老中青幼这些学员的情况，编写出一本《中国剪纸艺术概述》，分53讲，文字部分2万多字，附有200多幅图案，从民俗、历史、风土、动物、植物，以及对应的技法等等分类编写。比如花卉剪法，飞禽剪法，昆虫剪法。动物章节里有青蛙、鲤鱼、老鼠、蛇、兔、羊、狗、猪、猴、猫、牛、马、虎、鹿、蝙蝠、龙、喜鹊、燕子、鸡、鸭、凤凰等。剪纸很好学，都是孩子们喜爱的动物世界，一把小剪刀，一张红纸，家长投入很少，包头市民都乐意把孩子送米学习。主要在假期搞。山西老家早没人了，内蒙古的人入乡随俗，既保持种地的习惯，又跟蒙古族兄弟学养牛养马养骆驼，一般都养三四头奶牛，自己喝呀。

二、鄂尔多斯高原

黄河在内蒙古平缓、宽阔、宁静、大气，河的北岸是大青山、阴山、狼山。当日本军队越过包头，前锋攻陷五原，直扑澄口，傅作义大军隐于狼山、阴山，日寇气馁之际，傅军四面出击，日本皇族水川伊夫全军覆没，水川率几十名卫兵，逃到乌梁秦海，追兵来时已逃不动，被枭首，几十个卫兵无勇气剖腹，傅军官兵只好用刀成全他们，砍下脑袋带回去。前来救援的日军，慷慨而来，至狼山，正是落日沉入黄河之际，青山如壁，河宽似海，草原日暮的景象一下子使日军泄气，沮丧而归。抗战期间，日军从未跨过狼山和黄河。黄河的南岸，没有山，是渐渐升起的辽阔的高原，湖泊河流长满子母柳，天高云淡，天空宝蓝；大河蛟龙一般东、西、北三面环绕，向南边的陕北高原敞开，当年秦朝的大军以宝剑般的笔直大道把这里与中原连在一起。成吉思汗路过此地，投鞭于此。大汗一生只看中两处宝地，一处是不儿罕山前长着松柏的草地，大汗死后愿由此进入大地，贮存血肉之躯，另一处就是鄂尔多斯高原，大汗愿把他的战袍衣冠长矛宝剑，以及夫人将帅留在此地，所谓生于翰难河、土喇河、鄂嫩河三河之地，归于萨鲁阿妈母亲河黄河之滨。成陵处在鄂尔多斯最优美的洼地里，状似母亲的乳窝。内蒙古草原分东蒙、西蒙、黄河南的鄂尔多斯是保持马背民族风情最完整的一个地方。高原基本上属于伊克昭盟，盟府所在地在东胜市。

根雕艺人玛希

玛希先生是东胜的蒙古族老艺人，64岁。玛希口述：我以前在歌舞团工作，专业作曲。退休以后搞根雕、壁画、骨雕。我小时候就喜欢搞木雕。我家在东胜南边的乌审旗，蒙古族嘛，鞍子、帐篷都用木头，大人都会做木工做皮子。小孩嘛没什么玩的都用刀子削木头。鄂尔多斯地区不像东蒙，东蒙那边牧草一片一片的，长得高。鄂尔多斯草不高，片儿也不大，树多，树也长不高，草滩沙堆、石头包子，干硬干硬，树长得奇形怪状。扒出一条树根，什么形状的都有，有的像蛇，有的像马、像牛、像骆驼。用刀子削几下就很好看了。鄂尔多斯的子母柳本身就是一幅图画。本地最有特点的树叫鼠李，土名叫黑格兰，亚喜乐，这是当地的活化石，非常坚硬的一种植物，跟铁一样。有音乐欣赏价值，耳朵贴在上面可以听到大地的声音。乌审旗在鄂尔多斯的腹地，奇特的东西太多啦。一辈子忘不了啊，退休下来才知道没有忘掉乌审旗大地。我离开那里很久了。我是1937年生的，1950年到1956年在达布查克念书，1957年到1959年放牧，1960年到1983年在乌审旗乌兰牧骑工作，20多年时间巡回演出。知道乌兰牧骑吧，草原上的演出队嘛。跑遍了鄂尔多斯。我这一辈子大部分时间是在歌声和马背上度过的。作为一个蒙古人，我问心无愧。知道我们蒙古的生命是什么吗？一是骏马，二是歌声，这两样我都不缺。1983年，我不怎么年轻了，就在伊克昭盟歌舞团，我离开了马背，一个蒙古人离开马背就跟下地狱一样，幸亏有歌声，我可以作曲。从1983年到1997年，我再也没有去过乌审旗，我忙于工作，作曲呀，排练呀，文艺会演呀，十几年时间一下子就过去了。退休后，一下子成了闲人，东胜成了城市，住在楼房里，各方面条件都不错。一大把年纪了，嗓子沙哑得仅够用来说话，擒不住歌声啦。我望着街头的树发呆，我就想起乌审旗。我坐车赶到乌审旗，草原上的人还认识我，我的歌声还没有消失，蒙古人的耳朵呀，跟宝匣子一样，装进去就丢不了啦。我还能骑马，走到高原深处，找到一块四不像树根，四种动物的混合体，太阳神啦，大半个身子爬出来等着人来帮它，我用铲子一点一点刨开沙土，用力一拉它就出来啦。我可看清你啦，你这怪模怪样的家伙。它的上边是鹰，下边是龟，前边是恐龙，后边是大象，多么神奇的家伙！

【大自然展览馆】

可能是童年的记忆太深刻了，搁置许多年，重新回到那种状态，就显得很固执。我认为根雕主要靠自然性，加工太多就失去意义了，要像某种东西，让人联想，这是它的自然特征引起的；又不能太像，让人吃惊，不动脑子就会断路，用脑子转几个弯，从不像中拐出来，又像啦，就要这种效果。种类里边动物最多，大多树根都有动物的造型。也有飞禽，像鹰，有植物，有花卉，这类树根较小一些，也很好看。小根雕有灵气，大根雕有气势。也有人样的，老头小孩的多，还有驼背。几年下来，我搞了40多件。我挑选很严格，我这把年纪啦，出去一次只能带一两个回来，有时一个也不带，没有好身体不行。特别是空手回来的时候就很感慨，自己嘲笑自己，是个穷命，一辈子总是折腾啊，我就想可能是我在乌兰牧骑待习惯啦，一个人年轻时候的习惯是很难改变的。想到这一点，好像年轻了多少岁。退休是单位的事情，随心所欲是我的事情。几年下来，数一数40多件，就像我的孩子，我都记着它们出生的地方。

它们挤在一起，多有气势呀，整个鄂尔多斯高原就在我眼前，因为
每一个树根的来源都不相同，有河边捡的，有沙丘里刨的，有泉眼
里拔出来的，有草地上挖的，各种地形的都有，还有沙漠里的沙枣
根、红柳根。到自治区去展览时，大家都说这是鄂尔多斯呀，玛希
老头把鄂尔多斯搬来啦。我就有一个想法，我们达拉特旗有个响沙
湾，全世界闻名的奇观啊，人走在上边沙子响，跟琴一样。我就想
在响沙湾搞一个野外根雕展，把沙丘与根雕结合起来安放，彻底淡
化人工痕迹，完全回归自然，就像大地里长出来的这么一个艺术品
一样。沙漠的特点全都出来啦。设想很好，可投资太大，一直搞不
起来，这是我的一块心病。

【自找苦吃】

因为我坚持根雕的自然性，加工就特别吃力，真是自找苦吃。
外行就不明白，为什么加工不多还吃力呀？加工多的话，去掉得
多，用力很大。我可以告诉你，用力大，用心力就少，大砍大删，
几下就好啦。关键是工具简单，完全按自己的意图来，大砍大删当
然很容易。真正要发掘出根的生命，就得小心翼翼，细心地观察揣
摩。从你发现它第一眼开始，它的基本的本质性的东西就引起你注
意，你并没有想透，你得慢慢想啊想啊，把树根的心思想透才行。

绝不能轻易下刀，一刀下去，对了就对了，错了就来不及了，整个根就坏啦。琢磨透以后，加工的地方清楚了，要小心地搞啊，就需要许多种工具，刻刀、凿刀、锯子、锉刀、斧头、锥子、钻子，大大小小下来20多件呢。我设计好，找铁匠打制的。刚开始在家里搞，咚咚咚咚，吵别人，楼上楼下都抗议呀。我就搬到楼底下，在露天搞，天长日久不是个办法呀。就租个平房，这种活，跟木匠差不了多少，只能在偏僻的平房里搞。搞不好伤手呢，太专心，伤了手都不知道，血肉模糊的。沙漠里的木头很硬呀，跟生铁疙瘩一样，板凳大一块搬起来就很吃力。锉斜面最艰难，打滑。尽量不上漆，不上泥子，我用砂纸打磨，磨出来的效果好。上漆的好看，细看就不行了，不如打磨的耐看。

剪纸艺人朱秦

朱秦是我在东胜街上听到的，两个妇女边走边看新做的衣服，称赞裁缝手艺好，还说出裁缝另一个好处：剪纸手艺好。剪衣服跟剪纸都是艺术。我问她们这位艺人在什么地方，她们告诉我在东胜购物中心一楼，楼梯下边做衣服也缝衣服，同时给人剪窗花剪结婚喜字。在购物中心一楼拐角的楼梯下边，是朱秦开的缝纫摊点。规模很小，两个人做活，说不上是一个铺子。朱秦，女，30岁，下岗女工。朱秦口述：我以前在东胜针织厂上班，前年工厂不景气，没活干，就自谋生路做衣服。现在想起来很有意思，幸亏小时候跟我母亲学剪纸，会剪纸就会剪衣服，找一本裁剪书翻一翻就会了。我没念几天书，念到初中就不念了，不是脑子笨，是家里负担不起，不得不早早工作。我老家是陕北米脂的，后来迁到内蒙古。东胜南边紧挨着榆林。内蒙古山西人多，这边陕北人也不少。我们家是陕北米脂县的。米脂女人手巧啊。我母亲有一手好针线、好剪纸手艺，剪啥像啥。女孩子嘛，小小一点就跟大人学。先学狮子、猫、雀、喜鹊、梅花、杏花、桃花。从陕北出来的都喜欢剪桃花，貂蝉就是米脂人，传说貂蝉出生的地方，桃花三年不开。陕北好剪的桃花其他地方是没法比的。在内蒙古的陕北人都保持着这个传统。七八岁跟大人学，到十六七岁就随心所欲，想怎么剪就能怎么剪。主要是传说中的人物，猫，十二生肖。花卉太简单了。猫和十二生肖讲真功夫。我剪的猫有一大本子，姿势都不一样，猫身上的毛很细，猫的胡子，媚眼，猫眼是最难剪的，一般手艺也就几种猫，猫的差别主要在眼神上，手艺人就各显其能，剪出新样式。这是《红楼梦》宝玉、黛玉、宝钗、迎春、探春，这些人物不是一个姿势是好几种姿势。这是我从《水浒传》《三国演义》学来的，里边有插图有绣像，可那些人物都是一个姿势，关公就眯着眼，张飞就扬着胡子。古代人可以这样画，现代人就要变化一下。我很喜欢《红楼梦》，刚工作不久就买了一套。对王文娟演的越剧《红楼梦》百看不厌，后来有了电视剧《红楼梦》也是一集接一集看啊。电视剧比越剧差远了，心里不服气，咱也整一套《红楼梦》出来。就这么剪出一个人又一个人，不重样，一个人几个样子，耐看啊。说起来很有意思，《红楼梦》传到内蒙古以后，蒙古人很聪明，写出一个蒙古族的《红楼梦》叫《泣红亭》，多好听的名字，黛玉爱哭。黛玉是个中原的女子，在楼上哭。蒙古族女子在大草原上，在路边的亭子里哭泣。你看出我剪的《红楼梦》人物有蒙古人的影子吗？有一点是不是？蒙古族女子苗条结实，不像中原女子苗条单薄。汉族跟蒙古族一样都信佛，蒙古族真把佛放在心上。这是一套佛像，菩萨像，要富态。

【纯粹的民间技法】

我的老师就是我母亲，长大以后就从古典小说上看，我不看现代小说，也不爱看外国小说，我文化不高，只能看懂《水浒传》《三国演义》《西游记》《红楼梦》。我的剪纸一直都是给自己看，朋友看，朋友亲戚喜欢就送给人家。以前我不知道这是艺术，能卖钱。前年，就是1998年，东胜文化局出广告要办剪纸展览，让市民自愿报名参加。我送了一套剪纸，也去看了。我才知道剪纸是民间艺术。那次展览也只是大家看一看，不评奖，什么都没有，展览完了就完了。我收获还是很大的，看了别人的东西，对自己也有个了解。我的路子是我自己走出来的。我总结一下我的剪法：一是从里到外剪。二是难处先下剪，难处一坏就全完了。三是一般的剪刀肯定不行，要自己动手打磨，把剪刀的尖尖磨细，细得跟针一样，就能把难处克服了。一把剪子一张纸，没有要用打孔的工具。我在展览的大厅见过艺术家表演，眼睛是贴上去的，孔是打的不是铰的。我就有了一份自信，我的剪纸孔都是剪出来的，眼睛也是直接剪圆的。四是纸张要好，太脆容易碎。一把好剪子一张好纸，你就随心所欲爱怎么剪就怎么剪。从那以后，我知道剪纸可以出售，我就用几张纸合剪，这样省力一些，但无论怎么省，捷径不能走。我没有更高的追求，一边做衣服，一边剪纸，大家喜欢我的手艺，我就很满足。一套《红楼梦》30张到50张，150元，买的人挺多。我希望能到呼和浩特呀或更大的地方去展出我的剪纸。我看过书店的剪纸画册，我的东西不比它们差。我不知道怎么参展。东胜就搞过那么一次，完了也就完了。

三、呼和浩特及近郊地区

坐汽车从东胜直达呼和浩特，过鄂尔多斯高原，过黄河，向东，大平原，北依大青山、阴山，奔驰直达呼和浩特。在呼和浩特南边，黄河与支流大黑河行于群山间，形成世所罕见的"三峡"景致。人们只知长江三峡美，却不知北国大地也有黄河三峡。这里的民间艺术家都是自治区博物馆民族部的安丽女士介绍的。安丽女士是达斡尔族，对蒙古族民间艺术和文化深有研究，非常熟悉内蒙古各民族的情况。安丽女士是民族部主任，刚刚与她的同事们完成清代蒙古族服饰的整理工作。

苏婷玲与清代蒙古族服装

苏婷玲，女，汉族，40岁，在自治区博物馆民族部美术组工作。苏婷玲口述：我初中毕业就下乡，是内蒙古建设兵团的最后一批战士，自学成才，1976年招工到乌珠穆沁，再后来到自治区博物馆。刚开始跟博物馆的老师学习，复制成吉思汗风帽，复制元代的短袖衣服。1982年到1983年我可以独立工作了，做的第一件活是复制蒙古摔跤服。接着是复制萨满服。这件活难度较大，蒙古族、达斡尔族等草原民族最先信奉萨满教，成吉思汗那个时代就信奉萨满教。这是草原真正的民间宗教。元朝忽必烈以后慢慢传进佛教。但在老百姓中间，萨满教一直存在着。我开始查文字资料，要恢复原样光有文字不行，工艺是经验，牧区的老太会做萨满服，手艺好，我就跟她们学。做出来的萨满服效果很好。复制古代的服饰，有个工序叫作旧，旧到古代的原样。把布料呀绸缎呀想方设法弄旧。我自己创造一种土法子，先用茶水煮，就是牧区常见的大块砖茶，颜色很正。煮好晾干后，再用砖打磨，磨出历史的沧桑感。最后用石头砸毛边。到1990年，可以得心应手地做了，需要什么，怎么干都很明白。修复文物主要是经验的积累。恢复的是原貌，要像要真实，这是历史，求真求实是大原则。

【清代蒙古族服饰】

蒙古族服饰的起源可追溯到蒙古族出现的遥远年代，而后经过蒙古汗国，元代，明代的发展，到清代形成了大风格相近而又地域特色明显的服饰文化，成为蒙古民族的重要标志之一。在这个时期，清王朝为了便于统治，在明代部落的基础上编制盟旗，提倡各旗之间的服饰差异，这样就形成陈巴尔虎、布里亚特、科尔沁、巴林、喀喇沁、乌珠穆沁、阿巴嘎、苏尼特、察哈尔、土默特、杜尔伯特、乌拉特、鄂尔多斯、土尔扈特、阿拉善、喀尔喀、厄鲁特和硕特等18种不同的服饰，成为蒙古族服饰发展史上最辉煌的时期。清代蒙古族服饰中最有特点的是妇女的服饰，尤其是妇女的头饰主要材料有布、绸、缎、锦、丝、皮等，由自己缝制而成。头饰的主要材料有金、银、珍珠、珊瑚、玛瑙、翡翠、琥珀、松石等，经专业艺人加工而成。内蒙古草原最有代表性的服饰有4种。头饰主要由头箍，发夹组成。头箍为银质，中间镶宝石，上下錾刻佛教八宝吉祥图案，后端挂有镂空银珠。两侧饰以银质发套、银法轮和银链饰件。头上再戴一顶貂皮朱纬帽，此头饰是蒙元时期以来蒙古族最古老的头饰，取于牛之角的变形，极有民族特色。陈巴尔虎蒙古族妇女身穿无腰带长袍和对襟长坎肩。长袍最有特点的是美丽的袖箍和灯笼式抽袖，腰间有横向分割的装饰带，长袍的下摆前有褶。在长袍外套穿一件对襟四开裾长肩，前钉5道银质襻，无领，上身紧，腰节打数褶，在袖管镶有三指宽库锦沿边。此外，在胸前背后饰有银质的挂饰品，显现出已婚妇女的华贵。

【科尔沁蒙古族妇女服饰】

头饰主要由两道额带箍、银钗、一对发筒等组成。两道额带箍是青绸、布做底，宽两指，上钉缀方形松石、珊瑚珠，从额前往脑后缠系。一支横钗，两支通过发筒的立钗，将头发束裹起来。银簪上镶嵌半圆形珊瑚和松石等。此外科尔沁妇女在冬季戴护耳，以青色的绒或布制成，上绣各种图案。护耳里多为狐狸皮、貂皮、羊羔皮。在护耳后有2～3根绸飘带，上窄下宽。科尔沁蒙古族妇女一般身穿宽袖直筒长袍，外套一件青色的大襟长坎肩，在坎肩前后用五彩丝线绣以对称的寿桃花卉等纹样，在坎肩的领、襟、裉之处沿数道宽边。科尔沁蒙古族妇女服饰受满族服饰文化影响较大，是蒙满结合式的服饰。

【察哈尔蒙古族妇女服饰】

头饰主要由头围箍、脑后饰、发夹等部分组成。头围箍以青绸、布做底，约1寸宽，上面钉缀13块镂空掐丝银托，镶嵌半圆形珊瑚、松石。脑后以珊瑚、松石、珍珠、翡翠等穿成网络垂下。发夹用来装饰发辫，长方形银质，上镶珊瑚、松石、珍珠等，垂于两耳之后。鬓侧有十几颗米粒似的珍珠或珍珠穿成串链，垂于两侧，看上去轻便秀气。除戴头饰之外，察哈尔妇女在冬季还戴草原风雪帽，以绸缎为面，里为羊羔皮或狐狸皮外翻，既美观又保暖。察哈尔蒙古族妇女多穿白色或红色蒙古袍，方领，右衽，马蹄袖。外套一前后开裾打褶的长坎肩，库锦沿边，少有绲边，质地多为绸缎等。察哈尔蒙古族妇女头饰造型简单明快，服饰华贵美观，是内蒙古草原中部地区蒙古族服饰的代表。

【鄂尔多斯蒙古族妇女服饰】

头饰主要由头箍、发棒、脑后饰、鬓侧饰等部分组成。头箍以青布做底，上钉缀卷草纹银托8～13块，托上镶嵌半圆形珊瑚、松石等。脑后饰帘为"凸"字形，与头箍衔接，青布做底，上饰珊瑚珠串。鬓侧饰垂在两耳与鬓之间，各有6条流苏，以金银、珊瑚、松石珠串坠银铃垂至肩下，行走时发出清脆悦耳之声。发棒为椭圆形，上宽下窄，以棉布缝合制成，上饰雕花银饰片或珊瑚珠，是用来装饰发辫的，由鬓角垂至胸部。在头饰之上戴一顶绣龙凤图案的圆顶立檐帽。这套头饰重约15斤。鄂尔多斯蒙古族妇女穿着的蒙古袍以色彩素为美，外套一件四开裾长坎肩，主要突出坎肩的镶边装饰工艺。质地有绣花缎和金黄色库锦，并钉缀以银扣和铜扣。鄂尔多斯妇女服饰庄重华贵，美丽大方，是内蒙古西部地区蒙古族妇女服饰的代表。我跟蒙古族的旭日老师合作，恢复清代蒙古族头饰。蒙古族的生活中，宗教、婚嫁、体育这几项活动很重要，也都体现在服饰上，鄂尔多斯地区保持得最完整。伊金霍洛有一位女王爷还活着，她有一套完整的王爷服装和头饰。头饰最难的是给珠子打孔，我们现代人简直想象不出过去的工艺有多精细，我是女性，知道项链上的珠子打孔很难，现在的珠子都差不多豆粒那么大，小一点的也有大米粒那么大吧。清代的蒙古族妇女头饰上的珠子，最小的只有小米那么小，上面还有孔，还用丝线穿起来。对不起我不能公开这个打孔的秘密，给你介绍怎么穿丝线吧。针丝根本穿不进去，眼睛瞅着都模糊，用放大镜盯着，用无线电里的漆包线才能穿过去。修补孔雀羽毛龙袍很有意思，这是国宝，只有两件。一件在北京故宫，另一件在我们内蒙古。《红楼梦》里林黛玉有一件，就是这种孔雀羽毛袍，是从俄罗斯来的宝贝。当时的工艺受苏绣杭绣影响，我们就用江南古老的刺绣方法修补好孔雀羽毛龙袍。一件公主的龙袍，也就是红缎团龙袍，要用好几种绣法。钉绣，丝线一圈一圈盘上去，做工又紧又细。蒙古族也有堆绣，用金线绣边。盘绣，扎一针绾一个疙瘩，小针针尖上绕一疙瘩再一扎。配饰就比较简单一些。我最满意的是修补孔雀羽毛龙袍，只有蒙古族妇女有龙袍，中国其他地方谁敢穿龙袍呀。草原妇女是很厉害的。据说成吉思汗陵的守陵人，达尔布特人，从来不给任何朝代的皇帝服丧，他们只给成吉思汗守陵服丧。龙袍是皇帝的专用品，但在蒙古草原，马背女子也能穿龙袍。做这件活的时候我很自豪。另一件绝活是修复满族凤冠，我特意去故宫参观了3次，做出来后，送到日本、法国展出。

草原服装设计师吉玛

　　安丽女士介绍我去采访蒙古族剪纸艺术家阿木尔巴图（鲍玉祥），包教授又介绍一位内蒙古非常出色的服装设计师吉玛。吉玛，1963年生，女，大学毕业，父亲是蒙古族，母亲是达斡尔族，她的服装厂就设在内蒙古师大的校园内。吉玛口述：我在大学学外语专业，1985年毕业，分配的地方太远我没去，我不想离开呼和浩特。我自己在民族服装厂找到工作，我母亲是教美术的，我从小喜欢绘画，画得还不错，我带上我的设计图案去民族服装厂，厂方一看就安排我到技术科搞设计。在工厂几年，我得到了锻炼，手艺、工艺我都掌握了。技术科就我一个设计师。在厂子里搞设计，个性化的东西少，普遍性的东西多。在厂子几年我设计出50多套民族服装，主要是为牧民搞的，开过发布会，市长也来了。80年代初，社会上出现许多新东西，可厂子里比较死板，缺少市场意识，我个人又不能把自己的风格强加给一个企业。1988年，我辞职出来自己干。刚开始打算搞个柜台做服装生意，后来就干脆搞个时装。我搞的是呼和浩特第一个时装表演队。那时候招模特儿很不容易，许多家长反对女儿干这一行，我带着千辛万苦找来的姑娘们，穿着自己设计的服装，先从工人文化宫演起，没有报酬也干。后来昭君大酒店开业，我领着时装队去那里表演，当时有许多外宾，一下子轰动了内蒙古。从那以后，就正规了，收入也好转了。时装队正红的时候我立即转向，搞实用服装的设计和裁剪，因为我从时装表演的成功中看到一种希望，完全可以改造传统的蒙古袍子来适应现代生活。我有个梦想，把蒙古民族特色的服装推广出去跟旗袍相媲美。旗袍适合少妇和中年妇女穿，不大适合少女和青年。我觉得蒙古族服装更具青春气息。我改变了传统牧民服装的厚重，增添了现代感的设计，顾客很多，出乎我的意料。青年人特别喜欢，在婚礼上穿我设计的蒙古族民族服装很高兴。第二届、第三届中国服装设计大奖赛上我获过优秀奖。

【样式与经验】

刚开始专为表演而设计，比较夸张，转向市场以后，我还保留着时装队，这样可以保持一种前卫先锋意识，主要是创新。时装设计我一直坚持着。最多的一种样式是婚礼服，蒙古族的婚礼很有意思，有各种仪式，定做婚礼服装的客户很多。第三种样式是日常实用服装，设计走进日常生活才是最大的成功，内蒙古各个民族的顾客都有，美观大方，人人喜爱。第四种是演出服装，专门给艺术团体，给演员、节目主持人设计的。现在内蒙古所有文艺单位的演出服都是我设计的样式，很远的阿拉善的演出团体穿的也是我设计的样式。我亲手制作的上乘之作被许多外宾当作收藏品。斯琴高娃、萨仁高娃、艾丽娅、娜木拉，还有中央台的陈锋等等都请我给他们设计演出服装。可以谈谈几点经验：一是要有市场意识，刚开始没想到有这么大的市场，现在才意识到民族服装不能受传统影响，一定要发展。蒙古族人能歌善舞，开朗豪爽，这种民族性格比较容易接受新东西，这才是我成功的秘诀吧。二是要有品位，年轻人追求高质量的生活，服饰是脸面，服饰就要体现现代草原生活的风貌。以前大家结婚喜欢穿旗袍，现在都喜欢穿蒙古袍。旗袍不适合女青年，跟新颖的蒙古袍一比就比出来了。三是蒙古族人文化素质也提高了，像结婚呀节日呀，可以提高这种时尚，好看才有人穿。你在内蒙古就很少看到沿海一带特别次的那种服装。从文化上，我是从高校出来的，适应现代潮流，同时也保持我们本民族美好的东西。让各个民族认识蒙古族欣赏蒙古族。这几年我也考虑中老年服装，我设计的中老年服装参加过上海、大连的服装节。文化需要传播和发展。我搞设计，搞经营，还抽时间整理我的设计思考，形成文字，我每周要给内蒙古艺术学院和内蒙古师大的模特班上两次课。我一直梦想着买一幢小二层楼，下面做车间，上面是住房，让那些跟我多年的工人安居乐业。

学者型剪纸艺人阿木尔巴图（鲍玉祥）

鲍玉祥，蒙古名阿木尔巴图，男，蒙古族，1940年1月9日生于内蒙古赤峰敖汉旗，内蒙古师范大学美术系教授。学者型民间艺术家是内蒙古的一大特色，自治区的剪纸学会大多会员是高校教师，这是一个很奇特的现象。鲍玉祥口述：蒙古民族的性格决定了蒙古族文化的特点：第一是开放性。因为单纯的游牧文化所提供的精神财富，不能满足人们对精神财富的需求，这就促使蒙古民族在文化上成为一个不保守的开放性民族，蒙古民族的文化影响了汉、维吾尔、藏、满等民族，同时这些民族的文化影响了蒙古民族。第二是刚毅性。游牧经济在很大程度上依赖、顺应自然而存在。所以，民族的文化有探索自然规律、顺应自然、保护环境、图谋生存的顽强性和大气魄。第三是崇尚德行。蒙古民族继承发展了古代北方民族的好传统，讲公德、讲礼仪、讲信誉，真诚朴实。你一定知道常书鸿吧，常书鸿就是蒙古人，敦煌的保护神，在敦煌待了50年，这需要多大的勇气！另一个蒙古族艺术家陈志农，是五四以后中国第一个搞剪纸艺术的专业画家。他临摹了近千幅汉代画像石，积累了金石学方面的知识，也强化了他的剪纸艺术，徐悲鸿先生专门撰文称赞过陈志农的艺术贡献。在学院和画坛，专业从事民间艺术实践的人很少，大家都想在国画或油画方面大干一番。剪纸总是被当作农村老太太、妇女们搞的小玩意儿。我是大学教师，从事剪纸艺术是下了大决心的。我的老本行是工艺美术，只在理论上进行研究，需要到牧区去实际调查，在这个过程中我发现了民间艺术的魅力，开始收集靴子、鞍子、刺绣、剪纸。我小时候在牧区长大，可以做简单的工艺品，我做了教授，可重新到牧区就情不自禁地动手做。我放弃了向专业画家发展的路子，发掘整理蒙古民族的民间艺术，从理论上进行总结和研究，我写了两本专著《蒙古族民间美术》《蒙古族美术研究》，在创作实践上，主要搞剪纸，我在内蒙古大力推广剪纸艺术，发展了许多会员，各民族都有。我的剪纸作品在全国获过奖，到日本展览过好几次。一个现代学者应该从民间文化中吸取养料。

【蒙古族剪纸的图案】

北方民族原始岩画的影绘效果，匈奴铜饰牌的镂空意识，北魏的金银箔等是蒙古族牧民剪纸艺术的先河。蒙古族剪纸是从剪皮发展来的，马背民族喜欢装饰自己的鞍具，用剪皮装饰鞍垫，剪成鸟、盘长回纹，不但装饰鞍子，也装饰盛奶的革囊。武士的弓衣、箫筒、摔跤服更讲究装饰。后来从汉族地区传来纸，就很容易从剪皮子转为剪纸。蒙古族的剪纸图案大都是富有图腾意义的云纹、回纹、蛇纹、雁纹、花卉，各种龙、虎、马、牛、羊、骆驼、蝶、鸟等动物纹。云纹，即哈木尔，是蒙古语"鼻子"的意思。传说中有个白彦（富人），做了一个洁白的蒙古包，想请人贴绣图案，对很多能工巧匠的设计都不满意，于是乎从远方过来一头牛，边走边闻路边的灰，走到蒙古包前就用鼻子印上图案。从此，牧民们就开始用哈木尔图案了。这个图案与原始图腾文化有关，与炎帝的"人身牛首"的祖先神相联系，具有鼻祖和始祖的神圣意义。蝶，蒙古语为豁尔伯海，在蒙古族民间工艺中为雌性符号，表现为阴柔之美。古希腊神话中，丘比特的妻子叫普叙赫，希腊语就是蝴蝶，另一个意思是灵魂。中国古代有庄周梦蝶，梁山伯与祝英台化蝶的传说。鹰，摔跤手出场做鹰的动作，蒙古风雷帽的造型都是对鹰的模仿。蛇纹是最古老的"永生不死，永生信仰"的生殖观念。纹，蒙古语称图门加，北方民族各个时期都用这个图案。寓意是太阳的转动和四季轮回，是太阳的抽象表现。盘长，具有蛇的盘绕的感觉，含有长寿的意思。佛教八宝——轮、螺、伞、盖、花、瓶、鱼、长寓意吉祥和因果报应。蒙古族民间剪纸，风格单纯质朴，古拙而健美，富有草原的乡土情趣。那些盘长、卷草、花鸟与云卷、石榴与西瓜、葫芦，很多都是刺绣底样。有些花边和角隅纹样，一般都是规格对称或重复的二方连续图案。它以纸的中心对折线为轴线，只起半面稿，然后对叠起来剪刻，称为折叠剪纸。不同地区有不同的特点。赤峰地区喜欢剪刻挂线，用红、黄、绿、蓝等不同颜色的纸刻出图案纹样常常与文字做巧妙的连接，这显然受东北剪纸的影响。靠近河北的锡林郭勒盟蓝旗，靠近陕西的乌兰察布盟，与陕西相邻的鄂尔多斯，与甘肃宁夏交界的阿拉善等都受到相邻兄弟民族剪纸的影响，与北方窗花的"面与线，线与面的结合，粗犷刚健，深厚朴实，装饰性强，生动耐看"的风格融为一体。牧区的剪皮与剪纸具有粗壮、热烈、奔放、丰满、简洁的特色。多数作品以平面化和知觉惯性，多以半侧身的形象出现，以程式化的方式表现物象的各种结构。岩画中的点可以表示星星，而在剪纸中的点可以表示头饰的珠，动物的腿，树的叶。锯齿纹可以代表鸟兽的毛以及衣纹。剪纸中"大小套叠"的方法，也就是花中套花的方法。这种奇异浪漫的剪纸艺术流行很广，如在动物身上刻小动物，这种同类交叠中的大动物一般都视为小生命的母体，具有异趣丰富的装饰风格。

和林格尔剪纸

　　段建珺先生是我在黄河沿岸所见到的最年轻的剪纸艺术家。段先生生于1973年，汉族，未婚，内蒙古和林格尔人，毕业于海拉尔师范专科学校美术系，在县职业中学教书。他的主要业绩是发掘、整理、搜集和林格尔地区的民间剪纸作品，同时组织、指导会员推陈出新。特别是对90多岁的老太太张花女的扶助和支持，及时地保护了将要失传的民间艺术瑰宝。段建珺口述：我祖籍山西，我们家在和林格尔生活了多少代，我也说不清，反正这里是我的故乡。这是一块古老而神奇的土地，它北靠阴山，南临黄河，世世代代生活在这里的各族人民，创造了独特的民间剪纸艺术。这里的文化积淀很丰厚，有范家窑子匈奴时期的青铜器，有和林格尔汉墓壁画，出行图、牧马图、祥瑞图和乐舞百戏，有北魏时代的文化和元代古城，都与我们和林格尔密切相关。和林格尔的民间剪纸非常普及，处处可见，可以说是剪纸的故乡。从十几岁的姑娘到70多岁的老奶奶都会剪纸，她们剪的龙、凤、鹿、鸡、鸟、蝶、牛、羊、马、骆驼、双鹤、孔雀、荷花、盘长、花卉、云字、葫芦、万字、寿字、喜字、如意回纹、石榴瓜果、喜鹊梅花、抓髻娃娃、茶壶、扣碗等等，这些内容都表现了老百姓对爱情、丰收、富裕、平安、长寿、幸福的向往。在海拉尔师专上学的时候，我对民间艺术产生了浓厚的兴趣。很奇怪，离开家乡才能体会到家乡的美好。学校组织我们去大兴安岭鄂伦春人那里看桦树皮和鹿皮制品，我马上就想到家乡和林格尔的剪纸艺术。海拉尔很美，附近的呼伦贝尔大草原更是美不胜收，出外写生作画时，我对美的感受特别深，因为我已经发现了家乡和林格尔的美。毕业回家乡后，我还经常去海拉尔和呼伦贝尔，每去一次都有新发现，都有一种惊喜的感觉，把和林格尔和海拉尔对比着是很有意思的。大学毕业后我回到和林格尔，在县职业中学教美术。职业教育中有服装设计、裁剪等课程，需要给学生进行比较系统的绘画训练，我就从剪纸开始。在大学时我有意识地学会了剪纸，教学生就不怎么困难了。

【收集和发现】

剪纸艺术在民间，我一边教书，一边利用写生作画的机会到农村去收集民间剪纸图案。我们视若至宝的艺术珍品在老百姓家里很普通，很精美的剪纸，贴一年，到年底就撕掉了。许多天分很高的民间艺人不知道自己的价值，自生自灭。我收集的只是很少很少的一部分。就在搜集的过程中，我打听到有个叫张花女的老奶奶，90多岁了，曾经是方圆几十里的剪纸高手，我找到她时，她已经好多年不剪了。我看过她的作品，感到很震撼，凭直觉我意识到她是我们和林格尔的民间艺术大师，我拜她为师，给她买来小剪刀和红纸，老人开始重操旧业。她的女儿柴梅女，76岁了，跟母亲一起做剪纸。就这样不到半年她们完全恢复丢失多年的手艺。我还发现了一个叫刘玉堂的农民，剪纸很有特点。这些真正的民间老艺人对我教育很大。尤其是张花女，出手成画，想象奇特，总是把许多不相关的东西随意加在一起，产生强烈的效果。1997年我开始组织这些老艺人开展活动，在县城搞了一次展览，让大家知道剪纸是艺术，是我们和林格尔的宝贝。县里也开始重视这件事，1998年我们就成立了剪纸学会。把大家的作品集中起来，进入市场。今年自治区搞展销会，我们的剪纸作品很受欢迎。张花女家在和林格尔董家营乡曹老八窑村，代表作品有《放牛》《牧马》《回娘家》《龙凤双喜》。她的女儿柴梅女，作品有《九猴吃桃》《砍柴》。我最满意的作品是《套马》《牧牛图》。中国民俗博物馆收藏了我们学会11幅作品。1998年10月，我把和林格尔剪纸整理出版，收集148幅作品，分民间剪纸部分和现代剪纸部分。民间剪纸部分花鸟、鸟兽、人物、图案4大类，都是流落在民间的无名氏作品。现代剪纸部分主要是张花女、柴梅女、刘玉堂、我和职业中学学生的部分作品。发掘和发展都很重要，我的职业是教师，不但教学生生活的技能，作为一个剪纸艺人，我有责任把祖国这一古老的民间艺术传授给学生，他们将来肯定会超过我。这些十几岁的孩子，很了不起，很聪明，他们在全国得过宋庆龄儿童艺术奖，在自治区得过奖，有些作品发表在《少年报》《中国青年报》上。每年我的学生中都有考上美术院校的。记得我小时候很喜欢画画，照着小人书画，我父亲是个工人，母亲是个家庭妇女，是我的老师鼓励我、支持我，上高一时，我的作品被学校选送到自治区参加青少年美术比赛，我得了一等奖，作品叫《林西风景》，现在我有机会亲自教孩子作画、剪纸，就觉得有一种责任在肩上。

家里有急事，我从呼和浩特乘火车穿山西过风陵渡回宝鸡。8

月22日准备第三次出行，对蒙古草原意犹未尽，想去百灵庙与乌梁素海看看。广西作家东西忽然来电话，　说他在西安郊区韦曲一家宾馆给电影厂写剧本。我先去西安陪东西看陕西省历史博物馆，第二天登华山。我也是第一次登华山，华山之雄奇当在天下所有山之上，我所领略过的天山、阿尔泰山、太子山、青藏高原、积石山、阴山都不如华山。小时候听老人唱《宝莲灯》，沉香劈山救母的神话传说，今天算是见到了。东西离家已久，归心似箭，下华山即奔咸阳坐飞机回广西。8月24日赴华县采访陕西东路皮影，8月25日在西安与唐韵喝茶。当晚乘火车到延安。车上全是延安大学的学生，与学生挤在一起，想起消逝已久的青春岁月，感慨很多。对热血青年有了更深的理解。黎明至延河改乘长途汽车至榆林，倒车，半夜2点到包头与李敬泽会合。8月27日在包头喝酒，全是蒙古风味，见到马奶子，在新疆时，马奶子与马肠子是我最喜欢的食物。跟小孩一样贪吃，吃下酸甜清凉的马奶，不胜酒力，腹中白酒野马般猛跳，直泻而出。李敬泽大手一挥：来自大地，回归大地，很好很好！我觉得狼狈至极，到帐篷外去喘口气。8月28日，赴百灵庙。傅作义抗战有百灵庙之役。最早西方的探险家们来中国总是提到百灵庙。黄教大寺不及原来1/10。8月29日到二十四顷地，那里有清末最早的天主教堂，保存完好。至黄河边。清末民初，王同春开水利，一个地道的土水利专家，没有文化，凭经验开出河套庞大的水利网络，在中国水利史上实属罕见。其子王英，抗战时期为一大汉奸。乌梁素海正在修路，未成。

秦人的梦想与神话

8月31日至榆林，榆林文联的霍文多、李严陪我们看镇北台，到水库游泳。塞上秋深，水很凉。陕北之行主要考察了榆林地区的佳县，米脂和绥德。整个陕西的民间艺术我以为主要是剪纸和皮影。这也是黄河之行的最后一站。作为土生土长的陕西人，我曾在西域闯荡10年，古代的陕西人既有东出潼关横扫山东中原的传统，也有西出阳关漫游葱岭的习惯。客观地讲，陕西是一个大熔炉，从西北进入中原的游牧民族，总是在金黄色的渭河谷地被改变为农业民族。渭水流域在整个北方太温暖太滋润，史地专家史念海先生数卷《河山集》把渭水谷地写得淋漓尽致。我读大学时竟不知故乡有如此神奇的学术泰斗。我是在天山北麓伊犁州技工学校的图书馆里读到《河山集》的。在西域看故乡陕西，更客观一些。周秦的先民原本游牧于青海、甘肃一带，是青藏雪域与黄土高原最早的古羌族的一支。顺渭河而下，过陇右、六盘山、崆峒山到宝鸡岐山、扶风一带，沃野千里，草木茂盛，六畜食而瘦弱，人食而硕壮，原始农业最初从这里开始。相传，早在三皇五帝时，神农氏尝百草，在这里开创最早的农业。这里在民国年间建立了近代中国最早的农业大学，这是于右任先生的功劳。伴随着农业、水利勃兴，从关中到塞上宁夏、内蒙古，到四川都江堰，秦人给古代中国建立起最辉煌的水利工程。即使民国那个混战年代，杨虎城主陕时，李仪址先生修通关中东部的灌溉网。"文革"10年全国人民进入"狂欢的季节"，陕西省省委书记李瑞山领着百万农民用架子车在关中西部修筑冯家山水利工程，渭北旱塬变成水浇地。如果说周朝是中国以至东方的古希腊，那么秦就是罗马。周朝始有《诗经》，有礼仪，有儒家孔孟的理想世界，而秦是征战、修筑通天大道与水利工程的技术王朝，也是法律王朝。以至于得惠于工程技术与律法的秦在统一天下后，走过了头，只存科技而灭文史。楚天暴秦有千千万万的好处，我想最大的不好之处，中国历史从此，至少在官方在主流文化中剔除了秦的铁血精神与科学精神。秦人硬是在北方大漠与绿洲间架起一道长城，以咸阳为中心的秦道，向北过延安榆林，直达内蒙古大草原，在这条大道上，自南而北，秦始皇大帝，唐将郭子仪、李自成、张献忠、韩世忠、赫连勃勃、扶苏、蒙恬、成吉思汗、傅作义、马占山、邓宝珊，向西，王翦、白起、李广、李靖，真正的将军大道。古长安就处在这个南北大道相交的铁三角上。这些金戈铁马的神话，在关中农业区最早形成皮影戏，沿秦直道也就是后来的丝绸之路，直达欧洲，导致现代电影的产生。这是法国人在《世界电影史》的开头话题，中国电影走向世界也是从西安开始。在这条东西大道上，农业向西在汉朝形成河西走廊，在唐形成西域的屯垦绿洲农业，同时西域的苜蓿、葡萄、石榴、西瓜、桃子、杏子落根关中，直到今天，临潼的石榴与库车的一样大。这条黄金大道体现着中华民族从马背到民族、到国家的过程，也就是西域以及青海、甘肃的从神话史诗、原始部落，到关中西部的民族的形成，至关中东部咸阳长安形成完整的国家形态，也是陶瓷、青铜器、铁器形成、发展的过程。以长安为中心，黄河的两翼，渭河畔的蓝田人、半坡人，汾水流域的丁村人，制作了最早的屋宇和工具、骨针、刀斧和房屋的门窗。门永远是关闭自如，窗户在天暖时才打开。自然光直泻无遗。陕西人蔡伦造出纸以后，皇帝用它发诏书，文人以此写诗作画，民间老百姓恪守古老的生存之道，把它贴在窗户上。这是女人的智慧。承载文化的纸到了女人手里，与屋宇结合，而女人更伟大的创造是窗花，让窗户开花——剪纸艺术最初在渭北与汾水谷地流行，蔓延全国。关中方言，把窗花叫烟隔，走烟的，烧土炕，烟大，走烟。房屋直到窗花的出现才有了美的意味。房屋本来是男性的杰作，雕梁画栋也好，飞檐走壁也好，都是男人的手艺。在民间，民宅，尤其是寒门，房屋基本上是实用的。窗花剪纸的出现意味着在建筑物上有了女人的痕迹，女人仅仅在一个小窗户上轻轻一点，无论是自然的光线还是实敦敦的房屋就一下子有了神性和美质。屋外和屋内，明暗、阴阳，古老的文化意味凝聚在一起。

一、陕北高原：佳县

榆林佳县，高原最险峻的地方，紧贴黄河大峡谷，整个县城就是一个大堡垒，是历史上有名的"铁佳县"，河流环绕，奔向黄河，曾是芦苇遍地"蒹葭苍苍"的地方，原名葭县，后改佳县，一下子失去了古朴的诗意。大地之美是不变的。在晋陕大峡谷的高地上住着剪纸大师郭佩珍老人。幸亏有榆林文联的同志引路，才找到了老人的家。佳县的郭佩珍与旬邑县的库淑兰是闻名全国的民间艺术大师。佳县有一帮年轻人，脑瓜子绝对"聪明"，他们先跟郭佩珍学艺，然后自己组织培训班，以郭派弟子自居。所有外界媒体和中外旅游者、文化研究者，都被他们截住，并且他们向外宣布郭佩珍已死，他们就是郭佩珍，典型的现代文化人做派。现在年轻人的习惯做法是把大师说成二流三流，自己自然而然就成为一流。我和李敬泽去的时候，老人已经与世隔绝三年矣！

剪纸艺人郭佩珍

　　那是大清早，老人正在窑洞里剪一张大纸。郭佩珍，女，70岁，陕西佳县人。郭佩珍口述：铰花花是婆姨们的事情。跟娃娃学走路一样，女人学针线、做饭、铰花花七八岁就开始了，我（陕西方言读"é"）就是七八岁时学铰花花的。先跟我娘学，长大一点就跟村里的大人学。我懂事的时候来了红军八路军。这张《解放区》有200多米长，剪了一个月，有开荒种地、大生产、纺线线、送子参军上前线、分土地，解放区里的事情全在上面。我现在最操心的是小儿子。大儿子已经成家单过。小儿子在部队当兵，复员回来3年了，还没有工作，等县上安排。这个娃娃跟我学过铰花花，也得过奖，啥时候给他娶了媳妇盖了房子，我这做娘的才能安下心，没有个工作，怎个娶媳妇哩？我忧愁死了。去年个娃他爹去世了，到那个世界享福去了，把我一个人遗在世上，照看这么个娃娃，叫我怎么办呀。我这辈子养了5个娃娃，3个女子2个儿子，眼看着就要给小儿子娶媳妇盖房子，了我的心愿。这是我给娃娃做的老虎帽，老虎鞋。

【活人一场梦】

娃他爹去年去世，我就跟做梦一样。我15岁嫁到这个地方，跟娃他爹一搭过日子。这个人呢，说没就没了。这个世界虚虚儿的。这个花花我剪了40天，想哪剪哪，想起啥就剪啥，把梦里边的事情都剪上去了。我梦见我那老头子又活过来了。整整一年，做一个梦，梦见老头子死在炕上，我坐在炕头哭啊，我一哭他就活过来了，我就不敢哭了。谁都知道，梦见一个人死去又活过来，那个人一定会死的。我就想着让老头子好好地死在梦里吧，他死在梦里在阳世他就是活的。我梦见他成了一棵树，我赶紧憋住气，不敢出声，一出声就会哭啊，我就不出声，就干憋着，憋着憋着那棵树开花了。原来是一棵千年的老铁树，千年的老树又开花，我那老头子就永永远远死不了啦。老铁树长啊长啊，根都露出来啦，把房子都带起来啦，跟老鹰抓小鸡一样往天上抓，先飞来一只鸟儿，接着太阳也飞来啦，太阳对我说，这是一棵活树，千年铁树又开花，太阳就落在树上，跟树结的果子一样。我这一年就想一个事情，这场梦结束了咋办呀？我不管三七二十一，赶紧铰出来呀，铰出来的花花就是没有散开的梦。

【铰花花就是铰世界哩】

婆姨们的世界就隔着这么一层花花，把外面的世界远远隔开。世上的苦被滤得干干净净。剪子铰出来的全是婆姨们睡梦里想出来的好事情。那些个好事情多得没边边，任你随便想，只要脑壳子大，就不怕想不出好事情。我上西天呀，我就铰出一堆唐僧、孙悟空、猪八戒、沙和尚，贴在墙上，窗上，嫌花花单薄，我就拿泥捏，捏出一大堆取经的和尚。日子越苦，铰出来的花花越热闹，红红火火，跟神仙一样，天上地上，连阴曹地府的好事情都要铰在一起，就看你的手巧不巧，能不能，老鼠抬轿鬼唱戏，石头都精变哩。这两三年找我的人少啦，我也安闲啦。人在安闲里能做大件活，你看看我做了多少？我也不知道有多少，女儿媳妇都收起来啦。人家说我死啦我就死啦。人家也学会了铰花花，人家就盼望着我早些死，我就死啦。人要死很容易嘛，铰个花花往里一钻，你想找也找不见，只要找不见我老婆子，你就当我老婆子死啦。我这些花花给我另开一个世界，跟人家那个世界不搭边，人家活得好好的，我也活得好好的。我有我的花花，人家有人家的花花。人家盼望我死，无非是想多挣些钱。其实花花这东西不值钱，你听说过世上哪个财主是铰花花发大财的？没有吧。总有那么一天，年轻人会明白：铰花花是铰人的梦、铰人的向往，人的梦、人的向往卖不出钱，也不敢卖，卖了活人就没意思啦。我给你讲个故事，是真的，不是编的。毛主席要过黄河解放全中国。过黄河的地方多得很，毛主席要在黄河边好好地看一看呀想一想。从半夜三更想到第二天早晨，一个很大很大的太阳从佳县城头上升起来啦，跟火红火红的火蛋柿子一样，香喷喷的，跟水淋淋的黄河鲤鱼一样哗啦啦往下淌水花花哩。毛主席就拿定了主意，打佳县过黄河呀。佳县的城边边上有很大的道观白云观，毛主席向老道长问了一签，大吉大利，全是阳爻，三阳开泰。毛主席就在佳县城里题了字，县委县政府就把毛主席的字立在大街上。毛主席甩开大步往河边走，去划船呀，毛主席步踏得大得很，那么大的步，一步有一丈长，喞喞几下就到黄河边上，眨眼就到河对岸的克虎寨。毛主席偏偏要在克虎寨上岸。毛主席特别能克。一下子就把蒋介石克住了，蒋介石赶快往海里跑，不停地喝水啊，人克住难受得很，人太贪，吃得太多就会被克住，口干舌燥，要不停地喝水不停地尿尿不停地屙，蒋介石本来就瘦就单薄，这么尿尿这么屙，把娃一下就屙蔫啦。毛主席顺顺当当进了北京城。卫兵用马驮了几大箱子窗花，都是陕北婆姨铰下的好花花，把金銮殿贴得红红火火。据说都是陕北婆姨最拿手的丹凤朝阳。郭佩珍，其作品多次在全国获奖，是闻名全国的民间艺术大师。与世隔绝3年后，"走马黄河"的李敬泽与红柯意外地采访了这位老人，李敬泽500元购了一幅《千年铁树又开花》，他显然被老人一声"人生如梦"打动了，民间艺术应该走向市场，艺人的生存是首要的。

二、关中华县皮影

如果说剪纸是关中原始农业区向陕北辐射的话，关中则受到游牧民族两个方向的浸透，西北的羌戎对西秦即凤翔、岐山、扶风一带，北方内蒙古大草原的匈奴对关中东府地区，马背民族转化为农业居民后，或影响农业地区以后，牲畜变为耕畜。大河从西而北而东三面环绕肥沃的关中，大河的生命日趋成熟，声带粗壮，呈现雄性的壮烈与激扬，与晋陕大峡谷、风陵渡、潼关相呼应的大秦之腔怒吼而出，唱出一幕幕壮怀激烈的史诗与神话。当大河成长为勇武的猛士时，那些来自高原与草原的马群牛群演化为神奇的皮影戏，秦人饱满的生命充盈其间。在华山脚下，形成中国皮影的中心地带，向西直达黄河源头青海，又被蒙古大军带到欧洲，诗人歌德看得如痴如醉，浪漫的法国人以此为启迪利用近代科技手段发明出电影。丝绸古道就是从古长安开始的。秦腔与皮影戏无疑是古老中国心脏的声音。华县、华阴县是开创隋朝的杨坚的故乡，也是再造唐朝的郭子仪的故乡。所谓十陕九不通，一通就成龙。秦人精犷犟直。由秦往西，至陇右，比秦人更犟直，那里是李广、李世民的故乡。关西出将，关西的帝王和将军绝对是铁血大帝和铁血将军，更远一些就是周秦的先民，直接来自黄河源头。这种积淀为秦地的文化提供了广阔的背景。8月23日晚登华山归来宿华县招待所，灯不亮，电工师傅说他舅是耍皮影的，刚从德国回来，皮影艺人，人人皆知。8月24日，县委宣传部介绍了几位皮影艺人，有住县城的，有在几十里外乡下的。下乡没车，租一个三轮摩托，采访了4位艺人。中央电视台两位记者也从西安赶来采访。提起民间艺人，人们总是把他们想象得很老年龄很大，这是一门古老的手艺，人们这样想是有道理的。现代文明无疑对民间艺术形成一种冲击，我更关注黄河边的年轻的艺人们，令人欣慰的是，我考察的黄河沿岸三大地域都有年轻艺人：甘南夏河的扎群先生，内蒙古和林格尔的段建珺先生和华县皮影艺人薛洪泉夫妇。有年轻的艺人在，大河才显示出其雄壮、辽阔。

皮影雕刻艺人薛洪泉

薛洪泉，男，华县柳子镇梁堡村陈堡组人，1990年结婚，其妻骞小凤婚后跟丈夫学艺，小两口主要收入靠刻皮影，在县城购置了二室一厅的商品房。我在他们家中采访。薛洪泉口述：我十四五岁时跟我姐夫汪天喜学刻皮影。我小时候很喜欢看皮影。华县是皮影窝，农村差不多村村都有能人，唱皮影刻皮影，我姐夫汪天喜就是一个刻皮影的好把式，在全县都有名气。我上学上到初中就不上啦，回乡一边种地，一边跟我姐夫学活儿。大概是1982年开始吧，学了3年，到1985年我独立干，一般学艺都是3年，3年出师嘛。我手艺好，找我的人多，华县几个有名的艺人潘京乐、魏振业、郝炳黎，我都给他们刻过活，给老外演出过，去过法国、德国，就用我刻的皮影子。1990年结了婚，我媳妇人很聪明，跟我学手，手很快，一学就会，夫妻俩一搭干，省劲。女人心细，刻皮影是细活。到1993年，有了些积攒，就在县城买了商品房，搬到城里，方便多了。在农村很不方便，人家上门找活，路不好，下雨就没法来。地有，农民嘛，几亩地好弄得很，种上地，大多时间在县里做皮影子，有自己电话，客户找活打电话就成。遇上大的活动，就去北京、上海，北京那边行情好些。

【碗碗腔秦腔】

我们华县皮影子属东路皮影，西府凤翔皮影属西路皮影。东路皮影主要是碗碗腔，敲一个铜碗，唱腔委婉，就叫碗碗腔。碗碗腔、眉户腔都是比较细腻的唱腔，外地人以为陕西都是秦腔，陕西地方戏种其实很多。秦腔名气大，西路皮影就配秦腔。皮影比戏灵活，变化大，车马轿子衣冠人物几百套，一个箱子就能装几百本戏，演出一般五六人就成。成本也小，外出很方便。养一个剧团开支多大呀。农村人穷，又想看戏，就弄皮影子。过年过节，红白喜事，夏秋农忙前后都要唱皮影。夏秋间隙最热闹，农民就为个好年景嘛，戏唱好就会有好收成。村村都得唱。"文革"时也唱，唱样板戏，革命戏。皮影从古传到今，在华县没断过。粉碎"四人帮"以后，大概是八几年，来了一个德国老太太，喜欢皮影，外国博物馆收藏着许多资料，这个老太太一直找到华县，看了几场戏，就联系组织一帮老艺人到德国去演出，很轰动，出去了几拨子人了。县上才知道皮影子的根在华县。我手上的活儿打出去是跟我姐夫汪天喜合作，给陕西省民间艺术剧团刻一套皮影，是个木偶短剧，《鸡冠花红》，其中几件皮影是我单独做的。这套皮影获得了中国儿童皮影短剧最佳作品奖。我单独做的皮影《降妖马》被法国、德国收藏。刚开始那些年，基本上是刻传统剧目，秦腔、碗碗腔的戏都能刻。再一个就是《水浒传》《三国演义》《西游记》《西厢记》这些老小说。跟老艺人相比，功夫比不上他们。咱是年轻人，念过几天书，知道现代年轻人的口味。所以，我刻的人物造型都洋气一些，比如《西游记》里的妖精，咱就尽量把妖精的身段弄苗条，屁股和胸脯弄高弄丰满，腰细，有韧性，在身段上下功夫，老艺人一般在脸上下功夫，眉儿眼儿很好看，特别是眉毛，有一股子狐骚劲。其实我在人物造型上的变化也是受老艺人启发。郝炳黎老师傅的挑工是皮影一绝，我反复观摩郝师傅的功夫，女人哭泣，别的艺人挑出来的都是身子打战，郝师傅挑出来的是皮影子上的女人胸脯一鼓一胀，跟蛇吞青蛙一样，你想，皮影子是固定的，是刻死的东西，四肢与头铆着能动，胸脯动不了，您想不出郝师傅咋弄的，让皮影子跟活人一样呼吸时一起一伏。这就是绝活。我百看不厌。搬到县上，条件好些了，买了电视，看上海、大连、北京的时装表演，看那些名模，我就琢磨着改变传统皮影子的人物造型。《西游记》里的妖精都很漂亮很迷人，唐僧见了都脸红，猪八戒涎水润润的，妖精不美的话能迷惑人吗？西安美术学院有个学生看了我的妖精皮影，找上门，要做时装皮影，人家是专业美术师，他设计我刻，刻出一套皮影时装，得了毕业设计第一名。我不再满足传统的老皮影子，人家美术学院的人能设计，咱为啥不行？我就自己设计出《杨玉环》《白蛇传》《九龙驹》《象拉车》，在北京市场很受欢迎。还有《蒙古大将军》是给潘京乐潘师傅刻的，潘师傅带到国外去表演，效果很好。

【制作皮影】

做皮影有3道工序：原料加工、制作工艺、雕刻工艺。华县皮影基本上都是牛皮，西路凤翔皮影用驴皮的多。要选鲜牛皮，在水里泡3天，水温20摄氏度。泡好以后用刮刀处理，去毛去肉，削薄，用架子绷起晾干。接着是用图纸上稿。图纸的图案大多都是师傅传下来的，也有请人设计的。一个艺人要在同行中站住脚，就要自己设计图案。图案压在皮子底下，皮子是透明的，用细针把图划到皮子上，皮子硬，划出的纹要流畅不走样，不能加针划，一回不行两回，要一回完成，上稿要清楚干净，不走样不回针。第三道工序是雕刻，艺人手段好不好就看刀子耍得好不好。下刀要准，手腕上要有劲，一转一旋，刀法就出来了。刀口要齐，刀纹要匀。刻出的图案打磨好以后，上色。主要用红、黄、蓝、绿、黑5色。以黑色和深色为主调。最后上清漆固定。上好色的皮影要烫平熨展。先把两块砖烧热，把皮影子用白布裹住，夹在热砖中间，夹紧，烘干水分，皮影干硬平整，两面受热，效果好。

【影人和影戏】

皮影艺人在旧社会没有一点社会地位，死了不能进祖坟。学皮影的又都不是一般人，都是穷人里边的聪明人，为了生存，记忆力好，嗓子好，没条件念书，就进班子跟师傅学艺。一般人学不了皮影，脑子好使、手要巧才行。艺人学艺很认真，都喜欢拜名师，如果另一家师傅不如自己的师傅，但在某一方面比自己师傅强，徒弟就会为学这一个手艺去拜他为师，这在皮影行业里很正常。华县皮影历史上最有名的艺人叫李十三，清朝同治、光绪年间人，写过10大本戏。李十三是渭北人，中了秀才，中不了举人。李十三喜欢华县的皮影戏，就专门给艺人写戏，自己也操作。李十三的戏有个特点，都是受苦受难的苦戏，戏里边没皇上，如果剧情中需要皇上，只报一声皇上驾到，皇上起驾，没有人，人不出现。李十三的戏影响很大，传到宫里，皇上看了几个戏，好得很，皇上看出了名堂，里边啥人都有就是没皇上。皇上就下旨召见李十三，李十三吓坏了，躲到野地里不敢露面，活活给吓死了。写了一辈子苦戏，熬出头了，人却死了。李十三的戏10大本，其实是7本三折子。有《大焰驹》《石王庙》《柴峡谷》《女巡按》《盗雁钗》《香莲配》《白玉殿》7本，《春秋配》《四郎捎书》《旋愁谷》3折。李十三一辈子不得志，中不了举，就对社会看不惯，就揭露社会。李十三的戏老百姓喜欢，艺人也喜欢呀，艺人的遭遇跟李十三是一样的。皮影艺人以演李十三的戏为荣。现在看皮影的人少了，在农村还行。农村习俗讲究这个。葬礼丧事，男的就是《万历王》《刘备祭灵》；女的就是《四圣归天》《雁塔寺》。结婚戏有《天仙配》《梁祝》《秦素庵》。娃娃满月戏有《金碗钗》。庙会戏有《绣龙袍》、《香山还愿》、《杨家将》、包公戏、《耍社火》、《杀船》、《撑船》、《劈山救母》。盖房戏有《祭神》《封神》。功夫好的艺人可以唱100多本戏，都要记在脑子里，都是硬功夫。今年我们华县艺人可以说多灾多难，郝炳黎师傅去世了，心里有气去世的。有一个老师傅儿子出车祸死了，另一个师傅女儿生孩子难产死了，灾祸老往艺人头上砸，你说这是咋回事？薛洪泉领着我走了好几个地方，这些老艺人到法国、德国、日本、我国香港等地演出过，我国台湾和北京的媒体研究机构多次采访研究报道。

华县县委的张华洲先生收集、整理多年，拥有详尽的皮影资料。我更着眼于年轻的皮影艺人，他们将发展这个古老的剧种。我的行程止于华山，黄河在华山的余脉劈开潼关，扑向大海，我放弃了去风陵渡的打算，我止于华山。这座神山有个古老的传说，三圣母与凡人刘彦昌相爱成婚，遭到其兄二郎神的反对，二郎神把妹妹三圣母压在华山下边。刘彦昌抚养爱子沉香长大成人。沉香以宝莲灯打败舅舅二郎神，以巨斧劈开华山救出母亲。这就是流传在三秦大地的《劈山救母》。黄河出雪域，在积石山便有大禹王的斧痕神迹，在陇东又演化出伏羲、女娲、西王母的传说，这个传说一直蔓延到陕北高原，延川县伏兮河，太极图示从陇上到秦地，保持着河的胎气——劈山救母，永生不息的母性大河，天地间生生不息的生命。河就是这一切生命的母体。积石山是古老的父亲大禹王的神力。华山是少年沉香的勇武豪迈，大河在轮回中，在中原又成为少年。书写完了，河还在流着……

2000年冬于宝鸡

参考文献

[1] 余冠英.诗经选注[M].北京：人民文学出版社，1979.

[2] 王伯祥.史记选注[M].北京：人民文学出版社，1956.

[3] 斯塔维斯基.古代中亚艺术[M].路远，译.西安：陕西旅游出版社，1992.

[4] 无名氏.伊戈尔远征记[M].魏荒弩，译.北京：人民文学出版社，1957.

[5] 中国社科院民族研究所编.甘肃民族史入门[M].青海：西宁人民出版社，1988.

[6] 赫伯特·戈特沙尔特.震撼世界的伊斯兰教[M].阎瑞松，译.西安：西安人民出版社，1987.

[7] 陈述.契丹社会经济史稿[M].北京：三联书店，1978.

[8] 玄奘.大唐西域记[M].向达辑.北京：中华书局，1981.

[9] 康德.实用人类学[M].邓晓芒,译.重庆:重庆出版社,1987.

[10] 斯文·赫定.亚洲腹地旅行记[M].李述礼,译.上海:上海书店,1984.

[11] 摩尔根.古代社会[M].杨东纯,张栗原,冯汉骥,译.北京:商务印书馆,1971.

[12] 埃马纽埃尔·勒华拉杜里.蒙塔尤[M].许明龙,马胜利,译.北京:商务印书馆,1997.

[13] 李约瑟.中华科学技术史[M].中国科技史翻译组,译.北京:科学出版社,1975.

[14] 刘智.天方至圣实录[M].中国伊斯兰教协会.1984.

[15] 林翰.匈奴史[M].内蒙古:内蒙古人民出版社,1977.

[16] 林惠祥.文化人类学[M].北京:商务印书馆,1991.

[17] 祖父江孝男.简明文化人类学[M].季红真,译.北京:作家出版社,1987.

[18] 王治来.中亚通史[M].乌鲁木齐:新疆人民出版社,2004.

[19] 谢重光,白文因.中国僧官制度史[M].西宁:青海人民出版社,1990.

[20] 李增祥.耿世民先生70寿辰纪念文集[M].北京:民族出版社,1999.

[21] 约翰·布洛菲尔德.西藏佛教密宗[M].耿昇,译.拉萨:拉萨人民出版社,2001.

[22] 米拉日巴.米拉日巴大师集[M].张澄基,译.北京:民族出版社,2001.

[23] 五十奥义书[M].徐梵澄,译.北京:中国社会科学出版社,1995.

[24] 新疆社会科学民族研究所,《准噶尔史略》编写组编.清实录·准噶尔史料摘编[M].乌鲁木齐:新疆人民出版社,1986.

[25] 埃达[M].石琴娥,斯文,译.南京:译林出版社,2000.

[26] 无名氏.蒙古秘史[M].第·达木丁苏隆,色·纳查克道尔吉,译.北京:中华书局,1955.

[27] 马苏第.黄金草原[M].耿昇,译.西宁:西宁人民出版社,1998.

[28] 王岱舆.正教真诠·清真大学·希真正答[M].银川:宁夏人民出版社,1999.

[29] 杨怀中,余振贵主编.伊斯兰与中国文化[M].银川:宁夏人民出版社,1995.

[30] 荷马.奥德修纪[M].杨宪益,译.上海:译文出版社,1979.

[31] 荷马.伊利亚特[M].傅东华,译.石家庄:河北人民出版社,1996.

[32] 袁珂.中国古代神话[M].北京:中华书局,1981.

[33] 郝苏民选编.西蒙古——卫拉特传说故事集[M].兰州:甘肃人民出版社,1989.

[34] 满都呼主编.中国阿尔泰语系诸民族神话故事[M].北京：民族出版社，1997.

[35] 王大华.崛起与衰落[M].西安：陕西人民出版社，1987.

[36] 苏赫巴鲁.成吉思汗的传说（上）[M].长春：吉林人民出版社，1984.

[37] 达仓宗巴·班觉桑布.汉藏史集[M].陈庆英，译.拉萨：西藏人民出版社，1986.

[38] 仓央嘉措，阿旺伦珠达吉.仓央嘉措情歌及秘传[M].庄晶，译.北京：民族出版社，1981.

[39] 石泰安.格萨尔史诗与说唱艺人研究[M].耿昇，译.拉萨：西藏人民出版社，1993.

[40] 毛星主编.中国少数民族文学[M].长沙：湖南人民出版社，1983.

[41] 顾颉刚，史念海.中国疆域沿革史[M].北京：商务印书馆，1999.

[42] 扎巴.格萨尔王传·门岭之战[M].嘉措顿珠，译.拉萨：西藏人民出版社，1984.

[43] 萨地.真境花园[M].王静斋，译.乌鲁木齐：乌鲁木齐南门经书店刻印，1947.

[44] 帕里莫夫，卡尔梅克族在俄国境内时期的历史概况[M].许淑明，译.乌鲁木齐：新疆人民出版社，1986.

[45] 甘肃省民族研究所.伊斯兰教在中国[M].银川：宁夏人民出版社，1982.

[46] 穆合塔尔·阿乌埃佐夫.阿拜之路[M].哈拜，高顺芳，译.北京：民族出版社，1999.

[47] 中国少数民族文学学会.神话新探[M].贵阳：贵州人民出版社，1986.

[48] 萨迪.蔷薇园[M].水建馥，译.北京：人民文学出版社，1980.

[49] 卡勒瓦拉[M].侍桁，译.上海：译文出版社，1985.

[50] 吕思勉.中国民族史[M].上海：东方出版中心，1987.

[51] 范紫东.范紫东秦腔剧本选[M].西安：陕西人民出版社，1982.

[52] 易俗社秦腔剧本选[M].北京：中国戏剧出版社，1982.

[53] 维吾尔族古典作品选[M].郝关中，译.乌鲁木齐：新疆人民出版社，1984.

[54] 卢斯达维里.虎皮武士[M].汤毓强，译.北京：外国文学出版社，1984.

[55] 希伯和西域探险记[M].耿昇，译.昆明：云南人民出版社，2001.

[56] 蚁垤.罗摩衍那[M].季羡林，译.北京：人民文学出版社，1982.

[57] 维柯.新科学[M].朱光潜，译.北京：人民文学出版社，1986.

[58] 张星烺编注.中西交通史料汇编[M].北京：中华书局，1978.

[59] 阿地力·朱玛吐尔地，托汗·依莎克.居素普·玛玛依评传[M].呼和浩特：内蒙古大学出版社，2002.

[60] 尤素甫·哈斯哈吉甫.福乐智慧[M].耿世民，魏翠一，译.乌鲁木齐：新疆人民出版社，1979.

[61] 拉施特主编.史集[M].余大均，译.北京：商务印书馆，1986.

[62] 腊玛延那·玛哈帕腊达[M].孙用，译.北京：人民文学出版社，1962.

[63] 雅各布·布克哈特.意大利文艺复兴时期的文化[M].何新，译.北京：商务印书馆，1983.

[64] 列维·斯特劳斯.野性的思维[M].李幼燕，译.北京：商务印书馆，1987.

[65] 叶舒宪编选.结构主义神话学[M].西安：陕西师大出版社，1988.

[66] 戴维·利明，埃德温·贝尔德.神话学[M].李培茉，何其敏，金泽，译.上海：上海人民出版社，1990.

[67] 杨堃.民族与民族学[M].成都：四川人民出版社，1983.

[68] 徐松.西域水道记[M].朱玉麒整理.北京：中华书局，2005.

图书在版编目 (CIP) 数据

绚烂与宁静：西部各民族文化文学研究及黄河中上
游各民族民间艺术考察 / 红柯著. — 北京：北京十月
文艺出版社，2016.10
ISBN 978-7-5302-1626-2

Ⅰ.①绚… Ⅱ.①红… Ⅲ.①散文集—中国—当代
Ⅳ.①I267

中国版本图书馆 CIP 数据核字 (2016) 第 209373 号

北京市重点图书选题出版扶持项目

绚烂与宁静
　　西部各民族文化文学研究及黄河中上游各民族民间艺术考察
XUANLAN YU NINGJING
红　柯　著

出　　版　北京出版集团公司
　　　　　北京十月文艺出版社
地　　址　北京北三环中路 6 号
邮　　编　100120
网　　址　www.bph.com.cn
发　　行　新经典发行有限公司
　　　　　电话（010）68423599
经　　销　新华书店
印　　刷　北京盛通印刷股份有限公司
版　　次　2016 年 10 月第 1 版
　　　　　2016 年 10 月第 1 次印刷
开　　本　890 毫米 ×1270 毫米　1/32
印　　张　13.25
字　　数　253 千字
书　　号　ISBN 978-7-5302-1626-2
定　　价　32.00 元
质量监督电话　010-58572393
如有印装质量问题，由本社负责调换。